dtv
premium

Ausführliche Informationen über
unsere Autoren und Bücher
www.dtv.de

Siina Tiuraniemi

Frischluftvergiftung bei minus 20 Grad

Roman

Aus dem Finnischen von
Tanja Küddelsmann

dtv

MIX
Papier aus verantwortungsvollen Quellen
FSC® C083411

Deutsche Erstausgabe 2018
dtv Verlagsgesellschaft mbH & Co. KG, München

Titel der finnischen Originalausgabe:
›Kukkia Birgitalle‹ (Minerva, Helsinki 2013)

Umschlaggestaltung: FAVORITBUERO, München
unter Verwendung eines Fotos von gettyimages/Mario Lalich
Gesetzt aus der Minion 11,1/15 pt
Satz: Bernd Schumacher, Friedberg
Druck und Bindung: CPI – Ebner & Spiegel, Ulm
Gedruckt auf säurefreiem, chlorfrei gebleichtem Papier
Printed in Germany · ISBN 978-3-423-26169-2

Für Timo

1. Birgitta

Das »Pflegeheim Sonnenschein« leuchtete im sonnenbeschienenen Schnee. Man hätte fast auf den Gedanken kommen können, der Name würde genau darauf anspielen, aber mir war natürlich sofort klar, dass er allen weismachen sollte, hier wäre die Heiterkeit persönlich zu Hause. Stünde zum Mittagessen »Gärtnerschmaus« auf dem Speiseplan, läge auf dem Teller garantiert ein Haufen Tiefkühlgemüse, und mit der gleichen Logik schloss ich, dass trotz aller Bemühungen um Sonnenschein der Bewölkungsgrad hier nicht gerade unerheblich war.

Das Pflegeheim war ein gelber, einstöckiger Ziegelbau, ziemlich deprimierend, und höchstwahrscheinlich hatte sich gleich nach Fertigstellung der Schimmel überall eingenistet. Ein schimmliges Gebäude zur Aufbewahrung von Leuten in schlechtem Zustand.

Das alles ging mir durch den Kopf, während ich dastand und argwöhnisch das Bild betrachtete, das sich mir bot. Das Wintersonnenlicht potenzierte sich in den Schneewehen und ließ die Augen tränen, und mein gesamtes Selbstvertrauen hatte sich anscheinend in den Bieren vom Vorabend aufgelöst. Ich schob die Mütze an meiner schwitzigen Stirn hoch und runter und überlegte fieberhaft, wie ich mich halbwegs gesittet aus dem Staub machen konnte. Mir fiel nichts ein.

Die Jalousien und rot-gelb-grün karierten Vorhänge hinter den blitzblanken Fenstern ließen ahnen: Man musste sich auf eine original Inneneinrichtung aus den achtziger bis neunziger Jahren gefasst machen, mit Plastikteppichen, dreibeinigen Alvar-Aalto-Hockern und dekorativer Kunst. Ich schüttelte mich beim Gedanken an die Mischung aus klinischem Krankenpflegegeruch und muffiger Hinfälligkeit, der da drinnen unvermeidlich umherwaberte. Klinische Muffigkeit. Ich wusste nicht, was schlimmer war, reingehen oder draußen in der stechenden Helligkeit stehen bleiben.

Als ich näher kam, fiel mir auf, dass hinter den großen Fenstern neben der Eingangstür fünfzehn trübe, aber aufmerksame Augenpaare verfolgten, wie ich mir Gedanken über das Gebäude machte – die Bewohner des Pflegeheims. Da saßen sie im Speisesaal, mit winzigen Kaffeetassen in den zitternden Händchen, und schlugen die Zeit tot. Saßen da und hofften, dass etwas passieren würde. Das Geglotze setzte mir immerhin so zu, dass ich keine Lust mehr hatte, mit meinem Blumenstrauß in der Hand weiter dumm rumzustehen. Stattdessen ging ich mit gespielter Entschlossenheit auf die Eingangstür zu. Je schneller ich drin war, desto schneller wäre ich auch wieder draußen, versuchte ich mich aufzumuntern. So kriegte man es bestimmt im Logikkurs an der Uni beigebracht, nur dass ich es mal wieder nicht geschafft hatte, mich anzumelden. Aber Logik spielt in Pflegeheimen und deren direkter Umgebung keine Rolle. Dort steht die Zeit einfach still. Je schneller ich in eine andere Richtung gehen würde, desto wahrscheinlicher war es, dass ich nie ans Ziel käme, dachte ich. Aber ich handelte nicht danach.

Sauber, aber leblos. Ich stellte mir den Staub vor, der unter Fußleisten und Möbeln herumlungerte. Das Foyer und die von ihm abgehenden Korridore waren wie eine Spinne mit langen Beinen. Durch die Glastür zum Speisesaal konnte ich die

Horde hutzeliger Gestalten sehen, die immer noch am Tisch saßen und Stielaugen machten; als sie sich zu mir umdrehten, meinte man fast, ihre Wirbelsäulen knarzen zu hören. Am hinteren Ende des Speisesaals stand ein verlassener Verkaufstresen. Auch die Rezeption im Foyer sah verlassen aus, sie hatte überhaupt nichts Willkommenheißendes an sich, dort standen bloß eine Keramikvase, in der graue Trockenblumen vor sich hin dörrten, und ein paar angegrabbelte Broschüren. Eine jüngere Frau, ihrer Kleidung nach keine Heimbewohnerin, kam ins Foyer gelaufen. Auf ihrem weinroten T-Shirt feixte eine neongelbe Sonne, und darunter stand in Comicschrift »Pflegeheim Sonnenschein«. Das Namensschild machte einen offiziellen Eindruck. Also stakste ich heran und fragte noch im Gehen: »Hallo, wo finde ich denn Birgitta Kangas?«

Die Frau blieb stehen und musterte mich misstrauisch. Das merkte man am Neigungswinkel ihres Kopfes und an ihrer leicht abgewandten Körperhaltung, aber es war auch in der Atmosphäre zwischen uns zu spüren. Peinlich berührt blieb ich ein paar Meter von ihr entfernt stehen. Eigentlich weiß man ja ganz gut, wer und wie man so ist als Mensch, aber manchmal, wenn man jemanden zum ersten Mal trifft, dann sieht man sich selbst auf einmal mit den Augen dieser anderen Person. Und dann ist es oft genug so, dass einem das, was man sieht, nicht gefällt. Ich sah, dass ich der Frau suspekt vorkam. Wahrscheinlich verdächtigte sie mich, ein junges, dürres Schlitzohr zu sein, das einen alten Verwandten besuchen kam, um sich irgendwie zu bereichern. Und ja, es ist bestimmt leichter, einem umnachteten Greis Medikamente zu mopsen, als eine Apotheke auszurauben.

Folgendes wurde mir bewusst: Mein Bart war unordentlich, undefinierbare Haarsträhnen hingen unter der Mütze heraus, meine Jeans hatte ein Loch am Knie, unter der Winterjacke schlabberte der Saum einer verwaschenen Strickjacke herum, und meine Turnschuhe waren auch dreckig. Außerdem spürte ich, wie meine Poren das Gift von gestern ausdünsteten, und bekam Angst, ich könnte verdächtig riechen. Ich versuchte, etwas mehr Haltung anzunehmen, steckte die Hand in die Jackentasche und stieß auf eine Selbstgedrehte, die ich dort vergessen hatte. Ich rollte sie zwischen den Fingern hin und her wie einen Rosenkranz, um mich zu beruhigen. Ist schon komisch, da denkt man, man gehört mit seinem Look einer bestimmten Gruppe an, aber sobald man aus seinem persönlichen Kontext gerissen wird, begreift man plötzlich, dass dieser Look außerhalb der Gruppe oft einen völlig falschen Eindruck vermittelt. Outfitrassismus gibt es überall, und er fühlt sich nicht gut an. Wenn ich mich dazu durchringen würde, mich zu rasieren und eine ordentliche Hose anzuziehen, wenn ich mir die Haare kämmen und ein offenes Lächeln aufsetzen würde, dann würden viele Menschen deutlich anders auf mich reagieren, das war mir schon klar. Aber ich fand, das war nicht mein Problem, sondern das der anderen.

»Hallo. Wer sind Sie denn?«, fragte die Frau.

»Meine Mutter ist die Cousine von Birgitta«, sagte ich und setzte dabei meinen treuherzigsten Blick auf. »Ich soll sie besuchen, weil meine Mutter keine Zeit hat.«

Ich wollte ihr vermitteln, dass ich nur der junge Bohemien bin, der eine Nachricht überbringt, mit ganz und gar reinem Herzen.

»Ach so, na, das ist doch nett«, sagte die Frau und deutete ein Lächeln an, auch wenn ich den Eindruck hatte, dass es ihr ziemlich egal war. Sie zeigte in eins der Spinnenbeine. »Birgittas Zimmer ist am Ende des Ganges, die letzte

Tür rechts, der Name steht dran. Da vorne an der Wand ist Desinfektionsmittel.«

Zum Dank zog ich die Mundwinkel kurz hoch und stelzte zum Desinfektionsmittelspender. Ich pumpte so theatralisch viel heraus, dass es mir von den Handgelenken zu den Ellbogen herunterlief, und bog in den Korridor ein. Die Leuchtstoffröhren an der Decke strahlten dermaßen, dass kein einziges Eckchen unbeleuchtet blieb. Wahrscheinlich eine Frage der Sicherheit, aber von dem hellen Licht wurde mir schlecht.

Vom Korridor gingen fünf Türen ab. Vier davon waren geschlossen, aber durch eine sah ich in ein Zimmer, in dem ein winziges Männlein im Rollstuhl saß und erwartungsvoll herauslinste. Ich nickte ihm zu. Das Männlein drohte mir mit der Faust und knurrte wie ein Tier. Oder hatte ich mich versehen und verhört?

An der letzten Tür rechts stand auf einem Schild an der Wand der Name, den ich suchte. Ich hob die Faust, um anzuklopfen, und für eine Sekunde fiel mir der Gnom im Rollstuhl wieder ein, doch ich tat das Bild als Halluzination ab. Schließlich sieht der Mensch manchmal, was er sehen will. Andererseits weiß ich nicht, warum ich ausgerechnet ein Männlein mit erhobener Faust hätte sehen wollen. Doch das Knurren war ein echtes Knurren gewesen, es kam tief aus der Kehle, ein richtiges Kehlknurren.

Schließlich schüttelte ich den Kopf und beschloss, dass es keine Rolle spielte, was das für ein Gnom gewesen war, und klopfte an. Schnell stopfte ich mir die Haare etwas ordentlicher unter die Mütze, zog die Hose hoch und wischte mir ein paar nicht vorhandene Staubkörnchen von der Jacke, als wäre so noch was zu retten. Aber wenn ich nun schon die mir bis dahin unbekannte Birgitta zum ersten Mal besuchte, war es doch wünschenswert, wenigstens in letzter Sekunde sein Bestes zu tun und in möglichst ordentlichem Zustand aufzulaufen.

Auf mein Klopfen kam keine Antwort. Ich fragte mich, ob das der Moment war, in dem ich noch kehrtmachen und später sagen konnte, ich hätte mein Möglichstes getan, aber meine geneigte Gesellschaft sei ja nicht erwünscht gewesen. Ich würde die Blumen einfach an die Türklinke hängen und guten Gewissens nach Hause gehen. Aber nein, das war nicht der Moment. Natürlich nicht. Ich klopfte noch einmal, diesmal lauter. Jetzt war ganz eindeutig ein krächzender Laut zu hören. Ich räusperte mich, öffnete die Tür einen Spalt und lugte hinein.

Das Zimmer lag im Halbdunkel, die Jalousien waren fast ganz geschlossen. Das meiste Licht kam von einem Fernseher, der von der Wand starrte und in dem ohne Ton irgendeine Daily Soap lief. Am Fenster ein Tisch und zwei Stühle, an der Wand eine Kommode und ein Schrank, eine Tür (höchstwahrscheinlich zum Badezimmer), ein hoher Nachttisch und daneben ein Krankenhausbett, in dem eine merkwürdig abgebrochene Gestalt lag. Zuerst wusste ich nicht, was mich irritierte, aber dann stellte ich fest, dass ihre Beine an den Knien einfach aufhörten. Die Beine, die sich unter der Decke abzeichneten, waren nicht komplett. Keine Zehen, keine Füße, keine Schienbeine.

»Tag«, flüsterte ich, denn ich hatte das Gefühl, in diesem Dämmerlicht könnte man nicht normal sprechen. Doch ich lag falsch.

»Was zischelst du da?«, dröhnte eine Stimme vom Bett. »Und wer zum Henker ist da überhaupt?«

Ich trat ein, ließ aber die Tür absichtlich hinter mir offen. Im Bett lag eine Frau von – grob geschätzt – über sechzig, allem Anschein nach Birgitta.

»Hallo, ich bin Miska, meine Mutter ist deine Cousine, Anne Tammi«, sagte ich schnell und machte einen großen Schritt auf sie zu, die Hand schon zum Schütteln ausgestreckt.

Birgitta beäugte mich argwöhnisch. Man könnte denken, man gewöhnt sich irgendwann an das argwöhnische Beäugtwerden, aber nein, es tut jedes Mal weh.

Birgitta hatte eine sehr originelle Frisur: Sie hatte sich vor vielleicht einem halben Jahr eine Dauerwelle machen und die Haare färben lassen, was dazu führte, dass die Hälfte der Haare jetzt glatt und grau an ihrem Kopf anlag und der Rest lockig und grell orange in alle Richtungen abstand. Birgittas Gesicht war blass und vor Missmut und Feindseligkeit ganz zerknittert. Schließlich zog sie ihren Arm unter der Decke hervor und griff kräftig nach der kalten Hand, die ich ihr hinstreckte.

»Und was willst du hier?«

Am liebsten hätte ich gesagt, das frage ich mich auch, aber ich lächelte einfach nur. Wenn man als Kind gelernt hat, dass man ältere Menschen respektieren soll, dann lässt man sich auch ziemlich merkwürdiges Benehmen gefallen. Würde irgendjemand in meinem Alter mich mit so viel Gleichgültigkeit und Hochmut behandeln wie die meisten älteren Leute, würde ich garantiert nicht lächeln, sondern ihm klipp und klar sagen, was ich davon halte. Zum Glück werden die meisten Menschen erst als Rentner unfreundlich. Für ältere Leute ist es außerdem lebensnotwendig, dass Kinder den Respekt vor dem Alter lernen, denn wenn sie das nicht bis ins Mark eingetrichtert bekämen, hätte kaum jemand Lust, sich später um die pöbelnden Tattergreise zu kümmern.

»Mama hat gesagt, ich soll dir Blumen vorbeibringen«, sagte ich und streckte ihr den eingepackten Strauß hin. »Sie selber schafft es nicht, sie ist mit Papa verreist.«

Birgitta taxierte mich mit zusammengekniffenen Augen.

»Du verdammter Idiot, denkst du, ich packe hier im Bett irgendwelche blöden Blumen aus, wo ich noch nicht mal Beine habe!« Sie kam immer mehr in Fahrt, die letzten Worte brüllte sie geradezu.

Allmählich begriff ich: Birgitta hatte irgendeine psychische Störung. Vielleicht diese Krankheit, bei der die Leute Schimpfwörter und Beleidigungen von sich geben, ohne es zu wollen – wie hieß sie doch gleich? Tourette-Syndrom? Ich beschloss, dass ich keine Lust mehr hatte.

»Dazu braucht man die Beine doch gar nicht«, sagte ich.

»Was?«, schrie Birgitta.

»Du hast mich schon verstanden.«

Ich ging mit den Blumen in der Hand zum Tisch und wickelte sie aus. Ich hatte Tulpen gekauft. Meine Mutter ist so eine, die sich für alles mögliche Neue begeistern kann, und ich weiß noch, als ich klein war, gab es mal eine Lasst-Blumen-sprechen-Phase, wo alle Blumen eine Bedeutung hatten. Das war allerdings keine Erfindung von meiner Mutter, sie hatte das in einem Buch gelesen. Wenn man zum Beispiel jemandem drei gelbe Rosen schenkt, dann wünscht man ihm entweder den Tod oder gesteht ihm seine tiefe Liebe, und die Botschaft lautet jedes Mal anders, je nach Sorte oder Farbe oder Anzahl der Blumen. Also hatte ich bunte Tulpen gekauft, damit meine Blumenbotschaft möglichst viele Deutungen erlaubte. Tulpen, weil sie ziemlich billig waren und weil zum Beispiel Rosen als Mitbringsel für eine unbekannte Pflegeheimbewohnerin zu romantisch gewesen wären. Es fehlte noch, dass ich ausgesehen hätte, als wollte ich ihr einen Heiratsantrag machen.

»Wo gibt es denn hier Vasen?«, fragte ich, ohne Birgitta anzusehen.

»In dem Schrank draußen auf dem Gang«, sagte sie schroff.

Ich holte eine schlichte Glasvase, füllte sie im Badezimmer mit Wasser und stopfte die Tulpen hinein. Dann stellte ich das Ganze auf den Tisch.

»Oder soll ich sie dir näher heranholen?«, fragte ich und setzte mich auf den Stuhl neben dem Bett. Birgitta schüttelte den Kopf. Da saß sie unter ihrer Decke und starrte mich mit ihren dunklen Knopfaugen an. Die Hände lagen gefaltet in ihrem Schoß.

»Na«, sagte ich, um wenigstens etwas zu sagen, »was ist denn mit deinen Beinen passiert?«

Birgitta fixierte mich noch schärfer. Es war kaum vorstellbar, dass das ging, aber sie tat es.

»Amputiert«, sagte sie düster.

»Und warum?«

Ich wunderte mich selbst über meine Direktheit. Andererseits: Ich bin zwar auch sonst nicht gerade ein Botschafter des guten Benehmens, aber wenn dir jemand schon zur Begrüßung Beleidigungen um die Ohren haut, dann können sich aus meiner Sicht beide Seiten kleine Freiheiten herausnehmen.

»Ich gebe dir jetzt einen Rat fürs Leben«, sagte Birgitta und verfiel in bedeutungsvolles Schweigen. Anscheinend erwartete sie, ich würde sie anflehen, mir ihre Weisheiten zuteilwerden zu lassen. In Wirklichkeit interessierte es mich nicht die Bohne. Ich kann Ratschläge fürs Leben nicht ausstehen. Doch schließlich siegte das Mitleid, und ich sagte: »Und zwar?«

»Leg dir keinen Diabetes zu«, sagte Birgitta feierlich.

»Verstanden«, sagte ich ebenso feierlich.

»Und wenn du dir aus Versehen doch einen einfängst, dann sauf nicht.«

»Das wird schon schwieriger.«

Da lächelte Birgitta. Ihr ganzes zerknittertes Gesicht leuchtete plötzlich auf und wurde geradezu entzückend, zwischen ihren dünnen Lippen zeigten sich kleine Zähnchen, und ihre Nase kräuselte sich niedlich. Sie fing an, fast mädchenhaft zu kichern. Verwirrt warf ich ihr einen Blick zu und überdachte meine Diagnose noch einmal: Vielleicht war sie ja manisch-depressiv. Als ich ins Zimmer gekommen war, hatte sie sich gerade in der depressiven Phase befunden, und jetzt war die Manie dran. Vielleicht wechselten die Phasen ja ziemlich schnell, oder vielleicht war ich gerade am Wendepunkt hereingekommen. Birgitta kicherte so lange, bis sie einen furchtbaren Hustenanfall bekam, der partout nicht enden wollte. Sie gestikulierte in Richtung Badezimmer, aber ich wusste nicht, was sie wollte. Wollte sie aufs Klo? Wollte sie, dass ich aufs Klo gehe? War im Bad etwas, das sie haben wollte? Oder war dort etwas, das sie nicht wollte? Ich verstand sie nicht, also saß ich bloß da und suhlte mich in meinem Unverständnis. Schließlich kam eine Pflegerin ins Zimmer gestürmt, holte aus dem Bad eine Kanne mit Wasser und goss Birgitta etwas ins Glas. Birgitta trank wie besessen und musterte dann die Pflegerin.

»Na, das hat aber gedauert«, fauchte sie. Dann sah sie mich an. »Und du. Zuerst dachte ich, ich hab es nur mit einem Debilen zu tun, aber nein, du bist ja total schwachsinnig.« Dann richtete sie den Lichtkegel ihres Wutblicks wieder auf die Pflegerin. »Bring uns doch zwei Tassen Kaffee, wo der Mikko schon mal so freundlich war, mich zu besuchen, und mir sogar die Blumen da mitgebracht hat.«

»Miska«, korrigierte ich.

»Was?«, fragte die Pflegerin.

»Miska. So heiße ich«, sagte ich.

»Ach sooo«, sagte die Pflegerin und gab mir damit zu verstehen, dass ihr mein Name völlig gleichgültig war.

»Miska also.« Birgitta sah mich kritisch an. »Deine Mutter war ja schon immer prosowjetisch, ein Wunder, dass sie dich nicht Wladimir genannt hat.«

Die Pflegerin schüttelte das Kopfkissen auf und zupfte die Bettdecke zurecht, und Birgitta sah aus, als würde sie gleich ihre reizenden Zähnchen in das vielbeschäftigte Patschehändchen der Pflegerin schlagen. Schließlich flappte die Pflegerin auf ihren Gesundheitssandalen aus dem Zimmer und schloss die Tür. Am liebsten wäre ich hingerannt, um sie wieder zu öffnen, denn die geschlossene Tür verdichtete die Trostlosigkeit der Situation noch weiter. Vom Korridor her hatte sich immerhin ein kleines bisschen Linderung hereingestohlen.

»Deine Mutter war eine stramme Linke«, sagte Birgitta zufrieden und zeigte mit ihrem dünnen Finger auf mich. Vor meinem geistigen Auge sah ich diese Dschungeltiere, die sich mit ihren winzigen Saugnapffingern an klebrigen Bäumen entlanghangeln und überall ihre feuchten Spuren hinterlassen.

»Du auch?«

»Davon weiß ich nichts«, sagte ich und dachte an meine Mutter, deren linke Einstellung sich bestimmt irgendwann in den siebziger Jahren verloren hatte, denn heute war davon nichts weiter übrig als Birgittas schwache Erinnerung. Es fiel mir jedenfalls sehr schwer, mir meine Beamtenmutter in ihrem Hosenanzug bei den Kundgebungen am 1. Mai vorzustellen.

»Aber dein Vater wählt die Sammlungspartei, oder?«, fuhr Birgitta fort und wedelte dabei scharfsinnig mit dem Finger.

»Das kann ich mir nicht vorstellen«, sagte ich und dachte an meinen Vater, der vermutlich der unpolitischste und normalste Ingenieur auf der ganzen Welt war, und ich wusste nicht das

Geringste von seinen politischen Neigungen, zum Teil sicher deswegen, weil er keine hatte. Papa wählte wohl kaum eine Partei, höchstens eine Person, wenn überhaupt. Wahrscheinlich latschte er in die Wahlkabine, machte aber gar kein Kreuz und war darauf auch noch stolz.

»Doch, tut er, das sieht man sofort«, behauptete Birgitta. »Und bei dir sieht man auch schon von Weitem, dass da ein Linker ankommt. Dein Bart ist besser als der von Arhinmäki oder Che, zu Castro fehlt dir allerdings noch ein Stückchen. Aber du bist ja jung, das hat also noch Zeit«, nickte sie großmütig. Dann versank sie in ihren Gedanken, und in ihren Augen wurde es düster. Anscheinend ging es jetzt mit hohem Tempo in die nächste depressive Phase.

»Und hier liegt man jetzt also rum und guckt sich im Fernsehen diese halbdebilen amerikanischen Kapitalisten an, die gehen ins Restaurant und bestellen was, aber wenn die Getränke kommen, gehen sie. Diese Alkoholverschwendung will mir nicht in den Kopf, verdammt noch mal, die sollten besser mal hierherkommen und filmen, was Leute ohne Beine so an Dramen und Tragödien durchmachen!«

Wieder schrie sie die letzten Worte. Ich dachte, besser ganz still sein und warten, bis sie sich beruhigt. Ich saß also da und betrachtete Birgitta, die schnaubend verfolgte, wie reiche und schöne Menschen durch irgendwelche Kulissen stolperten. Hätte ich mich dazu aufraffen können, hätte ich Birgitta erklärt, dass die bestellten Getränke deshalb nicht getrunken würden, weil die Serien Billigproduktionen seien. Es sei extra Arbeit für die Continuity, sicherzustellen, dass bei einem neuen Take in den Gläsern genauso viel Flüssigkeit war wie vorher. Vielleicht unterschätzte ich Birgitta ja auch, aber wenn ich ihr das gesagt hätte, dann hätte ich ihr anschließend gleich noch erklären müssen, was ein Take ist und wie eine Fernsehserie generell gemacht wird, und ich hatte absolut nicht das Gefühl, dazu in der Lage zu sein. Ich hätte ihr auch sagen können, dass in den Gläsern kein echter Schnaps sei. Aber vielleicht wusste Birgitta das. Oder ich hätte nur ihre Illusion zerstört. Ich weiß es nicht, das wurde nie aufgeklärt, denn ich hielt den Mund.

Die Pflegerin brachte auf einem Tablett zwei Kaffeetassen, eine Thermoskanne, ein Sahnekännchen, ein Zuckerschälchen und auf einem Teller zwei Hefeteilchen mit Butterfüllung. Sie stellte das Tablett vor mir auf den Tisch. Auf dem Namensschild an ihrem T-Shirt stand Sisko P. Mein Blick schwenkte von ihrem T-Shirt auf die kleinen Kaffeetassen. Winzig kleine Kaffeetässchen sind fast genauso unerträglich wie winzig kleine Sahnekännchen. In die Tässchen passen immer nur anderthalb Schluck Kaffee und ins Sahnekännchen nur ein paar Tropfen, sodass ich meistens gleich alles in meine Tasse schütte, und es reicht noch nicht mal. Die Pflegerin goss Kaffee in die eine Tasse, gab Sahne und drei Stück Zucker dazu, dann servierte sie sie Birgitta und ging zur Tür.

»Danke!«, kiekste ich ihr noch hinterher, aber im selben Moment hatte sie uns schon wieder in dem freudlosen Raum allein gelassen.

Ich goss auch in meine Tasse Kaffee und Sahne und nahm mir eins von den Hefeteilchen. Birgitta rührte ihren Kaffee mit großem Geklirre um. Ich riss mir rund um die Butterfüllung Stücke von meinem Teilchen ab. Das ist so meine Art beim Essen, von einem Butterbrot esse ich zuerst die Kante, und beim Berliner hebe ich mir die marmeladigste Stelle bis ganz zuletzt auf. Mit einem Schluck hatte ich die Kaffeetasse schon fast ausgetrunken. Die Sahne kam mir ungewohnt vor – so ist das, wenn man seinen Kaffee normalerweise mit fettarmer Milch trinkt. Natürlich musste ich mir gleich einen zweiten Kaffee einschenken, und natürlich war dafür nicht mehr genug Sahne übrig. Den Hang älterer Leute zu kleinen Kaffeetassen kapiere ich wirklich nicht. Womöglich ist das so ein Überbleibsel aus der Nachkriegszeit, als es vielleicht wirklich nur anderthalb Schluck Kaffee pro Nase gab.

Birgitta fing an, sich zu entspannen. Sie stellte die Tasse auf ihrem Schoß ab, sah ganz ruhig fern und wirkte fast ausgeglichen.

»Möchtest du ein Teilchen?«, fragte ich schließlich, als ich befürchtete, sie würde allmählich einschlafen. Birgitta zuckte zusammen und warf mir einen verängstigten Blick zu. Sie nickte. Ich reichte ihr den Teller mit dem Hefeteilchen. Sie nahm ihn und starrte mich weiter verängstigt an. Ich ging zurück zu meinem Stuhl.

»Hör mal«, begann Birgitta fast schüchtern. »Könntest du mir beim nächsten Mal vielleicht Schnaps mitbringen?«

»Was?« Ich hoffte, ich hätte sie falsch verstanden, aber mir war natürlich sonnenklar, dass ich sie richtig verstanden hatte.

»Ich bin Alkoholikerin«, sagte Birgitta und sah mir direkt in die Augen. Mich beschlich das Gefühl, sie wollte mir ihr Herz ausschütten und endlich ernst genommen werden. Ich wiederum wollte nichts davon hören, aber ich wusste auch nicht, wie ich mich jetzt hätte aus der Affäre ziehen sollen.

»Ach so. Aber vielleicht ist es dann ja gut, dass du keinen Schnaps kriegst.«

»Was soll daran denn gut sein?«, schnaubte Birgitta, und plötzlich war sie überhaupt nicht mehr schüchtern und ausgeglichen. »Du bist also nicht bloß schwachsinnig, sondern auch ein kompletter Idiot. Ich bin schrecklich alt. Ich habe keine

Beine. Ich verstehe nicht, wieso ich das alles auch noch nüchtern ertragen soll.«

»So furchtbar alt siehst du noch gar nicht aus«, versuchte ich, sie zu beruhigen.

»Und zwar genau deshalb, weil ich mich jahrzehntelang sorgfältig in Alkohol mariniert habe«, feixte Birgitta, aber ihr Feixen ließ eher an den Joker aus *Batman* denken als an eine reizende alte Dame. »Wir kriegen hier keinen Alkohol. Hier geht es bloß darum, uns menschliche Wracks so lange wie möglich am Leben und bei Bewusstsein zu halten.«

»In dem Zimmer da drüben hat mir ein Alter im Rollstuhl mit der Faust gedroht und geknurrt«, sagte ich plötzlich.

»Wen wundert's?«, sagte Birgitta und breitete die Arme aus, als wollte sie die Faustgebärde zu einer universellen Angelegenheit erheben. »Das war bestimmt Risto. Er hat auch keine Beine, und er wünscht sich von ganzem Herzen, so schwach es auch ist, dass er endlich was zu trinken kriegt.«

»Ich weiß auch nicht«, sagte ich und lehnte mich zurück. In der einen Hand drehte ich die Butterfüllung vom Hefeteilchen, in der anderen wog ich die halb leere Kaffeetasse.

Plötzlich hatte mir die ganze Misere klar vor Augen gestanden, und sie war dermaßen trostlos, dass mir nichts anderes eingefallen war als »Ich weiß auch nicht«. Ich schob mir die Butterfüllung in den Mund und dachte über das Elend dieser armen Alkoholiker nach. Da lagen und saßen sie allein in ihren Zimmern, und ihnen fehlten nicht nur die Beine, sondern auch der Alkohol, und zwar dermaßen, dass sie am Ende nicht anders konnten, als zu knurren.

Als ich hinuntergeschluckt hatte, versuchte ich trotzdem eine Antwort: »Warum hast du keinen Rollstuhl? Da könntest du doch selber zum Schnapsladen rollern.«

»Ich bin ja noch ein frischer Krüppel«, stellte Birgitta fest und musterte voller Widerwillen die Beinstümpfe, die sich unter der Bettdecke abzeichneten. »Und man kann hier nicht so einfach weg. Das hier ist ein privates Pflegeheim. Also so was wie ein Gefängnis. Wenn ich arm wäre, läge ich in einer normalen Klinik und würde mit meinem Rollstuhl so schnell wie möglich nach Hause entlassen werden. Und alle wären froh, dass sie mich los sind. Aber weil ich nicht arm bin, haben meine Verwandten mich gegen viel Geld hier in Verwahrung gegeben, damit ich nicht trinke. Aber was geht die das überhaupt an, ob ich mich totsaufe, wo ich doch noch nicht mal Beine habe!«

Und wieder schrie sie so laut, dass der Kuchenteller fast von der Bettkante gefallen wäre und der Kaffee auf die Decke kleckerte. Ich sprang auf, um das Hefeteilchen zu retten, und nahm Birgitta die Kaffeetasse aus der zitternden Hand. Mir war nicht ganz klar, was die nicht vorhandenen Beine mit dem Trinken zu tun hatten, aber vielleicht waren sie aus Birgittas Sicht ja gerade der Grund für alles. Da fasste Birgitta mit ihren klebrigen Fingern nach meinem Handgelenk und zog mich mit festem Griff zu sich heran. Und wie das besessene Mädchen aus *Der Exorzist* knurrte sie zwischen zusammengebissenen Zähnen: »Du besorgst mir Schnaps!«

Ich riss mich los und stolperte nach hinten. Zum Glück war es mit Birgittas körperlichen Kräften nicht weit her. Ihr Charakter dagegen war anscheinend umso zäher. Ich stellte das Hefeteilchen und die Kaffeetasse auf dem Tisch ab.

»Das werde ich bestimmt nicht tun«, sagte ich und rieb mir das Handgelenk.

»Hör mal, Miska, ich bin unglaublich reich«, zischelte Birgitta.

»Was geht mich das an?«, sagte ich beleidigt.

Nicht dass alte Leute bloß unhöflich und misstrauisch sind, nein, sie sind auch noch ganz selbstverständlich der Meinung, junge Menschen wären käuflich. Das ist beleidigend und würdigt die Bedeutung einer Gefälligkeit herab. Ganz so, als würde ich jemandem nach dem Sex Geld anbieten. Das Geld anderer Leute interessiert mich nicht, nicht mal mein eigenes, und schon gar nicht das von Alten und Behinderten.

Okay, vielleicht stellt sich später in dieser Geschichte heraus, dass ich für den Besuch bei Birgitta doch Geld bekommen habe, und was ich eben sagte, könnte daher möglicherweise eine Spur scheinheilig wirken. Aber aus meiner Sicht kann man diesen Fall als die Ausnahme betrachten, die die Regel bestätigt. Außerdem muss man für manche Sachen einfach entschädigt werden. Und während ich dies hier schreibe, kann ich sagen, hundert Euro sind ein Witz. Und es war auch nicht das Geld von älteren Leuten, sondern meine Mutter hat es mir gegeben, und die ist nicht alt, sondern mittelalt. Und ich finde es völlig akzeptabel, wenn gut verdienende Eltern ihre studierenden Kinder hin und wieder unterstützen. Und deswegen soll man sich nicht schuldig fühlen, anders als wenn man alte Leute ausnimmt, was nicht akzeptabel ist. Genauso wenig wie alte Leute, die dir ihr Geld aufdrängen. Das sind zwei voneinander völlig unabhängige Transaktionen, und die können schließlich nicht mit demselben Maßstab gemessen werden. Das dürfte euch doch wohl klar sein.

»Ich bin eine so reiche Alkoholikerin, dass ich mich schon hundert Mal in Schnaps hätte ertränken können, und noch mal hundert dazu, wenn ich das bloß geschnallt hätte, bevor ich hier gelandet bin. Ich hab ein Recht auf Schnaps und Glück. Obwohl – auf das Glück kommt es gar nicht so an, wenn ich bloß Schnaps kriege«, sagte Birgitta plötzlich ganz ruhig.

»Das Recht hast du schon – das haben alle, die losgehen und sich Schnaps kaufen können.«

»Du willst mich ärgern.«

»Ein bisschen«, gab ich zu.

»Es ist leicht, jemanden zu ärgern, der keine Beine hat.«

»Zweifellos.«

Ich steckte die Hände in die Jackentaschen und ging rückwärts Richtung Tür. Dieser Besuch war dabei, mich immer tiefer in die Scheiße zu reiten, und ich fand, dass ich schon tief genug drinsteckte. Die Selbstgedrehte in meiner Jackentasche kam mir zwischen die Finger, und ich hielt mich daran fest wie an einer, nun ja, Selbstgedrehten, denn noch will ich keine abgegriffenen Vergleiche anstellen. Die benutze ich später noch genug.

»Du bist ein ziemlich netter Junge«, sagte Birgitta plötzlich ganz freundlich.

»Und du bist ziemlich furchtbar«, stellte ich fest.

»Setz dich hin«, befahl sie.

»Nein«, sagte ich, lehnte mich in den Türrahmen und tastete nach der Klinke.

»Ich gebe dir so viel Geld, wie du nur brauchst«, sagte Birgitta noch einmal in dem verzweifelten Versuch, mich auf ihre Seite zu ziehen. »Du kannst dir nicht vorstellen, wie düster das Leben hier drin ist, wenn du selber frei auf deinen gesunden Beinen herumlaufen und so viel trinken kannst, wie du willst.«

»Stimmt, das kann ich mir nicht vorstellen«, gab ich freimütig zu.

»Ich leide Schmerzen und Qualen, ich habe alle möglichen Phantomschmerzen und Geisterleiden, und ich verspreche, schwöre und garantiere dir, dass ich nie, nie irgendjemandem erzählen werde, wer mir den Schnaps besorgt hat«, versprach Birgitta.

»Du bist ja auch so lieb und freundlich, dass dich bestimmt viele Leute besuchen kommen und nie jemand auf den Trichter käme«, sagte ich und fand die Türklinke.

»Leck mich am Arsch«, sagte Birgitta auf einmal herzzerreißend traurig.

Sie war die reinste emotionale Wetterfahne, und jetzt gerade stürmte es gewaltig. Eigentlich war es kein Wunder, dass jemand zum Alkoholiker wurde, wenn er eine solche Skala an Gefühlen zu bewältigen hatte. Aber wie auch immer, es ist ja nun mal so im Leben, dass Trostlosigkeit und bodenloser Schmerz sehr viel wirkungsvoller an die Gefühle appellieren als Drohungen und Gebrüll. Ich ließ die Türklinke los und ging zurück zu Birgitta.

»Hör zu«, sagte ich ganz leise. Ich nahm ihre magere Hand und legte die Selbstgedrehte hinein. »Das hier ist Gras. Ich lasse dir den Joint hier – unter der Bedingung, dass du ihn erst rauchst, wenn du einen Rollstuhl hast und irgendwo hinkannst, wo du nicht erwischt wirst. Ist das klar?«

Es war auch für mich eine große Überraschung, was ich da vor meinen eigenen Augen sagte und tat. Birgitta schloss ihre Faust fest um den Joint und sah sehr aufgeregt aus. Sie nickte wichtig. Mir war sofort klar, dass ich einen großen Fehler begangen hatte, aber irgendetwas hielt mich davon ab, ihn rückgängig zu machen.

»Ich weiß schon, was das ist«, sagte sie. »Danke.«

»Und ich pfeife auf dein Geld«, verkündete ich.

Dann sagte ich nichts mehr, sondern lief zur Tür und stürzte nach draußen. Der Korridor sah genauso aus wie vorher, und er war es sicher auch, aber das war schwer vorstellbar. Neben Birgittas Tür dämmerte eine Yuccapalme in einem Übertopf vor sich hin, der Fußboden bestand aus Kästchen in gebrochenen Farben, und es war nur schlüssig, auf diesen Kästchen in die Richtung zu gehen, aus der ich gekommen war. Ich konnte nicht umhin, einen Blick in das Zimmer des knurrenden Faustmännleins zu werfen, aber es war niemand mehr drin, nur die leere Dämmerung. Trotzdem hatte ich das Gefühl, als käme von irgendwoher ein tiefes Knurren. Ich ging so schnell, wie es ohne zu laufen möglich war, ins Foyer zurück, und kaum war ich am Ausgang, rannte ich los.

Ich rannte so lange, wie ich konnte, was nicht sehr lange war, denn ich bin eher der Bücher- und Filmmensch als der Lauf- und Sportmensch, aber ich schaffte es bis zu einem nahe gelegenen Park, lehnte mich dort mit der Schulter an einen Baum und übergab mich. Wenn ich mich aufrege, hat das oft körperliche Folgen. Mit dem Erbrechen brachen alle Dämme, Spucke rann mir aus dem Mund, Tränen aus den Augen und Rotz aus der Nase. Alles tropfte in den Schnee, und ich dachte an all die Würmer und Bakterien, an die Trolle und Keime und anderen Todesboten, die unter dem Schnee in der Erde saßen und im Frühjahr erwachen würden, um meine Ausscheidungen aufzunehmen und so den Kreislauf des Lebens weiterzuführen. Das erschien mir ekelhaft und tröstlich zugleich.

Eine Mutter, die ihren Kinderwagen an mir vorbeischob, betrachtete mich mit einer Mischung aus Abscheu und Mitleid und beschleunigte das Tempo ihrer fitnessgestählten Beine. Und ich war ja eigentlich auch noch zu jung, um am helllichten Tag im Park an einem Baum zu stehen und zu kotzen, aber das brauchte mir keiner zu sagen.

2. Emma

Wenn man es genauer betrachtet, dann fing das Elend gar nicht erst mit Birgitta an, sondern schon am Tag vorher. Eigentlich begann alles mit Emma, dieser Megäre aus der Unterwelt.

Irgendwo rumpelte es. Ich öffnete mein rechtes Auge und bewegte einen schwergängigen Augapfel. Es war halbdunkel im Zimmer, durch die geschlossenen Jalousien drang graues Licht. Ich hörte kleine Schritte, sie tapsten durch den Flur, in der Ritze zwischen Schwelle und Zimmertür sah ich einen Schatten vorbeihuschen. Es war nicht Ville. Ville geht anders, er ist aufmerksam, er trampelt nicht, aber er tritt kräftiger auf als dieser Schatten. Ich hörte, wie jemand aufs Klo ging, sich die Hände wusch, und dann wurde es still im Bad. Vielleicht sah die tapsende Person sich im Spiegel an. Dann ließ sie wieder Wasser laufen, und ich hörte, wie Klopapier abgerollt wurde. Ich schloss mein offenes Auge und stellte mir vor, wie die Person sich das Gesicht gewaschen, über die Bakterienkolonien auf dem Händehandtuch nachgedacht und sich dann mit Klopapier abgetrocknet hatte. Verständlich, aber trotzdem verletzend. Ich dachte darüber nach, wie das Handtuch dort im feuchten Badezimmer hing und wie die im Laufe der Zeit dort hineingeriebenen Hautzellen sich in fleischfressende Bakterien verwandelt hatten und wie diese allmählich an der Wand hochkrochen, und bald wäre die ganze Wohnung eine einzige Fleischfresserbakterienhöhle, in der uns aus allen Richtungen eine hungrige Masse angreifen würde. Vielleicht könnte ich den Angriff noch abwehren, wenn ich unter den Beinen meines Bettes Schüsseln mit irgendeiner Säure platzierte. Falls die Masse nicht von der Zimmerdecke auf mich heruntertropfen würde. Wir würden bald umziehen müssen. Oder das Handtuch austauschen. Bevor es zu spät wäre.

Obwohl ich noch im Halbschlaf war, begriff ich, dass etwas Kleines, Unbekanntes in unsere Wohnung eingedrungen war. Vor meinem geistigen Auge sah ich die Freunde aus *Blade Runner*, die J.F. Sebastian sich gebaut hatte, diese kleinen, herumstolpernden Cyborgs in Armeeausrüstung.

Die tapsenden Schritte kamen aus dem Badezimmer heraus und trippelten wieder dorthin, wo sie offenbar hergekommen waren, nämlich in die Küche. Ich schraubte mich in eine sitzende Position, zog meine Knie unter der Bettdecke hervor, schlang die Arme um sie und schlug die Zähne in mein Knie. Das tat weh, aber ich fühlte mich dadurch präsenter. Ich griff nach meinem Handy auf dem Stuhl, der als Nachttisch diente. Es war 10.48 Uhr. Also Morgen. Ich umklammerte das Handy und wünschte mir, von ihm irgendwie Hilfe zu bekommen, aber nichts passierte. Stattdessen fühlte ich, wie meine Blase anfing zu drücken, und das hatte nichts mit dem Handy zu tun. Ich musste handeln. Ich musste aufs Klo.

Langsam erhob ich mich vom Bett und legte mir die Bettdecke wie einen Umhang um die Schultern. Ich drückte die Türklinke hinunter und öffnete die Tür sehr langsam, geräuschlos und geschmeidig, öffnete sie so weit wie nötig, damit ich mit meiner großen Daunendecke hindurchpasste. Wie ein Indianer schlich ich zur Badezimmertür, schlüpfte hindurch, schloss die Tür und verriegelte sie. Ich pinkelte, nicht ganz so geräuschlos, spülte und stand noch ein wenig da und sah der

Dunkelheit in die Augen. Manchmal, wenn auch nicht immer, habe ich keine Lust, im Bad das Licht anzumachen. Das Licht der Neonröhre ist einfach zu grell, vor allem morgens finde ich das unmenschlich. Im Dunkeln lässt die Zielgenauigkeit zwar zu wünschen übrig, aber man kann sich schließlich nicht um alles Gedanken machen. Man muss Prioritäten setzen. Was stört mich mehr – das Licht oder die Pissespritzer? Andere Alternativen habe ich nicht. Meine Entscheidungen sind auf lange Sicht eben nicht immer vernünftig.

Ich öffnete die Tür, in der Luft hing der Geruch nach Kaffee und Toast, und aus der Küche kam das vertraute Blubbern der Kaffeemaschine. Es war ein heimeliges Gefühl, als wäre ein Heinzelmännchen aus seinem Bau gekommen und hätte in der Küche den Zauber der Gemütlichkeit verbreitet. Es fühlte sich fremd an. In dieser Wohnung leben zwei Junggesellen, dachte ich, während ich weiterschlich. Wenn es mir auf Gemütlichkeit ankäme, würde ich noch zu Hause wohnen. Ich bin hierhergezogen, damit ich meine Klamotten auf dem Boden verteilen und den Abwasch ignorieren kann, damit ich keine Gardinen aufhängen muss und hinpinkeln kann, wo es mir gerade passt, und, nicht zu vergessen, ungewaschen vor mich hin grummeln. Vielleicht war das ein wenig übertrieben, aber ich tat mein Möglichstes, um dem Klischee optimal zu entsprechen.

Geräuschlos schlich ich zur Küchentür. Am Tisch saß ein winziges Mädchen. Also, kein Kind, sondern eine kleinformatige junge Frau, die mich mit weit aufgerissenen Augen ansah. Sie trug ein zu großes braunes T-Shirt mit zwei Fäusten auf der Brust, auf der einen stand POST und auf der anderen MODERN. Zu groß, aber als einziges Kleidungsstück doch wieder ziemlich unzureichend. Die Kaffeemaschine blubberte die letzten Takte, und neben der Spüle stand ein Teller mit zwei

Scheiben Toast, im Toaster steckten anscheinend zwei weitere. Eine Fressmaschine also. Isst, trinkt und lässt es sich gut gehen, von unserem Studienkredit, hier bei uns zu Hause, wie ein Parasit, eine immer fetter werdende Ratte. Eine schwarze Wolke bahnte sich den Weg vom Hinterkopf zu meiner Stirn und drückte sie in feindselige Falten.

»Guten Morgen«, sagte das Mädchen und lächelte.

»Morgen«, sagte ich, ohne zu lächeln.

»Ich hab Kaffee gemacht«, sagte sie und zeigte mit dem Kopf auf die Kaffeemaschine, sodass ihre braunen Haare hin und her wippten.

Theatralisch wandte ich meinen Blick zur Kaffeemaschine. Ich sehe und höre es, das Selbstverständliche muss man nicht extra herausstellen, du dumme Kuh, dachte ich verächtlich. Das war mein Kaffee, gekocht für andere, nicht für mich. Zu meiner Feindseligkeit gesellten sich Traurigkeit und das Gefühl, das fünfte Rad am Wagen zu sein. Bevor ich es verhindern konnte, brach aus meinem Mund ein trauriges Winselgeräusch hervor.

Ich fühlte, dass Tränen im Anmarsch waren, aber hier konnte ich ja nicht weinen, also stürzte ich zurück in mein Zimmer. Ich schloss die Tür und setzte mich auf die Bettkante. Das Mädchen hatte sich nicht mal vorgestellt. Das ist doch wohl das Mindeste, was man von einem Gast erwarten kann, dass er sich vorstellt. Ich seufzte. Gerade als ich darüber nachdachte, ob ich die Tränen zulassen sollte, um meinen Geist und meine Tränenkanäle zu reinigen, oder ob ich sie zurückhalten und versuchen sollte, mich zu beruhigen und über die Situation hinwegzukommen, klopfte es leise an der Tür. Mein erster Gedanke war, mich unterm Bett zu verstecken, aber es war ziemlich offensichtlich, dass ich im Zimmer war, und geweint hatte ich auch noch nicht, also konnte ich genauso gut versuchen, die Situation etwas erwachsener zu klären, als ich es eigentlich vorgehabt hatte.

»Ja!«, bellte ich.

Die Tür wurde vorsichtig geöffnet, und das Mädchen schob sich herein. Sie sah sich nicht kritisch um, sondern blickte direkt zu mir, diesem eingefallenen Menschendeckenhaufen. Sie streckte mir einen Becher mit Kaffee entgegen und einen Teller, auf dem zwei goldbraune Toasts mit Käse lagen.

»Wer bist du?«, fragte ich schließlich.

»Emma«, sagte das Mädchen und legte den Kopf schief, sodass ihre Haare wieder hin und her wippten. »Aber, Miska, wir haben uns schon kennengelernt.«

»Haben wir nicht«, sagte ich, denn ich hatte diese zottelhaarige, halb angezogene weibliche Person garantiert noch nie getroffen.

Das Mädchen hatte offenbar genug davon, mir das Geschirr hinzustrecken, da ich keine Anstalten machte, es entgegenzunehmen, und stellte Becher und Teller auf einen Bücherstapel auf dem Fensterbrett. Ich starrte das Mädchen an, das Mädchen starrte mich an. Sie verschränkte die Arme vor der Brust und bohrte mit ihren Zehen in meinem vermutlich donnerstäglichen Klamottenhaufen, rieb sich an meinem fast sauberen T-Shirt. Welches Recht hatte sie, hier hereinzumarschieren und mit ihren Füßen an fremden Klamotten herumzurubbeln, welches Recht, bitte? Ich fühlte mich verletzt und entehrt.

»Das war vorletztes Wochenende. Wir haben zusammen Wein getrunken, unter so einer Zimmerpflanze«, sagte das Mädchen. »Das war eine Goldfruchtpalme. Die Pflanze.«

Ich sah sie aus meinem Deckendickicht heraus misstrauisch an. Natürlich würde ich mich daran erinnern, wenn ich jemanden unter einer Zimmerpflanze kennengelernt hätte, und noch dazu unter einer Goldfruchtpalme oder wie auch immer die hieß, ich selber kann bloß eine Yuccapalme erkennen, und vielleicht noch eine Calla.

»Ich wusste nicht, ob du Milch oder Zucker nimmst«, sagte Emma.

»Natürlich wusstest du das nicht, weil wir uns ja nicht kennen«, sagte ich und wandte mein Gesicht zum Fenster.

»Ich habe jedenfalls keins von beidem reingetan«, sagte sie, dem Geräusch nach zu urteilen auf dem Weg zur Tür. »Ich wollte dich nicht beleidigen, es tut mir leid, wenn ich das unabsichtlich getan haben sollte.«

Dann zog sie die Tür hinter sich zu. Das Licht, das durch die Jalousien hereinfiel, war immer noch grau. Ich betrachtete den Kaffeebecher und den Teller. Ich nehme Milch. Die Emmaperson hatte den Becher und den Teller abgewaschen, aber nicht richtig abgetrocknet, sodass sie feuchte Kreise auf den Umschlägen des *Grafen von Monte Christo* und *Jonathan Strange & Mr Norrell* hinterließen.

Ich versuchte, mir die Masse aus fleischfressenden Bakterien vorzustellen, die vielleicht gerade jetzt auf Emma zuglitschte, sich auf sie fallen ließ und langsam anfing, ihre lebendigen Zellen anzuknabbern. Wie würde das wohl funktionieren? Würde sich Emma von Kopf bis Fuß in einen einzigen riesigen Schorf verwandeln, während ihre Haut Schicht für Schicht aufgefressen wurde? Oberhaut, Lederhaut, Unterhaut. Der Gedanke war auf seltsame Weise bezaubernd. Ich war schon kurz davor zu lächeln, als das Telefon klingelte. Meine Decke und ich krabbelten zum Nachttischstuhl, auf dem das Handy blinkte. Es war meine Mutter.

»Was«, sagte ich.

»Mama hier!«

»Ich weiß, dass du es bist. Wenn du anrufst, steht es hier auf dem Display«, sagte ich, so wie jedes Mal, wenn meine Mutter anrief.

»Jaja, schon gut«, sagte sie wie immer. »Aber es ist ja doch höflich, sich mit Namen zu melden, wenn man irgendwo anruft.«

»Also, worum geht's?«, schnauzte ich vielleicht unnötig schroff.

»Warum musst du denn so grantig zu mir sein? Ich hatte ja noch gar keine Gelegenheit, mir etwas zuschulden kommen zu lassen.«

»Ja«, seufzte ich. »Also entschuldige. Hast du denn nun ein Anliegen oder nicht?«

»Braucht man denn immer ein Anliegen, wenn man sein eigenes Kind anrufen will?«

»Nein, aber wenn du jetzt nichts Besonderes hast, könnten wir das Gespräch dann auf später vertagen? Ich hab zu tun«, log ich. Das Einzige, was ich zu tun hatte, war, meine Tränen runterzuschlucken.

»Doch, ich habe was. Ich möchte, dass du mir morgen einen kleinen Gefallen tust.«

»Nämlich?«

»Du erinnerst dich an meine Cousine Birgitta?«

»Nein«, antwortete ich wahrheitsgemäß.

»Birgitta ist jedenfalls seit Kurzem im Pflegeheim, und ich möchte, dass du Blumen, Schokolade und eine Karte kaufst und morgen damit zu ihr gehst«, sagte meine Mutter, als hätte sie mich gebeten, den Müll nach draußen zu bringen.

»Das mache ich ganz bestimmt nicht«, sagte ich, denn das würde ich ganz bestimmt nicht tun.

»Was?«, fragte Mama übertrieben verdattert.

»Ich werde ganz sicher keine komische unbekannte Alte besuchen gehen. Was zum Henker fällt dir überhaupt ein, geh doch selber hin!«, brüllte ich fast.

»Hör mal, Miska«, begann meine Mutter streng. Aus irgendeinem Grund glaubt sie immer noch, dass sie die gleiche Autorität hat wie vor zwanzig Jahren. »Du darfst nicht egoistisch sein. Birgitta hat einen furchtbaren Unfall gehabt, und jemand muss sie mal besuchen. Ich kann leider nicht, weil unser Flug schon heute Nachmittag geht und ich das mit Birgitta eben erst gehört habe.«

»Was für ein idiotischer Flug?«, kläffte ich.

»Du sollst nicht so fluchen«, sagte Mama, als ob das ein Problem wäre, dass ich Kraftausdrücke benutze, wenn ich mich aufrege – also genau in den Momenten, für die sie gedacht sind. »Ich habe dir mehrmals gesagt, dass Papa und ich heute für zwei Wochen nach Torremolinos fliegen.«

»Ich gehe bestimmt in kein dämliches Pflegeheim, nur weil ihr euch in irgendeiner Urlaubshölle amüsiert, verdammt noch mal! Gute Reise und auf Wiederhören!«, brüllte ich und drückte auf das rote Hörersymbol.

Kraftlos keuchte ich das Telefon an. Mütter sind unglaublich, jedenfalls meine. Natürlich ist es in gewissem Rahmen angemessen und in Ordnung, wenn man seine Kinder um einen Gefallen bittet oder bestimmte Wünsche an sie richtet, die das Äußere betreffen, also zum Beispiel, zieh doch mal die Hose hoch, musst du denn so schlurfen und würdest du bitte Milch kaufen gehen, aber irgendwo verläuft die Grenze eben doch. Meine Mutter hat diese spezielle Auffassung, dass, wo sie mich doch schon mal in die Welt gesetzt hat, ich ihr für diese verrückte Idee ewig dankbar sein soll, und diese Dankbarkeit muss ich zeigen, indem ich auch noch ihre dämlichsten Forderungen erfülle. Zum Beispiel ruft sie an fast jedem Feiertag an und erwartet von mir, dass ich sie und Papa den ganzen Abend im Auto herumkutschiere, und sie ist immer unglaublich geknickt, wenn ich mich nicht dazu bereit erkläre beziehungsweise mich nicht mal dazu bereit erklären könnte, weil ich bis dahin normalerweise hackevoll bin.

Ich saß da und horchte. Nichts war zu hören, nirgends. In meinem Kopf formte sich ein Bild von der Emmaperson, wie sie bei Ville auf der Bettkante sitzt und ihm von meinem schlechten Benehmen erzählt. Ville, empathisch, wie er ist, versucht, ihr mein merkwürdiges Naturell zu erklären. Weil ich Ville so gut kenne wie mich selbst, wusste ich, die beiden würden gleich bei mir auf der Schwelle stehen, mich mit ihren Welpenaugen ansehen und Freundschaft für alle Völker einfordern, angefangen bei uns dreien. Der Gedanke ließ mich erschauern. Ich hatte meine Wut jetzt schön von meiner Mutter zurück auf Emma projiziert. Ich beschloss, nicht auf die Ankunft der Solidaritätsaktivisten zu warten, sondern entgegen meiner Gewohnheit unter die Dusche zu gehen. In unserer Kultur zählt das Badezimmer ja zu den wenigen Orten, wo man sich alleine einschließen kann, ohne in den Verdacht zu geraten, dass man schmollt.

Ich schlich ins Bad. Unter dem Duschstrahl fühlte ich eine gewisse Erleichterung, als ich mir Chemikalien in die Haare und auf meine sterbliche Hülle rieb. Das warme Wasser bildete einen Vorhang zwischen mir und jener Welt, in der es mir nicht gut ging. Hier in der Wasserwelt war alles viel besser. Schließlich hatte ich mich an allen irgend möglichen Körperstellen gewaschen; ich lehnte nur noch mit den Fäusten an der Wand und ließ das Wasser an meiner Kopfhaut herunterströmen. Ich hatte das Gefühl, hier könnte ich bleiben – vielleicht nicht für immer, aber doch richtig lange. Allerdings fielen mir bald die Kinder in den Entwicklungsländern ein, die kein sauberes Wasser haben, sondern nur Fliegen in den Augen, und dass wir Trinkwasser sogar die Toilette runterspülen, und ich fühlte mich wegen dieser Ungerechtigkeit dermaßen schuldig, dass ich die Dusche ausmachen musste. Als ich den Duschvorhang zur Seite zog, stellte ich fest, dass nirgends ein brauchbares Handtuch zu sehen war. Anscheinend hatte ich meins irgendwo liegen lassen, vielleicht in der Küche, vielleicht in meinem Zimmer auf dem Boden, jedenfalls konnte ich es hier nicht entdecken. Ich warf einen Blick auf das Händehandtuch, aber mittlerweile war es in meinem Kopf so fest mit dieser Fleischfresserbakterienfantasie verbunden, dass ich mir nicht vorstellen konnte, es anders als mit einer zweifachen Schicht Gummihandschuhe anzufassen.

»Scheiße«, sagte ich laut, es war das einzige Wort, das in diesem Zusammenhang passte. »Fuck!«, fügte ich noch hinzu, um das vorher Gesagte zu unterstreichen.

Normalerweise wäre ich natürlich einfach nach draußen gelatscht, so wie ich war, um mein Handtuch zu holen, wo auch immer es herumlag, aber in dieser Situation konnte ich unmöglich das Risiko eingehen, auf die Emmaperson zu treffen. Ich erwog meine Möglichkeiten. Aus meiner Sicht waren das folgende: 1. mich mit Klopapier oder meiner Unterhose abtrocknen, 2. mich in den Duschvorhang einwickeln, um das Handtuch zu holen, 3. so lange warten und frieren, bis ich trocken bin, 4. Ville rufen und ihn bitten, mir ein Handtuch zu bringen.

Die Situation war fast genauso grauenhaft wie damals, als ich noch zu Hause wohnte und nachts heimlich zum Rauchen auf den Balkon ging und mich dann ausschloss. Ich musste mich entscheiden, ob ich mich selber befreie oder meine Eltern wecke und sie dann die Zigaretten riechen. Weil ich jung war und noch dümmer als heute, kletterte ich an der Regenrinne drei Stockwerke nach unten mit nichts als Boxershorts am Körper. Unten angekommen wurde mir klar, dass ich, verflucht noch mal, tatsächlich im Schnee stand, nur Boxershorts anhatte und nicht mal ins Treppenhaus kam. Da kriegte ich es mit einem Hauch von Angst zu tun. Gerade als ich darüber nachgedacht hatte, ein Fenster einzuschlagen, kam zum Glück der Briefträger. Er ließ mich ins Treppenhaus, und mir blieb nichts anderes übrig, als zu klingeln. Meine Eltern denken heute noch, dass ich schlafwandele. Das Rauchen habe ich bald danach aufgegeben, es ist ja auch einfach rundherum dämlich und, wie diese Geschichte zeigt, sogar lebensgefährlich.

Jetzt konnte ich allerdings nicht auf den Briefträger warten, sondern musste mir eine andere Lösung ausdenken. Ich dachte, was soll's, öffnete die Badezimmertür einen Spalt und rief nach Ville. Nichts geschah. Ich rief noch einmal, etwas lauter. Ville kam aus der falschen Richtung, nämlich aus meinem Zimmer, nicht aus seinem eigenen, wie ich erwartet hatte. Ich war ganz konfus.

»Na?«, fragte Ville.

»Handtuch«, zischelte ich.

»Wo ist es denn?«, fragte er.

»Weiß nicht, gib mir ein sauberes«, schlug ich vor und zog mich wieder ins Bad zurück.

Während ich wartete, hörte ich aus meinem Zimmer Stimmen. Nicht aus Villes Zimmer, sondern aus meinem, aus der anderen Richtung. Die Vorstellung, dass die beiden dort drin waren und inmitten meiner privaten Sachen auf mich warteten und über mich sprachen, war ziemlich unangenehm. Und ich musste mich der Situation stellen, und das auch noch ohne Hosen. Wenn ich nicht meine alte Unterhose anziehen würde, was ich nicht vorhatte. Ich fand es unfair und unpassend. Ville klopfte und schob ein grünes Handtuch durch den Türspalt. Währenddessen ging das Gespräch in meinem Zimmer weiter. Und da Ville hier war, hieß das, die Emmaperson saß da und redete mit sich selbst. Ist die vielleicht nicht ganz dicht?, dachte ich. Jedenfalls konnte ich mir, während ich mir die Haare und den Körper mit dem Handtuch abrubbelte, beileibe keinen anderen Grund dafür vorstellen, dass jemand mit sich selbst redete. Irgendwann war mein Körper vom Abtrocknen schon ganz rot, und es gab nichts weiter zu tun, als mir das Handtuch um die Hüften zu wickeln und aus dem Badezimmer herauszukommen. Das erschien mir als unüberwindbare Hürde, aber ich hatte keine andere Möglichkeit. In diesem Moment fiel es schwer, sich die Logik meiner früheren Entscheidung vor Augen zu führen, mich nackt im Bad einzuschließen, anstatt mich einfach anzuziehen und mein fremdbesetztes Zuhause zu verlassen.

Die beiden standen mitten in meinem Zimmer zwischen den Klamottenhaufen. Emma hatte sich eine Jeans angezogen und sah bedrückt aus. Was für eine Heuchlerin, dachte ich und schnaubte für alle hörbar. Villes Stirn war sorgenvoll und nachdenklich gerunzelt, und das brachte mich auf den Gedanken, was für einen großartigen Psychologen er abgeben würde, in einem Sessel, die Finger wissend aneinandergelegt und auf dem Gesicht dieser zugewandte, verständnisvolle und empathische Ausdruck, der den Menschen das Gefühl vermittelte, dass ihre Probleme bedeutsam und real waren. Ich blieb in der Tür stehen. Macht ihr euch doch einfach in meinem Zimmer breit, ich bleibe hier, ich tappe nicht in eure Falle, dachte ich.

»Ich möchte mich entschuldigen«, sagte Emma und sah mir flehend in die Augen.

»Ach, und wofür?«, schnaubte ich wieder.

»Dass ich dich erschreckt habe, das wollte ich nicht.«

»Könnt ihr jetzt vielleicht gehen, damit ich mich anziehen kann?«, sagte ich unfreundlich und zeigte wie eine Stewardess mit den Händen die Richtung an.

»Könntest du dich nicht mal normal benehmen?«, schlug Ville vor und machte keine Anstalten zu gehen.

»Wie denn – normal? Ich wache ganz normal auf, und plötzlich sitzt eine unbekannte Frau in meiner Küche. Dann gehe ich ganz normal unter die Dusche, und die unbekannte Frau ist auf einmal in meinem Schlafzimmer! Dann ist es Zeit, sich normal anzuziehen, und die unbekannte Frau will dabei zugucken! Könnt ihr euch vielleicht selber normal benehmen? Und jetzt haut endlich ab, verdammt noch mal!«, schrie ich.

Die Fassung zu verlieren ist nie empfehlenswert, wenn man vorhat, die Kontrolle über eine Situation zu behalten, aber ich bin nun mal mit einem aufbrausenden und hitzigen Wesen geschlagen. Überraschende Situationen sind mir zuwider. Wenn ich mich bedroht fühle, pflege ich kräftig, unfair und lautstark anzugreifen.

»Miska, hallo«, sagte Ville mit etwas leiserer Stimme.

Ich drehte meinen Kopf in Richtung Flur und hoffte, ich könnte die beiden fortschweigen. Ich sah es nicht, aber da ich Ville seit zwanzig Jahren kenne, wusste ich, dass er auf dem Weg zur Tür die Schultern hochzog.

Vielleicht fragt ihr euch, ob ich mich wirklich an alles erinnere oder ob ich mir das ausdenke, so wie ein Schulterzucken, das ich nicht sehen konnte. Ihr denkt, es kann nicht sein, dass ich mich an alle Dialoge erinnern kann. Vielleicht ist das so, aber das interessiert mich nicht. Das hier ist meine Wahrheit und meine Geschichte, und so ist sie nun mal aus meiner Sicht passiert. Ich habe ein Recht darauf, die anderen Beteiligten können ja ihre eigenen Versionen aufschreiben, und die sind dann vielleicht genauso wahr oder auch nicht. Und außerdem habe ich ein echt gutes Gedächtnis. Besser als das von anderen.

Die Emmaperson blieb vor mir stehen und streckte mir ein Handy hin. Mein Handy.

»Deine Mutter hat angerufen«, sagte sie. »Sorry, ich habe abgenommen, weil sie schon zum dritten Mal anrief. Ich dachte, es wäre vielleicht ein Notfall.«

»Was?«, grunzte ich, dermaßen perplex, dass ich nicht mal brüllen konnte.

»Sie hat dir Geld überwiesen für … Blumen und irgendwas anderes«, stotterte Emma und wich zitternd zurück.

»Was?«, kreischte ich.

»Entschuldigung«, wimmerte sie und versteckte sich mit hängenden Schultern hinter Ville. Anscheinend sah ich bedrohlich aus.

»Emma wollte nur helfen«, behauptete Ville und schlang seine mitfühlenden Arme um Emmas runde Schultern. So hatte er es auch bei mir im Kindergarten und in der Schule immer gemacht, wenn ich Streit mit jemandem hatte und die Situation bereinigt werden musste. Da schlang Ville seine Gliedmaßen um mich, und in meine Seele kehrte wieder Frieden ein, weil ich merkte, dass jemand auf meiner Seite war, und dann brachte er mich fort. Jetzt war es die Emmaperson, die Ville fortbrachte, und ich fühlte mich überhaupt nicht friedlich.

Schnappatmend sah ich ihnen bis zu Villes Zimmertür nach.

Er lotste die Emmaperson hinein, und ich verlor die beiden aus den Augen. Und da stand ich nun, bekleidet mit einem nassen Handtuch, das Telefon in der Hand, immer noch keuchend. Aus meinem Mund brach ein Heulen hervor.

Es verging eine ganze Zeit, bis ich mich so weit beruhigt hatte, dass ich in der Lage war, mich anzuziehen. Die Fähigkeit, Probleme zu lösen, ist noch nie meine beste Eigenschaft gewesen, und so sah ich keine andere Möglichkeit, als mich heftig zu betrinken. Ich wäre natürlich lieber jemand, der bei Schwierigkeiten dem Feuer tapfer und mit gezücktem Säbel entgegentritt, oder wie auch immer, ich weiß auch nicht, was man mit einem Säbel gegen Feuer ausrichten soll, eine merkwürdige Formulierung, aber jedenfalls fände ich es gut, wenn ich bei Problemen nicht in Schwermut und Hoffnungslosigkeit verfallen würde, sondern mich zum Gebieter der Situation aufschwingen könnte. Aber ich bin ein Schlaffi. Und vielleicht ist das auch der Grund dafür, dass ich oft einen im Kahn habe. Mir ist schon klar, dass es nicht besonders gut ist, ständig besoffen zu sein, also sehe ich zu, dass ich es nur dann bin, wenn die Umstände auf einen Punkt zutreiben, an dem ich keinen anderen Ausweg weiß. So wie in diesem Moment. Und natürlich trinke ich manchmal einfach so zum Spaß.

Am nächsten Morgen wachte ich davon auf, dass Ville mechanisch meinen Namen wiederholte. Miska. Miska. Miska. Miska. Miska. Ich hob den Kopf aus den Tiefen meines Kissens, und als Ville merkte, dass seine Litanei gefruchtet hatte, sprang er auf mein Bett, ließ sich neben mir nieder und arrangierte seine langen Beine auf meinem Rücken.

Wir führten ein Gespräch, in dem Villes Standpunkt war, dass ich tun sollte, was die Emmaperson meiner Mutter so unbedacht am Telefon versprochen hatte. Mein Standpunkt war: nie und nimmer. Ville wandte ein, wenn ich zum Pflegeheim ginge, wäre das gut für alle. Wir würden einen unschuldigen alten Menschen glücklich machen und ein bisschen auch meine Mutter, was bedeutete, dass mehr Glück in der Welt wäre. Aber ich sah die Sache anders. Und das, obwohl ich Birgitta noch gar nicht kennengelernt hatte und noch der Illusion anhing, alte Leute seien relativ harmlose Wesen. Als Ville fand, dass er alle Gesichtspunkte vorgebracht hatte, rollte er mich als Deckenwurst auf den Fußboden und sagte, er werde jetzt Kaffee kochen. Dann sprang er wie ein junger Panther aus dem Zimmer. Ich hingegen lag schwer atmend auf dem Boden und sah, wie sich unter dem Bett die Staubhaufen im Luftstrom bewegten, und ich dachte einen Moment lang darüber nach, dass meine Atemzüge in diesem Staubhaufenuniversum unglaubliche Naturkatastrophen auslösten. Vielleicht wurde es sogar richtiggehend zerstört. Wie schrecklich.

Da ich Ville immer noch böse war, hätte es mir deutlich besser geschmeckt, mich einfach umzudrehen und weiter beleidigt zu sein. Ich fühlte mich immer noch verletzt und dachte nicht daran, ihm zu verzeihen, trotzdem stand ich vom Fußboden auf und tat das, worum Ville mich bat, eben weil er mich darum bat. Ich wollte ihm einen Gefallen tun, auch wenn er es nicht verdiente. Und so machten wir uns auf den Weg zum Pflegeheim Sonnenschein. Wir gingen im Einkaufszentrum ins Blumengeschäft, wo ich die oben beschriebenen vieldeutigen Tulpen kaufte. Im Bus versuchte ich, mir meinen Schal möglichst weit ins Gesicht und meine Mütze tief in die Augen zu ziehen, denn ich fühlte mich von der Helligkeit der Welt und Villes fröhlichem Geplapper in die Enge getrieben.

Nach unserer Fahrt mit Bus und Straßenbahn stiegen wir schließlich an der Haltestelle aus, die uns die Fahrplan-App empfohlen hatte. Villes Telefon klingelte. Durch die ganze Helligkeit und alles andere war ich in einem so eigenartigen Zustand, dass ich nicht hörte, was Ville am Telefon sagte, bis ich einen besorgten Tonfall registrierte: »Ja, ich komme sofort, rühr dich nicht vom Fleck.«

Mit meinem verzweifeltsten Gesichtsausdruck drehte ich mich zu Ville um. Er steckte sein Handy umständlich in die Tasche und schaute mich zerknirscht an. Er schien nach den richtigen Worten zu suchen, um mir das Folgende möglichst schonend beizubringen.

»Hör zu«, begann er.

Ich sah ihn misstrauisch an und fühlte, wie meine Wut in dem Maße anwuchs, wie er sich in seinen Schuldgefühlen wand. Je länger es dauerte, bis er sagte, was er zu sagen hatte, desto wütender wurde ich.

»Das war Emma«, fuhr er fort.

Als hätte ich das nicht erraten, du bedauernswerter Hosenscheißer, dachte ich und drückte das Kinn auf die Brust. Nun feuerte ich meine Blicke aus dem Schutz meiner Augenbrauen und meiner Mütze ab.

»Es tut mir total leid, aber ich muss leider sofort weg«, sagte er und versuchte, einen verständnisheischenden Blick aufzusetzen. Ich drehte mich um und lief mit großen Schritten in die andere Richtung.

»Warte!«, rief Ville.

»Was?«, rief ich und drehte mich um. Ich breitete die Arme aus und ging einen Moment rückwärts, bis ich merkte, dass ich bei meinem Kater nicht rückwärtslaufen konnte und Ville mir auch nicht antwortete. Also stolperte ich zurück in die richtige Richtung, und hinter der nächsten Ecke sah ich schon das Pflegeheim Sonnenschein.

3. Herr Kurttu

Ich löste die Schulter vom Ahorn und sog die eisige Luft in meine Lungen. Ich hatte das Gefühl, meine Augäpfel, die von der gleißenden Helligkeit tränten, würden einfrieren und meine Lunge würde gleich bersten. Ich schob die Hände tief in die Jackentaschen, denn meine Handschuhe waren verschwunden. Das Erbrechen hatte mein Bewusstsein auf eigenartige Weise geklärt, doch gleichzeitig hatte ich den Bezug zum Raum völlig verloren. Aus irgendeinem Grund wusste ich nicht, wo ich mich befand, und lief daher einfach kopflos drauflos. Mir kamen zuerst Pferde und dann Eichhörnchen entgegen, was dazu führte, dass ich mich immer weiter von der Realität losgelöst fühlte. Anscheinend stellte ich mir vor, dass ich unterbewusst die Richtung kannte, in die ich gehen musste, aber es konnte kaum eindeutiger sein, dass ich falschlag, denn ich ging mindestens sechsunddreißig Kilometer kreuz und quer durch den Park, bis ich auf eine Straße und Straßenbahnschienen traf.

Keuchend sank ich an der Haltestelle auf die Wartebank. Ich sehnte mich nach einem warmen und sicheren Ort, wollte nur weg aus der gleißenden Helligkeit und dem Frost, egal wohin. Ich schloss die Augen und wartete auf das Geräusch der Straßenbahn. Erst als sie an der Haltestelle hielt, öffnete ich die Augen wieder. Dankbar stieg ich ein, ließ mich auf den erstbesten Sitzplatz fallen und lehnte die Stirn ans Fenster. Wieder schloss ich die Augen und konzentrierte mich auf das einschläfernde Rattern. Das Fenster war kühl, aber nicht kalt, es linderte meinen Zustand durch die Mütze hindurch. Es interessierte mich nicht die Bohne, wohin die Straßenbahn fuhr, ich wollte einfach nur einen Moment dasitzen und die Bruchstücke meines Selbst einsammeln, um die Logistik konnte ich mich später kümmern. Der Gedanke beruhigte mich, es schien, als wären die Dinge erst einmal geregelt.

Lange Zeit saß ich einfach da, ohne etwas zu tun. Irgendwann war ich wieder so gut beieinander, dass ich mich traute, die Augen zu öffnen. Ich lehnte die Knie an den Sitz vor mir und knibbelte an den Fasern rund um das Jeansloch herum. Ich versuchte, herauszufinden, wo die Straßenbahn hinfuhr, und das war sogar einfach, denn direkt vor mir sah ich die Markthalle von Hakaniemi. Darüber freute ich mich dermaßen, dass ich spontan beschloss, auszusteigen und irgendwo ein Bier zu trinken.

Als ich auf dem Weg zur Kneipe die Straßenbahnschienen überquerte, fühlte ich den Vibrationsalarm meines Telefons am Oberschenkel. Ich fummelte das Handy aus der Hosentasche und betrachtete einen Moment lang das blinkende *Mama* auf dem Display. Ich kann jetzt nicht, dachte ich, und steckte das Telefon zurück in die Tasche. Was ruft die überhaupt aus Torremolinos an, überlegte ich, irre teuer, diese älteren Leute verstehen überhaupt nichts von der heutigen Technik und erst recht nichts von den Preisen.

Ich setzte mich mit einem großen Bier an einen Fenstertisch. Als ich mich zurücklehnte, fand ich, dass ich ein bisschen aussah wie ein Dichter. Ich hoffte, den Passanten draußen, den jungen Studentinnen, die am Nebentisch beim Kaffee saßen, und der Kneipenbedienung würde mein melancholisches, grüblerisches und abgerissenes Äußeres auffallen und sie würden es sich einprägen, und wenn ich eines Tages meinen seelenerschütternden Gedichtband veröffentlichen würde, würden sie zu ihren Verwandten sagen: »Oh, das ist dieser dekadente junge Mann, der immer am Fenstertisch gesessen hat, bei dem sah man schon von Weitem, dass er in seinem Strubbelkopf irgendwas Bedeutsames ausgebrütet hat.« Natürlich schreibe ich gar keine Gedichte, dafür bin ich viel zu prosaisch, aber der Gedanke hatte etwas Tröstliches.

Ich beschloss, nach dem Bier und wenn sich mein Seelenzustand ein wenig beruhigt hatte, an der Uni etwas essen zu gehen. Soweit ich mich erinnerte, hatte ich in letzter Zeit nichts gegessen. Meine Erinnerung trog, denn ich hatte vor meiner Abfahrt zwei Toasts gegessen und bei Birgitta ein Hefeteilchen mit Butterfüllung, aber danach war so viel passiert – inklusive Erbrechen –, dass eine kleine Erinnerungslücke vielleicht verzeihlich ist.

Ich zog mein Handy aus der Tasche, um Ville per SMS zu fragen, ob er mit mir essen geht, aber dann fiel mir ein, dass er bestimmt neben dieser kleinen, warmen Person in der Löffelchenstellung liegt und die beiden sich gegenseitig in den Haaren schnuppern und sich Geheimnisse zuflüstern und ihre Beine ineinander verknoten. Es war ja nicht so, dass ich mit Ville in der Löffelchenstellung liegen wollte, und mit Emma auch nicht, aber ebenso wenig wollte ich mitten am Tag alleine in einer Kneipe sitzen und Tränen runterschlucken, nur weil andere Leute an Haaren schnüffelten. Ich steckte das Telefon wieder weg, goss mir das Bier in den Schlund und holte mir ein zweites.

Da saß ich also, und die Zeit verging. Das Gefühl brodelnder Bedrängnis wich allmählich einer weiträumigen Ruhe, was viel mit der Menge des getrunkenen Biers zu tun hatte. Als ich mir das fünfte Glas holte, waren mal eben mehrere Stunden vergangen. Während ich am Tresen stand, steckte ich die Hand in die Tasche, ohne dort den üblichen Joint zu finden. Ich hatte ihn in einem vorübergehenden Anfall von Mitgefühl Birgitta gegeben. Der Gedanke daran war zu viel. Ich streckte der Bedienung, die mich sorgenvoll ansah, das Glas hin und brachte sie mit einer Geste dazu, es noch mal zu füllen. Einen Moment stand ich mit dem kalten Bierglas in der Hand an der Theke und versuchte, Birgitta zu vergessen. Es gelang mir nicht. Vor meinem geistigen Auge sah ich Birgitta den Joint rauchen und konnte absolut nicht verstehen, warum ich so einem Menschen Drogen in die Hand gegeben hatte. Wer bitte macht so was? Ich versuchte, mich damit zu beruhigen, dass ich irgendwann mal gelesen hatte, Cannabis sei als Schmerzmittel überragend. Vom Standpunkt der Alternativmedizin wäre mein Geschenk vielleicht lobenswert gewesen. Aber weil ich nicht mehr wusste, wo ich das gelesen hatte, konnte ich den Informationen nicht trauen. Und mein mentales Gleichgewicht nicht wiederherstellen.

Es war bereits früher Abend, und ich war unzweifelhaft betrunken. Mein Telefon klingelte. Ich pulte es wieder aus meiner Tasche, in der Hoffnung, es wäre vielleicht Ville, aber es war meine Mutter. Ich ging nicht dran. Da ich betrunken war, erschien es mir besser so. Warum schickte sie mir keine Nachricht, wenn sie was wollte, dachte ich, woraufhin direkt die Nachricht von ihr kam, ich solle sofort zurückrufen. Ich ruf bestimmt nicht zurück, soll sie doch selber anrufen, dachte ich. Was sie ja eigentlich gerade getan hatte. Jedenfalls bring ich das jetzt nicht fertig, dachte ich, es läuft sowieso nur auf komische Haarspaltereien hinaus. Ich steckte das Telefon wieder ein und setzte mich. Schauder liefen mir über den Rücken, der ganze Stuhl bebte, das Bierglas krachte auf den Tisch, und die jungen Studentinnen schauten genervt in meine Richtung. In ihren Blicken las ich Missbilligung, sie sahen in mir nicht den jungen Dichter, sondern dachten: Dieser verdammte Junkie mit der kaputten Hose, und die Mütze hängt ihm auch sonst wo, igitt.

Meine Betrunkenheit wurde immer nebelhafter. Ich fand mich auf dem Klo wieder, wo ich herumtaumelte und versuchte, die Klosprüche zu entziffern. Mein Zeitgefühl verschwand, aber vor dem Verdursten brauchte ich keine Angst zu haben, denn ich hatte mein Bierglas dabei. Ich betrachtete die Wörter an den Wänden, doch es war schwierig, die Augen scharf zu stellen. Manchmal kann man betrunken nicht gut sehen, und dann muss man ein Auge zumachen, aber es ist mühsam, sich auf diese Weise aufrecht zu halten, und wenn man so herumstolpert, dann pinkelt man aus Versehen überallhin. Also, vielleicht nicht auf sich selber, aber ansonsten schon so ziemlich überallhin. Als ich gepinkelt hatte, stellte ich fest, dass es draußen laut war, jemand trat gegen die Tür. Ich brummte irgendwas, zog meinen Reißverschluss hoch, schob die Mütze nach oben und öffnete die Tür. Ich war so lange auf dem Klo gewesen, dass sich vor der Kabine eine Protestbewegung formiert hatte. Dort standen wütende Punks, die mich im Vorbeigehen misstrauisch ansahen und miteinander flüsterten.

In der Zeit, die ich auf dem Klo verbracht hatte, hatten sich die Tische gefüllt, alle bis auf meinen. Ich setzte mich oder – bedingt durch meinen Zustand – fiel eher auf den Stuhl und sah mich um. Warum hatte sich niemand zu mir an den Tisch gesetzt? Warum standen die Leute lieber da oder dort herum, statt sich hier zu mir zu setzen? War ich so abstoßend? Schwebte über mir die Aura meines Scheiterns als Freund? Als ich kurz davor war, meiner Hoffnungslosigkeit und Paranoia freien Lauf zu lassen, bemerkte ich einen Herrn, der neben meinem Tisch stand und mich wohlwollend betrachtete. Sein schütteres Haar war nach hinten gekämmt, der kamelhaarfarbene Wollmantel und der Anzug darunter strahlten eine dezente Schmuddeligkeit aus. Der Anzug war dunkelgrau, das Hemd knallgrün, die Krawatte wiederum senfgelb. Der Aufzug war so absurd bunt und gleichzeitig so abgenutzt, dass es sich sicher nicht um einen Büroangestellten handelte, aber der Herr sah doch so ordentlich aus, dass er auch nicht der schlimmste Trinker sein konnte. Um seinen Hals war ein auffallend schöner Seidenschal mit Paisleymuster geschlungen. Der Herr zeigte auf den freien Stuhl an meinem Tisch und sagte: »Darf man sich dazugesellen?«

Ich zuckte die Achseln und tat so, als wäre es mir egal, obwohl ich in Wahrheit extrem erleichtert war. Nicht alle reagierten also instinktiv auf mein abstoßendes Äußeres. Der Herr setzte sich und stellte sein Rotweinglas auf dem Tisch ab. Wir betrachteten einander reserviert. Es war der spannungsvolle Moment, in dem man abwägt, ob man sich mit dem Tischnachbarn unterhält oder ob man einfach still ist. Schließlich löste der Herr die Situation.

»Darf ich mich vorstellen, Herr Kurttu mein Name«, sagte er höflich und reichte mir die Hand.

»Miska Tammi«, sagte ich und schüttelte seine Hand.

Dann sahen wir einander wieder an, diesmal etwas weniger reserviert.

»Du bist allein unterwegs, wie ich sehe«, bemerkte Herr Kurttu.

»Ja, im Moment jedenfalls«, sagte ich und versuchte, so zu klingen, als hätte ich vorher Gesellschaft gehabt oder würde sie noch bekommen.

»So wie ich selbst«, sagte Herr Kurttu.

Ich dachte an Ville, der nicht anrief und auch keine Nachricht schickte, und mir kamen die Tränen. Ich war so allein, so verlassen, es zwickte im Bauch, weil ich so viel Mitleid mit mir selbst hatte. Ich versuchte, die Tränen mit dem Bier zusammen hinunterzuschlucken, aber das funktionierte nicht. Herr Kurttu tätschelte empathisch meine Hand und wartete höflich, bis ich mich beruhigt hatte.

»Die Freundin?«, fragte er.

»Nein, ein Mann. Also, nicht mein Freund, sondern *ein* Freund. Der ein Mann ist. Ville.«

Ich stotterte herum und ließ den Kopf hängen. Ich war eine elende Heulsuse, bestimmt würde auch dieser Mensch gleich wieder gehen. Herr Kurttu nahm seine Hand von meiner Hand und tätschelte mir die Wange.

»Aber, aber. Jetzt nehmen wir ein Tempo und beruhigen uns.«

Ich putzte mir die Nase mit seinem Taschentuch und wischte mir das Salzwasser aus dem Gesicht. Einen Moment schluchzte ich noch weiter, bis ich es schaffte, mich ein klein wenig aus meinem Selbstmitleid zu befreien und den Kopf zu heben. Anscheinend hatte an den Nebentischen niemand meinen Zusammenbruch mitbekommen.

»Wie ich sehe, geht dein Glas zur Neige«, sagte Herr Kurttu und schob sich über den Tisch näher heran. »Da deine Erscheinung die Unschuld der Jugend ausstrahlt, erlaube ich mir, ein kleines Manöver vorzuschlagen.«

»Und deine Erscheinung strahlt die Verstocktheit des Alters

aus«, stellte ich fest, weil ich nicht wusste, was ich sonst darauf antworten sollte, und es stimmte ja auch.

Herr Kurttu brach in Gelächter aus.

»Welch herrliche Direktheit! Diese Art von *présence* ist unbedingt von Vorteil bei einer Whiskyprobe! Alter Whisky und eine junge Seele, das ist eine hervorragende Mischung.«

»Aha«, sagte ich und zuckte die Achseln. »Was soll man da noch hinzufügen.«

»Nichts! Außer Whisky!«, verkündete Herr Kurttu und sprang auf, während er sich in hohem Bogen den Schal über die rechte Schulter warf. »*On y va!*«

»Was ist los?«, stöhnte ich.

»Lass uns gehen!«, rief Herr Kurttu und zeigte begeistert zur Tür.

»Wohin?«, fragte ich verwirrt, ich hatte ganz klar den Anschluss verloren.

»Zu mir. Wir trinken zusammen Whisky!«

Ich hob die Schultern, goss mir den Rest aus meinem Glas in den Hals und wankte hinter Herrn Kurttu nach draußen. Ich blieb ein bisschen hinter ihm zurück, zog die Schultern bis zu den Ohren hoch und dachte darüber nach, warum man das bei Frost so macht. Wahrscheinlich versucht man, so viel wie möglich von sich auf möglichst kleinem Raum unterzubringen, in diesem Fall in der Jacke, um ein bisschen mehr Wärme abzubekommen.

Der Weg zu Herrn Kurttu an der Toinen Linja war nicht weit. In einem engen Lift fuhren wir in den dritten Stock, ich weiß nicht, wieso, wir hätten genauso gut laufen können, aber so war es. Herr Kurttu duftete oder stank, je nachdem, wie man es sieht, kräftig nach Aftershave, und der Geruch öffnete mir schlagartig die Nebenhöhlen.

Vielleicht wundert ihr euch darüber, warum ein junger Mann wie ich einfach so mit einem unbekannten älteren Herrn mitgeht, noch dazu mit einem in bunten Klamotten, spätestens der Schal müsste einem doch verdächtig vorkommen, aber ich kann die Sache mit drei Wörtern erklären: Gleichgültigkeit, Einsamkeit und Whisky. Natürlich wusste ich, dass es im Allgemeinen nicht als vernünftig angesehen wird, mit zu älteren Herren in die Wohnung zu gehen, und obwohl ich so besoffen war, fühlte ich mich wie ein Idiot. Ich versuchte mit aller Macht, meine Gedanken auf den Whisky zu konzentrieren. WhiskyWhiskyWhisky.

Zugegebenermaßen wäre ich quasi mit jedem beliebigen Typen mitgegangen. Wie ich es eben auch tat. Merkwürdiger als dieser hier konnte ja kaum jemand sein. Trotzdem danke ich für eure Fürsorglichkeit, muss aber anmerken, dass ich ein erwachsener Mensch bin und nach verschiedenen Maßstäben ein Mann, auch wenn man das nicht direkt glauben würde. Bevor wir die Kneipe verließen, hatte ich noch erwogen, ob ich Herrn Kurttu etwas entgegenzusetzen hätte, wenn es darauf ankäme. Ich bin nicht besonders groß, aber das war er auch nicht.

Die Wohnung von Herrn Kurttu war pompös und aufgeräumt. Samtvorhänge, goldene Puschel, glänzende Stoffe, Kerzenhalter aus Bronze, Bilder mit kokettierenden Zigeunermädchen. Es roch nach Moschus, Räucherstäbchen, Staub und Puder. Ich zog meine Schuhe und meine Jacke im Flur aus und setzte mich vorsichtig auf das moosgrüne Plüschsofa.

»Gestatten, mein Schloss«, sagte Herr Kurttu und breitete theatralisch die Arme aus.

»Ziemlicher Pomp«, stellte ich fest.

»Ich mag es, mich interessant einzurichten. Als junger

Mann war ich Schauspieler in Stockholm.« Herr Kurttu öffnete einen kleinen Schrank am anderen Ende des Wohnzimmers, machte eine Kunstpause und brachte dann eine Whiskyflasche an den Tisch.

»Im Theater gab es einen älteren Schauspieler, er hieß Rolf, und er liebte Whisky, liebte ihn über alle Maßen, liebte ihn zügellos. Einmal bekam er vor einer Vorstellung von einem Bewunderer eine Flasche geschenkt, aber niemand achtete darauf, und er hat sie sofort ausgetrunken. Dann gingen ihm die Lichter aus. Rolf hatte in dem Stück eine ziemlich zentrale Rolle, und das Publikum saß schon auf den Plätzen. Man konnte die Leute also nicht wieder wegschicken. Wir anderen improvisierten dann die ganze Vorstellung durch, als hätte es Rolfs Rolle gar nicht gegeben. Ich weiß nicht, ob das jemandem aufgefallen ist.«

»Bestimmt dem, der die Flasche mitgebracht hatte«, sagte ich.

»Ja, dem ganz bestimmt«, sagte Herr Kurttu und nickte. Er goss Whisky in zwei Verkostungsgläser. »Ach ja, das waren Zeiten. *O tempora, o mores.*«

Ciceros Ausruf war in diesem Zusammenhang nicht ganz so passend, und ich wollte schon den Mund aufmachen, um das zu klären, aber ich besann mich eines Besseren. Herr Kurttu stand mit den beiden Gläsern in der Hand da und starrte gedankenverloren an die Wand. Seine Träumerei schien kein Ende zu nehmen. Ich hüstelte. Kurttu schreckte auf und reichte mir ein Glas.

»Achtung!«, rief er, als ich gerade ansetzte, mir das Getränk in den Hals zu kippen. Er stand mit warnend erhobenem Zeigefinger und einem strengen Gesichtsausdruck da. »Warte!«, rief er und lief aus dem Zimmer.

Ich stellte das Glas auf dem Couchtisch ab. Meine beduselte Aufmerksamkeit heftete sich an eine prächtige Vitrine, in der schnörkelige alte Pistolen hingen. Ich musste an die drei Musketiere denken, aber das hier waren Handwaffen, keine Musketen. Soviel ich weiß, ist Letztere ein großes Gewehr, das irgendwie an eine Trompete erinnert und das man mit einer Art Flaschenbürste schrubbt. So viel zu meinen Waffenkenntnissen. Ich habe keinen Wehrdienst geleistet und werde es auch nicht mehr tun. Kurz darauf kam Herr Kurttu mit einem Glas Wasser und einem Löffel wieder hereingeschwirrt.

»Das hier ist ein kräftiger *Single Malt*, und es wäre eine Sünde, ihn ohne Wasser zu trinken. Die feinen Aromen kommen nur mit Wasser richtig zur Geltung. Erst dann spielen sich im Mund die richtigen Genusseruptionen ab!«, juchzte Kurttu und löffelte Wasser in die Gläser.

Ach du lieber Herrgott, Eruptionen im Mund, dachte ich ungläubig und schwenkte mein Glas. Ich sah zu, wie Herr Kurttu seinen glänzenden Zinken im Glas versenkte und tief einatmete. Dann nahm er mit geschlossenen Augen einen Schluck Whisky und schmunzelte zufrieden.

»Was für ein prachtvolles Aroma! Probier mal«, rief er verzückt. »*Ardbeg*. Torf und Rauch. Unbeschreiblich toll.«

Ich nahm einen Schluck. Er schmeckte nach Schnaps und war so kräftig, dass es mir den Atem raubte.

»Pur ist am besten«, murmelte ich, aber Kurttu hörte anscheinend nicht hin.

»Wenn das kein Getränk ist! Fühlst du, wie es in deinen jungen Organen prickelt?«

Ich zuckte die Schultern und trank ihn in zwei Schlucken aus. Es brannte, aber ich bekam ihn runter. Herr Kurttu schenkte nach und löffelte wieder Wasser dazu. Dann fuhr er fort, mir von seinem Leben und seiner Schauspielkarriere zu erzählen. Herrn Kurttus Leben war durchaus interessant, aber es war schwer, sich zu konzentrieren, denn seine Erzählungen hüpften in großen, verwirrenden Sprüngen kreuz und quer von einer Sache zur anderen. Ich nickte immer wieder und hoffte, dass es mehr oder weniger an den richtigen Stellen war, aber in Wirklichkeit kam ich überhaupt nicht mit.

»Zuletzt habe ich mich insbesondere auf Nebenrollen spezialisiert. Auf Figuren, die in der Geschichte der Hauptfigur eine bedeutsame Rolle spielen«, beendete Kurttu die Geschichte seiner Theaterlaufbahn.

Im Eifer der Erzählung kippte ich sogar noch mehrere Gläser, und das ziemlich schnell, bis mir klar wurde, wie dumm ich war. Der Whisky war stark, und ich saß richtig in der Tinte. Ich sank immer tiefer in das Plüschsofa und begriff Herrn Kurttus wirre Geschichten erst mit Verzögerung. Ich hatte das Gefühl, als würde ich von dem Sofa eingesogen, und die Pistolen hinter der Glasscheibe kamen mir immer bedrohlicher vor. Sie beobachteten mich, als seien sie bereit, bei Bedarf jederzeit loszugehen. Kurttu war von der Theaterwelt auf die Whiskyproduktion der Insel Islay gekommen und dann wieder zurück zu seiner Theatervergangenheit in Stockholm, zu einer Geschichte um irgendeine Verwechslung, aus der er schließlich als Tauno Kurttu hervorgegangen war. Ich habe keine Ahnung, wer er vorher war, denn diese Geschichte wird euer Erzähler weder jetzt noch später rekonstruieren können, ich bitte um Entschuldigung. Später fiel ihm begeistert irgendein bekannter Theatertanz aus Stockholm ein, und er ging aus dem Zimmer, um sich für die Vorführung umzuziehen.

Ich beschloss, mein Schicksal in die eigenen Hände zu nehmen, und dieses Schicksal sah nicht vor, von einem Sofa eingesogen zu werden. Mit aller Kraft wuchtete ich mich heraus.

»Keine Angst!«, sagte ich ermutigend zu mir selbst und taumelte zum Fenster.

Draußen sah man den dunklen Himmel, Straßenlaternen, Häuser und Bäume. Nichts sonderlich Interessantes. Ich stolperte zum Bücherregal. Dort standen alte Bücher mit Ledereinband und Goldbuchstaben. Einen Moment versuchte ich, meinen Blick auf die Buchtitel zu fokussieren, aber es gelang mir nicht, sosehr ich mich auch anstrengte. Außerdem standen im Regal noch andere spezielle Gegenstände. Es gab eine riesige Wasserpfeife, die an die Raupe aus *Alice im Wunderland* erinnerte. Der Wasserbehälter war aus grünem Glas, die beiden Mundstücke lagen ordentlich aufgerollt daneben. Es gab die primitive Statue einer übergewichtigen Frau, viele kleine Schädel, einer vielleicht von einem Affen, und Sachen aus Metall, die aussahen wie Stichwaffen und Teile einer uralten Maschine. Ich nahm einen verzierten Dolch in die Hand. Urplötzlich bekam ich Schluckauf, sodass der Dolch mir aus der Hand glitt und mit der Klinge voran auf eine Pistole fiel, die im Regal lag. Er bohrte sich durch den Abzug hindurch ins Holz. Ein Theaterdolch. Die Pistole wiederum sah genauso aus wie bei den Polizisten im Fernsehen, schwarz, metallisch und ganz sicher tödlich. Ich war schon kurz davor, sie in die Hand zu nehmen, als mir einfiel, dass Waffen in den Händen von Betrunkenen gerne mal von selbst losgehen, und die Kugeln treffen dann einen unschuldigen Unbeteiligten in die Leber. Da ich fand, ich sei ein unschuldiger Unbeteiligter, beschloss ich, zum Sofa zurückzugehen, obwohl mir auch das gefährlich vorkam. Allerdings ist ein Sofa nicht ganz so tödlich wie eine Pistole.

Geradeaus zu gehen war unmöglich, sodass ich der Wand folgen musste und dabei die Wange daran entlangschleifen ließ. Ich stieß mit dem Gesicht auf ein paar Fotos an der Wand. Es waren Schwarz-Weiß-Bilder in verschnörkelten Rahmen mit Blattgold. Ich lehnte also mit beiden Händen an der Wand und stierte auf ein Foto, als Herr Kurttu zurückkam. Die Person auf dem Bild kam mir vage bekannt vor, aber ich konnte beim besten Willen den Blick nicht richtig scharf stellen.

»Ah, man ergötzt sich an alten Bildern«, sagte Herr Kurttu erfreut.

»Ist das Frau Kurttu?«, fragte ich und zeigte auf die Person im Bild.

Kurttu trug einen seidenen Morgenmantel mit flatterndem Saum, auf dem Kopf einen Turban und in der Hand eine silberne Dose.

»Ganz sicher nicht«, sagte Kurttu und machte eine Geste, die bedeuten sollte, wie dumm meine Frage war.

»Das ist eine bezaubernde Freundin von früher. Das charismatische Fräulein Kangas. Ich habe das Bild aufgehängt, weil man nur sehr selten einem so intensiven Blick begegnet, oder was meinst du?«

Ich mochte nicht sagen, dass ich statt des intensiven Blickes nur unscharf das Gesicht einer Frau sah. Also ging ich an der Wand entlang weiter. Ich schaffte es zum Sofa, aber aus der Nähe sah es doch wieder ziemlich bedrohlich aus, sodass ich daneben auf dem Boden zusammensank.

»Nun, mein junger Freund, rauchen wir die Friedenspfeife!«, sagte Herr Kurttu und nahm aus der silbernen Dose einen Beutel, in dem anscheinend Marihuana oder getrocknetes Moos war, aller Wahrscheinlichkeit nach aber Ersteres.

»Frieden!«, ließ ich mich hinreißen zu sagen. »Ich unterstütze den Frieden! Und Pfeifen!«

Herr Kurttu nahm die Wasserpfeife vom Regal und präparierte sie theatralisch wie ein Magier einen Zaubertrick. Dann war die Pfeife bereit, und Kurttu bot mir das Mundstück an. Ich sog den Rauch ein, wartete kurz, blies ihn dann wieder aus und sog erneut. Ich atmete den süßen Rauch aus und sah ihm freudig nach, wie er im Zimmer umherwaberte.

Die Zeit verlangsamte sich, und die Luft bewegte sich wie in Zeitlupe, wir rauchten, Herr Kurttu legte orientalische Musik auf und zündete auf dem Fensterbrett Kerzen und Räucherstäbchen an. Es war merkwürdig schön. Der Rauch waberte durchs Zimmer, Musik wogte überall. Es war ganzheitlich bezaubernd, mystisch und magisch. Ich hatte das Bedürfnis, umherzuwogen wie Seegras in der Brandung, und ich tat es. Ich hob die silberne Dose mit beiden Händen zum Licht und verstummte ob ihrer Schönheit. Herr Kurttu fing an, sich tänzerisch zu bewegen, und wiegte sich zur Musik. Ich beobachtete ihn wie geblendet.

»Wow«, flüsterte ich und sog mit Hingabe an der Wasserpfeife. »Wie merkwürdig klischeehaft.«

Was dann passierte, war durch und durch vorhersehbar. Herr Kurttu tänzelte zur Glasvitrine, nahm eine der verschnörkelten antiken Waffen in die Hand und schwang sie in einem sinnlichen Bogen durch die Luft. Dann öffnete er mit großer Geste seinen Morgenmantel und enthüllte, was darunter war: nichts. Also, nichts außer seinem, nun ja, Penis, der im Takt der Bewegung vor mir hin und her schwang. Das Mundstück der Wasserpfeife krachte aufs Parkett. In meiner Kehle blubberte bereits Gelächter, aber in meinem tiefsten Innern blitzte der Gedanke auf, dass ich betrunken und bedröhnt war und bestimmt nicht richtig reagieren konnte, und deshalb tat ich in meiner Not genau das Gegenteil von dem, was ich hätte tun sollen, und aus meinem Mund kam als mädchenhaftes Kieksen: »Scheiße, nee!«

Ich sprang auf und stürzte in einem Affentempo aus dem Wohnzimmer in den Flur. Kurttu blieb im Wohnzimmer zurück und rief etwas in Zeitlupe. Ich hatte es geschafft, mich effizient in Panik zu versetzen, und wiederholte gebetsmühlenartig »Scheißescheißescheiße«, während ich versuchte, die Wohnungstür zu öffnen. Ich schnappte mir die Klamotten, die ich in der Eile greifen konnte, und türmte ins Treppenhaus. Ich rannte mit sechzehn Promille im Dunkeln mit einem Armvoll Klamotten die Treppen runter. Auf der ersten Treppe fiel ich hin und rollte mit großem Getöse über den Treppenabsatz, kam aber ohne Verletzungen davon. Ich stolperte aus der Haustür, rannte in Socken über die Straße und nach drüben in den Park.

Dort blieb ich keuchend stehen und spähte zu dem Haus, aus dem ich gerade geflohen war. Kurttu war mir nicht gefolgt, niemand kam heraus, das Haus war ohne jede Bewegung und wirkte unschuldig. Ich ließ die Sachen aus meinem Arm in den Schnee fallen. Darunter waren drei einzelne Schuhe, von denen kein einziger mir gehörte oder auch nur zusammenpasste. Trotzdem zerrte ich mir zwei davon über die Füße, denn nicht mal wenn man sturzbetrunken ist, möchte man bei Frost ohne Schuhe herumlaufen. Gegriffen hatte ich außerdem meine Tasche, meine Jacke und aus irgendeinem unerfindlichen Grund Herrn Kurttus silberne Grasdose.

»Ach, du liebe Güte«, sagte ich und sah mich dann rasch um, ob jemand gehört hatte, wie ich hier so muttimäßig herumschimpfte.

Jetzt konnte ich mich nicht mehr zurückhalten und brach in ein Kichern aus, das sich zu einem hysterischen Lachanfall entwickelte. Ich war dermaßen müde und durcheinander, dass ich nicht gleichzeitig lachen und aufrecht stehen konnte, sondern mit den Knien voran auf die Erde plumpste. Wie kann es denn sein, dass man es an ein und demselben Tag zuerst mit einer Alkoholikerin ohne Beine und dann mit einem waffenschwingenden, theatralischen Exhibitionisten zu tun bekommt? Es dauerte mehrere Minuten, bis sich mein Lachschreikrampf beruhigt hatte und ich aufstehen konnte. Ich wischte mir die Lachtränen ab und packte die silberne Dose in meine Tasche, dann nahm ich den überzähligen Schuh und brachte ihn zur verschlossenen Eingangstür des Hauses von Herrn Kurttu. Ich wartete einen Moment, ob Herr Kurttu mir nicht vielleicht gefolgt war und wir die Sache klären konnten, aber niemand kam. Mir wurde kalt. Da ich nichts weiter tun konnte, schniefte ich einmal und setzte mich in Bewegung, um in den fremden Schuhen Richtung Hakaniemi zu hoppeln. Jetzt war es angebracht, ein Taxi zu nehmen. Am Taxistand reihte sich eins ans andere, und natürlich wollte ich wieder mal in das hinterste einsteigen, woraufhin der Fahrer brüllte: »Verdammter Idiot, ins erste Taxi in der Schlange, Teufel noch mal«, woraufhin ich, brav, wie ich war, ins erste Taxi einstieg. Ich hätte auch mit den Öffentlichen nach Hause fahren können, aber das wäre als Abschluss für diesen verrückten Tag alles andere als angemessen gewesen.

4. Die Dose

Das klingelnde Telefon weckte mich. Ich schreckte hoch, mit dem Telefon in der Hand und aus unerfindlichen Gründen voller Angst. Für meinen schläfrigen Geist schien das Handy der Auslöser zu sein, und so warf ich es in den Flur. Dort klingelte es weiter, gedämpft durch den Schuhhaufen, in dem es gelandet war. Ich blinzelte probehalber mit den Augen und merkte, wie sich durch diese Bewegung eine Welle der Übelkeit in mir ausbreitete. Ich vergrub das Gesicht zwischen den Armen und versuchte, ruhig zu atmen. Allmählich verflüchtigte sich das unangenehme Gefühl.

Ich stand auf, schnappte mir das am nächsten liegende T-Shirt vom Fußboden und zog es über. An der Brust war ein Fleck, aber in dem Moment war das völlig zweitrangig. Ich wusste nicht, was ich machen sollte, daher kratzte ich mich im Nacken und tat das, was ich auch sonst tue, wenn ich nicht weiß, was ich machen soll: Ich ging zum Fenster, nahm einen Vorhangzipfel in die Hand, schob den Vorhang ein wenig zur Seite und linste vorsichtig durch den Spalt nach draußen. Es schneite, aber auch das hatte keine Bedeutung. Ich setzte mich auf die Bettkante und fuhr mir durch die Haare. Ich wusste nicht recht, was ich denken sollte, irgendwie fühlte ich mich komisch. Ich war voller Angst und Entsetzen, mir liefen kalte Schauer über den Rücken, aber ich wusste nicht, warum.

Dann sah ich auf meinem Nachttischstuhl die silberne

Dose, und meine Erinnerung kam zurück. Mir fiel ein, wie ich sie in Herrn Kurttus Wohnzimmer bewundert und dann plötzlich mit der Dose in der Hand draußen im Schnee gestanden hatte, und ich wusste jetzt auch wieder, wie es zu diesem Ortswechsel gekommen war. Ich rieb mein Gesicht mit den Händen, oder meine Hände mit dem Gesicht, je nachdem. Warum um alles in der Welt hatte ich die kostbare Dose eines alten Mannes mitgenommen? Ich bin doch kein Dieb. Oder doch? Ganz bestimmt nicht, versicherte ich mir selbst, das war ein Versehen. Ich ließ mich vom Bett auf den Boden gleiten und krabbelte auf allen vieren zum Nachttischstuhl. Wieder klingelte draußen im Flur gedämpft das Telefon, aber ich ignorierte es. Ich nahm die Dose vom Stuhl und betrachtete sie genau. Sie war alt und schön gearbeitet. Auf dem Deckel war ein Hirsch mit einem gewaltigen Geweih abgebildet, der überheblich in die Beerensträucher um sich herum schaute. Vielleicht versteckte sich da etwas Interessantes. Wofür interessieren sich Hirsche? Keine Ahnung, vielleicht für andere Hirsche. Ich öffnete den Deckel, der mit einem kleinen Häkchen verschlossen war. In der Dose lag ein Beutel mit grünen Krümeln, nach dem Verlauf des gestrigen Abends zu urteilen war es kein Moos und auch kein Oregano. Ich hatte eine Dose mit Drogen geklaut. Die Drogendose eines alten Mannes. Und das Telefon klingelte und klingelte.

Ich legte den Beutel zurück in die Dose und sah mir den Schlamassel ungläubig an. Was, um Himmels willen, sollte ich jetzt tun? Ich konnte sie ja kaum zurückgeben. Zur Not könnte ich vielleicht ein bisschen was davon rauchen, aber per se und an sich wollte ich definitiv keine Silberdose mit geklautem Dope bei mir zu Hause haben. Und Ville bestimmt auch nicht.

Als hätte ich ihn telepathisch herbeigerufen, steckte er ohne Vorwarnung seinen Kopf durch die Tür herein.

»He, du taube Nuss, dein Telefon klingelt hier im Schuhhaufen«, sagte er und warf das Handy quer durchs Zimmer vor meine Füße.

Mein Blick wanderte zerstreut von der Dose zum Telefon, das jetzt in einem Klamottenhaufen blinkte und piepste. Ich sah zu Ville. Etwas an der Situation kam ihm wohl merkwürdig vor, denn er hatte die Tür jetzt ganz geöffnet.

»Was ist denn hier los?«, fragte er und kam ins Zimmer. »Was hast du da?«

»Nichts«, sagte ich automatisch und versuchte, die Dose unter dem Bett zu verstecken. »Geh weg.«

Wahrscheinlich hat sich in der gesamten Weltgeschichte noch nie jemand von so etwas täuschen lassen. *Nichts* heißt immer, dass gerade etwas sehr Spannendes passiert, und *geh weg*, dass genau jetzt der Moment ist, in dem man auf jeden Fall bleiben sollte. Ville stiefelte durchs Zimmer, schob die Hand hinter meinen Rücken und nahm sich die Dose. Wenn ich verkatert bin, sind meine Reaktionen immer unglaublich langsam. Ich konnte also nichts weiter machen, als mit ausgestreckten Beinen dazusitzen und in meinem Mund an einem Hinderungssatz zu basteln, doch alles, was ich schließlich ausstoßen konnte, war: »Nicht.«

Ville schaute zwischen mir und der Dose hin und her und zog die Augenbrauen zusammen.

»Mach sie nicht auf«, sagte ich.

Klar. Wenn ich gesagt hätte: »Mach sie auf«, wäre die Wahrscheinlichkeit, dass Ville die Dose nicht öffnet, weitaus höher gewesen. Ich war bloß so perplex, dass ich nicht so kompliziert denken konnte.

»Wieso? Ist das hier etwa deine supergeheime Geheimnisdose?«, fragte Ville und stieß mich mit dem Fuß an. »So wie Dexters Blutprobensammlung. Toll, ist das echtes Silber?«

»Nein. Gib sie her und hau ab«, sagte ich, auch wenn ich keine Ahnung von dem Metall hatte und obwohl ich wusste, dass meine Ansage zwecklos war.

Ville ließ sich locker-flockig im Schneidersitz neben mir nieder. Wieder klingelte das Telefon. Ich lehnte mich nach vorne und warf einen Blick auf das Display. Dort blinkte eine unbekannte Nummer. Ich wollte nicht drangehen, stattdessen starrte ich weiter hilflos die Nummer an.

»Jetzt geh schon dran, ich kann dieses Gebimmel nicht mehr hören«, krächzte Ville und stieß das Telefon gegen meine Wade. »Geh ran oder ich mach die Dose auf.«

Ich nahm das Telefon und ging ran.

»Was?«, bellte ich.

Alles, was ich hörte, war ein verzücktes Kichern. Dann erschütterte ein gewaltiger Hustenanfall mein Ohr. Ich streckte die Hand mit dem Hörer weit von mir und wartete. Währenddessen bewarf ich Ville mit drohenden Blicken. Er schüttelte den Kopf und öffnete die Dose. Dann kreischte er kurz auf und ließ sie fallen. Ziemlich unmännlich, wenn ich das im Nachhinein kommentieren darf. Und das darf ich ja wohl. In diesem Moment kam der Hustenanfall zu einem Ende, und aus dem Hörer krähte es: »Hallo, ist da Miska? Hier spricht Birgitta!«

»Miska, was zur Hölle?«, rief Ville und zeigte auf die Dose, die offen auf dem Boden lag, als wüsste ich nicht ganz genau, worauf er hinauswollte.

»Maul halten«, sagte ich zu beiden gleichzeitig, legte die Stirn auf die Knie und presste die Augenlider zusammen.

»Hallo? Was hast du gesagt?«, rief Birgitta.

»Was ist denn?«, fragte ich ins Telefon und klang dabei bestimmt sehr müde, was ich ja auch war.

»Ich habe schon mehrmals versucht, dich anzurufen!«

»Du brauchst nicht so zu schreien.«

»Ich dachte, ich ruf an und bedanke mich für die *Blumen*«, sagte Birgitta, und ich konnte hören, dass sie nur mühsam ein Lachen zurückhielt, und ich fühlte bis ins Mark, wie sie kräftig mit den Augen zwinkerte, wo immer sie auch gerade war.

Diese verdammte Schwindlerin! Sie hatte versprochen, dass sie den Joint nicht raucht, bevor sie sich irgendwohin bewegen kann, wo es sicher ist.

Warum machten alle das Gegenteil von dem, was ich wollte? In welches Anti-Universum hatte man mich im Schlaf teleportiert? Ich atmete tief ein. Alles erdrückte mich, und ich war zu verkatert für so einen heftigen Gefühlsaufruhr. Ich presste meine Augen so stark auf die Knie, dass ich Sterne sah, und fragte: »Hast du ihn geraucht?«

Kichern.

»Das waren die schönsten *Blumen*, die ich in meinem ganzen Leben gekriegt habe«, kicherte Birgitta. »Und ich dachte, jetzt, wo ich ein bisschen munterer bin, vor allem dank dir, könntest du vielleicht wieder mal vorbeikommen und mir noch mehr von diesen schönen *Blumen* mitbringen.«

»Auf keinen Fall«, brummelte ich durch die Zähne.

»Das dachte ich mir schon«, gluckste Birgitta. »Das ist schade. Aber vorausschauend, wie ich bin, habe ich mir schon eine Drohung überlegt. Du kommst vorbei, oder ich rufe deine Mutter an und erzähle ihr alles. Oder du kommst einfach so vorbei, ganz unschuldig, und wir beide haben eine schöne Zeit zusammen.«

Ich hob den Kopf von den Knien und sah auf die gegenüberliegende Wand. Vor meinen Augen tanzten Lichtpunkte. Was um alles in der Welt ging hier vor? Erpresste sie mich? Ja, Birgitta erpresste mich. Mein Blick fiel auf die glitzernde Silberdose, die Ville mir wie ein fleischgewordenes Fragezeichen hinstreckte.

»Leck mich am Arsch«, sagte ich ins Telefon.

»Was sind wir temperamentvoll«, sagte Birgitta. »Hör zu, ich bin mindestens dreimal so alt wie du. Na ja, vielleicht nicht ganz, aber egal. Deshalb kann ich dir versichern, dass du mir in puncto Gerissenheit nicht das Wasser reichen kannst, denn ich bin schon seit mehr als sechzig Jahren im Training. Ich habe zwar keine Beine, Grips dafür aber mehr als genug. Das dazu. Die Sache ist außerdem die, dass ich dich mag, und ich würde mir wünschen, dass du einfach so hierherkommst, nicht nur wegen der *Blumen*. Sieh es einfach als humanitäre Wohltätigkeit. Du hilfst ganz uneigennützig einem Menschen ohne Beine, obwohl du dafür Geld bekommst. Und du kannst es sogar in deinen Lebenslauf schreiben.«

»Ich will dein Geld nicht, das hab ich schon gesagt.«

»Nun ja, ich würde es auch nicht wollen, Glück kann man sich dafür nicht kaufen, richtiges Scheißgeld ist das. Wir können es auch zusammen an die Enten verfüttern. Aber hör zu. Ich dachte, dass du vielleicht morgen kommen und mich in den Park schieben könntest. Ich würde das erste Mal seit Monaten frische Luft kriegen. Und vielleicht sind da auch Enten, an die wir mein Geld verfüttern können.«

»Gehen die denn mit euch in dem sündteuren Pflegeheim gar nicht nach draußen?«, fragte ich und merkte, wie sich allmählich Zustimmung Bahn brach, bestimmt eine elektrische Hirnstörung, die vom Kater kam.

»Doch, schon, aber bisher wollte ich einfach immer nur im Bett liegen. Dann kamst du mit deinem Mitbringsel, und ich hab meine Meinung geändert!«, kicherte Birgitta.

»Ach so.« Ich streckte die Beine aus und wackelte mit den Zehen.

»Also, du kommst morgen«, setzte Birgitta nach.

»Mal gucken«, sagte ich und sah wieder zu Ville, der mit gerunzelter Stirn an der Grastüte herumdrückte.

»Fantastisch! Wir sehen uns!«, krähte Birgitta und beendete das Gespräch.

Mit einem dämlichen Lächeln auf dem Gesicht legte ich das Telefon auf den Boden. Heutzutage ist das Leben aber auch unvorhersehbar, konnte ich gerade noch denken, bevor Ville mich unterbrach.

»Miska, was zur Hölle?«, wiederholte er seine Frage.

Ich drehte mich zu ihm. Er hielt die Dose in der einen und den Beutel in der anderen Hand. Eigentlich war ich der Meinung, dass die von mir ganz persönlich geklauten Drogen Ville überhaupt nichts angingen, seit er mich vor dem Pflegeheim hatte stehen lassen. Im Grunde war die ganze Sache überhaupt seine Schuld. Wenn er mitgekommen wäre, würde ich hier nicht mit geklauten Drogen und als Erpressungsopfer sitzen. Ville war schuld. Ich warf ihm einen Blick zu und versuchte, mir irgendeine zündende Erklärung auszudenken, die ihn dazu bringen würde, mir die Dose zurückzugeben, zu verschwinden und zu vergessen, dass er sie überhaupt jemals gesehen hatte. In solchen Situationen fällt einem des Öfteren auf, dass die Welt gut einen Rückspulknopf gebrauchen könnte. Warum wird so viel Geld für die Entwicklung neuer Waffen rausgeworfen, wo es doch viel wichtiger wäre, die Zeit zu beherrschen, Herrgott noch mal!

Da mir keine glaubhafte Lüge einfiel, erzählte ich, was am Abend vorher passiert war, so ehrlich, wie ich mich erinnerte. Anschließend saßen wir da und starrten auf die Dose.

»Und, was willst du jetzt machen?«, fragte Ville.

Ich zuckte die Achseln und schob die Unterlippe nach vorne. Ich wollte es nicht laut sagen, aber wahrscheinlich würde ich erst mal zwei Joints drehen, den einen selbst rauchen und den anderen Birgitta mitbringen.

»Hier ist wesentlich mehr drin, als ein normaler Konsument für den Eigengebrauch zu Hause haben sollte«, sagte Ville.

Ich hatte nicht den Nerv, darauf zu antworten. Was war er denn auf einmal für ein Moralapostel? Ich war immer noch sauer auf ihn wegen gestern und noch mehr wegen vorgestern. Ich fühlte mich grausam verstoßen. Soweit ich mich erinnerte, hatte ich nicht bewusst einen ganzen Sack Drogen geklaut, höchstens unbewusst, aber jedenfalls war es gerade mal eine Viertelstunde her, dass ich die Situation in ihrer ganzen Schärfe erkannt hatte, sodass es jetzt nicht angemessen war, mich dafür zu brandmarken. Ich war noch nicht dazu gekommen, die Sache in die Hand zu nehmen, aber das hieß nicht, dass ich es nicht vielleicht später tun würde.

»Kapierst du gar nichts?«, fragte Ville.

»Nein«, murmelte ich und schloss die Augen. »Ich hab dich nicht reingebeten, also verpiss dich.«

»Was macht dich bloß so fertig?«, raunzte Ville und stand auf.

»In erster Linie du gerade.«

Er sagte nichts mehr. Ich hörte, wie die Tür zuging, und zwar genauso laut, wie man sie schließen kann, ohne sie theatralisch zuzuknallen. Hier zu Hause herrscht neuerdings eine wunderbare Atmosphäre, dachte ich, und ja, darin lag eine Spur Ironie.

Dass ich am Vortag das wertvolle Eigentum eines alten Mannes hatte mitgehen lassen, war im Grunde ganz richtig, denn schließlich hatte der fragliche alte Mann mich ja angegriffen, so konnte man es zumindest interpretieren. Nicht wenige würden es als Bedrohung empfinden, wenn jemand sowohl mit einer Waffe als auch mit einem Penis herumfuchtelt, selbst wenn ich in dem Moment vor allem lachen musste. Es handelte sich ja um eine künstlerische Darbietung, aber jemand, der etwas zarter besaitet war, konnte dabei durchaus einen Schreck kriegen. Ich ja auch. Außerdem hatte ich meine Schuhe bei Herrn Kurttu stehen lassen, also waren wir praktisch quitt. Ohne Schuhe war ich ebenso übel dran wie er ohne seine Dose, und das war nicht gelogen, denn ich hatte nur dieses eine Paar Schuhe.

Und was die Besuche bei Birgitta mit den speziellen Mitbringseln betraf: In manchen Ländern wird Cannabis als Schmerzmittel und auch bei anderen Beschwerden verschrieben, und so gesehen war ich gewissermaßen ein fortschrittlicher Freiheitskämpfer, der sich für die Rechte und das Wohlergehen von Schwächeren einsetzte. Was könnte daran falsch sein, einem behinderten Menschen etwas Freude und Schmerzlinderung zu verschaffen? Und wenn ich dafür etwas Geld bekäme, zum Beispiel für neue Schuhe, konnte das auch nicht so falsch sein, denn schließlich habe ich meine Schuhe bei der Verteidigung meiner persönlichen Integrität eingebüßt. Letzten Endes entbehrten die gestrigen Ereignisse also doch nicht einer gewissen Gerechtigkeit.

5. Das Picknick

Birgitta saß im Foyer des Pflegeheims Sonnenschein dick eingepackt im Rollstuhl. Ihre Wangen waren rot, aber es war schwer zu sagen, ob vor Begeisterung, aus Wut oder wegen der riesigen neongelben Mütze, der Daunenjacke, der Wolldecke und all der anderen wattierten Lagen darunter. Als sie mich durch die Tür hereinschlüpfen sah, wurde sie in ihrem Stuhl gleich mehrere Zentimeter größer.

»Endlich!«, krähte sie. »Du kommst ja doch!«

Aus meiner Sicht war das, gelinde gesagt, unangemessen, denn ich war sogar drei Minuten zu früh dran. Alte Leute sind manchmal dermaßen ungeduldig, dass sie schon nervös werden, bevor man sich überhaupt verspätet. So alt war Birgitta ja nun gar nicht, aber immerhin invalide. Man sagt ja, wir sind die Alles-meins-sofort-Generation, aber ich kann es zehnmal besser aushalten zu warten als alle, die zwanzig und mehr Jahre älter sind als ich. Andererseits wäre ich selber auch genervt, wenn ich keinen Einfluss auf meine Fortbewegung hätte. Ich verstand das, und doch hätten Birgittas Anschuldigungen fast dazu geführt, dass ich auf dem Absatz kehrtmachte. Ich stand in der Tür, betrachtete sie, schob die Fäuste tiefer in die Jackentaschen und dachte nach. Ungläubigkeit machte sich auf einmal in mir breit: Was zum Henker machte ich hier eigentlich? Schon wieder? Ich war zurückgekommen, obwohl ich doch erst gestern beschlossen hatte, nie wieder einen Fuß in dieses Gebäude zu setzen. Vielleicht wäre ich sogar abgehauen, wäre nicht hinter dem Empfangstresen wie aus dem Nichts eine fröhlich lächelnde Pflegerin mit Ponyfrisur und Sonnen-T-Shirt hervorgesprungen, am Arm einen Korb, der von Rotkäppchen geklaut war.

»Hallöchen«, rief sie, als sie mich sah. »Das ist ja schön, dass ein so netter Mensch Birgitta nach draußen begleitet!«

Ich versuchte zu lächeln, aber in Wirklichkeit sah ich wahrscheinlich aus wie eine grimassierende Ratte. Anscheinend reichte es trotzdem, denn die Pflegerin lächelte zurück, stellte den Korb auf den Tresen und begann energisch, Birgittas diverse Daunenlagen zurechtzuzupfen.

»Gut so?«, fragte sie zehn Zentimeter vor Birgittas Gesicht. Birgitta sah aus, als würde sie ihr gleich eine runterhauen, doch die Pflegerin hatte vorgesorgt und Birgittas Hände wohlweislich fest unter der Wolldecke eingeschlagen. Die Pflegerin trug über ihrem T-Shirt eine Strickjacke, unter der ein Namensschild hervorschaute. Man konnte nur den Anfang des Namens lesen, Sisk… Daraus schloss ich, dass es dieselbe Sisko P. war wie neulich.

»Hier in der Thermoskanne ist also heißer Kakao, dann noch belegte Brote und Hefeteilchen«, erklärte Sisk und zeigte auf den Korb. »Bleibt nicht zu lange, Birgitta ist es noch nicht gewohnt, im Rollstuhl zu sitzen.«

Ich nickte.

»Dann könnt ihr losschieben. Birgitta kommt sonst bestimmt gleich ins Schwitzen, wo wir sie doch so dick angezogen haben«, plapperte Sisk.

»Jetzt hau schon ab«, brummelte Birgitta.

»Unsere Birgitta ist schon ein ziemliches Rumpelstilzchen«, mokierte sich Sisk in meine Richtung wie zu einem Verbündeten. Ich grinste und wurde gleich wieder ernst, denn ich wusste nicht so richtig, in wessen Arsch ich jetzt am besten kriechen sollte.

»Nun komm schon!«, krächzte Birgitta, da ich immer noch unschlüssig herumstand und grinste.

Ich machte einen Schritt auf sie zu. Noch auf dem Weg zum Pflegeheim hatte ich mir überlegt, dass dies im besten Fall ein ganz netter Ausflug mit einer Rollstuhlfahrerin werden konnte, die ihre guten Manieren wiedergefunden hatte und ihre Dankbarkeit mit freundlichen Worten ausdrückte. Ich hatte mir so eine zarte alte Dame im Rollstuhl vorgestellt, stilvoller Filzhut, Haut wie Seidenpapier, silberne Locken, ein Wollmantel und eine elegante Wolldecke auf den Knien. Natürlich wusste ich, dass Birgitta sich innerhalb von zwei Nächten nicht wesentlich verändert haben konnte, aber ich war doch erschüttert, als ich die orangenen Haare unter der neonfarbenen Mütze hervorstehen sah und irgendwo dazwischen ihre stechenden Augen. Allein die guten Sitten und meine Kinderstube brachten mich letztlich dazu, zum Rollstuhl zu gehen und die Griffe zu umfassen. Ich setzte das Gefährt in Bewegung, es rollte erstaunlich leicht an.

»Moment!«, rief Sisk, kam auf ihren Birkenstocklatschen angeflappt und setzte Birgitta den Korb auf den Schoß. »Der Kakao ist laktosereduziert, sicherheitshalber!«, setzte sie hinzu und hielt uns selbstzufrieden die Tür auf, während ich Birgitta nach draußen karrte.

»Herrgott«, seufzte Birgitta, als die Tür hinter uns zugefallen war. »Die ist ein einziger Sonnenschein. Unheimlich anstrengend! Zum Glück haben die Schichtdienst, sodass man diese hier nicht täglich ertragen muss. Manchmal wache ich sogar nachts davon auf, wie sie herumschleicht und vor sich hin lächelt. Das müssten die als Profis doch wissen, dass kranke Menschen es nicht aushalten, ständig so eine Spaßkanone um sich zu haben.«

»Wohin gehen wir denn jetzt?«, fragte ich und sah mich um: die Straße, der Parkplatz, Schnee.

»Ich weiß es jedenfalls nicht, ich bin in der Waagerechten hier angekommen, und seitdem habe ich nur im Zimmer rumgelegen«, sagte Birgitta und blickte begeistert umher. »Irgendein Gestrüpp wird hier schon in der Nähe sein. Hoffentlich laufen uns keine Bekannten über den Weg. Ich mag Farben ja eigentlich, aber diese geliehenen Sachen sind sogar mir zu viel. Als ich hierherkam, war ja noch Herbst, und ich bin noch nicht dazu gekommen, jemanden wegen meiner Sachen loszuschicken. Ist schon ziemlich blöd, wenn man keine Beine hat.«

Ich schob mit ihr los. Ich hatte keine Lust zu reden, denn das hier hatte nichts mit dem zu tun, was ich mir ausgemalt hatte. Birgitta referierte über frische Luft und ihre Zwangsabstinenz und schlug vor, irgendwo reinzugehen und schnell ein paar Schnäpse zu kippen, aber dann fiel ihr ein, dass ihr das wegen ihrer kreischbunten Klamotten peinlich wäre. Man würde sie für eine heruntergekommene Alkoholikerin halten, aber immerhin war sie eine ganz normale Alkoholikerin.

»Vielleicht könntest du ja demnächst mal losgehen und mir ein paar Klamotten holen«, sagte sie.

»Vielleicht.«

»Und dann kippen wir ein paar Schnäpse.«

»Wohl kaum.«

Ich weiß nicht, warum ich Kurs auf Pikku-Huopalahti nahm und nicht auf den näher gelegenen Zentralpark. So musste ich mich erst mal ziemlich lange auf den verschneiten Straßen abmühen, bis wir endlich im Park ankamen. Die Wege dort waren geräumt und gestreut. Birgitta hätte am liebsten gleich an der ersten Bank angehalten, aber das war mir zu nah dran an … irgendetwas, ich konnte es nicht genauer definieren, aber etwas störte mich. Ich war immer noch nicht bereit, meine Vorstellung von diesem Aufmunterungsausflug ganz in die Tonne zu treten, also schob ich so lange weiter, bis wir zu einem Platz kamen, der meinen Standards, so rätselhaft sie sogar mir selber waren, einigermaßen entsprach. Die Bank lag idyllisch am Wasser, und obwohl der Teich überwiegend mit Eis bedeckt war, gab es in der Mitte eine offene Stelle, und überall watschelten Enten herum. Blöde Langweiler. Ich nahm Birgitta den Korb vom Schoß und stellte ihn auf die Bank, setzte mich daneben und legte die Hände auf die Knie. So. Da waren wir also.

»Hier sind wir also«, sagte Birgitta wie ein Echo meiner Gedanken.

Da waren wir, ich saß hier, sie dort, und ich wusste nicht wirklich, was ich sagen sollte. Stattdessen betrachtete ich die Enten und versuchte, mir darüber klar zu werden, wem ich für das hier die Schuld geben konnte. Birgitta atmete tief ein und seufzte verzückt. Ich war mir nicht sicher, ob das ernst gemeint oder nur Show war.

Von links näherte sich langsam ein alter Opa mit Spazierstock. Er trippelte heran, guckte so kritisch, als hätte ich ihm seine Lieblingsentenbank weggenommen, aber dann besann er sich eines Besseren und lupfte den Hut in unsere Richtung. Nichts als Vorurteile. Wenn ich alleine dagesessen hätte, wäre ich automatisch ein krimineller Jugendlicher gewesen, der alten Leuten auf der Parkbank kein bisschen Platz gönnt, auch wenn mindestens ein Meter neben mir noch frei war, aber weil ich in Begleitung einer Rollstuhlfahrerin hier war, wurde ich plötzlich ein netter Kerl. Schließlich verschwand der Opa um die nächste Kurve. Da gab es bestimmt noch eine Bank, von der aus man den idiotischen Enten beim Watscheln zugucken konnte.

Als ich jünger war, stellte ich mir immer vor, dass die schlechten Eigenschaften, die man als Kind hat, sich abschleifen, wenn man älter wird. Dass man, indem man sich entwickelt und Sachen über das Leben, die Welt und sich selber lernt, weniger wütend, weniger egoistisch, weniger anstrengend wird. Aber je mehr ich die Menschen beobachte, desto grundlegender stelle ich fest, dass ich im Unrecht war. Die Ecken schleifen sich nicht ab, sondern werden immer spitzer. Das ist beängstigend, vor allem, wenn ich an meine eigenen Charakterzüge denke.

»Wollen wir Kakao trinken?«, fragte ich schließlich, als mir das Nachdenken über die elende Natur des Menschen langsam auf den Keks und das bloße Dasitzen in der Kälte auf die Knochen ging.

»Wie du meinst«, sagte Birgitta.

Ich warf ihr einen Blick zu. Sie saß mit geschlossenen Augen da und schmunzelte. Sie schien sich wirklich wohlzufühlen, dabei erzählte ich nicht mal Witze. Komische Person. Ich öffnete den Korb und nahm eine große Thermoskanne und zwei rote Plastikbecher heraus. Das war ja wie im Kindergarten. Kindergarten und Pflegeheim, Anfang und Ende eines Menschenlebens. Die gleichen Becher, der gleiche Kakao. Am meisten ekelte ich mich im Kindergarten vor der zähen Haut, die sich auf dem Kakao bildete, wenn er zu lange in der Thermoskanne war. Manchmal trank ich den Kakao überhaupt nicht, aus Angst, dass diese Hautmasse mir in den Mund glitschen würde. Aber genug davon, dies hier war nicht der Kakao von damals. Ich goss das dampfende Getränk in die Becher und gab einen davon Birgitta.

»Willst du ein Brot?«, fragte ich.

»Warum nicht«, sagte Birgitta.

In einer Plastikdose lagen zwei Roggenbrote mit Schinken. Ich reichte eins Birgitta. Da saß sie nun und mampfte ihr Schinkenbrot und trank ihren Kakao und sah dabei schon fast glücklich aus. Einen Moment lang verstand ich die Menschen, die freiwillig mit unbekannten alten Leuten herumhingen, diese Freude gab einem doch so einiges zurück. Während ich meinen Kakao schlürfte, überlegte ich, dass ich so was ja auch eines Tages tun könnte. In gewissem Sinne war ich sogar schon dabei.

»Willst du kein Brot?«, unterbrach Birgitta meine wohlmeinenden Gedanken.

»Nein. Oder, also, da ist Schinken drauf. Ich esse kein Fleisch«, sagte ich und warf Birgitta einen Blick zu, um ihre Reaktion zu beobachten.

»Wie modern«, sagte Birgitta. »Dann nimm doch wenigstens ein Hefeteilchen, du Hippie, damit du nicht hungern musst.«

Ich lugte in den Korb. In einem Plastikbeutel lagen zwei riesige Zimtschnecken. Ich nahm eine und fing an, Stückchen davon abzureißen und sie mir in den Mund zu stecken. Währenddessen kamen auch die Enten, die das Brot und die Hefeteilchen witterten, klammheimlich immer näher herangewatschelt. Selbstgefällige Dumpfbacken, sie sind so dressiert, dass sie denken, Brot wäre ihr gutes Recht. Aber weil das nicht ihre Schuld war, hielt ich es als Vertreter der verdorbenen Menschheit für meine Pflicht, diese Sackgesichter zu füttern. Fast die Hälfte meiner Zimtschnecke landete also im Entenschwarm, der immer größer wurde. Sie gaben ein maßloses Geschnatter von sich und watschelten überall herum. Auch Birgitta warf Stückchen von ihrem Brot in die Menge.

»Schmeckte dir das Teilchen nicht?«, fragte sie mich.

»Was? Doch, wieso fragst du?«

»So unterernährt, wie du aussiehst, hättest du es auch ganz essen können.«

Ich betrachtete die vor uns herumscharwenzelnden Enten.

»Na ja, die hatten eben Hunger.«

»Aha«, sagte Birgitta. »Du scheinst ja wirklich Kommunist zu sein. Aber das ist ganz in Ordnung. Nimm dir das andere Teilchen auch noch. Ich will nur noch Kakao. Das ist das Gute an dem Gefängnis da, dass ständig Essenszeit ist, man schafft es nicht mal, Hunger zu kriegen. Ach, wenn ich doch ein bisschen Rum für den Kakao hätte.«

Ich sagte nichts dazu. Ich goss uns noch Kakao ein und nahm mir die zweite Zimtschnecke. Ich aß zwei Drittel davon, den Rest warf ich den Enten hin. Jetzt vor allem deshalb, weil ich nicht so viel essen konnte. In den letzten Tagen hatte essen nicht an erster Stelle gestanden, und nun wurde mir von dem Süßen schlecht.

»Hör mal zu«, sagte Birgitta ernst, als würde sie eine lange geprobte Rede halten. »Ich mache dir einen Vorschlag. Und zwar: Du kommst mich regelmäßig besuchen, sagen wir, einmal pro Woche, und ich verspreche dir dafür mein ganzes Geld. Also alles, was am Ende übrig bleibt. Und vorher auch schon.«

Ich sah Birgitta verständnislos an.

»Also, du vererbst mir alles, wenn du ins Gras beißt?«, präzisierte ich.

»So könnte man es auch ausdrücken. Aber auch vorher

kann ich dir schon Geld geben«, sagte Birgitta. »Zum Beispiel jetzt habe ich hier in meiner Brusttasche dreitausend Euro.«

Ich sprang auf. Zum Henker noch mal. Ich hatte schon gedacht, Birgitta könnte mir für meine Mühe eine angemessene Entschädigung geben, aber eher im zwei- als im vierstelligen Bereich. Das war nun definitiv zu viel.

»Jaja, ich weiß schon, du willst kein Geld haben, aber hör dir erst mal an, was ich zu sagen habe, bevor du im Karree springst. Meine Verwandten sind ein Haufen Kotzbrocken, die nichts anderes tun, als auf mein Geld zu lauern. Du willst kein Geld, und deswegen möchte ich, dass du es kriegst.«

»Damit definitiv keiner das kriegt, was er will«, konstatierte ich. Birgitta war von dieser verkehrten Welt offenbar total begeistert.

»Nun, vielleicht, aber wenn du das Geld nicht willst, dann vermache ich es eben einer Pelztierfarm oder der Rüstungsindustrie.«

Ich warf Birgitta einen ungläubigen Blick zu. Das war infam.

»Mir egal. Ich kann dein Geld jedenfalls nicht annehmen«, sagte ich schmallippig.

»Dann verfüttere ich es eben wie angekündigt an die Enten«, sagte Birgitta noch schmallippiger.

Sie fummelte einen weißen Briefumschlag aus ihrer Jacke, nahm einen Geldschein heraus, riss eine Ecke davon ab und warf den Fitzel in Richtung Entenschwarm. Ich riss ihr den Umschlag und den Geldschein aus der Hand. Der Fitzel war nicht einmal in die Nähe der Enten geflogen, er war zu leicht und wurde vor unseren Füßen vom Wind umhergeweht. Ich steckte den Hunderter zurück in den Umschlag und spannte meine Kiefermuskulatur an.

»Verdammte Verschwenderin!«, krakeelte ich.

»Ich brauche mein Geld nicht. Ich will es dir geben. Kauf dir dafür meinetwegen Drogen oder was auch immer die Jugend von heute sich kauft, vielleicht irgendwelche piependen elektronischen Geräte«, sagte Birgitta und sah mir in die Augen.

Ich betrachtete sie aufgebracht und versuchte, die Situation zu analysieren. Wenn ich von Birgitta eine riesige Geldsumme annehme, bin ich ihr praktisch ausgeliefert. Sie kann mich dann jederzeit mit allem Möglichen erpressen. Andererseits. Meine wirtschaftliche Situation ist bisher nicht zur Sprache gekommen, denn sie ist mir nicht besonders wichtig, aber die Wahrheit ist, ich bin sehr arm, praktisch mittellos. Meine Eltern gehören zur gehobenen Mittelklasse, und meine Mutter überweist mir hin und wieder kleinere Summen, wenn sie möchte, dass ich etwas Unangenehmes erledige, zum Beispiel in diesem Fall Birgitta Blumen vorbeibringe, aber davon abgesehen bin ich auf mich gestellt. Studienförderung, Mietzuschuss und Studienkredit, das ist alles. Damit kann ich mir gerade so regelmäßig Tomatensoße und Nudeln leisten, Bier kriege ich damit auch, und ich kann meine Miete in der WG zahlen. Weder verprasse ich Geld, noch denke ich sonderlich viel darüber nach, das wäre Zeitverschwendung, denn ich habe nichts. Ich mache später irgendeinen undefinierbaren geisteswissenschaftlichen Abschluss, mit dem ich garantiert nie Geld verdienen werde. Ich bescheide mich damit, dass ich mich durch meine eigenen Entscheidungen in ewige Armut gestürzt habe, und das ist gut so.

Aber jetzt, mit dreitausend Euro in der Hand, eröffneten sich mir plötzlich ungeahnte Möglichkeiten. Ich sah alles Mögliche vor mir: einen neuen Fernseher, eine Playstation, eine Stereoanlage, einen Computer, ein Fahrrad, eine Jeans ohne Löcher, ein Paar Schuhe, vielleicht sogar ein zweites,

Essen im Restaurant, Kneipenabende und eine Taucheruhr. Dann sah ich alle diese Sachen in meiner neuen Wohnung, in der ich allein wohnte.

Ich wippte nervös mit dem Bein und biss mir die Lippe blutig. Ich wusste, man sah mir auf einen Kilometer Entfernung an, dass ich einen inneren Kampf um mein Selbstbestimmungsrecht ausfocht, aber das machte mir nichts aus. Ich musste mich sowieso irgendwann um eine Wohnung kümmern. Bestimmt hatte ich das tief in meinem Innern schon eine ganze Zeit lang gewusst, aber das alles wurde mir erst jetzt richtig klar. Ich würde bald woanders wohnen müssen. Wenn ich Birgittas Geld annehmen würde, müsste ich mich nicht mit einer WG in einem Studentenwohnheim irgendwo weit draußen in Vantaa begnügen, sondern ich hätte die Möglichkeit, mir eine gute Wohnung direkt in Helsinki zu leisten. Ich hatte das ganz starke Gefühl, in die Ecke gedrängt zu werden. Und ich hatte das Gefühl, eine Hure zu sein. Eine Hure in der Ecke.

Birgitta saß verständnisvoll lächelnd in ihrem Rollstuhl, betrachtete die Enten und wartete geduldig, dass ich meinen inneren Kampf zu Ende kämpfte. Ich setzte mich wieder auf die Bank und schob den Briefumschlag unter meinen Oberschenkel, damit er nicht weggeweht wurde. Meine Lippe blutete, sie schmeckte nach Eisen. Ich saugte daran, um die Blutung zu stoppen. Wenn ich nervös bin, kaue oder reiße ich mir oft die Lippe auf.

»Was willst du denn dann von mir?«, fragte ich.

»Eigentlich gar nichts weiter Besonderes«, log Birgitta.

»Ich komme einmal die Woche vorbei, und du gibst mir Geld dafür?«, fragte ich arglistig.

»Ich würde mir eher wünschen, dass du mich aus reiner

Freundlichkeit besuchst, und ich würde dir mein unnützes Geld genauso aus reiner Freundlichkeit geben. Dass wir kein Geschäft machen, sondern Freunde sind.«

»Klingt eher nach Prostitution. Vor allem, weil ich finde, dass wir gar keine Freunde sind.«

»Jetzt vielleicht noch nicht, aber in Zukunft schon«, sagte Birgitta entschieden. »Ich bin nicht immer so grantig und ekelhaft. Wenn einem die Beine genommen werden, man auf Zwangsentzug gesetzt wird und dann noch allein in diesem verdammt hässlichen Zimmer liegen muss, ich bin sicher, da würde so ziemlich jeder zum Miesepeter werden. Bestimmt wird dir auch eines Tages klar, dass man ohne Geld ziemlich einsam ist. Es sei denn, man ist ein total herziger Mensch, aber das ist wieder zu anstrengend. Die Liebe, die man für Geld bekommt, ist viel dauerhafter. Wenn man von anderen erwartet, dass sie nur den Menschen in einem lieben, steht man ja die ganze Zeit unter Druck, Tag und Nacht liebenswert zu sein.«

Erschüttert senkte ich den Kopf. Das klang dermaßen zynisch. Ich hielt es für unwahrscheinlich, mit dieser düsteren Oma eine Freundschaft zu unterhalten, aber man hat auf der Welt schon Seltsameres gesehen. So wie diese Fotos, auf denen eine Eule und ein Krokodil oder ein Nilpferd und ein Meerschweinchen sich glücklich umarmen. Freundschaft hat kein Auge für Äußerlichkeiten, wenn das Innere aus Gold ist. Andererseits war es doch etwas übertrieben zu denken, Birgittas oder mein Inneres, vom Inneren eines Krokodils ganz zu schweigen, könnte aus etwas Hochwertigerem bestehen als Edelstahl.

»Und dann würde ich mir natürlich wünschen, dass du mir bei deinen Besuchen alle möglichen aufmunternden Geschenke mitbringst«, sagte Birgitta fast mädchenhaft.

Ich warf ihr einen Blick zu.

»Ach, du meinst Alkohol und Drogen?«

»Nichts würde mich mehr freuen, das wäre wirklich unheimlich nett!«, kiekste Birgitta.

»Darum geht es hier also?«

»Na ja, nicht nur, aber ich würde lügen, wenn ich sagen würde, dass das keine Rolle spielt. Ich halte es in dem Heim nüchtern einfach nicht aus. Aber natürlich würde ich mich auch über nette Gesellschaft freuen. Im Pflegeheim faseln die einen nur vom Krieg, und die anderen beschweren sich, dass die Flüchtlinge und anderes Gesindel ihre Steuergelder versaufen. Beides kann ich absolut nicht mehr hören. Und bestimmt wäre es auch gesund, hin und wieder frische Luft zu kriegen.«

Birgitta sog theatralisch die kalte Luft ein, merkte aber selber, wie überdramatisch das war. Wir saßen ruhig da. Ich schob die Fäuste ganz tief in die Jackentaschen und presste die Zähne aufeinander. Unter meiner rechten Hand fühlte ich einen Joint. Ich hatte ihn am Abend vorher gedreht, als Ville irgendwohin verschwunden war, wahrscheinlich, um mit der Emmaperson rumzumachen, und nachdem ich zuerst auf dem Balkon meinen eigenen durchgezogen hatte. Ich hatte überlegt, ihn Birgitta zu geben, aber jetzt stellte ich fest, dass ich es gar nicht mehr wollte. Ich hatte einen Kloß im Hals. Auf eine merkwürdige Art mochte ich Birgitta, ihre Direktheit und dass sie nicht darauf aus war, anderen zu gefallen. Und am meisten mochte ich an Birgitta vielleicht sogar das seltene Phänomen, dass sie anscheinend mich mochte. Ich hab bestimmt schon klargestellt, dass ich normalerweise so als Mensch nicht unbedingt gemocht werde. Das ist reine Selbstverteidigung. Ich verhalte mich fies, bevor ihr es tun könnt, denn das habt ihr auf jeden Fall vor. Ich weiß nicht, warum ich so bin. Das hat nichts mit irgendwelchen Verlassenheitserfahrungen aus der Kindheit zu tun, ich hatte eine ganz normale Kindheit: Eltern, Liebe, Sicherheit und das alles. Aber der Einzige, mit dem ich je klargekommen bin, ist Ville, und jetzt war ich dabei, auch ihn noch zu vertreiben. Ich drückte das Kinn in meinen Kragen und schniefte. Ich tat mir selber leid. In dieser Gefühlsaufwallung griff ich nach dem Joint und hielt ihn Birgitta hin. Ihr Gesicht leuchtete auf wie etwas, das, hm, eben total schnell aufleuchtet, vielleicht ein Feuerzeug.

»Oh, danke!«, kiekste sie.

»Bitte«, sagte ich.

Und was wäre, wenn ich den Rest meines Lebens mit Birgitta herumhängen würde? Wen würde das stören? Immerhin standen die Leute bei mir ja nicht gerade Schlange. Und wenn ich dafür eben Geld bekommen würde? Manche Menschen verdienen ihr Geld wesentlich unethischer. Ich weiß, es ist kindisch, die schlimmeren Handlungen von anderen als Argument heranzuziehen, aber verglichen mit Menschenhandel, Kindersoldaten und Ähnlichem kam mir mein Vorhaben in diesem Moment eher nichtig vor. Und wenn ich Birgitta eben hier und da mit Drogen versorgen würde, dann brächte das doch bestimmt ein kleines bisschen Freude in die Welt.

»Ja, ich kann hin und wieder bei dir vorbeischauen«, sagte ich.

Birgitta war so konzentriert auf ihren Joint, dass sie keine Aufmerksamkeit für etwas anderes übrig hatte.

»Äh, was?«, brummelte sie.

»Ich sagte, dass ich hin und wieder zu dir kommen kann«, wiederholte ich.

»Dann kannst du den Briefumschlag in deine Tasche stecken«, gab Birgitta nur halb aufmerksam zurück.

Verzückt drehte sie den Joint vor ihren Augen hin und her. Ich beschloss, sie zu erlösen.

»Rauch ihn hier, dann muss ich nicht die ganze Woche bibbern, ob sie dich im Pflegeheim auf dem Klo erwischen.«

Birgitta nickte. Ich zündete ihr den Joint an und beobachtete, wie sie ihn nach und nach aufrauchte und dabei immer tiefer in ihrem Rollstuhl versank. Ich zog den Umschlag unter meinem Bein hervor und sah ihn mir an. Dann faltete ich ihn und steckte ihn in meine Brusttasche. Allmählich wurde es kalt. Die Sonne stand tief, die Enten waren verschwunden, nachdem sie kapiert hatten, dass es nichts mehr zu essen gab.

»Dann müssen wir wohl mal los«, sagte ich, als Birgitta den Joint aufgeraucht hatte.

Birgitta schwankte ein wenig im Rollstuhl hin und her und sah dabei sehr entspannt und selbstvergessen aus. Ich schob ihr den Picknickkorb auf den Schoß und musste ihre Hände darum herum arrangieren, denn sie schwebte in völlig anderen Sphären. Ich fasste die Handgriffe und fing an, sie in die Richtung zu schieben, aus der wir gekommen waren.

Rund um das Pflegeheim waren die Lampen angegangen, auch der hell erleuchtete Speisesaal strahlte bis auf die Straße. Dort saßen die Heimbewohner mit krummen Rücken an den Tischen und mümmelten das Kantinenessen, und keiner von ihnen sah sonderlich glücklich aus. Zwischen den Bewohnern sprangen Pflegerinnen mit Ponyfrisuren hin und her. Diesmal starrten sie nicht, sie konnten uns nicht sehen, weil wir im Dunkeln waren und sie im Licht. Ein paar Meter vor der Tür blieb ich stehen und atmete tief durch. Ich hoffte, niemand würde merken, wie weggetreten Birgitta war, oder man würde es für eine Frischluftvergiftung halten.

»Hör zu«, sagte ich.

Birgitta antwortete nicht. Eine Sekunde lang kriegte ich es mit der Angst zu tun, dass sie plötzlich gestorben war, und rannte um den Rollstuhl herum. Birgitta summte allerdings nur verträumt vor sich hin und bewegte ihre Finger zu irgendeinem imaginären Musikstück. Total durchgeknallt. Scheiße. Wie hat sie es bloß geschafft, den ersten Joint zu rauchen, ohne sich durch den Rauch oder ihre Benebeltheit zu verraten, überlegte ich. Nun, darüber können wir ja dann das nächste Mal sprechen, dachte ich, dann haben wir jedenfalls was zu reden. Mich schauderte. Ich rüttelte Birgitta an der Schulter.

»Hallo!«, rief ich und gab ihr kleine Klapse auf die Wangen.

»Ja?«, sagte Birgitta, aber ihr Blick blieb völlig entrückt.

»Wach auf«, sagte ich energisch.

»Ich bin ganz wach«, lächelte Birgitta verträumt.

»Bist du nicht«, stellte ich fest und ging zurück hinter den Rollstuhl.

Ich schob Birgitta ins Foyer und wartete kurz, bis eine Pflegerin ankam. Ich war mir nicht sicher, ob es dieselbe Pflegerin war wie vorher, aber eigentlich spielte das auch keine Rolle. Eine wie die andere. Fröhlich lächelnd ging sie neben Birgitta in die Hocke.

»Na, war das ein schöner Ausflug?«, fragte sie aufgekratzt.

»Ja, Birgitta ist nur ein bisschen müde geworden«, sagte ich und grinste, um mich lieb Kind zu machen.

»Das ist doch schön«, sagte die Pflegerin und stand auf.

Ich ging rückwärts zur Tür, so schnell ich mich traute, und hob die Hand zum Abschied.

»Ich geh dann auch mal, tschüs, Birgitta!«, rief ich mit

gespielter Munterkeit und schob mich mit dem Rücken voran aus der Tür, bevor jemand dazu kam, mir zu antworten.

Ich lief strammen Schrittes zur Straßenbahnhaltestelle – und ging direkt daran vorbei, denn ich beschloss, zu Fuß bis zum Töölön Tulli zu gehen. Ich hatte Angst, gleich würde jemand hinter mir hergerannt kommen und mich wegen Birgittas Rauschzustand zur Rede stellen, aber es kam niemand, oder ich war schon weit genug entfernt. Ein paar Hundert Meter weiter fummelte ich den Briefumschlag aus der Tasche und öffnete ihn. Es waren wirklich viele Hunderter drin. Ich machte den Umschlag zu und steckte ihn zurück in die Tasche. Wenn man das Geld nicht angefasst hat, kann man es noch zurückgeben und alles abblasen.

6. Der Fernseher

Ich stand im Elektronikfachmarkt vor einer Reihe von Fernsehern. Die Wahl war schwierig. Natürlich wollte ich den bestmöglichen haben, aber welcher war der beste für meine Bedürfnisse? *Das Beste* ist eben nichts Eindeutiges. Mein Zimmer ist nicht besonders groß, also wäre ein riesiger Fernseher nicht das Optimum. Andererseits, eines Tages, vielleicht sogar schon bald, hätte ich vielleicht ein größeres Zimmer, in das ich den Fernseher stellen würde, und dort würde ein für das aktuelle Zimmer gekauftes Gerät möglicherweise lächerlich klein wirken. Vielleicht sollte ich einen Beamer kaufen, überlegte ich mit gesenktem Kopf. Man könnte dann die Größe des Bildes auf den Raum einstellen. Schwierig, schwierig. Am Vortag hatte ich mir eine neue Playstation gekauft, aber mit meinem alten Röhrenfernseher war die tolle HD-Auflösung für die Katz.

Während meiner Überlegungen hatten mich einige Verkäufer von Weitem beobachtet. Ich sah nicht aus wie ein potenzieller Käufer teurer Geräte, und außerdem brauchte ich keine Verkaufskanone, um mein von vornherein schwieriges Problem weiter zu verkomplizieren. Ich wusste selber genug über diese Dinge. Ich hatte mich informiert und wusste, welches Gerät in welcher Kategorie die beste Wahl war, aber ich war hergekommen, um sie mir noch einmal konkret anzusehen, bevor ich mich endgültig entschied. Zu Hause war es schwer, einzuschätzen, wie groß vierzig Zoll waren. Hier vor Ort stellte ich allerdings fest, dass es völlig unmöglich war, abzuschätzen, welcher Fernseher welcher Größe in mein Zimmer passen würde, denn die große Halle verfälschte alle Proportionen. Vielleicht sollte ich mir zu Hause verschieden große Modelle aus Pappe basteln und damit ausprobieren, welcher am besten passte. Manchmal wünschte ich mir, ich wäre so ein vertrauensseliger Impulskäufer, der einfach in sein Stammgeschäft spaziert und sagt, was er braucht, und dann nimmt er das, was ihm der Verkäufer als Erstes zeigt. Aber nein. So einer bin ich nicht.

Bei den Pappmodellen gab es, abgesehen von der nicht zu leugnenden Arbeit, ein weiteres Problem, und zwar, dass ich es in den letzten Tagen vermieden hatte, zu Hause zu sein.

Ich wollte Ville nicht begegnen, wenigstens nicht, wenn Emma bei uns war. Wahrscheinlich ahnte er das, denn er war selber nicht viel da gewesen, sondern hatte seine Zeit anscheinend bei Emma und an der Uni verbracht, ganz im Gegensatz zu mir. Vorher waren wir regelmäßig mehrmals in der Woche zusammen in der Mensa essen gegangen, aber wenn Ville das in letzter Zeit vorgeschlagen hatte, hatte ich es so einsilbig abgelehnt, dass er nicht mehr fragte. So geht das normalerweise: Wenn man oft genug ablehnt, wird man nicht mehr gefragt. Ich wusste, dass Ville nicht sonderlich viel zu Hause war, aber trotzdem stand ich dort immer unterschwellig unter Spannung, weil ich jederzeit damit rechnen musste, dass die Tür aufging und wieder eine Auseinandersetzung bevorstand. Davon hatte es bereits zwei gegeben.

Die erste hatte sich vor zwei Tagen ereignet, am Donnerstag, als ich gerade vom Klo kam. Ville wiederum kam aus seinem Zimmer, und wir konnten es nicht verhindern, uns im schmalen Flur zu begegnen. Ich schätze, er hatte gehört, dass ich aufs Klo ging, und an seiner Tür gewartet, bis ich herauskomme, sodass wir uns dann vorgeblich zufällig begegnen würden. Wahrscheinlich hatte er sich einen Plan zurechtgelegt, um die Situation zu entspannen, aber in dem Moment war ich in einem derartigen Strudel negativer Gedanken gefangen, dass ich nicht in der Lage war, das Aussöhnungsspiel mitzuspielen. Außerdem nervte mich dieses Abpassen, er hätte doch genauso gut bei mir klopfen können, wenn er was von mir wollte. Aber wahrscheinlich dachte er, wenn das Ganze zufällig aussieht, würde die Situation natürlicher wirken. Ich sorgte dafür, dass das nicht passierte.

»Hallo«, sagte Ville.

Ich knurrte eine Antwort und wollte weitergehen.

»Trinkst du einen Kaffee, wenn ich welchen koche?«, fragte er und folgte mir.

»Nein«, sagte ich.

»Was hast du mit dem Dope gemacht?«, fragte Ville nervös. Er musste jetzt schnell zum Punkt kommen, denn ich war schon an der Grenze zu meinem Revier.

»Hab ich in der Pause an einer Grundschule verkauft«, sagte ich und machte die Tür vor seiner Nase zu.

Ich gebe zu, das war nicht gerade konstruktiv, aber in Krisensituationen bin ich nicht besonders geschickt. Das zweite Zusammentreffen passierte am nächsten Morgen, als ich in die Küche schlurfte, um mir Saft zu holen. Ville saß dort am Tisch und las irgendein dickes Buch. Er hat eine total nervige Art, Klassiker zu lesen. An sich ist gegen Klassiker überhaupt nichts einzuwenden, sie sind normalerweise aus gutem Grund Klassiker geworden, aber Villes Art, sie zu lesen, macht mich fertig. Er liest sie nämlich nicht wie ich zur Unterhaltung oder aus Leidenschaft, sondern um sich zu bilden. Er sitzt mit zusammengezogenen Augenbrauen mit seinem Buch am Tisch, während ich auf meinem Bett herumlümmele und aufs Buch sabbere. Fürs Lesen gibt es aus meiner Sicht keinen anderen Grund als Spaß. Durch die Oberstufe bin ich gekommen, indem ich die Stunden abgesessen habe, die Bücher waren ja nicht dick, aber an der Uni muss man sich schon mit vielen tausend Seiten langweiliger Nutzlosigkeiten rumschlagen.

»Guten Morgen«, sagte Ville und legte das Buch auf dem Tisch ab.

Da er normalerweise nicht in der Küche liest, es könnte ja sein, dass Krümel zwischen die Klassikerseiten geraten, vermutete ich, dass er wieder auf mich gewartet hatte. Sofort wurde ich wütend.

»Hi«, sagte ich und nahm mir eine Orangensaftpackung aus dem Kühlschrank.

»Setzt du dich nicht hin?«, fragte Ville.

»Wohl nicht«, sagte ich und goss Saft in meine gestrige Kaffeetasse.

»Ziemlich eisige Atmosphäre hier«, begann er.

Ich lehnte mich an die Spüle. Auch wenn ich meine Seele noch so auf den Kopf stellte, ich konnte kein einziges Fitzelchen entdecken, das mich dazu gebracht hätte, mich hinzusetzen und über die Stimmung in unserer Wohnung zu reden. Es ging mir immer noch schlecht, ich wollte einfach nur im Bett liegen und an die Wand starren, an die ich mit Reißzwecken dreißig Hunderteuroscheine gepinnt hatte. Ich weiß nicht, ob das irgendwie Sinn ergab, aber mit einer halben Flasche Rotwein intus kam mir die Geldwand wie ein Kunstwerk vor. Und wenn ich nüchtern war, brachte ich nicht genug Interesse auf, um die Scheine abzunehmen.

»Ich kann jetzt nicht«, verkündete ich brüsk und schlappte von dannen.

Ich registrierte noch Villes bambihaft enttäuschte Augen. Es ging mir ja gar nicht darum, ihn traurig zu machen, aber so war das jetzt einfach. Zwanzig Jahre lang war alles gut gewesen, aber nun war plötzlich alles zerstört. Ich konnte mich noch gut an den kleinen Ville im Vorraum des Kindergartens in Luumulahti erinnern, aber dieser Junge kam mir jetzt weit entfernt vor.

Der Bezwinger der Schlauchverteidigung

Miskas Mutter zerrte einen sehr kleinen Miska an einer Hand über den Hof. Die Hand steckte in einem dicken Handschuh. Als Miska sich nach hinten lehnte und seine dunkelblauen Gummistiefel in den Kies rammte, dachte er, der Arm reißt gleich ab. Zum Thema Kindergarten hatten sie beide eine grundlegend unterschiedliche Sichtweise. Wenn es nach Miska ging, war er ein vierjähriger Junge, der seinen Platz zu Hause hatte, wo er seine persönlichen, wichtigen Sachen machte, so wie Muster aus Papier ausschneiden, Bilder ganz ordentlich ausmalen, eine Geheimsprache schreiben und seine besonderen Spiele spielen. Seine Mutter fand, er war ein seltsam unsozialer und mauliger Vierjähriger, dessen Lebensqualität sich deutlich verbessern würde, wenn man ihn dazu zwänge, sich unter Seinesgleichen zu begeben. Aber Miska wusste, es würde im Kindergarten niemanden geben, der ihm glich, denn das gab es einfach nicht. Es gab überall nur bedrohliche fremde Menschen und Kinder, die nichts verstanden. Die anderen Kinder würden ihn niemals mitspielen lassen, und wenn doch, dann würden sie ihn dazu zwingen, Wasser aus einer Pfütze zu trinken oder der Hund zu sein oder im schlimmsten Fall beides zusammen. Das entsprach nicht Miskas Vorstellungen von einem lustigen Spiel; wenn er alleine spielte, konnte er sein, was er wollte, und dazu noch Kakao trinken.

Miska fürchtete und hoffte zugleich, sein Arm würde abreißen, denn dann müsste er bestimmt nicht in den Kindergarten gehen. Aber er riss nicht ab. Anscheinend war es schwierig, einen Arm abzureißen, leider. Seine Mutter hatte genug davon, ihn vorwärtszuzerren, also nahm sie Miska unter den Arm und trug ihn die breiten Stufen hoch und durch die eine Hälfte der Doppeltür nach drinnen, ohne sich darum zu kümmern, dass das Kind schrie wie am Spieß und die Gummistiefel gegen den Türrahmen polterten. Es war sehr früher Morgen, der Vorraum des Kindergartens war hell erleuchtet, und das war anstrengend nach der Dunkelheit draußen. Es war niemand da außer einer Frau, die irgendeinem Jungen vor der Garderobe eine Regenhose auszog. Die Frau hatte lange rote Haare, die geflochten über ihren Rücken hingen, und große grüne Haarspangen an den Schläfen.

»Guten Morgen«, sagte Miskas Mutter, immer noch mit dem zappelnden Jungen unter dem Arm.

»Hallo, guten Morgen«, sagte die Frau und erhob sich, obwohl der andere Junge immer noch mit der Hose um die Knöchel dastand. »Du bist bestimmt Miska! Herzlich willkommen im Kindergarten!«

Die Frau kam näher und schob ihr glänzendes fröhliches Gesicht viel zu nahe an Miska heran, schlenkerte mit dem Kopf und grinste schelmisch.

»Miskas Einstellung zum Kindergarten ist nicht so positiv,

wie ich gehofft hatte«, sagte seine Mutter und schob die Last unter ihrem Arm besser zurecht.

»Der erste Tag ist immer der schwerste«, sagte die Frau und sah Mama verständnisvoll an. »Hallo Miska, ich bin Sari!«

Sie warteten auf Miskas Antwort. Aber er antwortete nicht, denn er hatte beschlossen, dass er überhaupt nie wieder mit irgendjemandem auf der ganzen weiten, gnadenlosen Welt redet, wo das Leben ein einziger Kampf ist und der freie Wille schon sehr früh gebrochen wird. Miska nahm Zuflucht zu seiner selbst erfundenen Schlauchverteidigung, er machte sich ganz schlaff. Das überraschte seine Mutter, und sie musste ihn auf den Boden gleiten lassen. Ein schlaffes Kind lässt sich schlechter tragen als ein steifes. Miska lag auf dem dreckigen Flickenteppich und roch Straßendreck, Lehm und Schmutz. Zwanzig Zentimeter von seiner Nase entfernt lag ein schwarzer Gummistiefel, der mit einem Fahrradflicken repariert war.

»Oft ist es besser, wenn die Eltern so schnell wie möglich gehen. Wir kommen bestimmt super klar«, sagte Sari und ließ ihre Stimme möglichst ermutigend klingen.

Miskas Mutter nahm sie beim Wort und ließ ihren einzigen Sohn dort auf dem Boden liegen, den Folterknechten ausgeliefert.

»Tschüs dann, mein Schatz, sei ein braver Junge. Papa holt dich dann heute Nachmittag ab«, sagte sie eilig, tätschelte die verschwitzte Schläfe ihres Sohnes und trippelte nach draußen, dass die Türen nur so knallten.

Miska sagte immer noch nichts. Er lag versteinert da und betrachtete den Gummistiefel, den Flicken, die großen hellgelben Regale und die Bank. Auf der Bank konnte man sich die Hausschuhe anziehen. Sie lagen in den Regalfächern, an denen mit Klebefolie die Namen aller Kinder angebracht waren und zusätzlich ein Marienkäfer oder ein sonst wie niedliches Wesen. Dabei wurde ganz und gar außer Acht gelassen, dass Marienkäfer auch beißen und ganz schlimme Raubtiere sind. Sie waren proppenvoll mit Kuscheltieren und ebendiesen Hausschuhen – die Regalfächer, nicht die Marienkäfer. Auch Miska würde bald eins bekommen, selbst wenn er keine Kuscheltiere und keine Hausschuhe hatte, sondern nur eine Schere und Filzstifte, aber die durfte man nicht mit in den Kindergarten bringen.

Saris Beine in der roten Strumpfhose falteten sich zusammen, als sie sich hinhockte.

»Hör mal, Miska, hier im Kindergarten wollen wir ein großer Junge sein, hier kannst du nicht auf dem Boden herumliegen, weil die Leute dann auf dich drauftreten«, sagte Sari. »Jetzt steh mal munter auf, es gibt Frühstücksbrei.«

Vielleicht war es genau an diesem Tag, dass Miskas tiefe Abneigung gegen Munterkeit ihren Anfang nahm. Er würde nie ein Wort sagen und auch nicht munter sein, und eins dieser beiden Versprechen hielt er auch. Bestimmt hatte er die Breiphobie schon vorher entwickelt, aber als er später versuchte nachzuvollziehen, wann das alles angefangen hatte, erinnerte er sich an diesen Tag und die Forderung, schon vor dem Breiessen munter zu sein.

Miska sagte nichts, er lag einfach weiter schlaff auf dem Boden. Es war ihm egal, selbst wenn alle Armeen der Welt über ihn getrampelt wären, eigentlich wünschte er sich das sogar, wenn er denn anschließend nach Hause dürfte. Saris Strumpfhosenbeine wurden wieder gerade, und sie verließ den Vorraum. In diesem Kindergarten hatten nicht die Kinder das Sagen. Wenn die Kinder nicht sofort das machten, was Sari wollte, würden sie früher oder später trotzdem gehorchen.

Miska rührte sich nicht. Da hörte er ein Rascheln. Sari hatte bei allem Herumkommandieren den anderen halb ausgezogenen Jungen vor dem Regal ganz vergessen, und jetzt tapste der Junge, den graublauen Regenanzug hinter sich herziehend, auf Miska zu. Er kniete sich vor Miska hin und schob sein Gesicht ganz nah an Miskas. Die Geste war nicht so aufdringlich wie Saris vorhin.

»Ach, lass die einfach«, flüsterte der Junge. »Ich bin Ville. Ich kann dir beim Ausziehen helfen.«

Mühsam versuchte Ville, Miska die Gummistiefel und die dicken Handschuhe herunterzuzerren. Das war ziemlich anstrengend. Miska war noch nicht bereit, seine Schlauchverteidigung aufzugeben, und so war er ein ziemlich schlaffes Hilfsobjekt, aber Ville war ausdauernd. Schließlich, als das Ziehen und Zerren an der Matschhose lange genug gedauert hatte, setzte Miska sich auf und half selber mit. Nun saßen sie mitten in einem Kleiderhaufen, und Miska half dem Jungen aus seinem Regenoverall. Sie rappelten sich auf, beide hatten bequeme Hausanzüge und Wollsocken an, beiden standen die Haare am Hinterkopf zu Berge, und beide waren gleich klein. Ville flüsterte Miska zu: »Es klappt, wenn du sagst, du willst nur ganz wenig Brei haben, dann kannst du ihn über den ganzen Teller verteilen und sagen, du hast gegessen. Aber das Knäckebrot kann man essen.«

Sari beobachtete sie von Weitem, aber sie konnte nicht hören, wie das traditionelle Wissen aller Kindergartenkinder von einem zum anderen weitergegeben wurde. Ville nahm Miska bei der Hand und führte ihn an Sari vorbei in den Speisesaal. Ende der Geschichte.

An diesem Tag im Kindergarten in Luumulahti aß Ville die Möhren aus meiner Suppe und lieh mir sein zweites Kuscheltier, obwohl ich ihn nicht mal drum gebeten hatte. Einen so solidarischen Vierjährigen hat es vorher nie gegeben und danach auch nicht wieder. Irgendwann viel später hat mir Ville mal gesagt, dass er in mir so was wie einen Bruder erkannt hatte, aber er war auch damals schon einfach zu allen freundlich. Vielleicht war die Sache auch die, dass niemand vorher zu mir so lieb gewesen war und ich mich deshalb an Ville gehängt und danach de facto nie losgelassen habe. Ville ist mein erster und einziger Freund. Im Kindergarten machten wir zusammen Mittagsschlaf im selben Stockbett, wir gingen zusammen in die erste Klasse, in die Mittelstufe, in die Oberstufe und an die Uni, wenn wir auch verschiedene Fächer studierten, aber weil wir zusammen in eine Wohnung zogen, zählt das nicht wirklich als Trennung. Zwar hat das bisher eigentlich niemand wirklich laut ausgesprochen, aber so war es von dem Tag an: Ville und ich waren ein Doppelpack.

Ich weiß, dass viele das seltsam finden, schließlich sind wir so verschieden. Und ich weiß auch, dass es für Ville leichter gewesen wäre, wenn er mich nicht ständig als Klotz am Bein durch die Gegend hätte schleifen müssen. Ville ist außergewöhnlich charmant, liebenswürdig, zuvorkommend und freundlich. Ich hingegen bin halb autistisch, unansehnlich und verschlossen. Ville hat das noch nie erwähnt, ich weiß nicht, ob er es überhaupt gemerkt hat, aber so ist es. Ich weiß es, auch wenn ich nichts dazu sage. Ich wusste auch schon lange, dass irgendwann der Zeitpunkt kommen würde, wo das alles ein Ende hätte. In der Mittelstufe wurde mir bewusst, dass eines Tages irgendein Mädchen kommen würde, mit dem Ville zusammen sein, das aber nichts mit mir zu tun haben will.

Andererseits will ich auch gar nicht mit irgendwelchen Mädchen rumhängen. Nicht dass ich Mädchen körperlich abstoßend finde, aber ich mag Menschen ganz allgemein einfach nicht besonders, weder weibliche noch männliche. Ville hatte schon einige kürzere Beziehungen gehabt, vor allem in der Oberstufe und in der Mittelstufe, aber jetzt schon ewig nicht mehr. Vorher war bei uns zu Hause niemand morgens herumgeschlichen. Aus irgendeinem Grund war es offensichtlich, dass das hier keine von diesen komischen Tussis war, die ständig um Ville herumschwirrten.

Wir hatten nie darüber gesprochen, aber ich hatte geahnt, dass Emma eines Tages kommen würde. Und ich hatte Angst davor. Nichts wäre mehr wie vorher, und ich wäre allein. Allein. Mit Ville zusammen bin ich auch allein, aber ohne ihn bin ich dermaßen allein, dass es nicht auszuhalten ist. Ville ist meine soziale Seite, ohne ihn bin ich hilflos.

Vielleicht versteht ihr meine Reaktion auf Emma jetzt etwas besser. Es hatte nichts mit Kaffee oder meinem Kater zu tun, noch nicht mal mit Eifersucht. Es war die Horrorvorstellung aus meinen Albträumen, in der ich für alle Ewigkeit allein bleibe. In Emma sah ich mich selbst in einer halb leeren Einzimmerwohnung mit einer hässlichen Katze, alles vollgemüllt mit leeren Flaschen und Dosen. Und ich sitze ungewaschen auf einer Pritsche mit einer dünnen Schaumstoffmatratze und verfolge, wie die Sonne hinter dem vorhanglosen Fenster auf- und untergeht, und die hässliche Katze tigert hin und her und wartet darauf, dass ich umfalle und sie mir das Gesicht wegfressen kann.

Um zu verhindern, dass ich mit der einfachen Pritsche und der Schaumstoffmatratze allein blieb, hatte ich beschlossen, die beglückende Wirkung des Materiellen auszuprobieren, das viele ja für eine wirksame Medizin halten. Ich nahm also ein paar Scheine von der Wand und kaufte mir die erwähnte Playstation und ein paar Spiele. Ich weiß nicht, ob die Wirkung tatsächlich beglückend war, aber wenigstens war ich mit meinen Gedanken für ein paar Stunden woanders und konnte an Wänden hochklettern und irgendwelche Fieslinge abknallen.

Dann fing ich an, über die Anschaffung eines neuen Fernsehers nachzudenken, und deswegen stand ich ja jetzt hier im Geflimmer von zig Flachbildschirmen, die alle dasselbe Programm zeigten. Ich hatte bestimmt schon eine ganze Zeit eingefroren dagestanden, als schließlich ein Verkäufer auf mich zukam. Es war ein klassischer Fernsehverkäufer, das Firmenhemd ordentlich in der Hose, brauner Ledergürtel und ordentliche Schuhe, die Haare nach hinten gegelt. Vielleicht ein paar Jahre älter als ich.

»Ein Fernseher soll es sein?«, begann er hoffnungsvoll.

»Ich gucke nur«, sagte ich leicht abweisend, weil ich es nicht notwendig fand, mit jemandem darüber zu sprechen, auch nicht mit einem Experten.

»Wir hätten hier ein ziemlich gutes Angebot, diesen Panasonic.« Der Verkäufer zeigte auf einen Fernseher, bei dem ich den Angebotspreis schon selbstständig registriert hatte.

»Der Preis ist nicht das Problem«, sagte ich.

»Okay!«, stieß der Verkäufer erfreut hervor. »Na, dann geht es bestimmt um eine größere Flimmerkiste!«

»Ich weiß es nicht«, sagte ich, denn ich wusste es nicht.

Der Verkäufer hatte anscheinend keine Vorstellung davon, wie er mir etwas verkaufen sollte, trotzdem fing er an, mir die Eigenschaften von verschiedenen Fernsehern vorzubeten. Ich stand stocksteif da und fühlte mich immer mehr bedrängt. Ich verstehe nicht, warum man Fernseher »Flimmerkiste« nennen muss. Gerade als ich dabei war, eine richtig schöne Wut auf den Verkäufer aufzubauen, klingelte in meiner Hosentasche das Telefon. Ich fuhr zusammen. In letzter Zeit hatte das Telefonklingeln eigentlich nie etwas Positives nach sich gezogen. In Panik fummelte ich das Handy heraus und atmete erleichtert auf, als ich auf dem Display das Wort *Mama* las. Ich hatte plötzlich das kindische Gefühl, wenn mir jemand helfen kann, dann Mama.

»Ah, hallo!«, sagte ich.

»Mama hier aus Torremolinos!«

Ich sah auf die Reihe von Fernsehern und den Verkäufer, der durch mein Telefongespräch verstummt war. Er stand immer noch in der Fernsehpräsentationsposition da. Erst als ich ihm zunickte, konnte er sich wieder bewegen. Er machte ein paar Gesten, aber ich verstand nicht, was er mir sagen wollte. Jedenfalls rückte er ein Stück von mir ab, blieb aber in Hörweite.

»Ich weiß, wer du bist, und ich weiß auch noch, wo du bist.«

»Jaja, gut, gut«, quäkte Mama. »Lass uns nur ganz kurz sprechen, das ist ja ein Auslandsgespräch! Warst du bei Birgitta?«

»Ja, war ich«, sagte ich wahrheitsgemäß.

»War da alles in Ordnung?«

»Nein. Ihre Beine sind amputiert, sie ist eine tobsüchtige Alkoholikerin und verlangt, dass ich ihr Schnaps mitbringe, und sie drängt mir Geld auf, und ich weiß nicht, was ich mit ihr machen soll«, plapperte ich in meiner Not daher.

Der Verkäufer sah mich erschüttert an. Ich versuchte, eine Grimasse zu ziehen und ihm zu verstehen zu geben, dass ich einen Witz machte.

»Hallo, hallo, die Leitung setzt aus!«, rief Mama. »Ich kann dich nicht hören!«

»Ich sagte, Birgitta ist total durchgeknallt, und hier ist nicht alles in Ordnung!«, rief ich, ohne mich um den Verkäufer und seine Erschütterung zu kümmern.

»Was? Jetzt kann ich gar nichts mehr hören! Gut, dass du da warst, das war lieb von dir, Schatz. Wenn du mich noch hörst, schick mir eine SMS, was du aus dem Duty-free-Shop haben möchtest! Wir haben es schön hier! Die Sonne scheint, und es ist einfach herrlich!«

»Mama!«, rief ich.

»Tschüs, mein Schatz!«, rief Mama zurück.

Meine Finger zerdrückten fast das verstummte Telefon. In meinem Bauch wallte kurz eine Sehnsucht nach meiner Mutter auf und in meinem Kopf gleichzeitig die Erkenntnis, dass die Zeiten lange vorbei waren, als sie mir bei irgendwas helfen konnte. Als Kind waren die Probleme so viel kleiner und die eigenen Möglichkeiten begrenzter, sodass meine Mutter oft nützlich war, aber heutzutage bezweifle ich, ob sie überhaupt jemals viel ausgerichtet hat. Wenn ich ein Problem habe, ist es noch immer so, dass ich als Erstes zu Hause anrufen will, aber dann fällt mir jedes Mal ein, dass ich erwachsen bin und meine Eltern auch nicht mehr Ressourcen haben als ich, um meine Schwierigkeiten zu bewältigen. In letzter Zeit hatte es sich sogar so angefühlt, als hätte die Lage sich komplett umgekehrt, als würde auf einmal ich ihre Probleme lösen. Jetzt war ich zum Beispiel auch ganz allein mit diesem Birgitta-Problem, obwohl es ursprünglich eigentlich Mamas Angelegenheit war. Da klingelte das Telefon noch einmal. Ich sah auf dem Display, dass die Nummer unterdrückt war, aber aus irgendeinem Grund dachte ich trotzdem, es wäre wieder meine Mutter, und ich antwortete enthusiastisch: »Mama!«

»Hier spricht Tauno Kurttu«, tönte es aus dem Telefon.

Ich fühlte, wie alle vernünftigen Reaktionsmöglichkeiten sich durch meinen Hinterkopf davonmachten und ein paar Meter weiter höhnisch lachend stehen blieben, sodass ich ihrer nicht mehr habhaft werden konnte und daher auch nicht wusste, was ich sagen oder tun sollte. Also blieb ich einfach stehen und tat gar nichts.

»Hello?«, klang es aus dem Telefon.

Ehrlich gesagt war das Gefühl, das mich ergriffen hatte, Angst. Ich wusste, ich hatte Herrn Kurttu ein Unrecht zugefügt. Ich hatte bloß nicht darüber nachgedacht, dass ich damit noch mal konfrontiert werden könnte. Aber jetzt war es so weit. Ich war drauf und dran, den roten Hörer zu drücken, aber die Angst lähmte mich derart, dass es mir nicht gelang.

»Hör mal, junger Mann, du hast mir meine Dose gestohlen«, sagte Herr Kurttu ruhig.

Ich brummelte etwas zur Antwort, denn es stimmte ja, was sollte ich es also leugnen.

»Stehlen ist nicht schön«, fuhr Kurttu fort. »Ich muss die Dose wiederhaben. Sie hat einen unwiederbringlichen ideellen Wert. Ich habe sie auf einer Feier vom Bruder der Königin Silvia bekommen, Jörg Sommerlath, er ist schon verstorben, ein ganz und gar großartiger Mensch. Der Krebs hat ihn besiegt, ich war so erschüttert, dass ich selbst ins Krankenhaus musste, weil ich so stark hyperventilierte, obwohl wir uns gar nicht nahestanden. Aber die Dose ist ein wichtiges Erinnerungsstück.«

Ich brummelte wieder.

»In Ordnung? Das ist gut. Du hast deine Schuhe hier vergessen, du könntest sie bei der Gelegenheit abholen«, schlug Kurttu vor. »Wir machen ein Tauschgeschäft, und dann verzeihe ich dir.«

Ich antwortete nicht, sondern dachte nach. Natürlich schämte ich mich für den Diebstahl, aber ich hatte nicht die geringste Motivation, noch einmal zu Herrn Kurttu nach Hause zu gehen. Das wäre ja genauso dumm, wie zum Tatort zurückzukehren. Es war indiskutabel, jeder weiß doch, dass nichts Gutes dabei herauskommt, wenn man an den Tatort zurückkehrt. Ich hatte mein niederes Verbrechen aus Versehen begangen, aber ich hatte definitiv nicht vor, die Dose zurückzubringen. Außerdem hatte ich einen Teil des Inhalts schon verbraucht. Zwar war das im Hinblick auf die ursprüngliche Menge so wenig, dass Herr Kurttu es wahrscheinlich nicht mal merken würde, aber trotzdem.

»In Ordnung?«, wiederholte Herr Kurttu, als ich nichts sagte.

»Nein«, sagte ich. »Ich komme da nicht noch mal hin. Können wir uns woanders treffen?«

Jetzt dachte Herr Kurttu leise nach. Und während er nachdachte, konnte ich auch ein bisschen nachdenken. Tatsächlich war ich auf den Inhalt der Dose angewiesen, denn ich hatte mich ja kürzlich dazu verpflichtet, Birgitta regelmäßig Drogen zu liefern. Vielleicht war das ein bisschen hippiemäßig, aber ich dachte, ein Joint hin und wieder wäre gesünder als Schnaps.

»Gut«, sagte Kurttu schließlich. »Wo denn?«

»Wir sehen uns morgen«, sagte ich. »Um sechs. Irgendwo.«

»Aha, also gut«, sagte Kurttu langsam.

Wir schwiegen einen Moment.

»Hör mal zu. Und was, wenn die Dose leer ist, wenn ich sie dir zurückgebe?«, fragte ich aus einer spontanen Eingebung heraus.

»Dann werde ich dich erschießen müssen«, sagte Kurttu schelmisch. »Die Dose war im Übrigen leer, als ich sie von Jörg Sommerlath bekommen habe, für so was war sie nicht gedacht, nicht dass du jetzt glaubst, der Bruder der Königin wäre so ein Grasheini gewesen, oder vielleicht war er es sogar, aber so gut kannten wir uns nicht. Ist sie denn leer?«

Ich dachte einen Augenblick nach. Mir fielen die schwarze Pistole im Bücherregal ein und die antiken Waffen in der Vitrine. Ich kenne sonst niemanden, bei dem überall in der Wohnung Waffen herumliegen, daher konnte ich schwer einschätzen, wie hoch die Wahrscheinlichkeit war, dass sie tatsächlich zum Einsatz kämen. Andererseits hat man Dinge, die man oft benutzt, gerne zur Hand, vielleicht war Kurttus Drohung also tatsächlich ernst zu nehmen.

»Nein«, sagte ich. »Aber ich hätte den Inhalt gerne.«

»Aha, das ist eine Erleichterung, es ist ja auch nicht schön, jemanden zu erschießen, denk mal nach, was das für ein Schlamassel gibt, Himmel Herrgott«, sagte Herr Kurttu. »Ich denke, wir können morgen noch mal darüber sprechen.«

»Woher hast du eigentlich meine Nummer?«, schoss es mir durch den Kopf.

»Von der Auskunft, Miska Tammi aus Helsinki«, sagte Herr Kurttu. »Wenn du so etwas in Zukunft vermeiden willst, solltest du nicht deinen vollen Namen nennen.«

Herr Kurttu lachte diabolisch wie der verrückte Professor im Film nach dem Bau der Bombe, mit der er die ganze Welt zerstören wird. Ich zog einen Flunsch und brach das Gespräch ab, ohne mich zu verabschieden. Scheißkerl. Kalte Schauer liefen mir über den Rücken. Der Verkäufer kam zurück, das Gesicht zu einem Paradelächeln verzogen. Ich überlegte kurz, ob ich einfach weglaufen sollte, aber noch vor dem Startschuss wurde mir klar, dass ich mich dann nicht mehr hertrauen würde, um einen Fernseher zu kaufen. Also zeigte ich auf irgendeinen Fernseher in der Reihe und sagte schnell: »Ich nehme den.«

Dann ging ich im Laufschritt zur Kasse. Der verdutzte Verkäufer lief mir nach und sah mich an, als würde er sich fragen, ob ich denn auch im Besitz ausreichender geistiger und körperlicher Kräfte wäre, um so eine große Anschaffung zu tätigen. Aber als ich ihm sagte, ich würde bar bezahlen und nicht auf Raten, war sein Gesichtsausdruck schon weniger besorgt. Wir vereinbarten die Lieferung, und dann marschierte ich durch Reihen von Mixern, Staubsaugern, Handys und Küchenwaagen nach draußen. Das wird eine tolle Überraschung, wenn der Fernseher kommt. Und wenn es sein muss, kann ich dann ja die neue Wohnung nach dem Fernseher aussuchen, dachte ich, um mich über diesen total kopflosen Kauf hinwegzutrösten.

Ich ging zur Bushaltestelle, die Hände in den Taschen, das Kinn an die Brust gedrückt. Wir hatten keinen Treffpunkt ausgemacht, und ich wusste nicht, wie ich mich wegen der Dose verhalten sollte. Am sichersten wäre es, sich an einem öffentlichen Ort zu treffen, damit es nicht zu unbesonnenen Handlungen käme. Die Schwelle, jemanden zu erschießen, ist in einem Café sicherlich höher als in einer Privatwohnung. Andererseits finden gewisse unbesonnene Leute es gut, wenn sie Publikum haben, vor allem unbesonnene Leute mit Theaterhintergrund. Herr Kurttu hatte mit unterdrückter Nummer angerufen. Das machte es schwierig, ihm den Treffpunkt meiner Wahl mitzuteilen.

Als der Bus um die Straßenecke angezuckelt kam, hatte ich eine Idee, deren Wert man so oder so sehen kann. Sie fußte auf dem alten Sprichwort, nach dem man zwei Fliegen mit einer Klappe schlagen kann: Kurttu könnte doch in den Park kommen, wenn ich mit meiner neuen Freundin Birgitta einen Spaziergang an der frischen Luft machte. Der Plan kam mir in diesem Moment so genial vor, dass ich beschloss, ihn sofort zu besiegeln. Sobald ich im Bus saß, schickte ich Birgitta eine SMS: »Ich komme morgen gegen fünf. Wir gehen raus, dicke Klamotten nicht vergessen.« Als die Sache zumindest so weit klar war, entspannte ich mich etwas und lehnte mich im Sitz zurück. Vielleicht würde alles gut werden.

7. Birgitta und Herr Kurttu

Aber natürlich lief es nicht annähernd so, wie ich geplant hatte. Der nächste Tag war kein sonniger Rausgehtag, stattdessen fielen vom Himmel nasse Schneeflocken so groß wie Kissen. Lange stand ich in Unterhose am Fenster, hielt den Vorhang umklammert und hoffte, es würde aufhören, aber es hörte nicht auf, es war nicht mal kurz davor. Schließlich war es so spät, dass ich mich anziehen musste, um es bis fünf Uhr zum Pflegeheim zu schaffen.

Während der gesamten Fahrt ließ ich die Augen nicht von meinem Handy. Von Herrn Kurttu hatte ich nicht das kleinste Sterbenswörtchen gehört. Wie konnten wir uns treffen, wenn wir uns nicht auf einen Ort geeinigt hatten? Ich konnte ihn auch nicht zurückrufen, denn er hatte mich ja mit unterdrückter Nummer angerufen. Andererseits hätte ich ihn auch nicht anrufen wollen. Ich war abwechselnd starr vor Anspannung und entspannt vor Erleichterung. Vielleicht würde ich mit dem Schrecken davonkommen. Vielleicht hatte sich Herr Kurttu irgendwo den Kopf gestoßen und alles vergessen, und ich würde nie wieder etwas von ihm hören. Bestimmt war es so. In Filmen passierte so was ständig. Mir fällt jetzt zwar kein Beispiel ein, aber sicherlich ist das ziemlich üblich. Einmal beim Einkaufen hörte ich, wie eine Frau zu ihrer Freundin sagte, dass sie beim Röntgen immer ihr Kurzzeitgedächtnis verliere, und vielleicht war es Herrn Kurttu auch so ergangen. Ich fing auch an, das Funktionieren des Zwei-Fliegen-mit-einer-Klappe-Sprichworts in diesem speziellen Fall infrage zu stellen. Ich konnte mir beim besten Willen keine Situation vorstellen, in der Birgitta mich auf irgendeine Art und Weise unterstützen könnte, geschweige denn, dass es eine gute Idee war, sich mit zwei verrückten Alten gleichzeitig zu treffen. Es würde eine Katastrophe werden: drei Millionen Schmeißfliegen, die Hände auf dem Rücken gefesselt, ohne die Chance zuzuschlagen, während die Fliegen schon anfangen, mich hinter den Ohren anzunagen. Ich wurde immer nervöser und schob meine Mütze die ganze Fahrt über an meiner Stirn auf und ab.

Birgitta saß wieder fertig verpackt im Foyer des Pflegeheims.

»Bei dem Wetter gehe ich bestimmt keine Enten füttern!«, krähte sie, sobald die ersten drei Zentimeter von mir durch die Tür waren.

»Du gehst genau dahin, wo ich dich hinschiebe«, sagte ich.

»Vielleicht ist es wirklich besser, wenn ihr nicht zu lange draußen bleibt«, schlug die lächelnde Pflegerin vor, die anscheinend die ganze Zeit neben dem Empfangstresen gestanden hatte, ohne dass es mir aufgefallen war.

Ich warf einen Blick auf ihr Namensschild, darauf stand Sisko R. Ob ich mich das erste Mal verlesen habe?, überlegte ich. Ich wusste noch genau, dass die erste Pflegerin Sisko P. hieß. Natürlich betrug der Unterschied nur ein Strichelchen, aber ich war mir trotzdem sicher, dass es beim ersten Mal ein P gewesen war. Es wäre ja unglaublich, wenn zufällig immer dieselbe Pflegerin Dienst hätte. Aber wenn es mehrere gab, waren alle von ein und demselben Typ, sodass man sie kaum auseinanderhalten konnte. Das lag nicht bloß an dem geschmacklosen T-Shirt. Oder doch? Immerhin Comicschrift und Neonfarbe!

»Dann gehen wir ins Café«, sagte ich sowohl zu Birgitta als auch zur Pflegerin und fing an, den Rollstuhl in Richtung Ausgang zu schieben.

»Das ist ja schön!«, rief die Pflegerin uns nach.

»Genau«, brummelte Birgitta.

»Na Scheiße, das ist doch das, was du wolltest«, brummelte ich zurück.

»Selber Scheiße«, knurrte Birgitta. »Und du musst nicht immer so vulgär sein.«

Dann sagte keiner von uns mehr ein Wort. Birgitta vergrub sich dermaßen in ihren Klamotten, dass kein Zentimeter Haut sichtbar war. Ich hatte den Eindruck, sie konzentrierte sich darauf, sich möglichst schwer zu machen. Den Rollstuhl durch die nasse Schneescheiße zu schieben überstieg meine Kräfte. Schließlich gab ich auf, und wir blieben an einer Straßenbahnhaltestelle stehen. Ich hatte mir überlegt, dass es gut wäre, Herrn Kurttu in einem Café zu treffen, das ich auf dem Weg ins Pflegeheim vom Straßenbahnfenster aus gesehen hatte, und ich konnte meinen Plan nicht einfach verwerfen, nur weil ich nichts von Herrn Kurttu gehört hatte. Zu guter Letzt stand ich mit Birgitta vor der Tür des Cafés, aber ich hatte nicht daran gedacht, dass man nicht überall auf Rollstuhlfahrer eingestellt ist. Den Rollstuhl ohne Rampe durch zwei Türen hindurch nach drinnen zu zerren war für meine nicht vorhandene Muskulatur eine fast übermächtige Anstrengung. Die Macht, die vorher mit mir gewesen war, verflüchtigte sich bei meinem Gezerre in die Dunkelheit wie die Luft durch die Tür des Millennium Falken ins Weltall. Als wir es schließlich ins Café geschafft hatten, ich halb tot und Birgitta ungehalten, war es Viertel vor sechs. Noch fünfzehn Minuten bis zur verabredeten Uhrzeit. Atemlos warf ich einen Blick auf mein

Telefon, vielleicht hatte ich es nicht klingeln hören, aber nein, niemand hatte versucht, mich zu erreichen.

»Ich nehme einen Kakao mit Rum«, sagte Birgitta.

Ich lag mit der Stirn auf der Tischplatte und versuchte, meinem Atem und meinem Puls einen regelmäßigen Takt wiederzugeben. War Herrn Kurttu vielleicht etwas passiert? Sollte ich jetzt besorgt sein oder mich befreit fühlen?

»Hörst du, einen Kakao mit Rum. Oder am besten gleich zwei. Oder einen mit einem doppelten Rum«, plapperte Birgitta und schlug mir auf den Hinterkopf. Ich nahm den Kopf vom Tisch und sah sie missmutig an. Das Café war fast leer, etwas weiter entfernt saßen zwei Omis mit Pelzen und blaugrauen Dauerwellen beim Nachmittagskaffee. Hinter dem Tresen stand eine aufgeweckt aussehende Frau, die uns gleichzeitig interessierte und argwöhnische Blicke zuwarf. Birgitta wirkte in ihren geliehenen Klamotten nicht ganz so reich, wie sie war, und ich für meinen Teil sah bestimmt ganz genauso arm aus, wie ich tatsächlich war. Ich dechiffrierte von meinem Platz aus die Speisekarte, die hinter dem Tresen auf die Wand geschrieben war.

»Nur die Ruhe«, brummte ich. »Hier gibt es überhaupt keinen Rum, das ist ein Café und keine Kneipe. Was würdest du denn sonst nehmen?«

Birgitta schob die Unterlippe nach vorn und scannte mit ihrem Blick wütend die Preisliste. Dann knurrte sie: »Einen Kaffee und ein Hefeteilchen, zum Henker noch mal.«

Ich stand auf und ging zum Tresen. Ich sah mir die Hefeteilchen an, aber in letzter Zeit löste bei mir alles, was mit Essen zu tun hatte, Ekel aus. Für Birgitta nahm ich ein klassisches Teilchen und einen großen Kaffee und für mich einen Caffè Latte. Als die Bedienung die Kaffeemaschine in Gang setzte, ging hinter mir die Tür auf, und noch bevor ich reagieren konnte, hörte ich ein freudiges Aufkreischen: »Tauno!«

Ich erstarrte. Dies war er: der epische Moment des Erkennens, in dem der Groschen endlich fällt und der eine Einsicht bewirkt, die dazu führt, dass man sich mit der Hand an die Stirn klatscht, gegen die Wand tritt und sich das eigene Unverständnis vorhält. Die Zeit verlangsamte sich, wie in einem Wackelpudding gefangen, drehte ich mich um, und noch während ich mich umdrehte, wusste ich, was ich gleich sehen würde. In meinem Geist drängelten sich Kurttus Erzählungen aus der Stockholmer Theaterwelt und das undeutliche Foto des charismatischen und entfernt bekannt aussehenden Fräulein Kangas mit dem intensiven Blick sowie die Freude über das Zusammentreffen und das Entsetzen darüber, wie alles zusammenhing, und die Sorge, was jetzt werden würde.

Kurttu stand schneebedeckt an der Tür und lächelte freudig verwirrt. Birgitta war, soweit das ging, noch erfreuter und noch verwirrter.

Ich hingegen umklammerte mit meinen Fingern den Rand der Theke in einem Anfall von entsetztem »Das hätte man doch vorhersehen müssen«. Herr Kurttu hatte mich beschattet. Er hatte vor meinem Haus hinter einem Laternenpfahl herumgelungert und mich die ganze Zeit verfolgt. In der Straßenbahn hatte er hinter mir gesessen und mich beobachtet, sich an der Haltestelle zwei Meter neben mir ans Geländer gelehnt und dann vor dem Pflegeheim Sonnenschein gewartet. Und ich hatte nicht den leisesten Verdacht gehabt. Für einen Moment verlangsamte sich die Zeit bis zum Stillstand. Währenddessen dachte ich, wäre das nicht tatsächlich passiert, wäre es eine total unglaubwürdige Wendung, aber zum Glück passierte es wirklich, denn sonst wäre meine Geschichte ja völlig gaga. Denn manchmal ist es im Leben einfach so, dass euer Bruder in Wahrheit eure Mutter ist, und das ist ja nicht meine Schuld. Die Welt ist voll von wundersamen Zufällen. Aber dann strömte die Zeit weiter wie Baumstämme in einem Fluss, unaufhaltsam und tödlich. Kurttu und Birgitta sahen sich an, und ich stand an der Theke und versuchte, die Situation einzuschätzen. Ich überlegte, ob ich mich schnell nach draußen verdrücken könnte, wenn Kurttu ein paar Schritte weiter auf Birgitta zuging. Die beiden Gruftis würden mich garantiert nicht einholen, aber andererseits würde ich das Unausweichliche bloß aufschieben. Nein. Es war besser, der Situation ins Auge zu blicken.

»Hier wäre dann der Kaffee«, sagte die Bedienung.

Das gab den Ausschlag. Ich wandte mich zum Tresen und versuchte, einen normalen Gesichtsausdruck aufzusetzen. Aus der Sicht der Bedienung war ich wahrscheinlich mit meiner Oma Kaffee trinken, und jetzt war zufällig ein alter Bekannter vorbeigekommen. Es durfte nicht so aussehen, als wäre ich in ein lebensgefährliches Geiseldrama verwickelt, auch wenn es sich so anfühlte. Übertrieben lächelnd zahlte ich den Kaffee und das Hefeteilchen, nahm das Tablett und wandte mich um. Kurttu saß jetzt mit sorgenvoller Miene am Tisch und hielt Birgittas Hand umklammert. Birgitta schien schnell und aufgeregt zu sprechen. Beide sahen anders aus als vorher. Menschlicher. Nicht wie ein perverser Alter und eine Alkoholikerin ohne Beine, sondern wie Menschen mit vielen Seiten und Eigenschaften, mit einer Vergangenheit und einer Zukunft.

Dann drehten sie sich gleichzeitig zu mir um. Und da lösten sich alle Eigenschaften, Vergangenheiten und Zukünfte mit einem Mal – puff – in Luft auf, stattdessen waren mein grimassierendes Lächeln, der perverse Alte und die beinamputierte Alkoholikerin wieder da. Am liebsten hätte ich mich zusammen mit den Zukünften selbst in Luft aufgelöst, doch ich zwang mich, einen Fuß vor den anderen zu setzen, dann wieder den anderen vor den einen, und als ich das oft genug wiederholt hatte, konnte ich schließlich das Tablett auf den Tisch scheppern lassen.

Birgitta schmunzelte liebenswürdig. Sobald ich mich gesetzt hatte, nahm sie meine Hand und erklärte Kurttu: »Das hier ist Miska, der einzige Verwandte, der sich für mein Befinden interessiert, ein sehr humaner und sozialistischer Junge!«

Kurttu sah mich mit zusammengezogenen Brauen an und räusperte sich.

»Ich hatte bereits die Ehre, Miskas Bekanntschaft zu machen.«

Mit einem festgetackerten Paniklächeln sah ich abwechselnd von einem zum anderen und versuchte, einerseits meine Grimasse zu bändigen und andererseits mich zu beruhigen, aber beides gelang mir nicht.

»Die Stadt ist klein«, sagte ich mit gespielter Munterkeit und breitete die Arme aus, als könnte ich absolut nichts dafür. »Letztendlich ist das gar nicht so verwunderlich. Kennt ihr die Theorie, nach der die ganze Welt in sechs Personen enthalten ist?«

»Ich bin mit Miska hier«, versuchte Birgitta, die Situation zu klären.

»Wir hatten auch ein Treffen ausgemacht«, sagte Kurttu.

Birgittas Gesichtsausdruck wurde düster und skeptisch.

»Ist das hier etwa ein Blind Date?«, kreischte sie empört in meine Richtung.

Jetzt beäugten mich beide stirnrunzelnd. Ich wusste nichts

zu antworten. Alle Wörter hatten meinen Fluchttrieb in die Tat umgesetzt und sich fortgestohlen wie die Ratten, um mich hier alleine und stumm stehen zu lassen. So hatte ich mir das nicht vorgestellt, natürlich nicht. Ich hoffte, Kurttu wäre klug genug, den Mund zu halten. In meiner Vorstellung hätte es so laufen müssen, dass Kurttu und ich Plastiktüten ausgetauscht hätten, und dann wäre Kurttu wieder verschwunden, ohne mich zu erschießen, und ich hätte nie wieder etwas von ihm gehört. Nie hatte ich mir auch nur im Geringsten ausgemalt, dass er mit uns am Tisch sitzen würde. Ich wollte nicht, dass Birgitta etwas von der Dose oder von irgendwas anderem erfuhr. Ich weiß nicht, wieso. Birgitta sollte denken, das Dope käme aus den gefährlichen und hoch angesehenen Dealerkreisen, die ich meisterhaft betrieb, statt aus einer Dose, die ich im Suff bei einem alten Kauz hatte mitgehen lassen. Ich wollte nicht, dass der einzige Mensch, der mich auf irgendeine Art und Weise mochte, erfuhr, was für ein bemitleidenswertes Stück Mensch ich in Wirklichkeit war. Ich fühlte, wie mir unter der Mütze der Schweiß ausbrach und den Rücken hinunterrann und kurz davor war, mir in den Hosenbund zu sickern.

»Ja?«, sagte Kurttu und warf mir einen ungehaltenen Blick zu.

Ich konnte nichts sagen. Ich begriff nicht, wie sie zu dieser Schlussfolgerung kommen konnten. Ein Blind Date? Das hier war der infernalisch-hysterikalische Gipfel aller Zufälle, etwas, das es im ganzen Universum einfach niemals geben dürfte. Und außerdem, falls ich jemals ein Blind Date hätte arrangieren wollen, hätte ich bestimmt nicht versucht, ausgerechnet Birgitta und Kurttu miteinander zu verkuppeln.

»Du meine Güte«, ächzte es schließlich wieder einmal mutterhaft aus mir hervor.

»Was stümperst du hier eigentlich rum?«, knurrte Birgitta mich an.

»Nichts«, seufzte ich. »Das ist ein Missverständnis! Da, seht mal! Wichtel! Ferkel!«

Ich zeigte zum Fenster. Birgitta und Kurttu sahen mich ungläubig an, drehten sich aber doch um. Einige Minuten lang starrten wir auf die Wichtel und Ferkel in Menschengröße, die am Fenster vorbeihüpften. Sie winkten fröhlich zu allen Seiten und hüpften hierhin und dorthin, dass die grauen Bärte und die Ringelschwänzchen nur so schlackerten. Es dauerte eine Zeit lang, bis klar wurde, dass sie Werbung für irgendeine Weihnachtsaufführung machten. Der Moment war dermaßen surreal, dass danach alles im Café deutlich normaler wirkte. Hier gab es wenigstens keine Ferkel in Menschengröße, wenn man nicht im übertragenen Sinne dachte, dann wären es vielleicht zwei gewesen.

»Herrschaftszeiten«, sinnierte Tauno Kurttu, als das letzte Ferkel um die Ecke verschwunden war.

»Du sagst es«, sagte Birgitta.

Anscheinend hatten sie ihren Blind-Date-Verdacht vergessen, denn nun fingen sie wieder an, aufgekratzt miteinander zu reden. Sie hatten nur Augen und Ohren füreinander, ich war eine unwichtige Randnotiz. Die Stimmung wurde immer lebhafter, und Erinnerungen an früher drängten ans Licht. Ich saß da und starrte auf meinen Kaffee, den ich nicht mehr trinken mochte. Ich versuchte, mich selbst davon zu überzeugen, dass an der Situation gar nichts Schlimmes war, aber ich konnte es nicht wirklich glauben. Es war doch schön, dass Birgitta durch mich einen alten Bekannten wiedergetroffen hatte. Ich wollte doch niemandem etwas Böses, im Gegenteil, Birgitta wollte ich nur Gutes, und Kurttu sollte eine Entschädigung für meine Dummheit bekommen. Aber trotz meiner Gutherzigkeit steckte ich in dieser total absurden Szene fest, in der mich ein Drogendealer durch die ganze Stadt verfolgt, dann werde ich noch der Kuppelei verdächtigt, und schließlich sind die Straßen voll von Wichteln und Ferkeln.

Am liebsten hätte ich die Beine in die Hand genommen und wäre nach Hause gerannt, und gleichzeitig zog mich überhaupt nichts dorthin. Ich wünschte mir nichts sehnlicher als diesen Rückspulknopf. Ich würde zwei Wochen zurückspulen, den Streit mit Ville überspielen, zum jetzigen Moment zurückkommen und ihn anrufen, und dann würden wir beide in die Kneipe gehen und bei einem Bier über das alles lachen. Mann, wann wird dieser Knopf endlich erfunden! Er würde die ganze Menschheit vor schlechten und überstürzten Entscheidungen retten. Plötzlich fühlte ich eine schneidende Sehnsucht nach Ville. Ich nahm mein Handy aus der Tasche und schrieb eine SMS: »Vielleicht könnten wir reden.« Ich dachte einen Moment über die Nachricht nach. Sie war nicht zu unterwürfig. Sie war ganz gut. Ich schickte sie ab. Ich kam zurück in die Gegenwart, und plötzlich hatte ich das Gefühl, dass sich alles klären würde.

Kurttu und Birgitta redeten über irgendwelche verstorbenen Freunde und lobten sie über den grünen Klee. Tote Leute verwandeln sich in märchenhafte Wesen, das ist auch seltsam. Ich trank in kleinen Schlucken von meinem Kaffee, den ich immer noch nicht wollte, aber irgendwas musste ich mit mir ja anfangen. Mein Telefon piepte. Eine SMS von Ville, sie lautete: »Okay.« Nicht besonders demütig. Vielleicht hatte ich mir vorgestellt, meine Nachricht würde alles entscheiden und einen Freudentaumel bei ihm auslösen, aber wahrscheinlich war »okay« immer noch besser als »nein«.

Das Gespräch am Tisch war inzwischen zu den lebenden Bekannten übergegangen, von denen es anscheinend wesentlich weniger gab als von den toten, und sie waren auch bei Weitem nicht so interessant. Diese beiden hatten wahrscheinlich ein ziemlich aufreibendes Leben geführt, so wie ihr ganzer Bekanntenkreis, und daher war es auch nicht verwunderlich, dass diese Bekannten früher den Löffel abgaben als normale Leute in dem Alter.

So vergingen anderthalb Stunden. Mein Kaffee wurde kalt. Ich dachte darüber nach, mir etwas zu essen zu holen. Ich sah mir noch mal die Teilchen an und kaufte mir einen Schokomuffin, der sich am Tisch als Enttäuschung herausstellte. Ich pulte Stückchen davon ab. Er schmeckte nicht nach Schokolade, sondern nach Kakaopulver. Aber das sieht man Muffins von außen nicht an. Ich tunkte die Muffinstückchen in den kalten Kaffee. Birgitta hatte ihr Teilchen nicht angerührt, aber den Kaffee hatte sie immerhin ausgetrunken. Kurttu hatte sich nicht mal was bestellt. Mir war langweilig, aber gleichzeitig war ich ganz zufrieden, dass man mich in Ruhe ließ und die Situation einigermaßen unter Kontrolle war. Mit der Kraft meiner Gedanken versuchte ich, Herrn Kurttu zu verstehen zu geben, dass wir diese Drogensache doch erst mal vergessen und später darauf zurückkommen könnten, aber weil ich als Telepath ziemlich ungeübt war, hörte Kurttu mich nicht. Alles Gute geht irgendwann zu Ende, schließlich kam die Bedienung zu uns an den Tisch und gab bekannt, dass das Café in einer Viertelstunde schließen werde. Es war fast acht.

Birgitta und Kurttu hielten sich immer noch an den Händen und flatterten mit den Augenlidern, während sie sich über die Zeitläufte ergingen.

»Die Zeit ist aber schnell vergangen«, sagte Birgitta.

»Allmählich müsste ich dich zurückschieben«, sagte ich und wollte mir schon die Jacke überziehen.

Da bemerkte ich einen Stoß an meinem Schienbein und begriff, dass Herr Kurttu mit dem Fuß eine Plastiktüte in meine Richtung schob. Wenigstens dieses eine Mal kapierte ich, was zu tun war. Ich bückte mich unter den Tisch, um in meiner Tasche herumzufummeln. In ihren Tiefen stieß ich auf die Plastiktüte, die Herrn Kurttus versehentlich gemopste Silberdose und ein Paar Schuhe enthielt, und tauschte sie unauffällig gegen Kurttus Tüte mit meinen Turnschuhen. Der Vorteil an Herrn Kurttu war seine Diskretion, auch wenn man sich aufgrund seiner damaligen Tanzvorführung nicht vorstellen konnte, dass dieses Wort auf ihn wirklich zutraf. Bevor ich zu Hause aufgebrochen war, hatte ich einen Teil des Geldes von Birgitta in die Silberdose gelegt, tatsächlich waren weniger als tausend Euro davon übrig. Das Gras hatte ich in meiner Schreibtischschublade verschwinden lassen, da lag es warm und trocken. Über alles das hätte man reden müssen, aber jetzt war das unmöglich.

Herr Kurttu stand auf und verbeugte sich herzlich lächelnd vor uns. Er und Birgitta verabschiedeten sich überschwänglich und theatralisch, was hätte man auch sonst erwarten können. Zuerst wurden lang und breit Telefonnummern ausgetauscht, dann die unterschiedlichsten Versprechen abgegeben, die Verabschiedung erfolgte auf Finnisch, Schwedisch und Französisch, dann war es Zeit für Handküsse, dann für Wangenküsse, und schließlich winkte man sich noch lange zu, bis Kurttu hinter dem Fenster in der Dunkelheit verschwand. Ich selber nickte Kurttu zum Abschied zu. Ich war letztlich ganz zufrieden, auch wenn die Sache noch nicht völlig ausgestanden war.

Abgesehen von einigen gruseligen Details, war alles ganz gut gelaufen, eigentlich sogar besser, als ich es mir ausgemalt hatte. Kurttu mit seinem kreischbunten Schal war immer noch ein seltsamer Vogel, aber neben Birgitta schien mir das jetzt nicht mehr übertrieben.

»Das war ja ein toller Zufall«, sagte Birgitta und biss von ihrem Hefeteilchen ab. »Du wusstest schon, dass der Tauno eine ziemliche Tunte ist?«

Ich sah Birgitta belustigt an.

»Also, wenn du noch mal ein Date für mich ausmachen willst, ich mag lieber Heteros«, grinste Birgitta. »Habt ihr beide etwa irgendwelche Doktorspielchen laufen?«

»Was? Nein!«, rief ich.

»Da ist ja nichts Schlimmes dran. Du kannst so schwul sein, wie du willst, mich stört das nicht.«

»Ich bin nicht schwul«, sagte ich scharf.

»Ach?«, sagte Birgitta und wirkte überrascht.

»Wirklich nicht«, zeterte ich. »Und selbst wenn ich es wäre, würde ich bestimmt nicht mit Tauno Kurttu rumhängen!«

»Ach so. Besonders hetero wirkst du aber auch nicht«, sagte Birgitta und ließ ihr Hefeteilchen auf den Teller sinken. »Aber das geht mich ja nichts an. Besser, du hältst etwas Distanz zu Tauno, mit ihm muss man ein bisschen vorsichtig sein. Dann lass uns mal gehen, es ist ja schon fast Abendbrot vorbei, und ich habe mich schon so an den Zeitplan im Pflegeheim gewöhnt, dass ich ganz durcheinanderkomme, wenn ich nicht zur richtigen Zeit Essen kriege.«

Ich wollte schon anfangen, über meine Sexualität zu diskutieren, aber dann ließ ich es doch sein. Stattdessen schob ich mir die Mütze aus der Stirn und karrte Birgitta in Richtung Pflegeheim. Letztlich egal, ob ich für schwul gehalten werde, das hat für mich eigentlich keine Bedeutung. In der Praxis bin ich ja doch überwiegend asexuell.

An der Tür zum Pflegeheim gab ich Birgitta einen Joint. Sie ließ ihn irgendwo zwischen ihren vielen Klamotten verschwinden und zwinkerte mir abgeklärt und zufrieden zu.

»Wo rauchst du den?«, fragte ich noch.

»Was geht dich das an?«, gab Birgitta zurück.

»Ein bisschen was geht mich das schon an, ich bringe dir nämlich nichts mehr mit, wenn die Gefahr besteht, dass du erwischt wirst«, sagte ich, stellte mich mit verschränkten Armen vor Birgitta hin und markierte den Harten.

»Ich rauche ihn nachts im Bett«, gestand Birgitta.

»Was zum Henker?«, krächzte ich.

»Da kriegt keiner was mit. Ich weiß auf die Minute genau, wann die Pflegerinnen nachts ihre Runde machen. Außerdem habe ich eine gute Ausrede. Ich habe verlangt, dass ich in meinem Zimmer abends Räucherstäbchen anzünden darf, und alle glauben, der Geruch kommt daher. Und wenn mich jemand überraschen sollte, mache ich den Joint einfach schnell in dem Wasserglas aus, das ich in der Nachttischschublade habe, und sage, ich entspanne bei beruhigenden Räucherstäbchen, weil ich nicht schlafen kann«, erklärte Birgitta begeistert von ihrer eigenen Pfiffigkeit.

»Mit dir macht man verdammt noch mal ganz schön was mit«, fluchte ich und ging zurück hinter den Rollstuhl. »Wenn du erwischt wirst, erschieße ich mich.«

»Tust du nicht«, sagte Birgitta belustigt.

»Tue ich ganz bestimmt«, murmelte ich und schob den Rollstuhl durch die Eingangstür. »Und ich weiß auch schon, wo ich die Pistole herkriege.«

Ich ließ Birgitta abermals im Foyer in der Obhut der Pflegerin und versprach, bald wiederzukommen. Draußen rieb ich mir erleichtert und ungläubig die Augen. Die Sache mit der Silberdose war nun ein für alle Mal erledigt, und ich müsste Tauno Kurttu niemals wiedersehen.

8. Ville

Der nächste Tag war ein Donnerstag, und ich verließ die Wohnung, sobald ich aufgewacht war. Nicht weil Donnerstag war, sondern weil der Gedanke, Ville anzutreffen, mir doch nicht mehr so klärend erschien wie am Tag vorher. Als ich am vorigen Abend nach Hause gekommen war, war die Wohnung einsam und verlassen gewesen, und sie war es auch morgens noch, aber ich wollte nicht warten, bis Ville zurückkam.

Zuerst hing ich in einem Café herum, trank zwei Tassen Kaffee und las alle alten und neuen Boulevardblätter. Nach einigen Stunden kam ich mir allmählich bemitleidenswert vor und ging nach draußen. Als ich eine Stunde lang ziellos umhergelaufen war, wurde mir dermaßen kalt, dass ich mir ein Gebäude suchen musste, in dem ich herumsitzen konnte, ohne groß aufzufallen. Ich dachte an die Bibliothek, aber als ich zum Uni-Hauptgebäude kam, beschloss ich, zuerst in die Mensa zu gehen, auf die Gefahr hin, dort auf Ville zu treffen. Ich vernichtete einen georgischen Kohleintopf, zwei Kartoffeln, zwei Scheiben Brot, einen Salat und ein Glas Milch. Währenddessen las ich zweihundert Seiten in dem hervorragenden Buch *Die Ameisen* von Bernard Werber und gruselte mich dermaßen vor dieser anderen, gut organisierten Art mit ihren Kriegsmaschinen und wie sie einen Menschen nach dem anderen im Keller verschwinden ließ, dass ich irgendwann keine Lust mehr hatte weiterzulesen. Also drückte ich mich weiter in der Mensa herum, bis sie zumachte und ich freundlich gebeten wurde zu gehen. So freundlich die Aufforderung auch war, meine Stimmung war jetzt umso unfreundlicher.

Ich überlegte, ob ich als Nächstes in der Bibliothek abhängen sollte, aber dort konnte man eigentlich nichts anderes tun als lesen, und das kam nicht mehr infrage. Ich versuchte, mir gut zuzureden: Ich zahlte die Hälfte der Miete, ich hatte ein Recht, zu Hause zu sein, es kann doch nicht sein, dass man Angst haben muss, nach Hause zu gehen, was können die mir denn schon tun, außer mir ein unbehagliches Gefühl verursachen. Na ja, ebendas. Verursachen. Aber trotzdem.

Wieder schneite es. Anfangs war mir der ganze Schnee wie ein Hoffnungsschimmer mitten im Klimawandel vorgekommen, aber inzwischen hatte man das Gefühl, darunter zu ersticken. Niemand mochte schwarze, schneelose Winter, aber jetzt hörte man allenthalben genervtes Murmeln, nach dem Motto: Es reicht. Überall lag Schnee, man wusste nicht mehr, wohin damit. Sehr langsam ging ich von der Bushaltestelle nach Hause und betrachtete die Flocken, die vom dunklen Himmel herabschwebten. Einige landeten auf meinem Gesicht und lösten sich im selben Moment auf. Kurz vor unserem Haus blieb ich stehen und starrte so lange in den Schneefall hinauf, bis mir der Nacken wehtat. Jetzt war es so weit: Ich konnte es nicht mehr vermeiden, nach Hause zu gehen – ich hatte jede Schneeflocke gesehen.

Vor unserer Wohnungstür blieb ich stehen. Kein Geräusch war zu hören, nirgends, anders gesagt, es war vollkommen still. Ich presste das Ohr an die Tür. Immer noch nichts. Ich lugte durch den Spion, aber der funktioniert leider nur von innen nach außen, was natürlich aus der Sicht der Bewohner gut und wünschenswert ist. Alles, was ich sah, war ein Lichtpunkt. Ich lehnte die Stirn an die Tür und überlegte, ob ein Lichtpunkt im Spion bedeutet, dass drinnen Licht ist, oder ob es dafür irgendeine andere Erklärung gibt. Ich kniete mich vor die Tür, öffnete ganz leise den Briefschlitz und versuchte, in die Wohnung zu schauen. Ich sah nur ein schwaches Licht und klappte den Briefschlitz ganz leise wieder zu.

Dann setzte ich mich auf die Treppe und überlegte. Hatte ich das Licht angelassen, als ich aus dem Haus ging? Das war gut möglich, denn ich vergaß auch gerne mal, den Herd und die Kaffeemaschine auszuschalten. Als ich ging, war es noch nicht richtig hell gewesen, denn es war ja Morgen, wie ich mich erinnerte. Bestimmt hatte ich Licht angemacht. Oder? Vielleicht hatte ich mich auch einfach möglichst unauffällig aus dem Haus geschlichen. Ich rieb mir die Schläfen. Da klappte auf der Höhe meiner Augen der Briefschlitz auf, und ich sah Finger und ein blaues Augenpaar.

»Was zum Henker machst du hier?«, flüsterte Ville, zu dem die Finger und Augen gehörten.

»Und was zum Henker machst du?«, flüsterte ich zurück.

Wir hockten da und warfen uns durch den Briefschlitz wütende Blicke zu. Ich dachte, wenn ich aufstünde, würde ich zugeben, mich unfair verhalten zu haben, also blieb ich einfach im Schneidersitz sitzen wie ein Ölgötze. Durch den Briefschlitz sah ich, wie Ville mit den Augen zwinkerte. Anscheinend dachte auch er nicht im Geringsten ans Nachgeben. Bei seinem tadelnden Blick musste ich an einen Vater denken, dessen Sohn betrunken auf allen vieren nach Hause gekrabbelt kommt. Kaum ist der Herr mit irgend so einer dahergelaufenen Schickse liiert, fühlt er sich gleich als was Besseres und meint, er könne andere, unschuldige Menschen einfach so verurteilen. Verdammt noch mal. Es ist noch gar nicht lange her, da hätten wir beide auf derselben Seite der Tür gehockt, sagte ich in Gedanken zu Ville, aber im gleichen Moment wurde mir klar, dass Ville das nicht hören konnte, wenn ich es nicht laut sagte, aber andererseits hätten wir vorher auch keinen Grund gehabt, dies- und jenseits unserer gemeinsamen Wohnungstür zu hocken und durch den Briefschlitz zu flüstern. Jedenfalls nicht in nüchternem Zustand.

»Bist du betrunken?«, fragte Ville.

Ich ließ mich nicht zu einer Antwort herab, sondern bedachte ihn lediglich mit einem hochmütigen »Pfff«, um ihm die Minderwertigkeit seiner Frage zu demonstrieren.

»Was linst du durch den Briefschlitz?«, fragte ich schließlich.

»Was linst du selber?«, zischte Ville zurück. »Ich dachte schon, du wärst ein Einbrecher oder vielleicht irgendein Drogengangster.«

»Ich fand es ganz gut, mal zu gucken, wie die Wohnung von außen aussieht. Im Spion sah man einen Lichtpunkt, und ich wollte überprüfen, ob das wirklich Licht war oder ob das irgendwie mit dem Türspion selber zusammenhängt«, erklärte ich.

»In welcher aller möglichen Welten ist es praktischer, so was durch den Briefschlitz zu prüfen, anstatt die Tür aufzumachen?«, fragte Ville, und ich meinte, eine Spur von Bosheit herauszuhören.

Am liebsten hätte ich jetzt einfach geschmollt. Die Unterlippe vorgeschoben und so richtig böse geguckt. In gewissem Maße tat ich das auch. Was war denn daran jetzt so seltsam? Wenn Ville nicht herausgeschaut hätte, dann wäre mein nächster Zug gewesen, die Tür zu öffnen. Ville mit seinem Verhalten war doch derjenige, der das Ganze seltsam erscheinen ließ. Außerdem, seit wann guckt man durch den Briefschlitz, wenn man den Verdacht hat, dass ein gefährlicher Drogenkrimineller vor der Tür steht? In dem Fall greift sich doch jeder normale Mensch ein Brotmesser und hockt sich angstschweißüberströmt in die Küchenecke, während in seinem Kopf der Soundtrack von *Der weiße Hai* läuft. Ich war hier derjenige, der sich sinnvoll verhielt – man hat ja wohl noch das Recht, die Beschaffenheit seiner Wohnungstür zu prüfen.

»Es ist doch gut zu wissen, in welchem Licht unsere Wohnung durch den Briefschlitz gesehen erscheint«, verteidigte ich mich. »Jetzt wissen wir, dass man sowohl durch den Briefschlitz als auch durch den Spion sehen kann, wenn bei uns das Licht an ist.«

»Hervorragend«, sagte Ville, und wieder meinte ich, einen Anflug von Sarkasmus zu hören. »Andererseits hätte ich dir das auch so sagen können, ohne dass du im Treppenhaus herumkrabbeln musst. Wie um alles in der Welt soll der Spion irgendwie selbstleuchtend sein, das ist doch verdammt noch mal bloß ein Loch mit einer Linse! Was ist eigentlich los mit dir?«

Ich antwortete nicht. Meine Probleme waren so vielfältig und kompliziert, dass ich nicht anfangen wollte, sie Ville auf eine so leichthin in die Luft geworfene rhetorische Frage hin auseinanderzusetzen. Da war es besser, nichts zu sagen. Ville sah wütend aus, was mich überraschte. Wut zählt nicht zu Villes Eigenschaften, Groll schon gar nicht. Mir wurde klar, dass diese Sache nicht so einfach aus der Welt zu schaffen war, sondern dass man von mir erwartete, Reue zu zeigen, wozu ich allerdings keinesfalls bereit und aus meiner Sicht auch nicht verpflichtet war. Ich hatte nichts falsch gemacht.

Da saßen wir also, jeder auf seiner Seite der Tür, und starrten einander wütend an. Schließlich hatte ich genug und sagte: »Ich denke darüber nach auszuziehen.«

Das war eigentlich eine Lüge. Auszuziehen war für mich das Worst-Case-Szenario, aber nichts, was ich selbst in die Wege leiten oder auch nur wollen würde. Ich wünschte mir doch, dass alles wieder so würde wie früher. Aber jetzt, als ich Villes blaue Augen wutfunkelnd vor mir sah, musste ich ihm Angst einjagen und ihm klarmachen, dass die Situation ernst war. Dass hier unsere Freundschaft auf dem Spiel stand. Vielleicht bekam er sogar Angst, auch wenn er es nach außen nicht zeigte. Sein Blick war ernst, aber nicht sonderlich entgeistert oder ängstlich.

»Aha«, sagte er.

»Ja«, sagte ich scheinbar unbeteiligt.

»Wo willst du denn hinziehen?«, fragte er.

»Irgendwohin«, sagte ich wolkig. »Egal wohin.«

»Was mache ich denn dann?«, fragte Ville.

»Das ist dein Problem«, sagte ich und bereute es sofort. Ich wollte ja gar nicht gemein zu ihm sein.

Ville sah mich prüfend an und bewegte mit seinem Finger die Briefschlitzklappe auf und ab.

»Das ist ein echt blödes Gefühl«, sagte er schließlich.

»Ja«, sagte ich, denn das war es, ein richtig blödes Gefühl.

»Warum? Ist es wegen Emma?«, fragte Ville.

Ich hob die Schultern. Emma, meine Einsamkeit, Birgitta, allgemeine Verständnislosigkeit, das Gefühl, verlassen zu werden, Situationen, die sich zuspitzten, was auch immer, Herr Kurttu. Vielleicht war es langsam an der Zeit, unabhängig zu werden. Man sagt doch, dass man zuerst lernen muss, mit sich selbst allein zu sein, bevor man mit anderen auskommen kann. Andererseits habe ich diesen Schwachsinn noch nie geglaubt. So wird einsamen Menschen eingeredet, dass die Einsamkeit nur das Vorstadium auf der Reise in eine gemeinsame Zukunft mit irgendjemandem ist. Scheiß die Wand an. Eines der größten und häufigsten Probleme von uns Finnen ist der Irrglaube, die Menschen müssten allein und unabhängig von anderen leben und klarkommen. Aber dann hängt man einfach nur allein herum. Fast ausnahmslos alles ist zusammen leichter. Aber ich hab gut reden, ich, der einsame Halbautist. Vielleicht gibt es auch größere Probleme. Wie zum Beispiel Starrsinnigkeit. Ich wusste nicht einmal mehr, warum ich ursprünglich so wütend geworden war, das war sehr weit weg und völlig belanglos, gemessen daran, was in der Zwischenzeit alles passiert war, aber es änderte trotzdem nichts daran, dass ich mich verletzt und verlassen fühlte.

»Können wir das nicht irgendwie beilegen?«, fragte Ville.

»Ich weiß es nicht«, antwortete ich wahrheitsgemäß.

»Sag, was hast du wegen dieser einen Sache unternommen?«, flüsterte Ville gerade so hörbar.

Ich sah ihm lange in die Augen. Das war also sein Problem? Und was sagte ich? Ich sagte Folgendes: »Ich hab nichts unternommen.«

»Wie, du hast nichts unternommen?«

»Was hätte ich denn deiner Meinung nach bitte schön machen sollen? Ich hab Tonnen von dem Zeug. Und so viel verbrauche ich doch selber in so kurzer Zeit gar nicht«, flüsterte ich genervt. »Und was geht's dich überhaupt an?«

»Klar geht es mich was an, wenn jemand das Zeug in meiner Wohnung lagert.«

»Was hast du denn gedacht, was ich damit machen würde?«, seufzte ich.

Villes Blick schweifte überall im Treppenhaus umher, ohne ein einziges Mal meine Augen zu treffen.

»Da kommt schon mal der eine oder andere Gedanke auf, wenn jemand auf einmal ein gewisses Zeug anschleppt und kurz darauf eine Playstation und einen fußballfeldgroßen Fernseher in seinem Zimmer stehen hat«, flüsterte Ville.

Mein Blick streifte seine Augen. Es war klar, was er andeutete, aber ich wollte es unmissverständlich haben: »Du willst also von mir wissen, ob ich dieses gewisse Zeug verkaufe?«, zischte ich.

»Gewissermaßen«, sagte Ville und sah mich direkt an.

Ich schrie auf. Das war jetzt zu viel. Wenn man einen Menschen seit zwanzig Jahren kennt und diese Zeit überwiegend zusammen verbracht hat, sollte man doch meinen, dass man sich inzwischen ein Bild von der Moral des anderen gemacht hat. Wie um alles in der Welt konnte er sich vorstellen, ich würde mit Drogen handeln? Das, was ich tat, war doch kein Drogenhandel, sondern vielmehr Wohltätigkeit. Es war eine freundliche und humane Gefälligkeit zum Wohl von Alten und Behinderten. Das hatte nichts mit schmutzigem Dealen, Codewörtern und geheimen Telefongesprächen zu tun, nichts mit fremden Wohnungen und zwielichtigen Typen, mit Geld und Schmierestehen. Wut machte sich in mir breit. Was glaubte Ville, wer er war? Wie konnte er so einen Verdacht gegen mich hegen? Ich hatte einen solchen Kloß im Hals, dass ich kein Wort hervorbrachte. Andererseits hätte ich auch nicht gewusst, was ich hätte sagen sollen. Es fühlte sich dermaßen unfair an, dass mir die Tränen in die Augen schossen, ohne dass ich es verhindern konnte. Das heiße Salzwasser rann mir über die Wangen, während ich stumm den Mund abwechselnd auf- und zuklappte. Villes Augen waren ausdruckslos.

»Du verstehst das bestimmt«, sagte er.
»Nein«, stieß ich zwischen meinen Schluchzern hervor.
»Also, woher hast du das Geld dann?«, zischte Ville zurück.
Ich hielt Villes Blick nicht aus. Wie konnte er so über mich denken? Ville war ein Fremder, ein ganz anderer Mensch, irgendein entfernter Bekannter, den ich nicht besonders mochte. Oder ich war der andere Mensch geworden. Ich begriff, dass ich Ville niemals verständlich machen könnte, worum es bei Birgitta ging. Aber ich musste es trotzdem versuchen. Ich wollte gerade den Mund aufmachen, um alles zu erzählen, als eine Tür aufging und die Nachbarin im Schein ihrer Flurlampe dastand.
»Alles in Ordnung hier?«, fragte sie freundlich.
»Ja«, schniefte ich. Ville ließ den Briefschlitz zuklappen.
»Hast du dich ausgeschlossen?«, fragte die Nachbarin weiter.
»Nein«, sagte ich und versuchte, Munterkeit vorzutäuschen. Ich wischte mir das Gesicht mit dem Ärmel ab und stand auf.
»Habt ihr Streit?«
»Nur eine kleine Meinungsverschiedenheit, nichts weiter. Danke schön, ich gehe dann jetzt mal rein und koche Kaffee«, sagte ich und fummelte den Schlüssel aus meiner Tasche.
»Also gut. Dann seht mal zu, dass ihr euch einig werdet, Jungs«, sagte die Nachbarin und schloss die Tür.
Einen Moment lang schüttelte ich ungläubig den Kopf und war heimlich dankbar, dass ich meine Birgitta-Story nicht aus Versehen vor der ganzen Hausgemeinschaft ausgeplaudert hatte. Ich öffnete die Tür und trat in den Flur. Im Schuhhaufen vor mir saß Ville und hielt sich die Hand vor den Mund, um nicht herauszuplatzen. Er muss sein Lachen oft unterdrücken, denn wenn er es herauslässt, dann ist es ausgelassen

und hemmungslos. Mir selbst war in dem Moment überhaupt nicht nach Lachen zumute, und Villes Heiterkeit fühlte sich wie Spott an. Ich kickte die Schuhe von meinen Füßen in Villes Richtung (was saß er auch im Schuhhaufen?) und ging in die Küche. Ville folgte mir. Er hatte seinen Lachanfall in den Griff bekommen und setzte sich mir gegenüber an den Tisch.

»Jetzt erzähl schon«, sagte er.

Einen Moment lang fand ich, es wäre besser, die Sache für mich zu behalten, aber dann bekam das Redebedürfnis die Oberhand, und ich erzählte die ganze Geschichte, oder wenigstens das Wichtigste, und beobachtete dabei, wie Villes Augen abwechselnd ungläubig und erschrocken aufleuchteten.

»Wie kannst du nur?«, flüsterte er, als ich fertig war.

»Wie, wie kann ich?«, fragte ich.

»Das ist doch unglaublich!«

»Was denn?«

»Also, du kannst doch nicht mit Drogen ins Altenheim latschen!«, brüllte Ville.

»Das ist kein Altenheim, sondern ein Pflegeheim«, korrigierte ich.

»Ist doch dasselbe!«, brüllte Ville.

»Ist es nicht.«

»Wo ist denn der Unterschied?«

»Ich weiß es nicht, aber dasselbe ist es nicht. Sachen haben verschiedene Namen, weil sie verschieden sind. So wie Milch und Saft verschiedene Bezeichnungen haben, weil sie eben verschieden sind.«

Ich merkte, dass das Gespräch auf der Stelle trat. Ville sah gequält aus.

»Ich kapier das einfach nicht«, stöhnte er.

Ich sagte nichts. Ville meinte sicher nicht den Unterschied

zwischen Milch und Saft, und zum eigentlichen Thema gab es anscheinend nichts mehr zu sagen, jedenfalls nichts, was die Sache besser gemacht hätte.

»Was ist bloß mit dir los?«, flüsterte Ville. »Du nimmst Geld von einer hilflosen, ganz klar unzurechnungsfähigen alten Frau an!«

Dazu konnte ich nichts sagen. Ich starrte nur vor mich hin. Wenn Ville ihr begegnet wäre, hätte er gewusst, dass Birgitta und Hilflosigkeit zwei verschiedene Paar Schuhe waren. Schließlich fiel mir ein ziemlich gutes Argument ein: »Du kapierst das einfach nicht, also brauchen wir nicht weiterzureden.«

Ich stand auf und ging in mein Zimmer. Ich schloss die Tür und setzte mich auf die Bettkante. Meine Seele fühlte sich taub an. Ich konnte die Sache schon aus Villes Sicht betrachten, und daher fand ich es auch zutiefst verwunderlich und unfair, dass er sie nicht auch aus meinem Blickwinkel betrachten konnte, zumal er hier doch der Empathische und sozial Bewanderte war. Oder vielleicht sah er die Sache aus meiner Sicht, aber konnte seinen moralischen Hochmut nicht ablegen. Ich knallte meine Ferse auf den Fußboden. Was glaubte er, wer er war? Verdammter Moralist. Schwingt sich auf und fängt an, anderen vorzubeten, wie sie sich zu verhalten haben. Ich schniefte. Ich hatte große Lust, irgendwas an die Wand oder aus dem Fenster zu werfen und zu schreien und zu brüllen und zu knurren und die Faust zu ballen wie Risto, der Zimmernachbar von Birgitta, alles auf einmal. Aber ich tat nichts davon. Ich ließ mich einfach nur im Bett auf den Rücken fallen und stampfte mit den Fersen so lange auf den Fußboden ein, bis es wehtat.

Villes Moralisieren war auch deswegen falsch, weil es ja seinerzeit ganz allein Ville zuzuschreiben war, dass ich überhaupt Bekanntschaft mit *Cannabis sativa* gemacht hatte.

Coole Typen, harte Kerle

Im August 2005 zogen Miska und Ville von zu Hause aus. Für beide begann im September das Studium, und so fanden sie es sinnvoll, den Auszug im selben Aufwasch zu erledigen. Beide hatten nach dem Abitur ein Jahr ausgesetzt, Ville hatte Zivildienst in einer Bibliothek gemacht, und Miska hatte zu Hause herumgelungert und für die Aufnahmeprüfung gelernt.

Es war eine einfache Zweizimmerwohnung, aber für Miska und Ville war sie das Paradies. In der ersten Woche aßen sie abwechselnd Mikrowellenpizza und Tiefkühlpizza, sie tranken Bier, liefen in Unterhosen durch die Wohnung, kamen frühmorgens nach Hause und hörten rund um die Uhr Musik, einfach, weil sie es konnten. Allerdings hat man von so einem Quatsch schnell genug, und nach einer Woche bekamen sie eine Verwarnung, sodass es Zeit war, sich zusammenzureißen. Sie stellten die Lautstärke von sieben auf vier.

Eines Nachts trafen Miska und Ville auf dem Heimweg zwei Typen, die in diesem Moment unglaublich cool wirkten, und luden sie zu sich in die Wohnung ein, um dort weiterzufeiern. Am nächsten Morgen saßen die beiden, Antsu und Stig, beides Bauarbeiter über dreißig, immer noch bei ihnen in der Küche auf dem Fußboden und wirkten überhaupt nicht mehr so cool wie vorher. Miska saß an die Heizung gelehnt da und wünschte, die Gäste würden endlich verschwinden und er könnte schlafen gehen. Ville hockte vor dem Abfallschrank und klimperte auf seiner Gitarre. Antsu und Stig saßen vor dem Kühlschrank und vernichteten die Biervorräte. Miska hatte im Laufe des Morgens herausgefunden, was für Typen seine Gäste wirklich waren. Antsu hatte in der Schule andere gemobbt und hing am liebsten mit Jüngeren herum, weil er denen weismachen konnte, er wäre der King. Er gab total armselige rassistische und sexistische Sachen von sich und röhrte selber ekelhaft vor Lachen. Wenn man müde war, fiel es einem schwer, der Höflichkeit halber über solche blöden Geschichten zu lachen, aber zum Glück amüsierte Stig sich völlig hemmungslos. Stig war Antsus bester Kumpel, oder anders gesagt, es war seine Lebensaufgabe, über Antsus Geschichten zu lachen. Schließlich sah Miska die letzten Tropfen der letzten Flasche in Antsus Kehle verschwinden, und er hoffte, die Gäste würden jetzt gehen.

Aber nein. Antsu machte eine pantomimische Bewegungsfolge, die das Anzünden und Rauchen einer Zigarette darstellen sollte, und zwinkerte Stig zur Sicherheit einmal zu. Stig grinste. Antsu zeigte auf Ville und Miska und hob fragend die Augenbrauen. Stig gluckste. Antsu streckte die Faust in die Mitte des Kreises, den sie zu viert bildeten, und sagte geheimnisvoll: »Seid ihr beide harte Typen?«

Miska und Ville sahen sich kurz an und zuckten die Achseln. Miska versuchte sein Bestes, gelangweilt zu wirken statt ängstlich, was er ein bisschen war, denn Antsu und Stig waren zwar dumm, sie wogen aber auch jeweils mindestens dreißig Kilo mehr als ihre Gastgeber. Ville dagegen war entspannt und interessiert. Er hatte einen unabänderlichen Glauben an das Gute im Menschen, und er zweifelte keinen Augenblick daran, dass hier nichts Gefährliches, sondern etwas Interessantes vor sich ging.

»Also, ja oder nein?«

»Denke schon«, sagte Ville und lächelte sein sonnigstes Lächeln.

»Gut, denn wir haben hier was, was nur für harte Typen ist«, feixte Antsu. »Und wenn ihr beide harte Typen seid, dann könnt ihr mitmachen.«

»Cool«, freute sich Ville.

Antsu fummelte mit geheimnisvoller Miene ein kleines Zigarettenetui aus seiner Tasche und öffnete es. Darin lag ein schlecht gedrehter, krummer Joint. Miska verlor auch noch das letzte minimale Interesse. Er hatte seine kurze Raucherkarriere bereits beendet, und alles, was damit zusammenhing, war ihm zuwider. Die Balkon-Schneewehen-Postboten-Episode hatte ihn dazu gebracht, Rauchen allgemein als komplett idiotisch anzusehen. Stig schnaubte vor Lachen, und Antsu nickte keckernd vor sich hin. Er knipste das Etui zu und stand auf, Stig tat das Gleiche.

»Ich hab keine Lust rauszugehen«, sagte Miska und hoffte, Ville verstand, dass er ebenfalls keine Lust haben sollte und dass die Gäste das Rauchen dann vielleicht irgendwo unter sich erledigen würden.

»Nee, ins Badezimmer, Mann!«, gestikulierte Antsu.

Noch bevor Miska gegen das Rauchen in der Wohnung protestieren konnte, stand Ville begeistert auf. Miskas Stimmung kippte. Er wollte sich nicht mit Antsu und Stig verbrüdern, sondern sich einfach die Decke über die Ohren ziehen und das Ganze vergessen. Aber das ging nicht, denn er konnte Ville nicht mit den beiden Kotzbrocken allein lassen. Also ging er nicht ins Bett, sondern folgte in aller Genervtheit Ville ins Bad. Er war nicht zufrieden mit ihm. Ville verhielt sich immer so, dass er möglichst wenige Menschen verärgerte und möglichst vielen gefiel. Normalerweise müsste dabei ja herauskommen, dass man sich so vor dem einen verbeugt und gleichzeitig dem anderen den Hintern zeigt, aber Ville verfügte über eine geheimnisvolle diplomatische Taktik, die dazu führte, dass alle Menschen ihn mochten und ihm nur das Beste wünschten.

Im Badezimmer quetschten sie sich zu viert im Kreis auf den Fußboden. Miska saß unter dem Waschbecken gegen das Klo gepresst und fühlte sich unbehaglich. Dagegen war Ville neben ihm begeistert, wenn auch halb hinter dem Duschvorhang verborgen. Dope raucht man im Badezimmer, weil da die Lüftung am besten ist, aber damals wusste Miska das noch nicht, sondern dachte, was für ein idiotischer Quatsch. Antsu zündete den Joint an, und Miska roch einen ihm unbekannten, süßlichen Duft. Erst da wurde ihm und Ville klar, dass es sich hier um mehr als nur Tabak handelte. Diese Unschuld der Jugend! Sie tauschten hektische Blicke. Antsu sog den Rauch tief in die Lungen und hielt mit angestrengtem Gesicht die Luft an. Dann gab er den Joint an Stig weiter, der die Prozedur wiederholte. Entsetzt fing Miska an, im Kopf alles durchzugehen, was er über Drogen wusste. Ihm fielen Kurt Cobain, *Trainspotting* und viele weitere Gründe ein, die ihn dazu gebracht hatten, Heroin zu fürchten wie die Pest, und dachte daran, was er in der Schule über Einstiegsdrogen gelernt hatte, und an John Lennon und Bob Marley. Der Joint war Ville schon bedrohlich nahe. Miska versuchte, sich die Kennzeichen von Drogen ins Gedächtnis zu rufen. War das Haschisch oder doch dieses berüchtigte Heroin, konnte man das nicht auch rauchen? Ville sah mindestens genauso entgeistert aus und kiekste: »Äh, was ist da denn … äh, drin?«

Antsu brach in Gelächter aus, und aus Stigs Mund puffte eine Rauchwolke.

»Bloß Dope«, sagte Antsu. »Einfach inhalieren und halten.«

Ville saß stocksteif da und fixierte den Joint in seiner Hand. Miska war genauso eingefroren und stierte auf Ville und den Joint.

»Jetzt zieh schon, verdammt, bevor das Ding ausgeht!«, raunzte Stig und gab Ville einen Stoß in die Seite.

Mit zitternden, aber entschiedenen Fingern führte Ville den Joint an seine Lippen und zog daran. Dann gab er ihn an Miska weiter. Miska schloss die Augen und sog den süßen Rauch tief in seine Lungen. Sein Gedankengang lautete: Wenn Ville, dann er auch. Einen Freund lässt man nicht im Stich. Mit immer noch geschlossenen Augen hielt er Antsu den Joint hin. Miska hielt den Atem an und war kurz vorm Ersticken. Als er husten musste, schoss der Rauch nur so heraus, und er musste erst mal aus einem Zahnputzbecher trinken, der am Rand des Waschbeckens stand. Antsu grölte.

Sie ließen den Joint noch einmal kreisen. Allmählich glitt Miska in die Entspannung. Er verstand nicht mehr, was Ville sagte, aber es war das Lustigste, was er je gehört hatte, wirklich schade, dass keiner das aufgeschrieben hat. Schließlich lachten Miska und Ville dermaßen, dass sie sich aneinander festhalten mussten, um nicht auf dem Boden herumzukugeln.

»Scheiße, was für Amateure«, sagte Antsu.

Da klingelte es an der Tür. Auch das fanden Miska und Ville unglaublich komisch. Ineinander verknäult krachten sie auf den Boden. Miska wollte etwas sagen, aber es gelang ihm nicht, schon der Anfang war so lustig, dass sie beinahe vor Lachen erstickt wären. Antsu und Stig tauschten Blicke, aber niemand tat etwas. Es klingelte wieder, zweimal, zuerst ungeduldig, dann fordernd. Kichernd dachte Miska über die Tür nach, vor der etwas stand, das man nicht hereinlassen konnte. Er dachte an Akakabuto, das riesige Bärenmonster aus der Anime-Serie Ginga Nagareboshi Gin, daran, wie dessen einziges Auge glühte und es blutrünstig sabbernd im Treppenhaus stand und auf ihre Klingel drückte. Es klingelte noch einmal. Miska prustete los. Dann, oh Schreck, hörte man, wie Akakabuto einen Schlüssel ins Schloss steckte und die Tür aufging.

»Die Bullen!«, kreischte Antsu.

Antsu und Stig standen hektisch auf und versuchten, die Badezimmertür abzuschließen, was misslang, denn das Schloss war kaputt. Während sie drinnen mit dem Schloss kämpften, drückte jemand von außen die Klinke herunter und riss die Tür auf. Miska und Ville versuchten, sich vom Boden aufzurappeln, aber sie waren dermaßen hysterisch, dass sie übereinanderpurzelten und beinahe in der Dusche gelandet wären. Da lagen sie nun auf dem Badezimmerfußboden, bedröhnt, noch leicht angetrunken und ziemlich albern, und hielten sich an den Händen.

In der Tür stand der Hausmeister, ein untersetzter Mensch im Blaumann, mit der Schirmmütze der Hausverwaltungsfirma auf dem Kopf, und schnupperte den süßlichen Rauch, der an ihm vorbei in den Flur zog. Miska gelang es, sich auf alle viere hochzustemmen, während Ville sich weiter auf dem Boden ringelte, ohne jedoch hochzukommen. Antsu und Stig standen wie festgeklebt an der Wand und taten so, als seien sie nicht da. Der Hausmeister wusste nicht, was er machen sollte.

»Ich habe geklingelt«, sagte er schließlich.

»Unglaublich, wir haben nichts gehört«, behauptete Miska und prustete los wie ein Halbdebiler. »Klar hätten wir aufgemacht, wenn wir was gehört hätten.«

»Aha«, sagte der Hausmeister und musterte die vier Badezimmerinsassen kritisch von Kopf bis Fuß. »Ich bin wegen der Klotür da.«

»Aber klar«, kiekste Miska und lud ihn mit einer Geste ein, doch einzutreten, obwohl der Mann nicht mehr hineingepasst hätte, denn im Bad waren bereits vier Menschen, und die beiden auf dem Fußboden nahmen den Großteil der Grundfläche ein.

»Wollen Sie einen Kaffee?«, erkundigte sich Miska. »Wir wollten gerade welchen kochen. Es gibt auch Zwieback.«

Der Hausmeister schüttelte ungläubig den Kopf. Auch Ville schaffte es jetzt, sich auf alle viere aufzurichten, und so krabbelten sie erhobenen Hauptes an dem Mann vorbei in die Küche. Auch Antsu und Stig schlüpften bei der Gelegenheit aus dem Bad und gingen. Vermutlich ziemlich weit weg, denn sie wurden nie wieder gesehen. In der Küche saß Miska an die Wand gelehnt auf dem Boden und presste die Hand auf den Mund, damit der Hausmeister sein Kichern nicht hörte, und Ville vergrub seinen Kopf in einem Pullover, der auf dem Boden lag, und stöhnte. Als der Hausmeister seine Arbeit erledigt hatte und an die Küchentür kam, lehnte Miska immer noch mit der Hand vor dem Mund an der Wand, und Ville lag lang ausgestreckt mit dem Kopf in dem zerknüllten Pullover mitten auf dem Boden. Im Blick des Hausmeisters lagen ganz eindeutig Missbilligung und Verachtung.

»Also, ich gehe dann mal und nehme die Tür mit«, verkündete er.

»Super Sache«, sagte Miska und erhob sich auf die Knie. »Wir dachten nämlich, wir hätten vorhin eine riesige Ratte gesehen, die haben wir da gesucht.«

»Wenn ihr noch mal Ratten seht oder die Klingel Theater macht, dann meldet euch.« Der Hausmeister blieb ganz sachlich.

»Klar. Total heftig, dass wir hier im Haus ein Ungezieferproblem haben«, fuhr Miska mit alarmierter Miene fort.

»Ja. Am besten sammelt ihr die Essensreste vom Fußboden auf, die locken so was nämlich an«, riet der Hausmeister. »Und lasst es ein bisschen ruhiger angehen, Jungs. Tschüs dann.«

»Ja, machen wir, alles klar, danke noch mal und tschüs«, rief Miska ihm hinterher.

Ville hatte während der ganzen grauenhaften Unterhaltung vergessen zu atmen, und erst als der Hausmeister die Wohnungstür hinter sich zugezogen hatte, traute er sich, das Gesicht aus dem Stoffknäuel zu nehmen und Luft zu holen. Dann kotzte er mit ganzer Körperkraft auf den Pullover und quer über den Fußboden. Miska lachte. Er wusste, dass alles, was hierhergeführt hatte, unangenehm, blöd und peinlich war, aber gleichzeitig war alles einfach nur lustig und wunderbar. Er war ganz bedröppelt von all dem Glück, das ihn befallen hatte. Er hatte das Gefühl, er könnte die ganze Welt umarmen, aber sie war zu groß und strotzte vor Herrlichkeit. Und es machte ihm nicht mal etwas aus, dass sich Ville direkt vor ihm die Seele aus dem Leib kotzte.

»Scheiße, was für ein idiotischer Fehler«, murmelte Ville vor sich hin.

»Nein, das war doch fantastisch!«, strahlte Miska. »Das war das Beste, was mir je passiert ist!«

»Du bist ja total verrückt«, sagte Ville.

Einen Moment lang versuchte er, das Erbrochene mit dem Pullover aufzuwischen, aber das führte nur dazu, dass er es noch weiter auf dem Boden verteilte. Schließlich gab er auf und krabbelte in den Flur, ließ sich in den Schuhhaufen fallen, schloss die Augen und schlief ein. Miska stand auf und tänzelte auf schwankenden Beinen in sein Zimmer, um durch das wunderbare Fenster die wunderbaren Ereignisse der wunderbaren Welt zu betrachten. Ende der Geschichte.

So war das, mein erster Kontakt mit Dope. Es wurde nie geklärt, wer der Hausverwaltung wegen der kaputten Tür Bescheid gesagt hatte, aber sie wurde rund eine Woche später repariert wieder eingesetzt, was die zweite gute Sache an der Geschichte war. Die erste war das Cannabis. Es dauerte eine ganze Zeit, bis ich wieder was bekam, weil ich eigentlich niemanden kannte, den ich danach fragen konnte. Wir hatten es geschafft, unsere frühe Jugend drogenfrei über die Bühne zu bringen, was seltsam war, wenn man darüber nachdenkt, wie gründlich wir in der Schule und von unseren Eltern vor Drogendealern gewarnt wurden, die überall herumhingen. Aber es gab einfach keine, sosehr ich auch danach suchte. Auf unserer Schule waren einige Typen, die kifften, aber die blieben unter sich und gehörten nicht zu Villes und meinem Bekanntenkreis. Andererseits hatte ich eigentlich keine Bekannten außer Ville, und so ist es kein Wunder, dass ich vorher nicht auf Drogentypen getroffen war.

Ville fand mich total durchgeknallt. Ihm hatten weder das unbeherrschte Lachen und schon gar nicht die anschließende Kotzerei gefallen. Aber es ging auch darum, dass Ville schon immer glücklicher war als ich. Er braucht einfach keine künstlichen Glücksgefühle, die hat er sowieso schon genug. Aber ich brauche sie. Natürlich wirkte das Kiffen später nur noch beruhigend und führte nicht mehr zu kopfloser Lachhysterie, sondern eher zu einer wohltuenden Langsamkeit und Entspannung. Trotzdem verschafft es mir immer noch Glücksgefühle.

Nach unserem ersten Versuch hat Ville noch ein paarmal

auf Partys gekifft, wenn es ihm angeboten wurde, nur aus sozialen Gründen, nicht weil er es gut fand. Außerdem wollte Ville nicht das organisierte Verbrechen unterstützen, aber das wollte ich natürlich auch nicht. Viel lieber würde ich mein Dope im Laden kaufen und auch noch Steuern dafür zahlen, aber in Finnland geht das ja nicht.

Trotzdem möchte ich noch einmal betonen, dass es durchaus möglich ist, dass ich Marihuana nie angerührt hätte, wenn Ville an jenem Augustmorgen nicht mit Antsu und Stig ins Badezimmer gegangen wäre. Was soll ich also machen? Ich muss feststellen, dass mein Fehlverhalten zum allergrößten Teil daher rührt, dass Ville damals nicht Nein sagen konnte. Ich hatte keine Wahl. Ich wäre lieber schlafen gegangen.

Es klopfte an die Tür. Ich reagierte nicht. Ich fand, es gab nichts zu sagen. Dann wieder hoffte ich, Ville würde durch die Tür hindurch etwas sagen, das die ganze Situation klären würde, aber ich wusste, dass ich ihn zuerst hereinbitten musste, und das war unmöglich, also war nichts zu machen. Bewegungslos starrte ich an die Decke und stellte mir vor, wie Ville vor der Tür stand und wartete. Die Fersen taten mir weh.

9. Der Wellensittich und andere verrückte Geschichten

In der Luft war ebenso viel Schnee wie auf dem Boden, er kam aus allen Richtungen, er drang in die Ohren, die Augen, die Schuhe, unter den Schal und in die Nase. Während ich mir den Weg zum Pflegeheim Sonnenschein bahnte, wurde mir klar, dass wir heute keinen Ausflug machen würden. Ich dachte darüber nach, ob es sinnvoll war, überhaupt hinzugehen, aber da ich es nun mal versprochen und Birgitta sich am Telefon gefreut hatte, wäre es mir falsch vorgekommen abzusagen. Zumal ich schon vor der Tür stand, die kaum aufzubekommen war, weil sich davor so viel Schnee angesammelt hatte.

Am Empfang stand wieder einmal eine Pflegerin mit Ponyfrisur und diesem unansehnlichen T-Shirt. Oder vielleicht war es auch dieselbe Sisko P. oder R. wie letztes oder vorletztes Mal. Sie lächelte sonnig, wie es offenbar zur Marke gehörte, und sagte: »Hallo! Das ist ja schön, dass du kommst!«

»Hi«, sagte ich rasch und versuchte, möglichst schnell an ihr vorbeizuhuschen, während sich der Schnee von meiner Kleidung in der Eingangshalle verteilte.

Es mussten doch mehrere Pflegerinnen sein, auch wenn sie alle identisch aussahen. Sie hatten alle das gleiche verständnisvolle Lächeln, den gleichen Pony, das gleiche T-Shirt, die gleichen Gesundheitsschuhe und den gleichen schlanken, asexuellen Körperbau. Sie gaben dir das Gefühl, dass alles, was du sagtest, ungeheuer wichtig war, aber auch, dass alles, was um sie herum passierte, völlig belanglos, irgendwann kommen wir schließlich alle ins Pflegeheim und sterben dann bald.

»Äh, du«, kiekste die Pflegerin.

Ich fuhr zusammen und drehte mich um. Auf ihrem Namensschild stand Sisko K. Ich begriff, dass ich vergessen hatte, mir die Hände zu desinfizieren, und wollte gerade auf den Automaten zustürmen, doch Siskos Anliegen war ein anderes.

»Meinst du, du könntest vielleicht, also, wo du doch der einzige jüngere und einigermaßen fitte Mann hier bist, ein kleines bisschen unseren Eingangsbereich fegen? Es schneit doch so«, sagte sie.

Ich warf einen Blick nach draußen, man sah nichts als weißes Gestöber. Eigentlich trieb mich überhaupt nichts zurück dorthin, aber irgendwo tief in meinem Innern fand sich doch ein genetischer Rest Ritterlichkeit, der für mich antwortete: »Also gut.«

»Super! Da vorne im Windfang findest du eine Schneeschaufel und einen Besen. Es reicht, wenn die Tür wieder vernünftig aufgeht und die Leute durchpassen. Unser Hausmeister war heute Morgen da, aber es war nicht mal zwölf, und der Eingang war schon wieder dicht«, plapperte die Pflegerin und gestikulierte in Richtung Tür. »Sag Bescheid, wenn du fertig bist, dann bringe ich dir einen Kakao zum Aufwärmen.«

Sprach's, drehte sich um und flappte auf den ergonomisch optimalen Absätzen ihrer Gesundheitsschuhe davon. Unter selbstmitleidigem Gemurmel nahm ich die Schneeschaufel aus dem Windfang und schob die Eingangstür auf. Was tut man nicht alles. Schrecklich, dass man mich hier schon so gut kannte, dass ich zu Instandhaltungsarbeiten herangezogen wurde, als gehörte ich zum Inventar. Außerdem war ich ganz sicher, dass jede einzelne der Pflegerinnen besser für körperliche Arbeit geeignet war als ich, aber vielleicht gab es in ihrer Pflegerinnenwelt noch die Unterscheidung zwischen Männer- und Frauenarbeit, und ich musste auch zugeben, dass es unangenehmer wäre, in Strumpfhosen im Schnee herumzufuhrwerken als in Jeans, und sei es in löchrigen.

Beim Schippen dachte ich über das Rätsel der Siskos nach. War Sisko vielleicht eine Berufsbezeichnung, so wie früher Schwester? Es konnte doch nicht sein, dass sie wirklich alle Sisko hießen? Man könnte es ja noch verstehen, wenn sie alle Minna geheißen hätten, aber Sisko … Oder war es doch jedes Mal dieselbe Sisko gewesen, und ich hatte mich nur verlesen bei dem P., R. und K.? Und warum bestand das Pflegepersonal nur aus Frauen, wenn es doch auf der Welt auch eine Menge männliche Pfleger gab? Jedenfalls in dem Film *Meine Braut, ihr Vater und ich* war Gaylord Focker doch eine *male nurse*, also konnte das nicht völlig aus der Luft gegriffen sein. Aber wo waren sie? Wollten Männer vielleicht nicht im Pflegeheim Sonnenschein arbeiten, weil es dort nur Alte und Behinderte gab? Oder gehörten zu den Einstellungsvoraussetzungen des Heims eine Ponyfrisur, Strumpfhosen und der Name Sisko? Oder gab es einfach so wenig männliche Krankenpfleger, dass sie sich die Arbeitsplätze aussuchen konnten? Dann drängelten sie sich natürlich dort, wo sie Tag und Nacht intubieren und Herzen mit Stromschlägen traktieren konnten.

Das Schneeschippen dauerte nicht mal lange. Nach ungefähr zehn Minuten schlüpfte ich schon zurück in die Empfangshalle des Pflegeheims, diesmal außer Atem, mit roten Wangen und erfüllt von einer ungewohnten Begeisterung, die in keiner Weise meinem Selbstbild entsprach, aber erstaunlich angenehm war. Aber nicht, dass ihr jetzt denkt, ich würde mich öfter zu so was herablassen. Sisko K. war nicht zu sehen, was eine kleine Enttäuschung war, denn ich hatte bewundernde Ausrufe, Applaus, ausführliche Dankesreden und die offizielle Anerkennung meiner Tüchtigkeit erwartet. Weil nichts davon kam, schlug ich ganz selbstständig den Weg zu Birgittas Zimmer ein. Der Desinfektionsmittelspender warf mir böse und anklagende Blicke zu, als ich demonstrativ an ihm vorbeiging.

In Birgittas Zimmer war niemand. Ich stand auf der Schwelle und schaute verwundert auf ein leeres, gemachtes Bett. Im Film ist es ja immer so, dass man jemanden im Krankenhaus besuchen will, aber das Bett ist leer, und der Jemand ist gestorben, und der hoffnungsfrohe Blumenstrauß des Besuchers lässt die Köpfe hängen. Meine Beklemmung verwandelte sich bald in eine verschämte Hoffnung, denn, auch wenn ich es nicht laut sagen mochte, Birgittas Übertritt in diese andere Sphäre hätte einige meiner Probleme gelöst. Ich tadelte mich gerade für meine unschicklichen Überlegungen, als ich auf dem Korridor Schritte hörte. Ich drehte mich um und sah am anderen Ende des hell erleuchteten Ganges eine Pflegerin mit einem Stapel Bettlaken heranflappen.

»Hallo«, rief ich und gestikulierte fragend Richtung Birgittas Zimmer.

Die Pflegerin sah mich unter ihrem Pony hervor wachsam an. In mir breitete sich ein leichtes Gefühl von Ärger aus. Es war schon ziemlich makaber, mich zum Schneeschippen einzuspannen, ohne mir zu sagen, dass der Grund meines Besuchs nicht mehr unter uns weilte.

»Ach so«, kapierte die Pflegerin schließlich. »Birgitta ist drüben im Fernsehzimmer. Die erste Tür im nächsten Gang.«

Ich war gleichzeitig erleichtert und enttäuscht. Als das Gefühl vergangen war, seufzte ich und ging zur bezeichneten Tür im nächsten Korridor. Die Pflegerin mit ihren Laken ging weiter, ich hatte ihr Namensschild nicht gesehen, sie war schon zu weit weg. Ich hatte Angst, dass darauf Sisko W. stand. Das wäre zu viel gewesen, denn auch diese Pflegerin hatte genauso ausgesehen wie jede Sisko, der ich hier bisher begegnet war.

In dem Zimmer stand in einer Ecke tatsächlich ein Fernseher. Es lief *Golden Girls*, was sie im Ersten jeden Tag zeigen, wenn nicht gerade *Alle lieben Raymond* kommt. An der Wand standen mehrere Sofas, weiter hinten ein großer Tisch mit Stühlen drum herum, vor dem Fernseher ein Schaukelstuhl und ein Sessel. Über den Raum verteilt waren insgesamt fünf süßlich-pastellfarben gekleidete Menschen mit körperlichen Einschränkungen unterschiedlichen Grades. Birgitta saß am Tisch und spielte so begeistert Karten, dass sie mein Kommen nicht einmal bemerkte.

Auch sonst fiel niemandem auf, dass ich da war. Alle wirkten ungeheuer konzentriert, was vielleicht mit den Medikamenten zusammenhing. Im Schaukelstuhl vor dem Fernseher saß eine zerbrechliche Omi, die mit einem eingefrorenen Lächeln auf den Lippen das Geschehen auf dem Bildschirm verfolgte. Sie sah aus, als wäre sie gelähmt, aber in Wirklichkeit war sie es gar nicht, denn in regelmäßigen Abständen holte sie mit dem Fuß aus, um den Schaukelstuhl leicht in Bewegung zu setzen. Auf dem Sofa saß eine zweite Omi, etwas jünger als die andere, oder vielleicht war das nur Einbildung und kam daher, dass die erste Omi weiße Haare hatte und diese hier dunklere graue. Diese Omi strickte mit angespanntem Gesichtsausdruck an einer grauen Wollsocke. Es klickerte und klackerte, wenn sie ihre Stäbe oder Nadeln, oder wie auch immer die heißen, hin und her kreuzte.

Birgitta unterschied sich radikal von diesen Omis, zum einen durch ihre speziellen orangenen Haare, aber auch wegen ihres Alters. Birgitta war mindestens zehn, zwanzig Jahre jünger als jeder andere hier im Raum, bei einem waren es bestimmt sogar dreißig Jahre. Am ältesten sah der Opi aus, der bei Birgitta am Tisch saß. Es war der, der mir bei meinem ersten Besuch mit der Faust gedroht und geknurrt hatte, Risto. In seinem Rollstuhl sah er aus wie ein Zwerg, er konnte nicht mehr als vierzig Kilo wiegen. Und wahrscheinlich war er auch, als er seine Beine noch hatte, nie größer als einen Meter sechzig gewesen. Der dritte Kartenspieler war ein alter Zausel, der anscheinend sowohl sein Gebiss als auch seinen Rasierer verlegt hatte. Seine untere Gesichtshälfte war mit grauen Stoppeln bedeckt, und seine weißen Haare standen in alle Richtungen ab. Mit mahlendem Kiefer und angespanntem Blick guckte er zwischen seinen Karten und Birgitta hin und her, die ihrerseits zufrieden in ihrem Rollstuhl vor sich hin schmunzelte.

Einen Moment lang überlegte ich, ob ich zurück in den Korridor gehen und einfach abhauen sollte, aber in dem Moment kam eine Pflegerin an mir vorbeigestürmt und rief: »So, jetzt gibt es Kakao und Gebäck für alle, denn Birgittas Besucher hat bei uns Schnee geschippt!«

Fünf Paar glühende Augen bohrten ihre Blicke tief in mein Innerstes. Die weißhaarige und die grauhaarige Omi merkten sofort, dass an mir absolut nichts Interessantes war, und wandten sich wieder ab, während Birgitta und die Männer aufmerksam wurden. Der Rollstuhlmann schniefte kurz und lehnte sich in meine Richtung; der zahnlose Stoppelkerl richtete sich auf und musterte mich von Kopf bis Fuß. Birgitta kiekste.

Die Pflegerin stellte das Tablett auf dem Tisch neben dem Kartenspiel ab und verteilte die Kakaotassen. Auf einem Teller war ein riesiger Berg Hefeteilchen aufgetürmt. Ich zog mich einen Schritt in Richtung Wand zurück und hoffte, dass alle sich wieder ihren Tätigkeiten zuwenden würden und ich mit der Glasfasertapete verschmelzen konnte. Mir war überhaupt nicht danach, noch mehr unleidliche Pflegeheimbewohner kennenzulernen. Ich warf einen heimlichen Blick auf das Namensschild der Pflegerin. Sisko M. Mich schauderte.

»Hast du die anderen schon kennengelernt?«, fragte Sisko M., während sie mit dem Geschirr hantierte.

Ich schüttelte den Kopf.

»Was drückst du dich da an der Wand rum, komm her und setz dich hin!«, rief Birgitta und nickte zum freien Stuhl neben sich.

»Das hier ist unsere Katri«, erklärte Sisko M. und zeigte auf die Schaukelstuhlomi, die in keiner Weise auf die Vorstellung reagierte. »Und hier ist unsere Salli«, fuhr die Pflegerin fort und zeigte zur Strickomi. »Bei uns sind nicht oft junge Männer zu Besuch, deswegen sind die Mädels vielleicht ein bisschen schüchtern.«

Salli warf Sisko einen bösen Blick zu, und ihr Gesichtsausdruck verfinsterte sich noch weiter. Höchstwahrscheinlich waren sie und Katri kein bisschen schüchtern, sondern es interessierte sie einfach nicht die Bohne, was ich gut verstehen konnte, denn ich interessierte mich auch nicht für ihre Angelegenheiten. So unauffällig wie möglich ging ich zu dem Stuhl neben Birgitta.

»Und das hier ist unser Risto«, fuhr Sisko fort.

»Tag«, sagte ich, um Höflichkeit bemüht, aber der alte Knabe starrte mich nur eisig an.

»Und hier noch unser Heikki«, schloss Sisko die Vorstellungsrunde ab und lächelte sonnig.

Heikki sortierte seine Karten und murmelte etwas.

»Heikki verlegt immer sein Gebiss, das muss man ihm nachsehen«, sagte Sisko und versuchte, vertraulich zu klingen, dann nahm sie das leere Tablett und flappte von dannen.

»Schreckliche Quasselstrippe«, stellte Heikki fest und zog eine Grimasse.

»Das weiß Miska schon«, sagte Birgitta.

»Ach, das ist also dieser Miska«, sagte Heikki und sah zwischen mir und seinen Karten hin und her.

»Genau«, sagte ich, weil mir auch nichts weiter einfiel.

»Alles klar«, sagte Heikki und richtete den Blick wieder auf seine Karten. »Ich erhöhe um zwei Euro. Außerdem verlege ich mein Gebiss nicht, ich trage es einfach nicht gerne. Jetzt weiß ich zum Beispiel ganz genau, wo es ist. Aber ich verrate es nicht. Es drückt am Zahnfleisch. Ohne ist besser.«

Birgitta führte mit zweiunddreißig Euro, deshalb warfen Risto und Heikki ihr böse Blicke zu. Risto hätte wahrscheinlich auch ohne das Spiel böse geguckt, er machte nicht den Eindruck eines sonderlich fröhlichen Menschen. Vor dem Fenster regierte noch immer das weiße Chaos. Ich saß da und schaute den dreien beim Spielen zu. Sie hatten kein echtes Geld, nur kleine Papierschnipsel, die Euros darstellen sollten. Ich schätze, im Pflegeheim war Glücksspiel nicht erlaubt. Sie redeten nicht viel, sie murmelten höchstens. Die Stimmung war einschläfernd. Ich war schon dabei, in eine Art Halbschlaf zu gleiten, als plötzlich eine spitze Stimme krähte: »He, Junge, krieg ich ein Teilchen?«

Ich zuckte zusammen und sah mich angespannt um. Die Stimme kam vom anderen Ende des Raums und gehörte der grauhaarigen Salli, die mich erwartungsvoll ansah. Mit Verzögerung bemerkte ich, dass mit dem Jungen ich gemeint war und nicht irgendein Sklavenjunge, der plötzlich aus einer Kammer hervorsprang. Ich nahm den Gebäckteller vom Tisch und ging damit zu ihr. Sie ließ sich viel Zeit beim Aussuchen, bis sie sich schließlich ein Teilchen nahm, und auch das betrachtete sie lange von allen Seiten, bevor sie es auf ihren Teller legte.

»Vielen Dank dafür«, sagte Salli überraschend herzlich.

»Bitte schön«, sagte ich automatisch.

Ich war schon dabei, den Teller zurück zum Tisch zu tragen, als mir einfiel, dass Katri vielleicht auch ein Teilchen haben wollte. Ich wirbelte herum und trug den Teller zur weißhaarigen Schaukelomi.

»Ein Teilchen?«, fragte ich.

Katri kreischte und riss zum Schutz die Arme vor die Brust. Einen Moment lang musterten wir uns gegenseitig entgeistert. Natürlich hatte ich ihr keine Angst einjagen wollen, aber ich hatte mich vor ihrem Kreischen mindestens genauso erschreckt. Schließlich richtete sich Katri würdevoll wieder auf und schnappte sich ein Teilchen vom Teller. Sie sagte nichts, sondern sah weiter fern. Ich seufzte und ging mit dem Teller in der Hand zurück zum Spieltisch. Als ich mich hinsetzte, warf Birgitta mir einen Blick zu.

»Katri erschreckt sich immer«, sagte sie. »Sie hat ein selektives Gehör, und sie redet nicht, sie kreischt nur bei Bedarf.«

»Die hat noch nie gesprochen«, präzisierte Heikki.

»Außer als kleines Mädchen«, bekräftigte Birgitta. »Das kommt daher, dass sie im Krieg von Partisanen überfallen wurden. Sie und ihre Mutter und ihre Schwester und ihr Bruder wurden vergewaltigt. Und dann hat der Bruder sich umgebracht.«

»Was für eine erquickliche Geschichte«, stellte ich fest.

»Ihr heutigen Schlappschwänze werdet den Krieg nie begreifen«, schnaubte Risto.

»Es ist ja nicht meine Schuld, dass Finnland schon lange niemandem mehr den Krieg erklärt hat«, sagte ich, aber Risto tat, als hörte er mich nicht.

»Als Katri dann nicht mehr sprach, wurde sie zuerst von ihrer Mutter und dann von ihrem Vater geschlagen, weil ihre Stummheit die ganze Familie an die Tragödie erinnerte«, fuhr Birgitta fort. »Aber jetzt sind die anderen alle tot, nur Katri lebt noch.«

»Ist es nicht ziemlich unfein, über die Angelegenheiten von anderen zu sprechen, wenn die Leute selber zuhören?«, flüsterte ich Birgitta zu. Das wunderte mich auch an alten Leuten, dass sie ständig dabei waren, über andere Leute hinter deren Rücken zu reden, und in diesem Fall ja sogar ganz offen.

»Sie weiß doch selber, was damals passiert ist. Katri hat alles in ihren Memoiren aufgeschrieben, du darfst es bestimmt auch mal lesen. Eine erschütternde Geschichte, aber die Verlage sind nicht dran interessiert. Sie kriegen wahrscheinlich haufenweise düstere Kriegsgeschichten zugeschickt«, verteidigte sich Birgitta.

»Jeder denkt, seine Memoiren sind bahnbrechend«, kicherte Heikki. »Eine Autobiografie muss total speziell und gleichzeitig in der Lage sein, etwas so Allgemeines über die Welt zu vermitteln, dass sie für viele interessant ist. Aber die wenigsten haben doch so ein Leben. Das stellt man hier drin fest.«

»Waren das deutsche oder russische Soldaten?«, fragte ich.

»Deutsche, russische, finnische, ist doch egal, im Krieg wird jeder Mensch zum Tier«, sagte Heikki ernst.

»Es ist ja nun mal so, dass man nicht über den Krieg reden sollte, wenn man ihn nicht miterlebt hat. Der finnische Soldat hat einen ganz anderen Ehrbegriff als der Russe oder die Krauts«, schnaubte Risto und ordnete die Karten in seiner Hand.

»Soso«, sagte Heikki. »Du kritisierst mich mal wieder dafür, dass ich anderer Meinung bin.«

»Es waren sowjetische Partisanen«, klärte Birgitta mich auf. »Sie haben in Kainuu, Salla und im Grenzgebiet von Lappland viel Böses angerichtet.«

»Verdammter Russe!«, knarzte Risto.

»Im Krieg macht sich jede Nation schlimmer Dinge schuldig, hier waren es nun mal zufällig Finnen und Russen, die sich bekriegten. Ach, könnte man doch zur Kriegsführung früherer Zeiten zurückkehren, als die gegnerischen Parteien sich auf einem Feld versammelten und so lange aufeinander einschlugen, bis ein Sieger feststand. Aber das geht ja nicht mehr. Unfair und grausam ist der Krieg besonders für die Kinder«, redete Heikki sich in Rage, obwohl er versuchte, seinen Blick mit zusammengezogenen Augenbrauen auf die Karten gerichtet zu halten.

»Du hast vom Krieg so viel Ahnung wie 'ne Kuh vom Klavierspielen, verdammter Deserteur! Feigling! Ja, du!«, schrie Risto und schleuderte seine Karten über den Tisch.

»Nun ja, ich war nicht persönlich dabei, aber vielleicht habe ich als Historiker eine etwas breitere Perspektive auf den Krieg als du, der du einen Krieg aus dem Blickwinkel eines einzigen Menschen erlebt hast«, warf Heikki ein.

»Deine Perspektive reicht doch nicht mal bis zu deinem eigenen Arsch, du Verräter!«

»Da hast du recht, das ist kaum jemandem gegeben«, sagte Heikki ruhig.

Ich war immer noch besorgt, weil wir über Katris Angelegenheiten redeten, aber sie machte einen ganz zufriedenen Eindruck, wie sie da saß, ihr Teilchen mümmelte und über irgendwas lächelte, das im Fernsehen lief. Vielleicht hatte ihr selektives Gehör diesmal entschieden, dass sie die Diskussion zwischen einem Kriegsverherrlicher und einem Pazifisten nicht mit anhören wollte.

»Was kann ich dafür, verdammt noch mal, wenn eure Warmduscherohren Kriegsgeschichten nicht aushalten! Ich hab das alles miterleben müssen«, brüllte Risto mit rotem Gesicht und schüttelte die Faust genau so, wie ich es bei meinem ersten Besuch gesehen hatte.

»Schluss jetzt! Wir spielen weiter!«, raunzte Birgitta.

Sie konzentrierten sich wieder auf das Kartenspiel, aber Risto blickte immer noch düster drein. Lasst es mich ruhig ganz klar sagen: Ich bin den Kriegsveteranen sehr dankbar, dass ich in Frieden in einem freien Land leben kann, aber trotzdem. Es ist eine Sache, sich zu erinnern, ihnen dankbar zu sein und sie zu achten, und eine andere Sache, sich in Traumata zu suhlen und mit dem Säbel zu rasseln.

Draußen war immer noch Schneegestöber, aber es sah jetzt anders aus, denn es war dunkel geworden. Ich nahm mir noch ein Hefeteilchen und schlürfte meinen kalt gewordenen Kakao. Die Stimmung war heimelig. Im Fernsehen lief zur Abwechslung eine englische Soap, und sogar Salli war näher an das Gerät gerückt, auch wenn das Klappern der Stricknadeln keinen Moment aussetzte. Die Heimeligkeit wurde vom Klingeln meines

Telefons unterbrochen. Den Bruchteil einer Sekunde dachte ich darüber nach, es einfach klingeln zu lassen und so zu tun, als sei es nicht meins, aber als fünf Augenpaare sich anklagend in meine Richtung wandten, fummelte ich das Handy aus der Tasche, drückte auf das grüne Hörersymbol und zischte: »Ist gerade schlecht!«

»Mama hier aus Torremolinos!«, schrie es aus dem Hörer. »Kannst du mich jetzt besser hören? Wir sind hier am Strand!«

»Ich kann jetzt nicht reden«, zischelte ich.

»Was? Wieso? Wo bist du? Papa lässt schön grüßen! Er hat heute seine Sonnenbrille verloren, hat er bestimmt im Café vergessen. So was Blödes! Willst du denn nun was aus dem Duty-free-Shop? Schick mir eine SMS, dann bringen wir dir was mit!«, krähte Mama aus dem Handy.

»Ich bin hier im Pflegeheim, ich kann jetzt nicht reden!«

»In welchem Pflegeheim? Doch nicht etwa bei Birgitta? Was machst du denn da?«, rief Mama entgeistert.

»Ja, ich bin hier bei Birgitta.«

»Hör mal, Miska, ich muss dir was über Birgitta erzählen –«, und dann machte es nur noch *piep piep piep piep*.

Verwirrt starrte ich auf mein Handy. Das Gespräch war zu Ende, ja, aber es hinterließ ein böses *Da-Vinci-Code*-Gefühl. Das war ein dermaßen schlimmer Cliffhanger, dass man nicht anders konnte, als weiterzulesen, obwohl man am liebsten schon nach dem ersten Kapitel aufgehört hätte. Ich hob den Kopf. Birigitta sah mich gespannt an, die anderen eher, als hätte ich ihren Zeitvertreib auf die denkbar unangenehmste Weise gestört. Ich nahm mir vor, später zurückzurufen.

»Entschuldigung, das war meine Mutter«, sagte ich und stopfte das Handy zurück in die Tasche. »Das Gespräch ist abgebrochen. Sie ist im Urlaub in Torremolinos.«

»Ja, wenn Mama anruft, dann muss man auch abnehmen«, sagte Salli. Sie nickte bedeutsam und klackerte weiter mit ihren Stricknadeln.

»Birgitta erzählt wirklich die verrücktesten Geschichten«, fing Heikki auf einmal an.

»Genau!«, rief Birgitta. »Die allerbesten Geschichten geradezu.«

»Dann erzähl uns was«, sagte ich.

»Ach, ich glaube, ich bin zu müde«, ließ Birgitta sich bitten, obwohl man aus sechzehn Kilometern Entfernung sehen konnte, dass sie darauf brannte, ihre tollen Geschichten loszuwerden.

»Nun erzähl schon, ich habe noch überhaupt keine von deinen Geschichten gehört«, beschwor ich sie.

»Erzähl das mit dem Wellensittich!«, drängte Heikki.

»Also gut, dieses eine Mal, auf den dringenden Wunsch des Publikums«, sagte Birgitta und ließ die Karten auf den Tisch sinken.

Dann setzte sie einen Geschichtenerzählerausdruck auf, den ich noch nie an ihr gesehen hatte und der zweifellos recht charmant wirkte. Dazu gehörten ein verträumter Blick in die Ferne und ein angehobenes Kinn.

»Ich war damals jung, etwa neunzehn Jahre alt.«

»War das im Krieg?«, unterbrach ich sie.

Birgitta warf mir einen wütenden Blick zu.

»Was glaubst du denn, wie alt ich bin – der Fortsetzungskrieg war '44 zu Ende!«

»Ach ja«, murmelte ich. »Dann mach weiter.«

»Danke«, schnaubte Birgitta und nahm wieder ihre Erzählerpose ein.

Die Geschichte ging ungefähr so:

Die Wellensittichgeschichte

Als junge Frau war Birgitta schön und gut gebaut. Sie hatte lange Haare und ein charmantes, lebhaftes Wesen. (Beides ist ihr im Laufe der Jahre abhandengekommen. So vergeht eben der Glanz der Jugend.) Also, jedenfalls war Birgitta ein wirklich nett anzusehendes junges Mädchen. Sie wollte an die Uni, um Medizin zu studieren, zu Hause unterstützte man sie nach Kräften, denn ihr Vater wollte, dass seine Tochter unabhängig war. Birgittas Vater hatte kein Vertrauen in Männer, wozu er als Mann ja auch allen Grund hatte, und wünschte seiner Tochter nur das Beste. Der Herr Vater saß gelinde gesagt auf einem riesigen Haufen Geld und wollte nicht, dass irgendein dahergelaufener Tagedieb sich an seinem Vermögen bediente. Es war unklar, was für ein Mann gut genug für die geliebte Tochter des Herrn Kangas wäre, aber damals stellte Birgitta die Anforderungen ihres Vaters noch nicht infrage. Und so wuchs sie zu einer skeptischen und eigenständigen jungen Frau heran, deren Eigenschaften sich später zu Verbitterung und Zynismus verfeinerten (das ist die Interpretation eures Erzählers). Trotzdem war Birgitta damals, als junge Frau, immer noch verhältnismäßig offen und vertrauensselig.

In dem Frühling, bevor sie mit dem Studium beginnen wollte, beschloss Birgitta, in Stockholm einige Verwandtenbesuche zu machen. Das fanden alle gut, denn Birgitta war sehr fleißig gewesen und hatte die Schule hervorragend abgeschlossen, aber sie hatte auch abgenommen und war blasser geworden, wenn auch nicht so blass, dass ihr charmantes Äußeres dadurch ernsthaft Schaden genommen hätte, aber doch in einem Maße, dass es gut für sie war, sich ein bisschen im Ausland zu vergnügen.

Stockholm war überwältigend. Birgitta verbrachte die meiste Zeit mit ihrer Cousine Malin und verkehrte in Künstlerkreisen. Malins Freund, besser gesagt, ihr Bräutigam, Anders, gehörte zu einer Theaterclique, und Malin und Birgitta konnten bei Proben zuschauen und mit den Theaterleuten feiern. Birgitta hatte so etwas noch nie erlebt. Man trank billigen Wein direkt aus der Flasche, die Mädchen trugen Hosen und zu kurze Röcke. Wenn man betrunken war, küsste man, wen man wollte und egal wohin, und keiner interessierte sich dafür, denn alle machten es so. Birgitta war fasziniert, so etwas hätte sie sich nie träumen lassen. Zu Hause in Helsinki bewegte sie sich nur in ihren eigenen Kreisen, zu denen überwiegend andere wohlhabende, langweilige Erben gehörten. Sie tranken zwar auch Alkohol, aber fantasielos aus den Kristallgläsern, die seit Generationen in der Familie waren. Und niemand konnte sich vorstellen, irgendjemanden zu küssen, denn alle fanden sich gegenseitig sterbenslangweilig.

Die Künstler fanden Birgitta schön und amüsant, wenn auch vielleicht ein bisschen einfältig, weil sie Finnlandschwedisch sprach. Bei den Partys war auch Tauno Kurttu dabei, der allerdings nicht in dem Ruf stand, einfältig zu sein. Er war homosexuell und zu dieser Zeit mit einem Franzosen liiert, und jeder weiß doch, dass Franzosen nicht mit Einfaltspinseln zusammen sein wollen. Alle fanden Kurttu mutig und dekadent, und er hatte auch sehr avantgardistische Ansichten über Kunst. Birgitta und Kurttu lernten sich oberflächlich kennen, waren aber damals noch nicht allzu sehr aneinander interessiert.

Ziemlich bald fand Birgitta einen Freund. Es war der Geiger Evert aus Malmö, acht Jahre älter als sie und ein sexuelles Phänomen. Mehr gibt die Geschichte dazu allerdings nicht preis, das heißt, sie hätte es schon getan, aber euer Erzähler hielt sich die Ohren zu und sang laut lalalalalaa. Ich kann allerdings hinzufügen, dass das Phänomen in der Größe seines Penis und in seinen oralen Fertigkeiten bestand lalalalalaaa. Das soll zu diesem Thema genügen. Evert war dunkelhaarig und ein bisschen schief, das langjährige Geigespielen hatte sein Skelett deformiert. Die beiden waren extrem und richtig doll verliebt.

Und weil das Birgittas erste Liebe war, schrieb sie ihrem Vater einen Brief, dass sie bei ihrem geliebten Evert in Stockholm bleiben und ein Künstlerleben führen wolle. Sie werde Schauspielerin und ein großer Star, denn das hatten ihr alle weisgemacht. Sie hätte zwar schnell telefonisch anklingeln können, denn auch in Finnland war das Telefon damals schon ziemlich verbreitet, aber dann hätte der Vater natürlich klipp und klar sagen können, was er von der Sache hielt; also entschied sich Birgitta für den Brief. Das ging natürlich nicht gut aus. Der Vater kam mit dem ersten Schiff nach Stockholm gereist, machte Birgitta ausfindig und schleifte sie, wenn auch nicht am Ohr, so doch nicht gerade behutsam zurück nach Finnland.

Aber wie gesagt, Birgitta und Evert waren extrem und richtig doll verliebt, und Evert wollte seine schöne Erbin nicht einfach so ziehen lassen, daher reiste er Birgitta nach Helsinki hinterher.

Birgitta saß gerade weinend in ihrem Zimmer, als sie von unten einen gewaltigen Lärm hörte. Evert hatte sich am Hausmädchen vorbei Einlass verschafft und schrie auf Schwedisch, er wolle sofort Birgitta sprechen. Birgitta lief zur Treppe und sah, dass sowohl das Hausmädchen als auch ihre Mutter sich an Evert gehängt hatten und beide versuchten, diesen dreckigen, zigeunerhaften Ausländer aus dem Haus zu schaffen. Das

Hausmädchen verstand nicht mal Schwedisch und dachte, Evert wäre ein verrückter Landstreicher, der die Tochter des Hauses entführen wollte. Da kreischte Birgitta so laut, dass die Kristalllüster klirrten. Die Mutter und das Hausmädchen fuhren zusammen und ließen Evert los, der schnurstracks und drei Stufen auf einmal nehmend zu Birgitta gerannt kam. Sie küssten und umarmten sich wie im Film, und Evert erzählte verzückt, wie die Künstlergemeinschaft Geld gesammelt habe, damit er nach Helsinki reisen und seine geliebte Birgitta zurückholen könne.

Doch da kam Birgittas Vater nach Hause. Er brüllte: »Mrrrrrraaa!«, und streckte drohend seinen Regenschirm in die Luft. Evert und Birgitta klammerten sich aneinander, und Birgitta rief: »Nein, du kannst uns nicht trennen!«

»Ach so!«, brüllte der Vater. »Wenn das so ist, dann erbst du von meinem Geld keinen Pfennig, du Flittchen!«

Da erschraken Birgitta und Evert, obwohl Evert nicht einmal Finnisch verstand, doch die Gestik des Vaters sprach Bände. Natürlich will jedes Mädchen eine Erbin sein und jeder Geiger aus Malmö eine Erbin heiraten, aber wenn Birgitta auf einmal keine Erbin mehr wäre, läge die Sache natürlich ganz anders als vorher. Beide hatten keinen Bedarf daran, als arme Künstler dahinzuvegetieren, reiche Künstler waren natürlich etwas anderes. Also bat Birgitta ihren Vater, sich wenigstens in Ruhe verabschieden zu können, was der Vater immerhin erlaubte.

Wahrscheinlich habt ihr euch schon gefragt, wo der verflixte Wellensittich bleibt. Also. Birgitta und Evert gingen in den Rauchsalon, und es folgte eine romantische und herzergreifende Liebesszene mit vielen Tränen und gegenseitigen Versprechungen, obwohl beide wussten, dass sie die

Versprechungen eher früher als später brechen würden. Und dann passierte das, was Birgitta nie vergessen sollte.

Evert bückte sich und schob den Kopf unter Birgittas Rock. Birgitta stöhnte so leise, wie sie konnte, aber schließlich musste sie sich in die Faust beißen, um nicht laut zu lalalalalaaa. Die Gefühlswogen schlugen hoch, sie war kaum Herrin ihrer Sinne, aber sie sah genau, dass Evert, als er schließlich aufstand, einen blauen Wellensittich im Mund hatte. Er setzte ihn Birgitta auf den Kopf, küsste sie und verschwand.

Das alles hätte auch eine Halluzination sein können, aber es war keine. Der Beweis war der Wellensittich, der noch ein paar Jahre in einem Käfig in Birgittas Zimmer lebte. Sie nannte ihn Evert. Ende der Geschichte.

Birgittas Blick war noch immer in die Ferne gerichtet. Ich stützte den Ellbogen auf den Tisch und den Kopf in die Hand, Heikki sah verträumt vor sich hin, und Risto wirkte peinlich berührt.

»Habt ihr euch jemals wiedergesehen?«, fragte ich.

Birgitta schreckte aus ihrer Geschichtenwelt auf und zog die Augenbrauen zusammen.

»Natürlich«, sagte sie, nachdem sie kurz nachgedacht hatte. »Mein Vater starb ja, als ich sechsundzwanzig war. Kurz darauf wurde ich mit meinem Studium fertig und ging dann ziemlich bald nach Stockholm. Dort lebte ich sechs Jahre. Ein paarmal habe ich Evert zufällig getroffen, aber er hatte sich in einen trostlosen Säufer verwandelt, ohne Zähne, ohne Haare, und seine Geige hatte er auch verkauft.«

»Hast du ihn nach dem Wellensittich gefragt?«, wollte Heikki wissen.

»Davon wusste er nichts mehr, er konnte sich ja kaum an mich erinnern«, sagte Birgitta achselzuckend.

»Ich wusste nicht, dass du Ärztin bist«, sagte ich.

»Ich kann dir sagen, es gibt eine Menge Dinge, die du von mir nicht weißt«, gab sie zurück und schürzte geheimnisvoll die Lippen. »Und jetzt will ich mich ausruhen. Du darfst mich in mein Zimmer schieben.«

Ich stand auf und legte die Hände um die Griffe des Rollstuhls.

»Hör mal«, flüsterte Heikki und lehnte sich zu mir. »Wenn du sowieso hierherkommst – meinst du, du könntest mir mal ein paar Fleischwürste mitbringen? Ganz normale Fleischwurst. Zum Beispiel ein halbes Kilo. Ein ganzes würde aber auch nicht schaden.«

Ich schob die Lippen vor. Fleischwurst? Was bitte war da drin? Gehärtete Fette, Salz und Spuren von irgendwelchen Schlachtabfällen? Warum fragte er nicht nach etwas Besonderem? Trüffeln, Austern, Kaviar, Schokoladenkuchen, was auch immer für Delikatessen?

»Ob das so eine gute Idee ist?«, fragte ich.

»Ich bezahle es dir natürlich«, verkündete Heikki mit feierlichem Gesicht.

»Mal schauen. Hat mich gefreut«, sagte ich zu Heikki und Risto.

Risto murmelte irgendwas in seinen Bart, aber Heikki winkte fröhlich, bis Birgitta und ich aus seinem Blickfeld verschwanden, oder vielleicht winkte er auch noch weiter, ich weiß es nicht, denn ich war schon im Korridor und konnte es nicht mehr sehen. In diesem Moment beschloss ich bereits, dass Fleischwurst nicht in die Tüte kam, irgendwo musste man eine Grenze ziehen. Cannabis ist immerhin ein Naturprodukt,

Fleischwurst dagegen ein ungenießbares Konglomerat von Zusatzstoffen.

Ich schob den Rollstuhl samt Birgitta in ihr Zimmer und erklärte mich sogar gegen meine eigene Erwartung dazu bereit, Birgitta ins Bett zu heben. Das war zweifellos ein bisschen zu viel des Guten, ich berühre andere Menschen nämlich nicht so gerne, egal, wer es ist. Einen Menschen ohne Beine hochzuheben ist übrigens keine ganz einfache Sache. Man könnte denken, es sei einfacher, als jemanden mit Beinen hochzuheben, denn man hat ja weniger Gewicht zu tragen.

Aber nein. So ist es nicht. Birgitta und ich führten ein stümperhaftes modernes Ballett auf: Ich nähere mich ihr aus verschiedenen Richtungen, Birgitta flucht, haut mir auf die Finger und gibt mir Ratschläge, ich hebe sie hoch, verliere das Gleichgewicht, steppe vor und zurück, und fast knallt die ganze Last mit dem Kopf voran auf den Boden. Kurz vor dem Sturz gelang es mir allerdings, Birgitta in ihr Bett plumpsen zu lassen. Sie schüttelte empört den Kopf und zupfte sich die Kleidung zurecht. Sollte sie demnächst fragen, ob ich sie aufs Klo oder in die Badewanne hebe, mache ich das bestimmt nicht, dachte ich bei mir. Wie naiv ich doch war.

»Mach die Tür zu!«, befahl Birgitta, als ich mich gerade auf den Stuhl neben dem Bett setzen wollte.

Jemandem ohne Beine kann man schlecht sagen, mach doch selber, was meine natürliche Reaktion gewesen wäre, wenn jeder andere mich herumkommandiert hätte. Also ging ich gehorsam zur Tür und machte sie zu. Ich fummelte eine Pfefferminzbonbondose mit vier Joints aus meiner Tasche und warf sie Birgitta hin. Sie schüttelte die Dose und ließ sie unter ihrer Bettdecke verschwinden. Dann grinste sie und lehnte sich mit geheimnisvoller Miene nach vorne.

»An welches Tier erinnere ich dich?«, flüsterte sie.

Wie kommt sie denn jetzt darauf?, fragte ich mich. Wahrscheinlich war es irgendeine von ihren Fallen. Am liebsten hätte ich Koboldmaki gesagt, denn das stimmte, aber mir war klar, dass es schwierig zu begründen war, ohne sie zu beleidigen. Ich dachte fieberhaft nach, aber in meinem Kopf starrte immer dieser gelbäugige, erschrocken wirkende Koboldmaki vor sich hin. Schließlich sagte ich schnell: »Ich weiß nicht. An einen Raben.«

Birgitta lachte herzlich.

»Du erinnerst mich an eine Krabbe«, sagte sie.

Ich sah sie erwartungsvoll an. Das konnte auf keinen Fall irgendwas Nettes sein. Und das war es auch nicht.

»Oder irgendeine andere Molluske am Meeresgrund, die da unten rückwärts rumkrabbelt und Abfälle frisst. Außen ist sie rau, aber wenn man vom Äußeren absieht, ist sie ganz lecker.« Birgitta sah mich enthusiastisch an. Ich hatte keine Ahnung, ob sie mich in ein Streitgespräch verwickeln wollte.

»Ist außen rau und frisst Scheiße mit dem Arsch nach vorne. Na, vielen Dank. In Wirklichkeit erinnerst du mich an einen Koboldmaki, aber ich dachte, das behalte ich lieber für mich, denn es hieß ja, wir wollten Freunde sein. Aber dann sind wir eben doch Mollusken, die Scheiße fressen.«

»Ich weiß nicht, was die fressen, vielleicht irgendwas Leckeres, was man auf dem Meeresboden findet, vielleicht Seegurken«, wischte Birgitta meinen Einwand fort. »Ich wollte dir gar nichts Böses. Ich dachte eigentlich, dass du trotz deines Äußeren ganz in Ordnung bist. Ich wollte was Nettes sagen. Merkst du denn nicht, dass du die ganze Zeit rückwärtsgehst, obwohl du vorwärtsgehen solltest? Das ist deine Einstellung zu allem.«

»Wirklich nett von dir«, raunzte ich.

»Du brauchst nicht so dünnhäutig zu sein!«, schnaubte Birgitta. »Krabben sind tolle Tiere.«

Ich sagte nichts mehr, ich war ziemlich beleidigt, und zwar sowohl meinetwegen als auch im Namen der Krabben.

»Noch mal zu unseren *Blumen*«, flüsterte Birgitta als Nächstes.

Ich rollte mit den Augen – dieser lächerliche Euphemismus!

»Ja?«, fragte ich kühl, denn ich war genervt.

»Ich habe mit einigen anderen darüber gesprochen, und sie meinen, dass ihre Zimmer durch *Blumen* auch schöner wären«, zischelte Birgitta.

Ich schloss die Augen und lehnte mich zurück. Ich atmete tief durch und versuchte, mich zu beruhigen, um Birgitta nicht an die Kehle zu springen. Dieses Weibsstück war wie ein Sieb. Natürlich hatte sie ihren Kartenspielfreunden davon erzählt. Was hatte ich mir denn gedacht? Ich atmete ein, atmete aus, atmete ein, atmete aus. Ich öffnete die Augen und sah eine hoffnungsfrohe Birgitta vor mir. Ich lehnte mich nach vorne und zischte durch die Zähne: »Verstehst du denn gar nicht, dass das, was ich hier mache, kriminell ist? Ich riskiere verdammt viel, und du, verdammte Scheiße, kannst einfach nicht den Mund halten!«

Birgitta bewegte ihre Hand auf und ab, was wohl beruhigend wirken sollte.

»Ich habe dich kein Mal namentlich erwähnt«, flüsterte sie.

»Ach du Scheiße!«, kreischte ich.

»Ich habe auf jeden Fall nur mit engen Vertrauten darüber gesprochen. Nun beruhige dich und sei nicht so ein verdammter Feigling! Die Leute haben einen unbändigen Drang danach, hier rauszukommen. Sie probieren alles Mögliche. Hier«, sagte

Birgitta, zog einen Briefumschlag unter der Bettdecke hervor und reichte ihn mir.

Ich nahm den Umschlag und sah hinein. Er enthielt Geld. Viel Geld. Ich schloss den Umschlag wieder und zeigte damit auf Birgitta.

»Ich bin kein verdammter Drogendealer!«, zischelte ich. »Und auch keine Krabbe!«

»Natürlich nicht«, zischelte Birgitta zurück.

»Nein!« Ich kochte vor Wut. »Dass du mir Geld geben willst, hat nichts damit zu tun, dass ich dir aus reiner Freundlichkeit hin und wieder einen Joint vorbeibringe! Und was ist überhaupt mit dir los, erst beschimpfst du mich als Krabbe, und dann soll ich dir einen Gefallen tun! Das kapiert doch jedes Kind, dass das psychologisch völlig idiotisch ist!«

»Ja, natürlich«, wisperte Birgitta. »Nun nimm schon den Umschlag und sei ruhig und tu das, um was ich dich gebeten habe.«

»Scheiße noch mal, ich tue das, was ich selber will«, raunzte ich und stand auf.

»Dann hoffe ich, dass du nächstes Mal aus lauter Freundlichkeit gleich mehrere Joints mitbringen willst«, sagte Birgitta jetzt auch lauter und verschränkte die Arme vor der Brust.

»Ist dir klar, dass du das nicht herumtratschen darfst? Sonst können wir damit nicht weitermachen, verstehst du?«, raunzte ich.

»Ja, ich versteh schon«, sagte Birgitta.

»Ich hab allerdings den Eindruck, dass du es eben nicht verstehst.«

»Und ich hab den Eindruck, dass du ganz schön hysterisch bist.«

Ich streckte ihr den Mittelfinger entgegen und ging aus dem

Zimmer. Erst als ich ins Schneegestöber hinaustrat, wurde mir klar, dass es wesentlich glaubwürdiger gewesen wäre, wenn ich den Umschlag mit dem Geld bei Birgitta im Zimmer gelassen hätte, anstatt ihn immer noch fest umklammert in der Hand zu halten.

10. Risto

Auf dem Heimweg fiel mir auf, dass ich meinen Schal im Pflegeheim vergessen hatte. Ich ließ ihn immer wieder mal hier und da liegen, aber diesmal nahm ich es als Zeichen dafür, dass ich Birgitta das Geld zurückgeben musste. Als ich abends im Bett an die Decke starrte, beschloss ich, am nächsten Tag hinzugehen, meinen Schal zu holen und das schmutzige Geld zurückzugeben. Ich habe vermutlich schon den Eindruck vermittelt, dass ich nicht gerade der Entscheidungsstärkste bin, aber diesmal tat ich wirklich, was ich mir vorgenommen hatte.

Immerhin schneite es nicht. Aber Schnee lag überall meterhoch aufgetürmt. Den ganzen Winter schon ging es in den Nachrichten um Parkplatzprobleme, Winterdienstprobleme, Dachlawinenprobleme, Lagerprobleme und Schmelzprobleme. Ich fand den Schnee allerdings überwiegend erfreulich. Er machte die Landschaft heller und den Winter erträglich, verglichen mit den lichtschluckenden, schleimigen, verfaulten Blättern, auf denen wir im vorigen Winter ein halbes Jahr lang herumgeschlittert waren. Es war schwer zu verstehen, warum die logistischen Probleme rund um den Schnee immer wieder so überraschend kamen. Immerhin hat dieses Land eine lange Schneetradition. Wie schaffen die Menschen in Nordfinnland es bloß, dass ihre Autos nicht jedes Jahr unter Schneewehen begraben werden, die Fahrbahnen nicht zu schmal zum Fahren sind und die Parkplätze nicht unter abgeladenen Schneemassen verschwinden? Würde man sich hier denn einen Zacken aus der Krone brechen, wenn man externe Scheeberater aus Rovaniemi oder Sodankylä einfliegen ließe? Aus den Boulevardblättern wissen die ganz genau, was für Dummies die Leute in Helsinki sind. Oder am besten sollten alle Leute mich um Rat fragen, ich würde ihnen gerne erklären, wie man in den verschiedensten Situationen handeln sollte.

Im Eingangsbereich des Pflegeheims Sonnenschein schien die Zeit stillzustehen. Blaues Licht warf Streifen auf den Fußboden. Im Speisesaal wischte ein junges Mädchen, wahrscheinlich eine Küchenhilfe, die Tische ab. Was wohl auf ihrem Namensschild stand? Im Foyer war es so ruhig, als hätte man die Höhle eines schlafenden Löwen betreten. Ich schlich mich rasch an der Glastür zum Speisesaal und am Empfangstresen vorbei und ließ den Desinfektionsmittelspender links liegen. In Birgittas Korridor waren alle Türen geschlossen. So geräuschlos wie möglich ging ich zu Birgittas Zimmer und klopfte leise an.

»Ja?«, krähte es von drinnen.

Ich öffnete die Tür einen Spalt und schlüpfte ins Zimmer. Ich blieb im Türrahmen stehen und seufzte. Mir war, als würde ich etwas Verbotenes tun, obwohl das nicht stimmte. Vielleicht lag es daran, dass mich keine einzige Pflegerin hatte hereinkommen sehen und dass ich schon wieder mit unhygienischen Händen ins Pflegeheim spaziert war.

»Ach, du bist es«, sagte Birgitta.

Sie saß in ihrem Rollstuhl am Fenster und trank Kaffee. Hier im Pflegeheim gab es anscheinend in angemessenen Abständen Kaffeepausen. Auf einem Teller lag eine Pastete. Birgitta drehte sich wieder um und sah aus dem Fenster, so wie vermutlich vor meiner Ankunft.

»Hallo«, sagte ich. »Ist ja ganz schön ruhig hier.«

»Ruhezeit«, sagte Birgitta. »Mittagsdusel, würde Heikki sagen. Und, hast du es dir noch mal anders überlegt? Ich hätte dich für nachtragender gehalten.«

»Das bin ich auch«, sagte ich und löste mich vom Türrahmen.

Ich warf den Umschlag vor Birgitta auf den Tisch und setzte mich auf die Bettkante.

»Ich hab meinen Schal vergessen.«

»Ach so«, sagte Birgitta und sah auf den Umschlag. »Und was ist das nun wieder?«

»Ich will deine Knete nicht.«

»Das versuchst du mir doch schon die ganze Zeit weiszumachen, aber in Wirklichkeit willst du sie schon«, versicherte Birgitta. »Und du brauchst sie. Du lebst in irgend so einem Wahn, dass es besser wäre, etwas unentgeltlich zu tun, und dass Geld einen verdirbt. Hör mal, mein Jungchen, wenn jemand Geld braucht, dann heißt das nicht automatisch, dass er seine Seele verkauft. Ich habe nun einfach zufällig viel Geld, und ich möchte dir gerne etwas davon geben.«

Ich sah aus dem Fenster und tat, als würde ich nicht hinhören. Obwohl es offensichtlich war, dass ich hinhörte. Ich wollte nicht immer dieselbe Litanei herunterbeten und hoffte, ich könnte das Gespräch einfach totschweigen. Birgitta warf den Umschlag neben mir auf das Bett. Ich fasste ihn nicht an, ließ aber zu, dass er meine Hand berührte.

»Ich würde mich auch nicht besuchen kommen, wenn ich dafür nicht eine Stange Geld bekäme«, sagte Birgitta gutmütig.

»Du musst den Mund halten wegen der Joints«, sagte ich. »Das darf hier nicht die Runde machen.«

»Nein, tut es nicht.«

»Du musst den Mund halten«, wiederholte ich.

»Klare Sache.«

»Wo ist denn eigentlich mein Schal?«, fragte ich.

»Woher soll ich das wissen«, sagte Birgitta und wandte sich wieder ihrer Kaffeetasse zu.

»Ob ich ihn im Fernsehzimmer hab liegen lassen?«, überlegte ich laut.

»Vielleicht«, sagte Birgitta zum Fenster.

Ich stand auf und ging zur Tür. Birgitta starrte immer noch vor sich hin und interessierte sich anscheinend nicht dafür, dass ich das Zimmer verließ, also schlüpfte ich auf den Korridor. Auf halbem Weg zum Fernsehzimmer öffnete sich vor mir eine Tür einen Spaltbreit, und jemand sagte »Pssst!«, ganz eindeutig, um meine Aufmerksamkeit zu erregen. Die Tür war mir vorher nicht einmal aufgefallen, wahrscheinlich hatte ich gedacht, dahinter sei irgendeine Putzkammer oder ein Stromzähler. Jetzt allerdings blitzten aus dem Türspalt auf Höhe der Türklinke zwei Augen hervor. Mein Herz setzte aus. Ein Heinzelmännchen!, dachte ich. Endlich! Ich blieb stehen, aus dem Dunkel starrten die Augen mich an. Dann öffnete sich die Tür etwas weiter, und ich sah, dass es Risto war, der an der Türklinke hing, und kein mythisches Wesen. Ich war ein kleines bisschen enttäuscht, aber nicht bereit, die Hoffnung komplett aufzugeben. Eines Tages, ihr Heinzelmännchen, eines Tages!

»Ja?«, flüsterte ich.

»Komm schnell her!«, zischelte Risto und winkte mich zu sich heran.

Ich tapste ins Dunkel und stieß mir am Rollstuhl das Knie. Risto zog die Tür zu und machte das Licht an. Wir waren in einer kleinen Putzkammer. Dort roch es gleichzeitig sauber und schmutzig, nach Putzmitteln und nach Dreck. Ich steckte zwischen dem Rollstuhl und einem schmutzigen Metallwaschbecken fest, in meinen Rücken bohrte sich ein Gerät, das an einen Metalldetektor erinnerte, und viel zu nah vor meinem Gesicht hing ein Regal voller roter, gelber, blauer und grüner Lappen und Mopps.

»Was ist denn?«, flüsterte ich.

Risto rang aufgeregt die Hände. Auf dem Schoß hatte er einen Stapel Papier. Er sah mich aufgebracht an.

»Ruhe«, krächzte er. »Das hier ist eine Geheimoperation. Niemand weiß, dass ich hier bin. Das hier ist der einzige Ort, an den man fliehen kann. Der einzige!«

»Okay«, flüsterte ich ernst, denn das hier war ganz offensichtlich eine ernste Sache.

»Es geht um wichtige Staatsangelegenheiten«, fuhr Risto fort. »Ich untersuche hier extrem gefährliche und geheime Dinge. Du wunderst dich vielleicht, warum in der Putzkammer, aber nur hier ist es sicher. Überall würden sie suchen, außer in der Putzkammer. Hier kann ich mich in aller Ruhe konzentrieren. Das ist viel wichtiger als die Essenszeiten, aber das kapieren die hier nicht.«

Ich nickte. Aufgeregt wie ein Heinzelmännchen, ordnete Risto seine Papiere, die anscheinend auf beiden Seiten vollgeschrieben waren.

»Aber jetzt steht die Operation vor einer Katastrophe!«, flüsterte er. »Das Papier ist alle!«

»Oh nein«, sagte ich mitfühlend.

»Psst! Du Dummkopf!«, zischte Risto. »Sei leise. Ich brauche neues Papier. Sofort. Sonst vergesse ich alles.«

Ich nickte wieder.

»Du gehst zu Heikki und bittest ihn um Papier. Aber du darfst nicht sagen, wofür! Auf gar keinen Fall!«

Ich nickte gehorsam und griff nach der Türklinke.

»Stopp! Zuerst müssen wir horchen, ob die Luft rein ist!«, wisperte Risto und löschte das Licht.

Als wir eine halbe Minute auf die Stille gelauscht hatten, knuffte Risto mich in den Oberschenkel, offenbar war das die Erlaubnis, die Tür zu öffnen. Ich schlüpfte auf den Korridor.

»Junge!«, hörte ich aus der Kammer. »Bring mir auch einen Füller mit! Für alle Fälle.«

»Alles klar«, flüsterte ich und schloss leise die Tür.

Merkwürdig berührt ging ich den Gang entlang, bis mir klar wurde, dass ich gar nicht wusste, wo Heikkis Zimmer war. Dafür fand ich meinen Schal, denn jemand hatte ihn zusammengelegt und im Fernsehzimmer über einen Stuhl gehängt. Ich hielt es für das Beste, ihn jetzt gleich mitzunehmen, bevor er wieder abhandenkommen konnte. Erst als ich ihn mir umgelegt hatte, stellte ich fest, dass man Salli gestern offenbar an ihrem Platz vergessen hatte, denn sie saß exakt so da wie am Abend zuvor. Ihre Hände mit der Strickarbeit waren in der Luft eingefroren, und sie verfolgte meine Bewegungen ganz genau.

»Den habe ich gestern hier vergessen«, sagte ich und zeigte auf meinen Schal.

Salli sagte nichts, sondern starrte mich nur schmallippig an, also beschloss ich, zurück in den Korridor zu gehen.

»Ach so, kannst du mir sagen, wo ich Heikki finde?«, fiel mir an der Tür noch ein.

Salli zog die Nase kraus und schien nachzudenken, offenbar darüber, ob sie mir überhaupt antworten wollte. Schließlich sagte sie: »Er ist bestimmt in seinem Zimmer. Den Gang entlang fast bis zum Ende. Der Name steht dran.«

»Danke«, sagte ich, und weil die Situation irgendwie steif

war, sagte ich, ganz untypisch für mich: »Und einen schönen Tag noch.«

»Danke, gleichfalls«, zwitscherte sie da und lächelte strahlend.

Genau wie am Vortag wunderte ich mich über Sallis plötzliche Fröhlichkeit. Vielleicht verteilten sie hier Medikamente, die solche Gefühlsschwankungen auslösten, denn Birgitta zeigte ja ähnliche Symptome. Verwirrt ging ich zurück auf den Korridor und schlug die Richtung ein, die Salli mir geraten hatte. Der Korridor sah aus wie der von Birgitta, außer dass eine der Leuchtstoffröhren blinkte und eine unwirkliche Stimmung erzeugte. Etwa auf halbem Weg las ich an der Wand neben einer Tür einen vielversprechenden Namen: Heikki Valtanen. Ich nahm ein paar Sekunden lang meinen Mut zusammen und klopfte. Sofort hörte ich von drinnen die Aufforderung einzutreten. Ich öffnete die Tür einen Spalt und lugte nach drinnen. Das Zimmer sah aus wie das von Birgitta, nur war das Bett kein Krankenhausbett, sondern ein normales. Heikki saß am Tisch, machte Kreuzworträtsel und aß dabei die gleiche Pastete wie Birgitta.

»Tagchen!«, sagte Heikki mit einem Ausdruck zwischen Freude und Erstaunen. »Ich kann nicht behaupten, ich hätte dich schon vermisst, aber das ist auf jeden Fall eine nette Überraschung.«

»Ja«, sagte ich, weil mir nichts anderes einfiel. »Ich habe hier gestern meinen Schal vergessen, den wollte ich abholen.«

»Na klar«, sagte Heikki, als wäre es die natürlichste Sache der Welt, und das war es ja auch, oder vielleicht nicht die natürlichste, schließlich war der Schal aus Kunstfaser. »Es sieht aus, als hättest du ihn gefunden. Nimm Platz.«

Ich setzte mich, aber im selben Moment fiel mir ein, dass

Risto hochgradig angespannt in der Putzkammer saß und darauf brannte, seine Geheimnisse weiter aufzuschreiben. Also stand ich wieder auf. Ich hatte keine Zeit, mich hinzusetzen, hier ging es um eine geheime Staatsangelegenheit.

»Hab nicht viel Zeit«, sagte ich zur Erklärung. »Ich wollte nur fragen, ob du mir Papier und einen Füller geben kannst.«

»Aber selbstverständlich«, sagte Heikki und stand auf.

Er nahm aus dem Regal einen Stapel weißes Papier von vielleicht einem Zentimeter Dicke und einen alten Füller, auf dem das Logo der Postbank aufgedruckt war. Anscheinend funktionierte er aber.

»Danke.«

»Ist Risto wieder in der Kammer?«

Ich lächelte, sagte aber nichts. Lächeln ist ja nicht gleich Petzen. Heikki setzte sich wieder und schmunzelte vor sich hin. Er trug ein kariertes Hemd und eine von diesen grauen Opa-Strickjacken, die jetzt gerade wieder in sind. Die Haare standen ihm zu Berge, er hatte sich immer noch nicht rasiert, und das Gebiss fehlte auch wieder, aber insgesamt wirkte er wie ein sehr charmanter älterer Herr. Ich fragte mich, was er überhaupt im Pflegeheim tat, denn er machte nicht den Eindruck, als ginge es ihm besonders schlecht. Er hätte genauso gut zu Hause wohnen können. Oder wenn schon nicht zu Hause, dann in einer Wohnanlage mit betreutem Wohnen.

»Ein paarmal in der Woche versteckt Risto sich da drin, das wissen auch alle, aber wir lassen ihn in Ruhe, soll er sich ruhig vorstellen, dass keiner davon weiß«, sagte Heikki.

»Warum?«, fragte ich.

»Ist wohl eine Frage der Freiheit. Risto meint, er führt alle an der Nase herum, er fühlt sich frei, wenn er in seine Kammer rollern kann, wann immer er das möchte. Die Pflegerinnen denken wahrscheinlich auch, es ist besser, wenn er sich dahin zurückzieht, als wenn er nach draußen abhaut und erfriert oder so was.«

Das klang überzeugend. Freiheit ist eine geheime Putzkammer. Wenn Ristos Leben dadurch erträglicher wurde, dann war es sicher das Beste für ihn, man ließ ihn in dem Glauben, dass er dort wirklich ganz für sich war.

»Du hast nicht zufällig ein bisschen Fleischwurst mitgebracht?«, fragte Heikki.

Als ich den Kopf schüttelte, sah ich in seinen Augen eine bodenlose Enttäuschung. Er sackte zusammen und seufzte tief.

»Kriegt ihr hier denn keine Wurst, wenn ihr darum bittet?«, fragte ich.

»Nein, gar nicht. Ich habe schon oft nachgefragt. Es gibt nur gekochten Schinken, Wurst ist angeblich zu ungesund. Verdammt noch mal, in diesem Alter spielt das doch keine Rolle mehr, ob die Adern ein bisschen verstopfen! In unserem Alter könnte man sogar anfangen, sich Heroin zu spritzen, wir haben ja nichts mehr zu verlieren. Aber das kommt hier natürlich auch nicht in die Tüte. Wenn man doch wenigstens Fleischwurst bekäme. Wir sind auf die Gnade von anderen angewiesen, aber Freuden gönnt man uns hier keine. So isses.«

Ich lachte kurz auf.

»Lach nicht, ich meine es ernst. Andererseits verteilen sie hier natürlich ihre eigenen Drogen«, sagte Heikki und rollte die Augen. »Trotzdem verstehe ich nicht, warum sie uns die Wurst vorenthalten. Ich habe x-mal nachgefragt und sogar Briefe an höhere Stellen geschrieben. Aber nein.«

»Warum bist du denn eigentlich hier?«

»Was meinst du?«

»Du machst gar nicht den Eindruck, dass es dir besonders schlecht geht.«

»Ach so, na ja, ein bisschen schon. Und hier ist es ja auch ganz in Ordnung. Alles, was ich vermisse, ist Fleischwurst.«

Offensichtlich wollte er mir nicht mehr erzählen. Und ich fragte nicht weiter nach, sondern wandte mich zur Tür.

»Danke dafür«, sagte ich und wedelte mit dem Papierstapel. »Jetzt kann die Geheimoperation weitergehen.«

Heikki winkte zum Abschied.

»Danke, dass du vorbeigekommen bist. Und hör mal«, krächzte er noch, als ich schon fast draußen war. Ich machte ein paar Schritte zurück ins Zimmer. »Davon muss niemand was wissen.«

Ich musste grinsen. Heikki hatte seine Angelegenheiten im Griff.

»Das kriege ich hin«, versprach ich.

Sein Gesicht hellte sich auf, und er schmunzelte zufrieden. Ich schloss die Tür hinter mir, trippelte halb rennend in den nächsten Korridor und klopfte mit den Fingerknöcheln an die Tür der Putzkammer.

»Losungswort!«, kam es von der anderen Seite.

»Wir haben kein Losungswort abgesprochen!«, flüsterte ich zur geschlossenen Tür. »Ich bin es, Miska. Ich habe das Papier.«

Risto spähte misstrauisch durch den Türspalt und ließ mich herein in die dunkle Enge. Das Licht ging an. Ich reichte ihm das Papier und den Füller, und sofort schien er die Sache mit dem Losungswort vergessen zu haben.

»Fantastisch«, murmelte Risto begeistert. »Das sollte bis morgen reichen. Jetzt kannst du gehen. Und du darfst niemandem etwas davon sagen, sonst erschieße ich dich. Glaubst du mir nicht? Ich erschieße dich wirklich. Ich habe auch früher schon solche jungen Bengel wie dich erschossen.«

»Ich glaub's ja«, flüsterte ich.

Auf einmal wollten mich alle erschießen. Vierundzwanzig Jahre hatte ich ohne solche Drohungen gelebt, und jetzt kamen sie von allen Seiten.

»Du glaubst anscheinend nicht, dass ich das wirklich tue. Ich erzähle dir jetzt mal eine wahre Geschichte.«

Er saß einen Moment ruhig da, bevor er flüsterte: »Oder vielleicht doch nicht, sonst gehen deine feinen Seidenöhrchen davon noch kaputt.«

Was für eine Dramaqueen! Ich rollte innerlich mit den Augen.

»Nun erzähl schon«, bat ich.

»Also gut, wenn es denn gewünscht wird. Aber ich bin nicht dafür verantwortlich, wenn du Weichei heute Nacht nicht schlafen kannst, nachdem du gehört hast, was echte Männer im Krieg so treiben.«

Und dann erzählte Risto:

Ristos Kriegsgeschichte

Es war der Fortsetzungskrieg, es war Sommer, es war ein heißer Tag. Man marschierte im Trupp, und alle wünschten sich, die Sonne würde hinter den Wolken verschwinden. Risto war Soldat, gerade mal achtzehn Jahre alt, aber doch auf ganz andere Art ein Mann als beispielsweise euer Erzähler, der schon auf dem Weg zur Front vor lauter Angst ohnmächtig werden würde. Damals wurden Jungen in einer Nacht zu Männern, tja. Heute ist das nicht mehr so, tja. Sie werden überhaupt nicht mehr zu Männern. Aber damals war Risto ein junger Mann, flink wie ein Wiesel und schlau wie ein Fuchs.

Schließlich kamen sie an einen Fluss. Das war schön und eine willkommene Abwechslung. Man beschloss, dort Rast zu machen, denn an einen so schönen Ort waren sie lange nicht gekommen, und man hatte Hunger und Durst, man war müde, und alle wollten ins Wasser. Einige Männer blieben als Wachen draußen, Jungen waren ja gar nicht dabei. Die meisten schälten sich aus ihrer schmutzigen Kleidung und rannten direkt in den Fluss. Dort planschten und schwammen sie herum. Das schwere Marschgepäck, die verschwitzte, dreckige Kleidung, der Straßenstaub und alle geistige und körperliche Last waren für einen Moment vergessen, wenn man in das kühle Nass eintauchte und durch das klar dahinfließende Wasser die Sonnenstrahlen und die Steine am Grund erkennen konnte. So ein Wasser gibt es ja schon seit Jahrzehnten nicht mehr, weil die heutigen Saubeutel alles verschmutzen, aber damals gab es das noch. Sauberes, frisches fließendes Wasser. Über den Fluss spannten sich die Bäume und zum ersten Mal seit Langem das sorglose Lachen der Männer.

Aber weil das hier eine Kriegs- und keine homoerotische Geschichte über zwanzig nackt im Fluss herumtollende Jünglinge ist, kommt es natürlich gleich zu Gewalt zwischen Nationen. Ein nicht ganz so heller Kopf, Laitinen hieß er, war am gegenüberliegenden Ufer an Land geklettert, und zwar weil er plötzlich scheißen musste, und das wollte er nicht an dem Ufer tun, wo die anderen waren. Risto beobachtete das zwar, aber er war so begeistert am Schwimmen, dass er es nicht meldete. Und es kam ihm auch nicht gefährlich vor, denn der Feind sollte weit weg sein, die Sonne schien, und für den Moment wirkte alles schön und sicher.

Aber dieser nicht ganz so helle Laitinen wollte sich genau da erleichtern, wo der auf zig Kilometer einzige Russe lag, der von seiner Truppe getrennt worden war. Laitinen latschte buchstäblich auf ihn drauf. Wenn er nur einen Meter von ihm entfernt vorbeigegangen wäre, dann wäre es ein fröhlicher Tag am Wasser geblieben, eine angenehme Kriegserinnerung, aber natürlich musste dieser nicht ganz so helle Laitinen genau auf den Russen treten. Und dieser Russe hatte keine Wahl, als aufzuspringen und Laitinen zu packen. Laitinen quiekte noch wie ein Schwein, bevor der Russe ihm das Maul stopfte. Auch der Russe war jung, er hatte noch nicht einmal einen Bart, wahrscheinlich ein Abiturient aus Moskau, und anstatt Laitinen einfach abzumurksen und zu fliehen, geriet er in Panik. Also blieb er, wo er war, und überlegte fieberhaft, was er nun tun sollte.

Trotz des Lärms, den sie machten, hörten die Männer Laitinens Quieken, denn obwohl sie sich für den Moment entspannten, befanden sich ihre Sinne doch im Kriegszustand. Also stürmte man zuerst auf die Uferböschung zu den Waffen, dann mit gezückten Waffen über den Fluss. Sie fanden einen dürren Russen, der dem angstschlotternden Laitinen die Kehle zudrückte, und an seinen Beinen lief die Scheiße herunter, das soll hier nicht unerwähnt bleiben, auch wenn es brutal ist, aber Krieg ist nun mal dreckig und abstoßend, mit Exkrementen und anderen widerlichen Geschichten, da geht es nicht bloß um Zelten und Männerfreundschaften. Die Scheiße lief Laitinen an den nackten Beinen herunter, das kam von der Angst, in Lebensgefahr waren manche Körperfunktionen wichtiger als der Afterschließmuskel.

Bald war der dürre Russe von fünfzehn Finnen umstellt, und es wurden immer mehr. Niemand kam dazu, etwas zu sagen, denn schon zuckte Ristos junger und unerfahrener Finger am Abzug. Die Kugel durchschlug den Schädel des Russen. Sein Hinterkopf explodierte, und Hirnmasse und Blut verteilten sich auf Laitinen und im Gebüsch. Da stand Laitinen, das Gesicht und den Oberkörper voller Blut und Hirnmasse, unten herum mit Scheiße und dem toten Russen beschmiert.

Risto konnte sich nicht erklären, warum er geschossen hatte. Es war keine Zeit nachzudenken. Das brachte ihm eine Verwarnung ein, denn es wäre ja ein Leichtes gewesen, den Russen gefangen zu nehmen, man hätte nur hingehen und ihn festsetzen müssen. Er hatte nicht einmal daran gedacht, seine Waffe in die Hand zu nehmen. Aber wahrscheinlich war es so tief in die Soldaten eingebrannt, dass man nun mal hier war, um fürs Vaterland Russen zu töten, und nur ein toter Russe war ein guter Russe, und wenn man dann endlich einen echten Russen sah, schoss man ihm eben einfach ohne zu fragen in den Kopf. Stolz war Risto darauf nicht. Es war der erste und letzte Russe, den Risto persönlich im Krieg umbrachte. Und auch danach ist ihm keiner mehr über den Weg gelaufen, auf den er geschossen hätte. Ende der Geschichte.

Ich starrte Risto verwirrt an. Warum hatte er mir diese fäkale Gewaltstory erzählen wollen? War das alles wirklich passiert? Und wenn die Zeit seine Erinnerungen verklärt hatte, wie hatten sie dann vor dem Verklären ausgesehen? Risto saß da und beobachtete mit seinen klaren Augen die Reaktion, die seine Geschichte beim Publikum, sprich bei mir, auslöste. Da ich anscheinend meine Erschütterung nicht gut genug verbergen konnte, nickte er zufrieden.

»Und was passierte mit Laitinen?«, flüsterte ich.

»Wie, was mit ihm passierte? Also, er wusch sich die Scheiße von den Beinen und die Hirnmasse aus dem Gesicht, und dann nannte man ihn für den Rest seines Lebens Scheiße-Laitinen, was allerdings nicht sehr lange war, denn schon zwei Wochen später rannte er überstürzt in eine Falle und bekam selber eine Kugel in den Kopf. War eben nicht besonders helle, der Knabe.«

»Das ist ja schrecklich!«

»Ja, weißt du, wenn man dumm ist, überlebt man im Krieg nicht!«, unterstrich Risto noch einmal. »Man darf einfach keine Fehler machen oder muss wenigstens aus ihnen lernen, sonst hat man es einfach verdient, eine Kugel in den Kopf zu kriegen, so einfach ist das.«

Ich schwieg, und Risto schmunzelte zufrieden.

»Verstehst du jetzt, dass ich dich wirklich erschieße, wenn du auspackst?«, krächzte er drohend.

Wäre ich ein boshafterer Mensch, hätte ich vielleicht gefragt, womit er mich denn erschießen würde. Wollte er sich aus seinem Unterhosengummi eine Zwille basteln? Ich begriff, dass es weder sinnvoll noch spaßig war, dem alten Mann die Illusion zu nehmen, er sei gefährlich.

»Wenn du den Mund hältst und dich auch sonst gut benimmst, schreibe ich in meinen Bericht eine positive Beurteilung über dich, das kannst du glauben«, lobte Risto. »Und jetzt stör mich nicht länger.«

Er löschte das Licht, und wieder lauschten wir einen Moment lang auf die Stille, bis Risto mich ein weiteres Mal in den Oberschenkel knuffte, zum Zeichen, dass ich jetzt gehen könne. Ich schlängelte mich durch den Türspalt in den Korridor, der mich mit seinen Leuchtstoffröhren derart blendete, dass ich mir vorkam, als sei ich aus einem militärischen

Narnia hervorgekrochen. Ich atmete tief durch und schüttelte ungläubig den Kopf. Da öffnete sich die Tür zur Putzkammer einen Spalt, und Risto krächzte: »Nun hau schon ab, bevor jemand anfängt, Lunte zu riechen!«

Ich zuckte zusammen und setzte mich in Bewegung. Als wäre nichts gewesen, ging ich zu Birgittas Zimmer. Sie hatte ihren Kaffee ausgetrunken, aber sie saß immer noch am Tisch und schaute nach draußen. Als sie die Tür hörte, drehte sie sich um.

»Aha, der Schal hat sich also gefunden«, stellte sie fest. »Musstest du lange suchen?«

»Nein, aber auf dem Weg bin ich in eine geheime Staatsoperation geraten«, sagte ich und setzte mich auf die Bettkante.

Birgitta lachte auf. Sie hatte die Hände im Schoß gefaltet und sah eigentlich richtig liebenswert aus. Sie trug eine knallrote Jogginghose, einen graubraunen Pullover und eine hellgrüne Strickjacke. Ein Auge für Farben konnte man sich nicht kaufen, aber davon abgesehen sah sie ziemlich normal aus. Ich hatte mich allmählich auch an ihre spezielle Frisur gewöhnt, inzwischen fingen meine Augen nicht mehr jedes Mal an zu kribbeln, wenn ich sie sah.

»Risto scheint dich zu mögen, wenn er dir sein Versteck gezeigt hat«, sagte Birgitta.

»Kein Kommentar, sonst werde ich erschossen«, sagte ich geheimnisvoll.

»Ja, wer würde das nicht«, sagte Birgitta. »Ich habe eben überlegt, wenn du morgen nichts weiter vorhast, könnten wir beide vielleicht zu mir nach Hause fahren. Ich müsste mir da ein paar Klamotten holen. Und auch sonst.«

Meine automatische Reaktion war, mir irgendeinen glaubwürdigen Grund auszudenken, warum ich nicht mitkommen konnte, aber dann wurde mir klar, dass ich sogar mitkommen wollte. Tatsächlich war ich neugierig, wo und wie Birgitta wohnte.

»Ja«, sagte ich.

»Gut«, sagte Birgitta. »Sagen wir, um zwei. Am besten treffen wir uns dort, ich nehme ein Taxi. Warte kurz, ich gebe dir die Adresse.«

Birgitta nahm aus der Schublade einen Schreibblock und einen Stift und notierte in schöner Handschrift ihre Adresse. Ich mochte nicht sagen, dass man so was heutzutage als SMS verschickt, weil diese nicht abhandenkommen kann wie alle möglichen Papierschnipsel. Ich nahm den Zettel, faltete ihn und steckte ihn in meine Hosentasche. Ich hatte meinen Schal gefunden und das Geld zurückgegeben, also hatte ich keinen Grund mehr, hierzubleiben.

»Also, tschüs dann«, sagte ich.

Birgitta hob zufrieden die Hand. Ich versuchte, möglichst leise an der Putzkammer vorbeizuschleichen. Anscheinend war Risto so mit seinen Geheimoperationen beschäftigt, dass er nicht hörte, wie ich vorbeiging, oder es interessierte ihn nicht mehr, weil er ja nun genügend Stifte und Papier hatte. Im Pflegeheim war es ruhig, auf dem Weg nach draußen lief mir niemand über den Weg. Ich stieg in eine Straßenbahn und fuhr zum Töölön Tulli. Als ich in meiner Umhängetasche nach meiner Fahrkarte fummelte, stieß ich auf etwas, das ich zuletzt bei Birgitta auf dem Bett hatte liegen sehen. Ich starrte auf den Umschlag im schwarzen Schlund der Tasche. Am liebsten hätte ich ihn in Stücke gerissen, aber das war ein Verbrechen, Geld war ja schließlich heilig. Irgendwo in Amerika hatte eine Frau ihren Hund misshandelt, weil der eine Bibel zerfetzt hatte. Für das Schreddern von Geld bekäme man dort vermutlich mindestens lebenslänglich. Hier in Finnland wäre es wahrscheinlich mit einer Zurechtweisung getan. Oder sie würden einem mit den Geldscheinen Papierschnittwunden zufügen. Natürlich könnte ich die Scheine auch an die Romabettler auf dem Bahnhofsvorplatz verteilen oder irgend so was in der Art.

11. Überraschender Besuch

Ich war nach Hause gekommen, hatte mich aus meinen Wintersachen geschält, hatte festgestellt, dass Villes Zimmertür zu war, hatte seine schneeigen Schuhe im Flur bemerkt, war in mein Zimmer geschlichen, hatte mich, ohne das Licht anzumachen, auf den Boden gesetzt und beschlossen, den Rest des Abends dort sitzen zu bleiben, aber. Aber da. Aber da klingelte es an der Tür.

Jeder normale Mensch würde denken, aha, es klingelt, also gehe ich mal aufmachen, aber bei uns klingelt es nie, ohne dass wir vorher jemanden eingeladen haben. Sonst ist es entweder jemand von der Fernsehgebührenzentrale oder den Zeugen Jehovas; beiden machen wir normalerweise nicht auf. Dass es klingelte, war also ein so ungewöhnlicher Umstand, dass ich meine Tür einen Spalt öffnete und mich entsetzt zu Ville gesellte, der bereits im Flur stand und die Wohnungstür ungläubig anstarrte. Durch Gesten gab er mir zu verstehen, dass er zur Tür schleichen und durch den Spion schauen wollte, was ich durch heftige Handbewegungen vereitelte. Hatte ich doch gerade erst festgestellt, dass man von außen durch den Spion erkennen konnte, ob bei uns Licht war. Hatte er das denn nicht mitbekommen? Und wenn derjenige, der draußen wartet, im selben Moment durch den Spion blickt, sieht er, wenn sich etwas vor das Licht schiebt. Wir standen also da und gestikulierten mit unseren Händen verschiedene Strategien in die Luft, als der Briefschlitz aufging und eine Stimme ertönte: »Hallö? Ist Miska zugegen?«

Ich erstarrte.

»Hier ist Tauno Kurttu. Ich sehe da drin zwei Paar Beine. Wenn ihr keine Schaufensterpuppen seid, die zu Dekorationszwecken aufgestellt sind, dann schlage ich vor, dass ihr so höflich seid, eurem Gast die Tür zu öffnen.«

Ville wollte schon zur Tür gehen, aber ich packte ihn entsetzt am Handgelenk. Ich schaffte es einfach nicht, den Satz herauszubringen, was für eine schlechte Idee es wäre, Kurttu die Tür zu öffnen. Woher wusste er überhaupt, wo ich wohnte? Kalte Schauer liefen mir über den Rücken. Ville sah mich misstrauisch an, riss sich los und lief zur Tür.

»Guten Tag«, sagte Kurttu, als er hereinkam. »Du bist bestimmt Ville.«

Er gab Ville die Hand, und dieser ergriff sie höflich. Herr Kurttu trug einen feinen graubraunen Filzhut, der mit einer Pfauenfeder und etwas Schnee geschmückt war. In der Hand hielt er eine abgegriffene Aktentasche, die farblich perfekt zu seinen braunen Lederschuhen passte. Mit schief gelegtem Kopf schaute er sich um, als würde er unsere Inneneinrichtung begutachten. Ich stand immer noch wie angewurzelt da und wusste nicht, was ich tun oder sagen sollte.

»Woher weißt du, wo ich wohne?«, brachte ich schließlich heraus.

Kurttu schnaubte und legte seinen Hut auf die Garderobe.

»Auch das habe ich bei der Telefonauskunft erfahren«, sagte er. »Du bist anscheinend doch nicht die hellste Kerze im Kronleuchter. Nicht dass ich diesen Eindruck irgendwann gewonnen hätte.«

Ville gluckste.

»Wollt ihr mich nicht in den Salon bitten?«, fragte Kurttu und reichte Ville seinen Mantel wie einem Garderobier. »Ach so, guten Tag, ich habe mich ja noch gar nicht vorgestellt, ich bin Tauno Kurttu.«

»Freut mich«, sagte Ville.

»*Enchanté*, Herr Ville«, sagte Kurttu strahlend.

Ville hängte Kurttus Mantel amüsiert an die Garderobe und zeigte mit angedeuteter Verbeugung Richtung Küche. Ich selbst stand immer noch starr vor Schreck im Flur. Ville lotste Herrn Kurttu an mir vorbei und bot ihm einen Platz am Küchentisch an. Dann hantierte er herum, ließ Wasser in einen Topf laufen und suchte saubere Tassen, fand aber keine, also spülte er rasch drei halbwegs passable Trinkgefäße ab. Kurttu sah sich die ganze Zeit lächelnd um.

»Ihr habt hier eine ansprechende Atmosphäre«, stellte er fest. »Alles atmet so eine charmante jugendliche Dekadenz.«

»Danke«, sagte Ville. »Leider können wir nur Tee anbieten.«

»Das macht doch nichts!«, verkündete Herr Kurttu. »Ich bin nur vorbeigekommen, um kurz etwas zu klären.«

Ville lehnte mit verschränkten Armen an der Spüle und wartete darauf, dass die unterhaltsame Vorstellung begann. Mir war klar, dass ich ihn irgendwie loswerden musste, denn er sollte auf keinen Fall mitbekommen, was Herr Kurttu mit mir zu regeln hatte. Mir fiel allerdings kein Vorwand ein, wie ich Ville verscheuchen könnte. Also sagte ich nur: »Ville, musst du nicht irgendwohin? Zum Beispiel weg?«

Ville schnaubte nur und hob die Achseln, doch er machte keine Anstalten, sich zu verziehen. Ich lehnte mich mit der Schulter an den Türrahmen. Herr Kurttu gestikulierte, ich möge mich doch setzen, aber ich schüttelte den Kopf. Ich wollte die Wohnungstür im Blick behalten. Ich konnte mir nicht vorstellen, was Herr Kurttu von mir wollte. Aus meiner Sicht hatten wir unsere gemeinsamen Angelegenheiten beim letzten Mal abschließend geklärt.

»Also zur Sache«, sagte Herr Kurttu. »Wozu aufschieben?«

»Genau«, sagte Ville. Er fand die Situation anscheinend zum Schreien komisch.

»Neulich ist es ein bisschen unklar geblieben, wozu du das, was du mir abgekauft hast, verwenden willst.«

Ich hob die Augenbrauen. Was ging ihn das an? Und zweitens, so viele Verwendungsmöglichkeiten gab es dafür ja auch gar nicht. Oder na ja, man kann es auf verschiedene Arten rauchen, man kann Kekse backen oder Tee machen, aber schlussendlich ist das Resultat dasselbe.

»Wie ich bereits erwähnte, ist das für mich ein wichtiger Zuverdienst. Wir Nebendarsteller bekommen nicht allzu viel Rente. Jetzt, wo du dich in die Sache mit reingedrängt hast, wollte ich dir klarmachen, worum es mir geht. Du kannst das Zeug nicht weiterverkaufen.«

Ich starrte Kurttu beleidigt an. Warum dachten auf einmal alle, ich würde Drogen verkaufen?

»Seht mal, Jungs, ich betreibe eine Menge Aufwand, damit meine Aktivitäten nicht groß auffallen. Ich will nicht von irgendwelchen Dunkelmännern bedroht werden. Ich produziere mein hochwertiges Material selbst und lasse es gewissen Kreisen zukommen, die, sagen wir es so, auf dem gesellschaftlichen Treppchen ziemlich weit oben stehen, wenn ihr versteht, was ich meine. Sie wollen nichts mit der Unterwelt zu schaffen haben. Ich will keine Probleme.«

»Okay«, sagte ich.

»Ich dachte nämlich, ich hätte es dir zum Privatgebrauch verkauft.«

»Das hast du ja auch.«

»Ja, habe ich, aber du hattest beim Kaufen etwas anderes im Sinn«, sagte Kurttu. »Ich habe heute mit Birgitta telefoniert, und sie erzählte, dass sie weniger Schmerzen hat, seit sie ein bestimmtes Naturheilmittel zu sich nimmt.«

Ich zuckte die Achseln. Ville verfolgte das Gespräch verwundert. Herr Kurttu steckte die Hand in seine Aktentasche und legte eine Pistole auf den Tisch. Ville schnappte nach Luft und presste sich gegen die Spüle. Ich habe ja gesagt, geh weg, hätte ich ihm am liebsten vorgehalten, aber nun ist es zu spät, du Esel. Soweit ich wusste, blieben amüsierte Zuschauer in so einer Situation selten am Leben. Ich drückte mich enger an den Türrahmen. Herr Kurttu drehte mit dem Finger den Lauf der Pistole so, dass er auf mich zeigte.

»Ich will dir eigentlich nicht drohen, aber ich muss den Ernst der Lage klarstellen. Ich habe mir schon Sorgen gemacht, dass du so eine große Menge für dich selbst gekauft hast. Cannabis ist meiner Meinung nach kein Stoff für junge Leute, es behindert das Studium und kann alle möglichen Psychosen und seelischen Probleme verursachen, die Synapsen in den jungen Gehirnen knallen einfach durch, piff paff, und schon ist man schizophren. Bei Älteren ist das was anderes. Aber jetzt mache ich mir noch mehr Sorgen, weil du das Zeug überall verteilst und sogar verkaufst. Einerseits will ich nicht, dass du in Schwierigkeiten gerätst, denn du bist ja irgendwie ein ganz netter Junge. Andererseits will ich selbst auch nicht in Schwierigkeiten geraten, denn ich bin eigentlich auch ganz sympathisch. Also zumindest, wenn ich nicht gezwungen bin, Kindern mit Waffen zu drohen, wenn ihr versteht, was ich meine.«

Kurttu flehte uns mit seinem Blick geradezu an, ihn bloß nicht unsympathisch zu finden. Wir nickten. Dabei kann man eigentlich nicht erwarten, dass man eine ehrliche Einschätzung zu irgendetwas bekommt, wenn eine Waffe auf dem Tisch liegt. Genauso wie Geständnisse unter Folter absolut nichts wert sind.

»Solltest du an andere Leute aus der Branche geraten, dann kann ich dir garantieren, deren Drohungen werden nicht so wohlwollend ausfallen. Ich erweise dir hiermit also einen Dienst. Verstehen wir uns jetzt?«

Ich nickte.

»Gut«, sagte Kurttu und steckte die Pistole in die Aktentasche zurück. »Das Wasser dampft schon ein bisschen, am besten gießt man den Tee auf, bevor es richtig kocht. Wusstet ihr, dass kochendes Wasser den Tee bitter macht? Achtzig Grad sind genau richtig.«

Ville sah Herrn Kurttu ungläubig an, wandte sich aber schließlich zum Herd und goss Wasser in die Tassen.

»Jetzt, wo wir zu einer Einigung gekommen sind, könntest du mir bitte die Ware holen. Denn als ich das Geld in der Silberdose gezählt habe, ist mir aufgefallen, dass unsere Ansichten über die Preisgestaltung anscheinend etwas auseinandergehen. Ich kann dir eine kleine Menge für den Eigenverbrauch hierlassen, aber es ist wohl besser, ich nehme den größten Teil wieder an mich, damit du keine Schwierigkeiten bekommst«, sagte Herr Kurttu.

Ich schwieg. Aus meiner Sicht klang sein Vorschlag ganz und gar nicht fair. Ich hatte das Dope von ihm gekauft. Ein Lebensmittelhändler kommt ja auch nicht an und verlangt die Eier zurück, die ein Kunde bei ihm gekauft hat. Aber wenn der fordernde Part eine Waffe dabeihat, kann man nur schlecht was sagen. Also sagte ich nichts. Kurttu wartete geduldig darauf, dass ich reagierte, Ville nicht. Er löste sich von der Spüle, packte mich am Arm, schleppte mich in mein Zimmer und schubste mich zu meinem Tisch.

»Verdammt noch mal, du gibst ihm jetzt die Scheißdrogen!«, zischte er mit zusammengebissenen Zähnen.

»Aber die gehören mir.«

»Verdammte Scheiße, Miska, ich geb hier nicht den Löffel ab, nur weil du bloß an dich denkst.«

Widerwillig nahm ich den Dopebeutel aus der Schreibtischschublade und warf ihn Ville zu. Er rannte damit in die Küche, ich latschte hinterher.

»Na, da ist ja Papis Schätzchen«, sagte Kurttu zur Tüte. »Was für ein fröhliches Wiedersehen.«

Kurttu öffnete den Beutel und versuchte abzuschätzen, wie viel von der ursprünglichen Menge schon verbraucht war. Schließlich schüttete er einen kleinen Haufen auf einen Pizzeriaprospekt, der auf dem Tisch lag, und schob ihn mir hin.

»Das ist für dich. Die Menge entspricht in etwa der Summe, die du bezahlt hast. Meine Ware ist erstklassig, und du, mein teurer Freund, hättest für diesen lächerlichen Preis niemals meine nahezu gesamte Ernte kaufen können«, sagte Kurttu und stopfte den restlichen, sprich überwiegenden Teil des Dope in seine Aktentasche. »Nicht der Käufer bestimmt den Preis. Und ich möchte noch mal daran erinnern, dass niemand anders in diesem Geschäft so verständnisvoll wäre.«

Es ist wohl natürlich, dass das anschließende Gespräch beim Tee eher einsilbig ausfiel. Herr Kurttu kommentierte die Schneesituation, wir murmelten etwas Beifälliges, Ville blickte abwechselnd zur Tür und zum Fenster, und ich hatte das übermächtige Bedürfnis, mich unter meine Bettdecke zurückzuziehen und das alles zu vergessen. Ich musterte das Häuflein Dope vor mir auf dem Tisch und konnte mir auf einmal überhaupt nicht mehr erklären, wie es zu all dem gekommen war. Also dass ich zuerst eine aberwitzige Menge Drogen besitze, dann aber auf einmal nicht mehr, und dass in meiner Küche ein Drogenbaron sitzt und mich einschüchtern will.

Das Drogenbusiness wird von organisierten Kriminellen betrieben, und Herr Kurttu war einer von ihnen. Morde und Waffen, Schulden und das Eintreiben von Schulden, Betrügereien und Menschenhandel, Prostitution und Geldwäsche, das beinhaltete alles in allem so viel Schlechtigkeit, dass ein Vorstadtjunge wie ich sich das gar nicht vorstellen konnte. Herr Kurttu behauptete ja, dass er mit seinem Eigenanbau nichts damit zu tun habe, aber das stimmte nicht. Wir beide wollten die Sahne vom Kuchen, und indem ich davon kostete, hatte ich auch meinen Anteil an allen anderen Schichten, und das fühlte sich mies an.

»Wenn ich euch so sehe, muss ich an die Zeit meiner ersten Drogenerfahrungen denken«, seufzte Herr Kurttu schließlich. »Ihr seid noch so jung und unschuldig. Einmal in Stockholm war ich sogar in einer richtigen Drogenhöhle. Das ist doch mal eine lustige Anekdote!«

Aber auch dieses Stichwort von Herrn Kurttu führte zu keinem Gespräch, denn niemand wollte eine lustige Drogenhöhlenanekdote hören. Die Atmosphäre in der Küche war dermaßen angespannt, dass sie gewabbelt hätte wie Götterspeise, wenn jemand sich bewegt hätte. Ville versuchte, sich unsichtbar zu machen, ich wiederum sehnte mich ein weiteres Mal mit vorgeschobener Unterlippe nach dem Rückspulknopf. Schließlich kapierte Herr Kurttu, was Sache war.

»Also gut, Jungs. Das war doch eine angenehme Teestunde, aber auch alles Gute kommt irgendwann zu seinem Ende! Schön, dass wir uns einig geworden sind, nicht wahr? Ich möchte noch daran erinnern, dass ich auch in Zukunft in Sachen Eigengebrauch zur Verfügung stehe. Das ist mein Job. Die Preise bei Herrn Kurttu sind nicht die allergünstigsten, aber die Ware ist immer erstklassig!«

Wieder nickten wir. Unsere Gesprächsbeiträge bestanden ausschließlich im Nicken, denn leider fehlten uns die Worte für eine Situation, in der ein schwuler Drogenhändler mit einer Pistole in der Tasche in unsere Wohnung eindringt und uns eine Vorlesung über Marktwirtschaft hält. Herr Kurttu stakste in den Flur, zog seinen Mantel an, warf sich den Schal über die Schulter, setzte sich den Hut auf und drehte sich noch einmal zu uns um.

»Meine Herren, ich empfehle mich. Hoffentlich treffen wir uns wieder, wenn es nach mir geht, lieber früher als später.« Kurttu zog höflich den Hut und verschwand im Treppenhaus.

Sobald die Tür hinter ihm zugefallen war, rannte Ville hin und legte die Sicherheitskette vor. Dann brach er auf dem Fußboden zusammen. Ich stand wie vom Donner gerührt in der Küchentür. Villes Augen waren riesig. Da ich vermutete, er habe nichts Neues oder Konstruktives zu der ganzen Sache beizutragen, hob ich die Hand und sagte: »Sag jetzt nichts. Es gibt nichts, was du jetzt sagen könntest, das ich nicht schon wüsste.«

Ich drehte mich um und wollte in mein Zimmer gehen. Da schrie Ville auf, schnellte vom Fußboden hoch und rammte mich mit dem Brustkorb gegen den Türrahmen. Wollte man Wut definieren, hätte man Villes Blick als Beispiel dafür nehmen können.

»Damit bist du zu weit gegangen!«, knurrte er. »Viel zu weit! Das muss sofort aufhören! Verdammte Scheiße, das muss aufhören!«

»Jaja.«

»Nichts jaja!«

Ville presste mich mit aller Kraft gegen den Türrahmen, und ich sah, dass er mich am liebsten geschlagen hätte. Er kämpfte mit sich, und ich hatte Angst. Er wollte, dass ich es einsah, und ich sah es ja auch ein, aber ich wusste nicht, wie ich Ville davon überzeugen konnte. Ich wollte das alles doch auch nicht. Es war einfach passiert, aus Versehen, aus Unachtsamkeit.

»Kapierst du das?«, zischte Ville.

»Klar kapier ich das!«, behauptete ich.

»Ich glaub dir kein Wort. Du bist neuerdings total durchgeknallt. Ich glaub dir nicht, und ich versteh dich nicht, und ich glaub auch nicht, dass du was kapiert hast.«

Ville gab mich frei und taumelte nach hinten. Er ließ den Kopf hängen und sah deprimiert aus.

»Ich kapier das doch«, piepste ich. Es sollte sich möglichst überzeugend anhören, aber es klang einfach nur, als würde ich Tränen der Angst hinunterschlucken, was ja auch stimmte.

Ville zog sich die Schuhe an, nahm seine Jacke vom Haken und verschwand so schnell, dass mir nichts Überzeugendes mehr einfiel. Ich rutschte am Türrahmen entlang auf den Fußboden, zog die Knie an die Brust und legte die Arme um meine Beine. Da saß ich und wiegte mich. Ville hatte recht, das war zu weit gegangen. So viel zu weit, dass ich nicht sicher war, ob ich es noch einholen konnte.

12. Bei Birgitta zu Hause

Am nächsten Morgen erwachte ich auf dem Fußboden im Flur. Ich schaffte es in die Vertikale und beschloss, mein Bestes zu tun, um die Situation irgendwie zu bereinigen. Zuerst ging ich in die Küche, faltete aus dem Pizzaprospekt ein Kuvert, in dem das Dope verschwand, und brachte es zurück in die Schreibtischschublade. Dann wusch ich das Geschirr ab. Das munterte mich auf, und wie ich da mit Wasser und Schaum herumplanschte, fiel mir ein, dass ich Birgitta versprochen hatte, mit zu ihrer Wohnung zu fahren. Ich hielt inne. Das Wasser lief mir in den Ärmel. Ich hatte nicht die geringste Lust, irgendwohin zu fahren, und schon gar nicht zur Wohnung von Birgitta, die von Herrn Kurttu gerade als gewissenlose Tratschtante entlarvt worden war. Aber was wäre, wenn ich die Fahrt mit der Lösung einiger Probleme verbinden würde? Mir fiel Heikkis Beispiel mit dem Heroin ein und dass ich ihm auf dem Weg genauso gut diesen widerlichen Industriemüll vorbeibringen könnte, auf den er so scharf war. Ich nahm einen der letzten Hunderter von der Wand, in der Annahme, dass ich dafür bestimmt ein halbes Kilo Wurst bekäme. Als Vegetarier waren die Preise von Fleischerzeugnissen für mich böhmische Dörfer. Im Laden stellte ich allerdings fest, dass für die Wurst nicht der ganze Hunderter draufging; es gab siebenundneunzig Euro Wechselgeld.

Auf der ganzen Fahrt von zu Hause bis nach Eira hatte ich das Gefühl, beobachtet zu werden. Bestimmt führte ich mich auf wie ein Paranoiker, denn ich blickte öfter nach hinten und zur Seite als nach vorne und wirbelte herum wie ein Derwisch, und in der Straßenbahn oder im Bus drehte ich den Kopf wie eine durchgeknallte Eule, selbst als ich in der letzten Reihe saß und eine Wand im Rücken hatte. Niemand war zu sehen, trotzdem war ich mir sicher, dass Herr Kurttu oder jemand anders, vielleicht einer von diesen gefährlichen Drogengangstern, mich heimlich verfolgte.

Als ich durch das Tor trat, wartete Birgitta schon im Hof. Das Taxi hatte sie anscheinend zu früh abgeliefert, denn nach ihrem Gesichtsausdruck zu schließen wartete sie schon eine ganze Weile, obwohl ich wieder einmal zu früh dran war. Innerlich seufzte ich, setzte aber ein friedliches Lächeln auf. Ich hatte beschlossen, keinen Streit anzufangen, auch wenn die alte Klatschtante Kurttu von ihren Naturheilmitteln erzählt hatte. Als Birgitta mich sah, drehte sie sich selbstständig im Rollstuhl auf dem Schnee und nahm Kurs auf die massive Eingangstür. Sie schaffte es auch ein paar Meter weit, bis ich kurz vor der Treppe die Handgriffe zu fassen bekam.

»Hier ist keine Rampe«, stellte ich fest und drehte den Rollstuhl so, dass ich ihn rückwärts die Stufen zur Tür hochhieven konnte.

»Scharf beobachtet.«

»Warum hat der Taxifahrer dich nicht nach drinnen gebracht?«

»Nun, ich hatte angenommen, der feine Herr würde sich dazu herablassen, pünktlich zu erscheinen.«

Ich presste die Zähne zusammen und riss auf der letzten Stufe den Rollstuhl vielleicht eine Idee zu kräftig nach oben, denn Birgitta machte einen Hopser und warf mir einen bösen Blick zu. Das hatte sie davon.

»War doch bloß Spaß. Es ist einfach so lustig, dich zu ärgern – wenn du wütend wirst, siehst du aus wie ein Troll. Ich habe dem Taxifahrer gesagt, dass ich gerne ein bisschen an der frischen Luft bleiben möchte.«

Das Haus war edel, aber das war ja zu erwarten gewesen. Es war sogar so edel und alt, dass im Aufzug einzig und allein Platz für den Rollstuhl war. Birgitta zuckelte also alleine nach oben in den vierten Stock, und ich nahm die breiten Treppen und konnte mich kaum sattsehen an den geschwungenen Geländern, den aufgemalten Wandverzierungen und den großen Fenstern mit der Glasmalerei.

Als ich im richtigen Stockwerk ankam, saß Birgitta immer noch im Fahrstuhl. Daran erkannte ich auch, dass es das richtige Stockwerk war: an der zeternden Birgitta im Aufzug. Ich half ihr heraus und ließ sie ihre Wohnungstür selbst öffnen. Es war eine weiße Doppeltür, und innen ging die Pracht weiter. Stabparkett mit Fischgrätenmuster, echte Orientteppiche, Jugendstilmöbel, dunkle Farbtöne. Jeden Moment konnten hier Cary Grant und Montgomery Clift um die Ecke kommen, Zigarre im Mundwinkel, eine Hand in der Tasche des Kreidestreifenjacketts. Ich ließ meine Schuhe im Flur stehen, hängte meine Jacke an die Garderobe und folgte Birgitta, die weiter in die Wohnung hineinfuhr.

In der Luft hing ein unangenehmer Geruch. Er kam aus der Küche. Das Spülbecken war eine einzige Schimmelplantage, und den Müll hatte auch niemand weggebracht. Ich beobachtete, wie Birgitta sich in der Küche umsah, und hatte Bedenken, sie würde mich bitten abzuwaschen. Nicht dass ich prinzipiell etwas dagegen gehabt hätte, aber diese monatealten

Schleimablagerungen vermittelten den Eindruck, als könnte mich daraus eine neuartige Lebensform mit chemischen Waffen angreifen. Es wäre wahrscheinlich lebensgefährlich, die Sachen anzufassen. Zum Glück zuckte Birgitta nur mit den Achseln und rollerte weiter ins Wohnzimmer. Oder was für ein Gesellschaftssalon das auch sein mochte. Es sah aus, als wären in der Wohnung genug Zimmer für mindestens sechs Birgittas, Carys und Montgomerys. In der Mitte des Wohnzimmers drehte Birgitta ihren Rollstuhl zu mir herum und sagte: »Hier habe ich also gewohnt.«

Ich sagte nichts, sondern lächelte nur. Was sollte ich dazu auch sagen.

»Ursprünglich war das eigentlich der Alterssitz meiner Mutter, aber ich habe es nicht fertiggebracht, die Wohnung abzustoßen. Also habe ich meine eigene vermietet und bin hierhergezogen. Eine Wohnung wie diese ist viel schwerer zu vermieten als eine Dreizimmerwohnung in Lauttasaari«, sagte Birgitta und sah sich prüfend um. »Ich habe hier nicht allzu viel verändert.«

Es sah tatsächlich so aus, als sei die Inneneinrichtung seit den fünfziger Jahren nicht angerührt worden.

»Wirklich nicht. Die meiste Zeit habe ich in dem Sessel da gesessen und Schnaps getrunken«, präzisierte Birgitta. »Anscheinend ist jemand hier gewesen. Da haben immer die leeren Flaschen gestanden.«

Sie zeigte neben den samtbezogenen Sessel.

»So sind die Leute heute, die Flaschen bringen sie weg, weil man dafür ja was kriegt, aber den Müll nicht, denn das bezahlt ihnen keiner. Herrgott!«, brummelte Birgitta und kreiselte mit ihrem Rollstuhl auf dem Parkett herum. »Du könntest dir im Übrigen eine Plastiktüte nehmen und den stinkenden Abwasch und den anderen Müll draußen im Hof entsorgen.«

Ich nickte.

»Was nickst du vor dich hin wie eine dämliche Krabbe?«, raunzte Birgitta und rollte zu einem massiven niedrigen Schrank an einem der Fenster. Darauf standen verschiedene Zimmerpflanzen, die mehr oder weniger dicht am Tod entlangschrammten.

Birgitta klappte die Schranktüren auf und zu, bis sie fand, was sie gesucht hatte. Ich konnte gar nicht so schnell reagieren, da hatte Birgitta den Korken schon herausgezogen und sich einen Teil des Inhalts in die Kehle geschüttet. Dann presste sie sich die Kognakflasche an die Brust wie Gollum seinen Schatz und warf mir einen Blick zu, der ängstlich und trotzig zugleich war. Aber ich hatte gar nicht vor, etwas zu unternehmen. Ich hatte so etwas geahnt. Natürlich hatte Birgitta zu Hause Schnaps versteckt, und natürlich zog es sie dorthin, sobald die Gelegenheit da war. Sie war erwachsen, und ich konnte sie wohl nicht daran hindern. Ich setzte mich auf einen Sessel und legte die Füße auf den Tisch. Birgitta sah mich herausfordernd an und nahm einen weiteren, diesmal etwas maßvolleren Schluck.

»Ah, das tut so gut«, seufzte sie und entspannte sich zusehends. Sie schien gewissermaßen ihre scharfen Kanten zu verlieren und sank ein wenig in sich zusammen.

»Trotzdem kann ich das nicht gutheißen«, stellte ich fest.

»Denkst du etwa, deine Meinung interessiert mich?«

»Nein, aber fürs Protokoll: Ich war dagegen.«

»Ist aufgenommen«, sagte Birgitta. »Und nun bring den Müll raus und mach die Balkontür auf, damit wir hier noch was anderes atmen können als Schimmelsporen.«

Ich war so freundlich und tat wie mir geheißen. Der Balkon war groß und schmutzig, hier hatte sich seit Jahren niemand wohlgefühlt. In einer Küchenschublade fand ich Plastiktüten, die meisten mit dem Logo eines Schnapsladens. Eine zog ich mir über die Hand, und mit der eingetüteten Hand beförderte ich das schimmlige Geschirr in eine zweite Tüte. Dann holte ich mir von der kognakversunkenen Birgitta die Wohnungsschlüssel und brachte den Müll nach draußen. Anschließend putzte ich großmütig noch das leere Spülbecken blitzeblank.

Aus einer Eingebung heraus warf ich einen Blick in den Kühlschrank, mit dem Hintergedanken, dass dort vielleicht eine Lebensform brütete, die dem Spülbecken Konkurrenz machen könnte. Aber ich hatte mich geirrt. Im Kühlschrank standen ein angebrochenes Glas Gewürzgurken, eine Schachtel Margarine und vier Flaschen Bier. Ich spürte einen Anflug von Mitleid. Was für ein Mensch war das, der nicht mal Ketchup im Kühlschrank hatte? Oder Käse. Wie kann man denn von Margarine leben? Ich bin selbst auch kein großer Gourmet, aber Saft und Käse sollte ein Kühlschrank schon enthalten. Ich schloss die Kühlschranktür und sammelte mich, bevor ich zu Birgitta zurückging. Sie sah durch die dreckigen Wohnzimmerfenster nach draußen und atmete friedlich.

»Wahrscheinlich sollte ich diese Bude verkaufen.«

»Vielleicht«, sagte ich und ließ mich wieder in den Sessel fallen.

»Das Leben hier war eher ein elendes Zerrbild als ein wirkliches Leben«, fuhr Birgitta fort.

Ich sah mich um. Im Wohnzimmer standen große dunkle Bücherregale voller ledergebundener Bücher und dicker Lexika. *Otavas große Enzyklopädie, Das Große Wörterbuch des Gegenwartsfinnisch, Geschichte der finnischen Kunst*. Einen

Fernseher gab es nicht. Nur große Fenster, einen Sessel und zwei riesige Ledersofas. Und an den Wänden teuer aussehende Ölgemälde. Durchaus verständlich, dass das Leben einem schwer und düster vorkommen konnte, wenn man alleine in so einer Umgebung herumsaß.

»Ich werde mich jedenfalls nicht hierher zurücksehnen«, sagte Birgitta und nahm wieder einen Schluck. »Rund zehn Jahre habe ich hier gewohnt, und die meiste Zeit davon war ich nicht nüchtern. Jetzt kannst du ins Ankleidezimmer gehen, oben auf dem Regal ist ein Koffer, da kannst du mir Klamotten einpacken.«

»Woher weiß ich, was du mitnehmen willst?«

»Das siehst du dann schon«, sagte Birgitta und verfiel mit der Flasche in der Hand wieder in Schweigen.

Ins Ankleidezimmer kam man durch ein Schlafzimmer. Davon gab es zwar mehrere, aber dieses war das einzige, das bewohnt aussah. Die anderen waren staubig und bloß pro forma eingerichtet. Nur in diesem einen Zimmer stand ein Bett, das benutzt wirkte, und auf dem Nachttisch lagen Medikamente und ein aufgeschlagenes Buch, *Der Zauberberg*. In meiner Tasche fand ich einen alten Kassenzettel, steckte ihn als Lesezeichen hinein und nahm es mit. Vielleicht wollte Birgitta ja wissen, wie es mit Hans Castorp weitergeht, ob er später Tuberkulose kriegt oder nicht. Ich sah mir die Etiketten der Arzneipackungen an, konnte aber nichts damit anfangen. Keine Ahnung, wogegen die helfen sollten. Kurz überlegte ich, sie in meine Tasche zu stecken, aber dann fiel mir ein, dass der Konsum an Rauschmitteln sich bei mir auf Dope und Alkohol beschränkte.

Birgitta hatte recht gehabt, das Packen war nicht schwer. Das Ankleidezimmer war zwar riesig, fast so groß wie mein gesamtes Zimmer, aber alle Sachen, die ich dort vorfand, passten problemlos zusammen mit dem *Zauberberg* in den alten Lederkoffer, den ich vom Regal nahm. Ich zurrte die Riemen fest und trug ihn in den Flur.

»Soll ich noch was machen?«, fragte ich, bevor ich mich setzte.

»Eher nicht. Du kannst dir aus dem Kühlschrank ein Bier nehmen, wenn du willst«, sagte Birgitta und wedelte mit der Hand Richtung Küche. »Falls die keiner mitgenommen hat. Dann bring mir auch eins mit.«

Ich holte uns das Bier, öffnete die Flaschen mit dem Flaschenöffner an meinem Schlüsselbund und reichte eine Birgitta.

»Kognak biete ich dir nicht an, ich habe nur diese eine Flasche. Du kannst dir selbst welchen kaufen«, sagte Birgitta.

»Das ist nett gedacht, aber ich mag gar keinen Kognak.«

»Umso besser«, sagte Birgitta in Gedanken versunken.

»Wer ist denn inzwischen in der Wohnung gewesen?«, fragte ich.

»Meine Verwandten. Du weißt schon – die, die denken, sie erben mein Geld und die Bude hier, und die mich dazu zwingen, im Pflegeheim zu wohnen«, schnaubte Birgitta.

»Aber geht es dir da denn nicht besser als hier?«

»Na ja, was den Alkohol betrifft, nicht«, sagte Birgitta bitter. »Ein erwachsener Mensch will doch selber entscheiden, wo er wohnt und was er tut. Und im Pflegeheim wird man die ganze Zeit umhätschelt und betüddelt.«

»Ich habe den Eindruck, du hast so viel Umhätschelung gar nicht nötig.«

»Vielleicht. Aber auch das würde ich gerne selbst entscheiden. Sprich, was ich brauche. Hast du eigentlich einen

Joint dabei? Wir könnten zum Abschied auf dem Balkon was rauchen.«

»Besser nicht, es reicht bestimmt schon, wenn ich dich besoffen im Pflegeheim abliefere.«

»Was meine speziellen Verwandten wohl sagen, wenn du das alles hier erbst?«, sagte Birgitta und brach in wieherndes Gelächter aus.

Ich drehte mich zu ihr um. Was meinte sie? So hatte ich darüber noch nie nachgedacht. Oder eigentlich hatte ich überhaupt nicht darüber nachgedacht. Aber tatsächlich hatte Birgitta es ja seinerzeit angedroht. Also, dass ich alles erbe, wenn ich ihr helfe. Aber ich hatte natürlich nie geglaubt, dass sie das ernst meinte. Vor allem nicht, dass das Erbe grauenhafte, düstere Wohnungen und andere konkrete Sachen beinhaltete. Dass es gar nichts Abstraktes war.

»Ich will das gar nicht.«

»Na, dann verkaufen wir die Wohnung eben sofort«, sagte Birgitta.

»Nein, ich meinte, ich will nichts von dir erben.«

»Papperlapapp«, sagte Birgitta. »Du erbst so oder so. Ich habe letzte Woche mein Testament gemacht, es liegt schon beim Notar. Du kriegst alles. Natürlich werden die anderen Krach schlagen und einen riesigen Aufruhr veranstalten, Prozesse anstrengen und was weiß ich, aber sie können das Testament nicht anfechten.«

»Wie bitte?«

»Ich kann doch mein Geld geben, wem ich will!«, brüllte Birgitta.

»Aber ich will es nicht haben!«, brüllte ich zurück.

»Das geht dich nichts an. Du kriegst es, ob du willst oder nicht. Dieses ganze Geld hat mir nichts als Kummer und Leid gebracht. Mich hat auch niemand gefragt, ob ich es will oder nicht. Andererseits hat es natürlich den Vorteil, dass ich jetzt in einem privaten Pflegeheim wohnen kann und nicht irgendwo im Gesundheitszentrum in einem Bett auf dem Gang liegen muss, aber ich vermute, wäre ich ärmer gewesen, hätte ich jetzt meine Beine noch.«

»Wie das?«

»Habe ich dir je von Tauno erzählt?« Birgitta wechselte auf einmal das Thema.

»Kurttu?«, schnaubte ich. »Du könntest zum Beispiel damit anfangen, mir zu sagen, wie zum Henker du darauf gekommen bist, ausgerechnet ihm von deinen *Blumen* zu erzählen!«

Birgitta sah mich überrascht an.

»Du verstehst anscheinend überhaupt nicht, in welcher Gefahr ich deinetwegen schwebe«, tobte ich. »Ich war mal ein ganz normaler, unschuldiger junger Student, und jetzt bedroht man mich auf einmal mit Waffen, und wahrscheinlich steht demnächst die Polizei vor der Tür, denn du quatschst ja ganz offensichtlich jeden, der es hören will, von oben bis unten damit voll!«

»Jetzt übertreibst du aber«, sagte Birgitta. »Wer hat dich mit einer Waffe bedroht? Tauno etwa?«

Ich sagte nichts.

»Hör mal, Tauno ist Künstler. Manchmal übertreibt er es eben ein bisschen mit der Schauspielerei.«

»Bei Waffen versteh ich keinen Spaß«, sagte ich. »Und auch nicht, wenn einer mir nachspioniert.«

Birgitta musste ganz offensichtlich lachen, aber sie versuchte, einen neutralen Gesichtsausdruck zu wahren.

»Was ist daran so lustig?«, brüllte ich.

»Ach, das ist schon was mit euch beiden. Ich verspreche und

schwöre, dass nie wieder ein Wort dazu über meine Lippen kommt. Ab sofort werde ich schweigen wie ein Grab. Habe ich dir mal von meiner Mutter erzählt?«

»Nein«, sagte ich. Doch ich fand, dass die Sache noch nicht abgeschlossen war. »Was war denn mit Tauno?«

»Darüber haben wir doch schon gesprochen«, seufzte Birgitta. »Mutter oder nichts!«

Ich wedelte mit der Hand, zum Zeichen, dass es losgehen konnte. Und Birgitta erzählte.

Birgittas Mutter

Als Birgittas Vater starb, war ihre Mutter vierundfünfzig Jahre alt. Heute ist das gar nichts, aber damals schon. Außerdem hatte Birgittas Mutter – die auch einen Namen hatte: Karin Kangas, geborene Fagerström – die vorangegangenen dreißig Jahre zuerst an der Seite und dann im Rücken eines großen und einflussreichen Mannes verbracht.

Birgittas Vater starb plötzlich und überraschend. Alle hatten den mächtigen Mann für unbesiegbar und unsterblich gehalten, und daher war es schwer zu glauben, dass so ein Mann einfach beim Zigarrerauchen in seinem eigenen Rauchsalon umkippen würde. Im Licht heutiger wissenschaftlicher Erkenntnisse ist der Fall allerdings nicht weiter verwunderlich. Herr Kangas war sein ganzes Erwachsenenleben lang im Stress, wurde kaum je ohne Zigarre gesehen, nahm seinen ersten Kognak bereits zum Frühstück und aß überwiegend in Butter gebratenes Schweinefilet mit Rahmkartoffeln. Durch sein Charisma und sein riesiges Vermögen vermittelte Herr Kangas den Eindruck, als bräuchte es, um ihn in die Knie zu zwingen, massivere Waffen als eine ungesunde Lebensführung oder die Sowjetunion. Aber der Feind lauerte erstaunlich nah, in den eigenen Blutgefäßen.

Karin Kangas fand ihren Mann im Rauchsalon, als sie ihm gerade einen Nachmittagskaffee bringen wollte. Er saß da wie vorher, war aber zweifellos tot. Das Tablett fiel herunter, Kaffee und Porzellan verteilten sich über den Orientteppich, Zuckerstückchen sprangen im Zimmer umher. Karin Kangas stand mit der Hand vor dem Mund mitten im Zimmer und war einen Moment ganz ruhig, bis sie plötzlich laut aufschrie. In Windeseile waren Bedienstete zur Stelle. Denn noch nie hatte man gehört, dass die Dame des Hauses die Stimme erhob. Frau Kangas war eine eher spitzzüngige Herrin, die immer wieder sarkastische Bemerkungen über die zahlreichen Mängel im Haushalt fallen ließ. Der Schrei musste also das Zeichen für eine wahrhaft große Katastrophe sein. Und so war es auch. Die Bediensteten telefonierten nach Hilfe und nach Birgitta.

Zu dieser Zeit studierte Birgitta an der medizinischen Hochschule, ihr Studium stand kurz vor dem Abschluss. Sie wohnte noch zu Hause, denn ihr Vater erlaubte nichts anderes. Auch wenn Birgitta wusste, dass ihr Vater ein unmöglicher Despot war, liebte sie ihn doch und glaubte, dieser handelte immer zum Besten aller und insbesondere ihrer selbst. Wenn der Vater sagte, ein Mann, den Birgitta mit nach Hause gebracht hatte, sei nur hinter ihrem Geld her und keinesfalls gut genug für seine Tochter, dann glaubte Birgitta ihm und vertraute darauf, dass ihr Vater aus Erfahrung sprach, denn das hatte man ja schon an einem gewissen Geiger aus Malmö gesehen.

Es stimmt, die Menschen sind oft hinter dem Geld her, und im Laufe der Zeit ist das nicht gerade weniger geworden, das hatte Birgitta damals schon festgestellt, und sie sollte es im Laufe ihres Lebens noch oft merken. Als Birgitta nach Hause kam und den Salon betrat, überkam sie ein nie da gewesenes Gefühl.

Der Vater saß noch immer in dem wuchtigen Sessel, um ihn herum hantierten zwei Männer. Anscheinend versuchten sie, ihn so einzupacken, dass er abtransportiert werden konnte, aber die Wuchtigkeit von Herrn Kangas entsprach in etwa der seines Sessels, und so war es nicht ganz einfach, seinen Abtransport würdevoll zu bewerkstelligen. Die Mutter hingegen saß mitten auf dem Boden, die Beine gerade von sich gestreckt, die Frisur durcheinander. Ihr Gesichtsausdruck war eingefallen und entgeistert, ihre stolze Haltung zusammengebrochen. Diese Mutter war Birgitta durch und durch fremd.

Karin Kangas war ein gewissenhafter Mensch. Nie rollten sich ihre Strümpfe an den Knöcheln zu Würsten, nie blieb ein Knopf offen, ihre Haare lagen in perfekten Wellen, keine einzige Strähne stahl sich je aus der Frisur heraus, und ihre Schuhe glänzten. Der Morgenkaffee wurde um sieben Uhr serviert, und unter der Woche stand das Essen um Punkt Viertel nach fünf auf dem Tisch, wenn Herr Kangas aus dem Büro kam und die ganze Familie gebügelt und geschniegelt am weiß gedeckten Esstisch saß. Für das alles waren zwar die Bediensteten zuständig, aber Karin Kangas sorgte dafür, dass alles reibungslos ablief.

Daher war Birgitta vom Zusammenbruch der Mutter weitaus mehr erschüttert als vom Tod ihres Vaters. Sie hatte ihre Mutter eigentlich nie als Mensch betrachtet, sondern eher als eine Art Haushaltsmaschine, die die Familie mit ihrer Routine aufrechterhielt, aber keine anderen nennenswerten Eigenschaften hatte. Doch jetzt saß ihre Mutter auf dem Fußboden, ihre gesamte Menschlichkeit lag offen zutage, der Rock war bis zum Oberschenkel hochgerutscht, und als sie ihre Tochter sah, brach sie in ein freudloses, kreischendes Lachen aus.

Da waren sie also. Der Vater tot, die Mutter schwachsinnig lachend in einer Kaffeepfütze, und Birgitta wusste nicht, was sie tun sollte. Alles war so absurd. Die Mutter lachte, bis der Vater hinausgetragen war, und Birgitta stand in der Tür und konnte nichts anderes tun, als die Arme hängen zu lassen, denn das nahm all ihre Energie in Anspruch, und zu denken, was wird jetzt, was wird jetzt aus allem? Als der letzte Außenstehende gegangen war, wurde Birgitta bewusst, dass sie jemanden hätte bitten sollen, sich auch um ihre psychotische Mutter zu kümmern. Am besten hätten sie sie auch gleich hinausgetragen. Das Lachen der Mutter verstummte, sie saß schweigend in der Pfütze und starrte Birgitta mit manisch glühenden Augen an.

Birgitta wagte nicht, sich zu bewegen oder etwas zu sagen, denn sie hatte Angst vor der nächsten Reaktion ihrer Mutter. Es konnte sein, dass die Mutter auf Birgitta zustürzen und ihr ins Bein beißen würde oder aber sich in den Kamin werfen und in der Asche herumrollen oder vielleicht geradewegs durch die Glastüren auf die Terrasse rennen und auf Nimmerwiedersehen verschwinden. Die Bediensteten standen in einer Reihe in der Eingangshalle und versuchten, sich so zu verhalten, als sei nichts geschehen. Dann schlug die Uhr fünf.

»Sylvi, ist das Essen gleich fertig? Es ist fünf Uhr«, sagte die Mutter plötzlich mit ihrer ganz normalen Stimme und stand vom Fußboden auf, als sei nichts gewesen.

Sie schüttelte ihren Rock aus, zupfte sich die Ärmel zurecht, fuhr sich durch die Haare und lächelte. Dann schritt sie ruhig an Birgitta vorbei in die Eingangshalle und trat vor die erschrockenen Bediensteten. Sylvi, die Haushälterin, nickte, stumm vor Verwirrung, und alle trippelten auseinander. Die Mutter sagte zu Birgitta: »Heute ist es sicher angebracht, einen Aperitif zu nehmen.«

Und so machte sie für sich selbst und ihre Tochter einen doppelten Gin Tonic, und sie nippten in der düsteren Stille daran herum, bis eine blassgesichtige Sylvi hereinkam und sagte, das Abendessen sei angerichtet.

»Es ist fünfundzwanzig nach. Sylvi, seien Sie so gut und sorgen Sie dafür, dass das nicht zur Gewohnheit wird, auch wenn der Hausherr nicht mehr unter uns ist«, sagte die Mutter und klopfte mit ihrem Fingernagel auf das Glas ihrer Armbanduhr.

Sylvi verschwand mit runden Augen im Speisesaal. Birgitta folgte ihrer Mutter zu Tisch, denn etwas anderes fiel ihr nicht ein. Beide aßen zwei Koteletts und drei Kartoffeln, was Birgitta später ziemlich grotesk erschien – ganz normal essen, obwohl der Vater gerade gestorben war. Bestimmt standen sie unter Schock, und Essen war eine instinktgesteuerte Tätigkeit. Niemand sprach, die Mutter lächelte und mampfte zufrieden ihr Kotelett. Am Ende der Mahlzeit knüllte sie ihre Stoffserviette neben dem Teller zusammen, seufzte und sagte: »Das war doch ein etwas außergewöhnlicher Tag, daher werde ich mich schon zurückziehen.«

So schritt die Mutter gemächlich zur Treppe, und als sie sich lange genug in einem aufsteigenden Winkel nach oben bewegt hatte, war sie im Obergeschoss verschwunden. Birgitta saß mit den Händen im Schoß da und betrachtete das Loch in der Decke, in dem ihre Mutter verschwunden war. Das war es dann wohl. Birgitta saß wie angewurzelt an ihrem Platz, bis es dunkel wurde und Sylvi sie bei der Hand nahm und ins Bett brachte.

Nach diesem Tag veränderte sich die Mutter. Die Veränderung war nicht groß und auch eher chemischer Natur. Der Arzt von Karin Kangas verschrieb ihr Beruhigungsmittel, die die Patientin dann regelmäßig bis zum Ende ihres Lebens einnahm. Aber deren beruhigende Wirkung reichte nicht aus, und so fing die Mutter an, sich zusätzlich mit Alkohol zu therapieren. Birgitta vermutete, dass ihre Mutter nach dem Tod ihres Vaters keine Minute nüchtern war.

Die Mutter trank nie öffentlich, tatsächlich verachtete Karin Kangas Menschen, die sich vor anderen betrunken zeigten. Stattdessen hatte sie überall Flaschen versteckt und goss sich hier einen Schluck in die Kaffeetasse oder nippte dort im Vorbeigehen aus einer Flasche. Es gab Flaschen im Bad, zwischen den Laken und Handtüchern im Wäscheschrank, hinter den Büchern im Bücherregal, in ihrer Nachttischschublade und im Kleiderschrank, ganz hinten in der Schublade der Flurkommode, sie steckten sogar in Blumenvasen. Birgitta sah ihre Mutter oft heimlich trinken, fand Flaschen an den merkwürdigsten Stellen und roch den Schnaps natürlich auch, aber sie sagte nichts dazu. Auch die Hausbediensteten wussten es, aber niemand unternahm etwas, denn offiziell gab es ja nichts, gegen das etwas unternommen werden musste. Und die Mutter war auch nie erkennbar betrunken. Sondern nur ständig ein wenig benebelt, launenhaft und irgendwie nicht ganz anwesend.

Birgitta fühlte sich in dem großen Haus zunehmend unwohl. Also beeilte sie sich, mit dem Studium fertig zu werden, doch kurz vor ihrem Examen passierte Folgendes:

Karin Kangas war nach oben gesegelt, wie sie es jetzt nach dem Abendessen immer tat, und Birgitta saß allein im Salon, in dem ihr Vater rund ein Jahr zuvor gestorben war. Das hat eigentlich keine weitere Bedeutung, es war einfach zufällig dasselbe Zimmer. Der Raum hatte wegen des Todesfalls keine Sonderstellung bekommen, er wurde wie eh und je zum Sitzen und Rauchen genutzt. Als Birgitta sich in den Sessel setzte, in dem ihr Vater gestorben war, fiel ihr hinter der Stehlampe eine von ihrer Mutter nicht ganz so geschickt verborgene Wodkaflasche ins Auge. Ohne weitere Hintergedanken griff Birgitta nach der Flasche und goss sich einen Wodka ein. Dann zündete sie sich eine Zigarette an. Wie sie nun dasaß, rauchte, trank und die Wand anstarrte und sich ihre Zukunft in vorteilhaftem Licht ausmalte, durchschnitt ein gellender Schrei den Raum, und zwei Meter vor Birgitta zersprang eine Porzellandose. Es war ihre Mutter, die auf der Treppe stand und mit Geschirr warf. Oder eigentlich nur mit der einen Dose, denn mehr Wurfgeschosse gab es an der Treppe nicht. Später, in Birgittas Erinnerung, kam die Mutter durch die Luft geflogen und riss ihr die Flasche aus der Hand, doch aller Wahrscheinlichkeit nach bewegte sich Karin Kangas auf ganz natürliche Art und Weise von einem Ort zum anderen. Aber es ist vermutlich wahr, dass die Mutter die Flasche wie eine Trophäe in die Luft streckte.

»Du Säuferhure!«, rief sie.

Birgitta war so verdattert, dass sie nicht wusste, was sie sagen sollte.

»Hier sitzt du in dem Sessel, in dem dein Vater gestorben ist, und trinkst wie die letzte Straßendirne!«, fuhr die Mutter sie an und schleuderte die Wodkaflasche an die Wand. »Dieses Spiel muss aufhören! So ein Benehmen kann ich in meinem Haus nicht dulden! Raus hier, du Hure! Raus!« Die Mutter sah dermaßen wütend aus, dass Birgitta es für das Beste hielt, in den Flur zu huschen, sich die Schuhe an- und den

Mantel überzuziehen und zu verschwinden. Zum Glück hatte sie schon mehrere Drinks genommen, bevor die Mutter kam, und war nun ein wenig beschwipst, also schien es ganz natürlich, ein Taxi zum Hotel zu nehmen und sich dort in der Bar ein paar weitere Drinks zu genehmigen.

Später konnte Birgitta sich gar nicht mehr erklären, wie eine einfache Frau von einem Meter sechzig im Nachthemd so bedrohlich wirken konnte, dass die Tochter, immerhin im Vollbesitz ihrer geistigen und körperlichen Kräfte, ihr nichts hatte entgegensetzen können. Zumal die Flasche ursprünglich ihrer Mutter gehört hatte. Es konnte kaum der Verlust des Alkohols sein, der die Mutter so verärgert hatte, denn Flaschen wie diese waren im ganzen Haus zu Dutzenden verteilt. Vielleicht griff die Mutter sie an, weil Angriff die beste Verteidigung war, und indem man den anderen beschuldigte, konnte man selbst als unschuldig dastehen. Bestimmt gehörte das zu diesem lächerlichen Spiel, bei dem die Mutter zwar trank, aber niemand etwas sah. Vielleicht stellte die Mutter sich ja tatsächlich vor, dass sie nicht trank. Diese sorgfältig aufgebaute Fassade einzureißen wäre zu hart gewesen, Birgitta sah es nicht als ihre Aufgabe an, stattdessen stand sie lieber selbst als Säuferhure da, was natürlich nicht zutraf, denn damals trank sie noch nicht nennenswert, sondern studierte überwiegend. Das Saufen kam erst später und das Huren überhaupt nicht.

Am nächsten Tag war alles wie vorher. Die Mutter verhielt sich friedlich, und um siebzehn Uhr fünfzehn gab es Abendessen. Der Vorfall vom Vorabend wurde mit keinem Wort erwähnt. Doch Birgitta beschloss, dass es jetzt genug war. Sie brachte ihr Studium rasch zu Ende und zog drei Monate später nach Stockholm. Auch wenn sie es nicht wagte, das Spiel ihrer Mutter zu kommentieren, so konnte sie sich immerhin entscheiden, dabei nicht mitzumachen. Danach sahen sie sich nur noch ein paarmal im Jahr. Selbst dann, als Birgitta wieder nach Helsinki zog. Sie kannten sich nicht, sie hatten sich nichts zu sagen und auch sonst keinen Grund, sich zu treffen. Die Mutter schien Birgitta auch nicht stärker zu vermissen als Birgitta sie. Irgendwann zog die Mutter aus dem großen Haus in die Wohnung in Eira, aber auch das erfuhr Birgitta erst zwei Jahre nach dem Umzug. Es hatte einfach keinen Grund gegeben, es ihr mitzuteilen. Und dann starb die Mutter. Das erfuhr Birgitta immerhin noch am selben Tag, weil sie zufällig neben dem Telefon saß und trank.

»Ihre Mutter ist verstorben«, sagte eine unbekannte Person am Telefon. »Herzliches Beileid.«

»Keine Ursache«, sagte Birgitta und legte auf.

Ende der Geschichte.

Als Birgitta fertig war, stand ich auf und machte das Licht an.

»Mir wird innen drin gerade schön warm, der Schnaps wirkt allmählich«, sagte Birgitta, nahm einen Schluck Kognak und dazu gleich noch einen Schluck Bier aus der Flasche in der anderen Hand. »Es fühlt sich an, als wäre ich lange krank gewesen und würde endlich wieder zum Leben erwachen. Aber jetzt muss ich mal pinkeln.«

»Was?«, entfuhr es mir.

»Ich muss mal pinkeln«, wiederholte Birgitta. »Und falls es dir entgangen sein sollte, ich habe keine Beine. Ich würde mir nur ungern in meinem eigenen Wohnzimmer in die Hose machen.«

Ich starrte Birgitta an. Sie starrte demonstrativ zurück. Ich hatte mir doch gerade erst geschworen, dass ich nie mit ihr aufs Klo gehen würde. Nie und nimmer. Das käme absolut nicht infrage. Ich dachte darüber nach, welche Möglichkeiten es gab. Birgitta könnte sich tatsächlich in die Hose machen. Äußerst stilvoll. Aber was zum Henker dachten die sich im Pflegeheim eigentlich dabei, dass sie eine Beinamputierte ohne die entsprechende Ausrüstung losschickten? Gab es nicht genau für diese Gelegenheiten Windeln und Katheter? Ich starrte Birgitta immer noch an. Dann fielen mir die traurigen Gewürzgurken und die Margarine wieder ein. Bestimmt war das hier für Birgitta schwer, auch wenn sie nichts sagte. Nun, sie sagte schon einiges, aber nichts davon, dass es schwer war. Ich biss die Zähne zusammen und stand auf.

»Das ist aber das erste und letzte Mal«, versicherte ich hauptsächlich mir selbst.

»Wenn du glaubst, ich finde das toll, dann irrst du dich«, gnatzte Birgitta und rollte in Richtung Badezimmer.

Das Bad war groß. Der Rollstuhl passte problemlos hinein. Ich sammelte meine Kräfte und ging auf Birgitta zu. Ich hatte vor, sie hochzuheben und dann aufs Klo zu setzen, aber kurz bevor ich Hand an sie legte, fiel mir ein, das dass keine gute Taktik war, denn irgendwie musste ja auch die Hose herunter. Ich ging zwei Schritte zurück und analysierte das Objekt ein zweites Mal. Birgitta wurde nervös.

»Verdammt noch mal!«, raunzte sie. »Jetzt hilf mir doch einfach aufs Klo. Den Rest kann ich dann schon alleine!«

Ich seufzte und fügte mich. Dann hob ich Birgitta mit der einen Hand am Rücken und mit der anderen unter den Oberschenkeln an. Das funktionierte jetzt besser, da ich schon einmal geübt hatte und auf die ungleiche Gewichtsverteilung eingestellt war. Ich bin ja selbst schon nicht besonders groß, aber Birgitta ist es erst recht nicht. Sie wog nur ungefähr drei Kilo und vierhundert Gramm. Höchstens. Und sie roch gleichzeitig nach Sauberkeit und Talkumpuder und ganz leicht nach Schweiß und Kognak. Ein bisschen wie ein betrunkenes Baby. Ich setzte Birgitta auf die Toilette und trat einen Schritt zurück. Dann kapierte ich ganz von alleine, dass ich den Rollstuhl auf die eine Seite neben das Klo schieben musste, damit sie sich daran abstützen konnte. Auf der anderen Seite war das Waschbecken.

»Und jetzt könntest du freundlicherweise verschwinden«, sagte Birgitta.

Ich ging nach draußen und schloss die Tür. Im Flur lehnte ich mich an die Wand und wartete. Das war mal ein Leben. Jetzt war ich schon so weit, dass ich beinamputierte Omas auf Kloschüsseln setzte. Demnächst würde sie mich fragen, ob ich mit in die Dusche kam. Aber da ziehe ich die Grenze, und zur Sicherheit malte ich die Grenze mit der Hand in die Luft: keine Nacktheit, niemals. Andererseits war das hier gar nicht so schlimm, es war eigentlich sogar schön, einem anderen Menschen zu helfen. Und tatsächlich konnte ich mich nicht daran erinnern, wann ich jemandem zuletzt so nah gewesen war. Als ich diesen traurigen Gedanken gedacht hatte, verkündete Birgitta lautstark, dass sie fertig war, also hatte ich keine Zeit mehr, mich weiter selbst zu bemitleiden.

Als ich wieder ins Bad kam, saß Birgitta fast genauso da, wie ich sie zurückgelassen hatte. Aber ganz offensichtlich hatte sie sich in der Zwischenzeit die Hose runter- und wieder hochgezogen, denn das Klo war benutzt worden. Ich hob sie wieder hoch und setzte sie in den Rollstuhl. Dann drückte ich die Klospülung, löschte das Licht und schob Birgitta zurück ins Wohnzimmer. Ich parkte sie zwischen der Kognakflasche und dem Bier und ließ mich wieder in den Sessel fallen.

»Erzähl mir was über diesen Ville«, sagte Birgitta.

»Was denn?«

»Irgendwas. Egal was. Erzähl mir, wie er so ist«, schlug sie vor, drehte sich zu mir um und sah mich erwartungsvoll an.

Ich dachte nach, und während ich nachdachte, holte ich uns aus der Küche neues Bier. Und dann erzählte ich.

Ville und die Wölfe

Es passierte in der Schule, in der vierten Klasse. Es war Winter, und die Tage waren ein einziges Anziehen und Ausziehen im Abstand von fünfundvierzig Minuten, wenn die Kinder aus dem vierten Stock in die Pause und wieder zurück polterten. Weil nicht einmal ein Zehnjähriger begreift, was das soll, versuchten alle auf ihre Art, das Anziehen so lange hinauszuzögern, dass man es in den fünfzehn Minuten gar nicht erst nach draußen schaffte. Das war den Lehrern natürlich klar, aber auch sie hatten keine Lust, die ganze Zeit hinter den Kindern her zu sein, manchmal wollten sie eben auch in Ruhe einen Kaffee trinken oder mal aufs Klo gehen, sodass es mit dem Trödeln hin und wieder klappte.

Miska saß auf dem Boden und zog sich zuerst die dicke Winterhose über, dann die Wollsocken, dann zog er sich die Jacke an, merkte, dass er den Schal vergessen hatte, zog die Jacke wieder aus, legte sich umständlich den Schal um, zog die Jacke wieder an, setzte die Mütze auf, merkte, dass er seinen einen Handschuh verloren hatte, suchte den Handschuh, fand ihn und scheiterte mehrmals am Schnüren der Schnürsenkel. Dann wartete er auf Ville, bei dem das alles noch länger dauerte, bis sie zusammen über den Korridor schlurfen konnten.

Sie polterten an der Wand entlang die Treppe hinunter. Vom dritten Stock aus bemerkte Miska auf dem nächsten Treppenabsatz ein paar Sonderschüler, die auch Hilfsschüler genannt wurden, obwohl das bestimmt nicht die offizielle Bezeichnung war. Es waren größere Jungen, die eine oder mehrere Klassen wiederholt hatten. Leider waren ihre Problemlösungsmöglichkeiten ziemlich eingeschränkt. Der einzige Weg war Gewalt, und zwar auch dann, wenn es gar kein Problem gab. Deshalb waren sie gefürchtet. Man musste es schaffen, an ihnen vorbeizukommen, ohne ihre Aufmerksamkeit zu erregen, das wussten alle. Sie waren wie ein Wolfsrudel, nur dümmer. Oder na ja, vielleicht waren sie nicht alle dumm, aber weil sie zusammen in einer Klasse waren und ausschließlich durch die Zugehörigkeit zum Rudel überleben konnten, sanken die nicht ganz so Dummen auf das Niveau der körperlich Stärkeren.

Miska und Ville hörten auf zu poltern und schlichen so unauffällig wie möglich am zweiten Stock vorbei. Sie setzten alles daran, möglichst uninteressant und langweilig auszusehen. Doch das funktionierte natürlich nicht. Einer von den Hilfsschülern bemerkte sie. Es waren ungefähr sieben, aber einer sah aus wie der andere. Alle trugen die gleichen blaugrauen, ziemlich dreckigen und speckigen Wintersachen, alle hatten die gleichen vereiterten Augen und die gleichen platten, zu Hause geschnittenen Haare, sie waren entweder dünn und drahtig oder groß und ungelenk. Sie hießen alle Mikko oder Jukka, aber meistens Mikko. Einer von ihnen rief: »He!«

Wie auf Kommando drehten sich alle um. Miska und Ville erstarrten auf der Treppe mitten in der Bewegung und klammerten sich ans Geländer. Es verging etwa eine halbe Sekunde, dann löste sich Ville aus seiner Erstarrung und rannte los, die Treppe hinunter. Miska war nur ein bisschen langsamer, und doch bekam einer aus der Meute ihn an der Kapuze zu fassen, und als er losrennen wollte, knallte er mit dem Rücken auf den Treppenabsatz. Die Horde umringte ihn. Alle lachten, denn erstens fanden sie es unheimlich lustig, wenn jemand hinfiel oder etwas falsch machte, und zweitens noch viel lustiger, wenn jemand sich dabei wehtat. Miska hatte sich nicht besonders schlimm wehgetan – schließlich war er ein Viertklässler, der alle naselang hinfiel, egal ob auf Treppen oder auf ebener Fläche. Viel schlimmer war die Angst.

Miska überlegte, ob er wohl sterben würde, bevor die Pause zu Ende war. Und ob es besser war, um Hilfe zu schreien oder mannhaft zu schweigen. Er überlegte, ob er anfangen sollte zu weinen, und falls ja, wie sich das auf die letzten Minuten seines Lebens auswirken würde. Aller Wahrscheinlichkeit nach würde es sein Ende beschleunigen. Dann komme ich nach Nangijala, dachte er, um sich zu trösten, aber es tröstete ihn kein bisschen.

Der Junge, der ihn an der Kapuze gepackt hatte, war der Anführer der Truppe. Miska wusste nicht, warum, vielleicht war er einfach der Gemeinste von allen. Eine Abstimmung darüber hatte es bestimmt nicht gegeben. In jedem Wolfsrudel gab es ein Alphamännnchen, das wusste Miska, denn er sah jeden Samstag *Expeditionen ins Tierreich* und hatte in der Bücherei *Die Tiere der Welt* gelesen. Er mochte Tiere, vor allem Wölfe, aber nicht in diesem Moment. Alpha schleifte Miska an der Kapuze auf einen dunklen Gang zu, das war einfach, denn die dicke Winterhose rutschte gut auf dem Steinfußboden. Im Korridor roch es nach Dreck. Die Horde feixte und lästerte und machte schließlich halt. Miska lag zwischen ihnen auf dem Boden.

»Was jammerst du denn so?«, rief einer.

»Wieso musstest du ausgerechnet auf unserm Treppenabsatz hinfallen?«, rief ein zweiter.

»Ja, Scheiße noch mal!«, rief der dritte.

»Ja, Scheiße noch mal!«, der vierte.

»Ich bin nicht hingefallen«, sagte Miska sehr leise. »Und ich jammere auch nicht.«

»Und was machst du dann da auf dem Boden, wenn du nicht hingefallen bist, du Spacko?«, stichelte einer und trat Miska in die Seite.

»Genau, du Spacko!«, knurrte die Horde.

»Aber bestimmt jammerst du gleich«, mutmaßte einer.

Und er hatte recht. Jetzt jammerte Miska. Denn einer nach dem andern trat ihn. Nicht sehr stark, aber immerhin. Und natürlich in die Seite, weil das am meisten wehtat. Dann kam Alpha auf eine tolle Idee: Er drückte Miska seine Schuhsohle ins Gesicht.

»Leck sie ab, du Wichser!«, rief er, während die anderen begeistert gackerten und johlten.

Miska wand sich unter der Schuhsohle, seine Nase war schon eingedrückt. Der Schuh war ein dunkelblauer Winterstiefel mit einer tief eingekerbten Gummisohle. Das Profil drückte ihm auf die Wange, die Nase und ein Auge. Miska versuchte, den Kopf wegzudrehen und nicht zu weinen, er presste die Lippen zu einem Strich zusammen und beschloss, den Schuh um nichts in der Welt abzulecken. Da löste der Stiefel sich auf einmal von seinem Gesicht, und es krachte. Miska öffnete die Augen und sah den Jungen mitsamt seinen Winterstiefeln auf dem Boden liegen.

Da stand Ville, rot wie ein Bluthochdruckpatient, die Hände zu wütenden Fäusten geballt. Die Horde war es nicht gewohnt, angegriffen oder gestört zu werden, und weil Ville richtig wild aussah, schien es zunächst, als wollten sie sich zurückziehen. Doch als Miska sich vom Boden aufrappelte, war der Bann gebrochen. Er und Ville waren beide einen Kopf kleiner, und das Überraschungsmoment war verflogen. Die Horde umdrängte sie, und Alpha, der inzwischen vom Fußboden aufgestanden war, knurrte wie ein zorniger Wolf. Zwei von ihnen quetschten Miska an die Wand, und drei warfen Ville auf den Boden.

»Leck ihn ab, du verdammter Spacken!«, brüllte Alpha und drückte seinen Schuh jetzt Ville ins Gesicht. »Leck ihn, und dann macht dein Freund, der kleine Wichser, noch mal das Gleiche, und ihr beide leckt meinen Schuh, verdammt noch mal!«

Er trat Ville den Schuh wesentlich härter ins Gesicht, als es nötig gewesen wäre. Ville wand sich und winselte, und Miska stand an die Wand gequetscht da und heulte, was die Lungen hergaben. Er jaulte und schrie.

Da klingelte es. Und von irgendwoher tauchte plötzlich ein erstaunter Werklehrer auf. Fast war man versucht, zu denken, der Lehrer hätte um die Ecke auf den passenden Moment gewartet, um dem Treiben ein Ende zu setzen, aber das konnte ja wohl nicht sein.

»Na, na, Jungs!«, sagte er. »Was rauft ihr denn hier? Warum seid ihr nicht draußen?«

»Leck mich am Arsch«, murmelte jemand.

»Jetzt Schluss mit dem Spiel und zurück in die Klasse!«, befahl der Lehrer.

»Jaja«, brummelte die Horde und ließ von Ville und Miska ab. Sie schlurften davon, lachten und warfen sich blöde Sprüche zu.

»Wir machen dann in der nächsten Pause weiter, ihr kleinen Wichser«, rotzte Alpha ihnen zu und stupste Ville, der noch auf dem Boden lag, mit dem Schuh in die Seite.

Miska schnappte nach Luft und rutschte an der Wand entlang auf den Boden. Ville lag neben ihm, die Augen fest zugekniffen, den Mund zusammengepresst. Seine Nasenlöcher bebten, und er blutete aus der Nase. Für die Meute war der Vorfall ein lustiges Spiel gewesen, das man bald fortsetzen würde, aber für Miska war es die schlimmste Nahtoderfahrung, seit er auf der Welt war.

»Steht auf, die Pause ist vorbei! Ihr könnt hier jetzt nicht mehr herumlümmeln«, sagte der Lehrer und verschwand aus dem Korridor.

Aus dem Treppenhaus hörte man Stimmen und Gepolter, die ganze Schule kam aus der Pause für die nächsten fünfundvierzig Minuten zurück in die Klassenräume. Miska rutschte über den Fußboden zu Ville und nahm seine Hand.

»Ich war zu langsam«, flüsterte er.

»Ich doch auch«, wisperte Ville und öffnete die Augen.

Sie rappelten sich auf und sahen einander an. Vielleicht hatte der Lehrer in dem dunklen Gang gar nicht gesehen, was da vor sich ging. Vielleicht hatte er es auch nicht gehört, vielleicht waren seine Sinne getrübt, oder er war im rabiaten Schulleben bereits so abgehärtet, dass so etwas ihm wie ein ausgelassenes Spiel vorkam, eine harmlose Rauferei unter Jungs. Aber das war es nicht. Das konnte es auf keinen Fall sein, wenn die einen zu siebt und die anderen zu zweit waren. Wenn die einen etliche Jahre älter, einen Kopf größer und sadistisch veranlagt waren. Gewalt ist nie ein Spiel. Miska und Ville schleppten sich auf die Toilette. Miska nahm Papierhandtücher von der Ablage, feuchtete sie mit kaltem Wasser an und wischte Ville das Blut aus dem Gesicht. Das Blut schmierte über Mund und Kinn. Ville brach in lautlose Tränen aus. Miska wischte weiter. Ende der Geschichte.

»So ist Ville«, schloss ich.

»Seid ihr ein Paar?«, fragte Birgitta begierig.

»Ganz bestimmt nicht!«, raunzte ich. »Wir kennen uns seit dem Kindergarten. Wir sind wie Brüder.«

»Und jetzt gibt es eine Frau.«

»Emma, diese Megäre aus der Unterwelt«, sagte ich düster.

»Ein Eifersuchtsdrama«, folgerte Birgitta mit einem zufriedenen Lächeln.

Dann schwieg sie eine Zeit lang. Sie schaute aus dem Fenster in die Schwärze, auch wenn sie dort vermutlich nichts anderes sah als ihr verschwommenes Spiegelbild. Ich dachte über Ville und unsere verlorene Brüderlichkeit nach, und über den Ville, der mich wütend an die Wand gepresst hatte, und darüber, ob es ein Zurück zu alten Zeiten geben konnte. Meinem Innern entrang sich ein tiefer, schwerer Seufzer.

»Wir müssen los, das Taxi kommt gleich«, sagte Birgitta. Sie wischte sich nicht vorhandene Krümel vom Schoß und seufzte. Dann nahm sie den letzten Schluck aus der Kognakflasche und kurvte noch einmal mit wehmütigem Blick durch die Wohnung. Dafür, dass sie eine ganze Flasche Kognak und zwei Bier intus hatte, wirkte sie erstaunlich nüchtern.

»Kann ich in den Koffer noch ein paar Mitbringsel für Heikki packen?«, fragte ich und holte aus meiner Tasche die Tüte mit der Fleischwurst.

Birgitta nickte.

»Die hier sind für dich«, fuhr ich fort und hob kurz den Deckel einer alten Halsbonbondose, in der fünfzehn Joints lagen. »Ich weiß zwar nicht, wieso, verdient hast du sie jedenfalls ganz bestimmt nicht, du alte Tratschtante.«

»Vielen Dank dafür«, sagte Birgitta. »Ich weiß, was du auf dich nimmst.«

Ich packte die Wursttüte und die Bonbondose zu den anderen Sachen in den Koffer und brachte ihn ins Treppenhaus, dann half ich Birgitta in den Aufzug und ging selbst mit dem Koffer die Treppe hinunter. Unten zerrte ich Birgitta wieder aus dem Fahrstuhl. Während wir im Treppenhaus auf das Taxi warteten, sahen wir durch die alten, verzerrenden Fensterscheiben nach draußen auf den erleuchteten Hof. Die Wehmut, die von Birgitta ausging, übertrug sich auf mich, und die Stimmung war durch und durch melancholisch.

»Das war bestimmt das letzte Mal, dass ich hier war«, sagte Birgitta schließlich.

»Ist das schlimm?«

»Eigentlich nicht. Aber Endgültigkeit ist jedes Mal traurig«, sagte Birgitta und verfiel wieder in Schweigen.

Das Taxi kam. Der Fahrer verfrachtete Birgitta und ihren Koffer ins Auto, und sie brausten davon. Ich steckte die Hände in die Hosentaschen und drehte mich noch einmal zum Haus um. Es war bestimmt besser, wenn Birgitta die Wohnung verkaufte. Sie hatte ein schlechtes Feng-Shui; wenn ich an die klamme Lethargie und die schlechte Stimmung dachte, die jahrelang in diesen Zimmern umhergewabert war, stellten sich mir die Nackenhaare auf. Diese ganze protzige Einrichtung, in der Birgitta sich die Beine weggesoffen und von nichts als Gewürzgurken und Margarine gelebt hatte. Schaudernd wandte ich mich ab und beschloss, nie wieder zurückzukommen.

13. Virpi Einonen

Ich saß auf der Bettkante, kratzte mich im Nacken und dachte darüber nach, dass nichts irgendwie Sinn ergab. Da klingelte das Telefon. Ich kenne die Nummer nicht, dann nehme ich auch nicht ab, dachte ich. Unbekannte Nummern hatten mir in letzter Zeit nicht unbedingt Glück gebracht. Ich kratzte mich weiter. Ich stellte mir vor, wie ich mir den Nacken blutig kratze, die Hautfetzen im Blutstrom davonschwimmen und die Matratze vom Blut ganz nass wird und sich gleichzeitig wunderbar kühl und warm anfühlt. Aber natürlich kratzte ich mir den Nacken nicht blutig, er bekam nur ein paar rötliche Striemen. Dann fing ich an, mich an der Kopfhaut zu kratzen. Allerdings nicht mit derselben blutigen Fantasie, denn meine Haare wollte ich schon gerne behalten, auch wenn ich mich nicht besonders intensiv um sie kümmerte. Die Haare. Sie waren eben einfach da. Aber immerhin fühlte ich mich für sie verantwortlich, anders als beim Nacken, den ich ja noch nicht einmal je richtig gesehen hatte. Ich griff mir in die Haare und drückte den Kopf auf die Knie. Wieder klingelte das Telefon. Die Nummer sah genauso aus wie vorher, also immer noch unbekannt. Ich ließ es klingeln.

Ville war nicht zu Hause. Ich hatte ihn seit Kurttus Besuch nicht mehr gesehen, als unsere Angelegenheiten ziemlich brutal offengeblieben waren. Eigentlich wollte ich ihn auch gar nicht sehen. Ich mochte den Miska nicht, zu dem ich in

Villes Augen geworden war, und auch den nicht, der ich in meinen eigenen Augen war. Der aktuelle Miska war ganz klar ausgedrückt absolut für den Arsch, aber immerhin war mein eigener Miska immer noch eine Spur besser als der von Ville.

Ich lag stundenlang wach im Bett, ging pinkeln und kam wieder zurück. Dann tat mir der Nacken weh, und ich richtete mich wieder auf, um mich zu kratzen. Das Kratzen half nichts, aber ich fand mich zufällig in einer Position wieder, in der der Nacken sich ein wenig dehnte, also blieb ich so sitzen. Das Telefon klingelte. Ich ließ es klingeln. Alles fühlte sich plötzlich so eindeutig und gleichzeitig so vielschichtig an, dass ich es gar nicht beschreiben konnte. Es ergab keinen Sinn, aufzustehen, keinen Sinn, in die Küche zu gehen und Kaffee zu kochen, keinen Sinn, eine Hose anzuziehen, Socken oder einen Pullover. Und schon gar keinen Gürtel. Ich hätte auch nicht gewusst, wohin ich gehen sollte. An die Uni mochte ich noch nicht mal denken. Es gab einfach nichts. Das Telefon klingelte. Genervt hob ich den Kopf. Wieder dieselbe Nummer. Sie fing jetzt schon an, mir bekannt vorzukommen, bestimmt, weil ich sie in dieser kurzen Zeit schon zum vierten Mal sah. Ich raunzte das Telefon an, aber es blinkte weiter. Ich dachte kurz darüber nach, ob ich es stumm- oder vielleicht ganz ausschalten sollte, aber dann nahm ich das Gespräch an.

»Was«, sagte ich düster, denn ich fühlte mich sehr düster.

»Hallo, hier spricht Virpi Einonen vom Pflegeheim Sonnenschein!«, zwitscherte eine glockenhelle Stimme.

Birgitta ist tot, dachte ich wieder. Aus irgendeinem Grund war das jedes Mal mein erster Gedanke, wenn aus dem Pflegeheim unerwartete Nachrichten kamen. Dass Birgitta tot war. Warum um alles in der Welt sollten sie sonst hier anrufen? Birgitta musste also tot sein. Ich schluckte, aber der Kloß in meinem Hals bewegte sich keinen Millimeter. Ich fühlte die Tränen kommen und brachte keinen Ton heraus. Panik machte sich breit.

»Hallo?«, zwitscherte Virpi Einonen.

Ich schaffte es, einen Laut hervorzubringen, damit Virpi Einonen begriff, dass ich noch dran war.

»Ich rufe eigentlich nur an, weil ich Sie fragen wollte, ob Sie heute hierherkommen könnten. Ich würde mich gerne mal mit Ihnen unterhalten«, fuhr Virpi Einonen fort.

»Ist Birgitta tot?«, röchelte ich. Die Spannung war nicht zu ertragen. Ich wollte es am Telefon hören und nicht vor Ort, um dann womöglich vor wildfremden Leuten heulend zusammenzubrechen.

Virpi Einonen brach in ein klingelndes Gelächter aus, es hörte sich wie das Bimmeln winziger Glöckchen an. Als wäre ein Schwarm Weihnachtswichtel durch das Telefon direkt in meinem Ohr gelandet. Ich hatte in letzter Zeit definitiv zu viel über Wichtel und Heinzelmännchen nachgedacht. Aus Virpi Einonens Lachen schloss ich, dass Birgitta nicht tot war, oder aber Virpi Einonen war sozial absolut unfähig.

»Natürlich nicht! Jedenfalls war sie vor einer halben Stunde noch auf die denkbar nachdrücklichste Weise lebendig, das kann ich Ihnen versichern!«, lachte Virpi Einonen.

»Ach so«, gab ich kurz angebunden zurück, denn inzwischen nervte mich das Rätselraten.

»Ja, also, könnten Sie dann heute hier vorbeikommen?«, fragte Virpi Einonen noch einmal.

»Worum geht es denn?«

»Ich möchte mich nur ein bisschen mit Ihnen unterhalten.«

Warum konnte sie nicht sagen, um was es ging? Ich hielt das Telefon ein wenig von meinem Ohr weg und dachte nach.

Ich hatte keiner Virpi Einonen etwas zu sagen, und wenn sie mir was sagen wollte, dann sollte sie das gefälligst am Telefon tun. Ich war wütend. Ich sah persönlich keinen Grund, warum ich wegen Virpi Einonen das Bett verlassen sollte. Am liebsten hätte ich ruppig Nein gesagt und das Gespräch beendet, aber irgendwo tief in meinem Innern wohnte ein einigermaßen gut erzogener Junge, und Virpi Einonen war ganz offensichtlich eine freundliche Person, wenn auch verdammt enervierend, und so hörte ich mich Ja sagen. Wir kamen überein, uns innerhalb der nächsten Stunde im Pflegeheim zu treffen. Manche Leute behaupten ja, unangenehme Dinge sollte man sofort erledigen, aber ich finde, es ist besser, sie bis zum letzten Moment aufzuschieben, denn dann kann es sein, dass die Sachen verjähren oder in Vergessenheit geraten oder jemand anders sich darum kümmert. Daher ist mir schleierhaft, warum man sich bei irgendetwas beeilen sollte. Natürlich sitzen dir die Sachen dann die ganze Zeit im zerkratzten Nacken, aber der hat es doch verdient, blutig gescheuert zu werden – was spielt er denn auch Verstecken wie der letzte Rattenarsch.

Als ich mich von Virpi Einonen verabschiedet hatte, pfefferte ich das Handy auf den Boden und ließ auch das letzte bisschen Haltung, das ich noch gehabt hatte, in sich zusammenfallen. Mit einem Mal begriff ich: Alles war aufgeflogen, alles war zu Ende. Sie hatten die Bonbondose gefunden, und im Pflegeheim wartete die Drogenfahndung auf mich. Vielleicht sollte ich persönlich dort erscheinen, damit die Bewohner mich identifizieren konnten. Ich betrachtete die Klamottenhaufen auf dem Fußboden. Was konnte ich jetzt noch tun? Nichts. Ich ließ meinen Blick durchs Zimmer schweifen, und er fiel auf den neuen Umschlag, den ich von Birgitta bekommen hatte. Dick und fett thronte er auf dem Schreibtisch. Und mir fiel ein, dass in der Schublade der gefaltete Pizzaprospekt lag. Sollte ich die belastenden Indizien verschwinden lassen, oder würde ich mich dadurch erst recht verdächtig machen? Ich käme leichter davon, wenn ich einfach hingehen und meine Taten eingestehen würde. Kurz stellte ich mir vor, wie es wäre, vom Balkon zu springen, aber das war nur so ein spontaner Trostgedanke, kein ernsthafter Plan. Dann seufzte ich und suchte auf dem Boden nach meiner Hose. Den Umschlag von Birgitta schob ich unter einen Kleiderhaufen und beschloss, ihn dort zu vergessen.

Eine Stunde später hatte ich mich in die Eingangshalle des Pflegeheims Sonnenschein teleportiert. Nein, im Ernst, in Wirklichkeit war ich mit öffentlichen Verkehrsmitteln gekommen. Aber es wäre doch toll, wenn man sich auf diese Weise von einem Ort zum anderen bewegen könnte. Malt euch doch mal kurz die Vorteile der Teleportation aus!

Virpi Einonen hatte ich mir automatisch wie den Prototyp aller Siskos vorgestellt, aber im Foyer erwartete mich eine Frau im beigen Hosenanzug mit rot gefärbten Haaren und Brille. Sie war über fünfzig, aber am Telefon hatte sie wegen ihres Heinzelmännchengebimmels jünger geklungen.

»Virpi Einonen!«, sagte sie begeistert, bevor ich überhaupt bis auf Händeschütteldistanz an sie herangekommen war.

Anscheinend fand sie ihren Namen wirklich toll, und er hatte ja auch irgendwie einen faszinierenden Klang. Schwer zu sagen, woran das lag. Virpi Einonen. Virpieinonenvirpieinonenvirpieinonen. Bestimmt Zauberei, denn, wie man es auch drehte und wendete, es war ja ein total gewöhnlicher Name.

»Miska«, sagte ich und schüttelte ihre ausgestreckte Hand.

»Ach, wie schön, Sie kennenzulernen, ich habe schon so viel von Ihnen gehört!«, sagte Virpi Einonen, und ihre weinroten Lippen dehnten sich zu einem Lächeln, das breiter war als alles, was ich je gesehen hatte.

Da ich nicht dasselbe von ihr sagen konnte, schwieg ich. Virpi Einonen presste mir die Hand in den Rücken und schob mich in den Gang hinter dem Empfangstresen. Er war humaner beleuchtet als die, die ich kannte, das Licht der Leuchtstoffröhren war gnädiger. Dafür packte Virpi Einonen so kräftig zu, dass mir von ihrer Hand aus kalte Schauer über den Rücken liefen. Falls ich versuchen sollte, mich davonzumachen, dann würde sie mir mit einer kurzen Drehung aus dem Handgelenk einfach die Wirbelsäule durchknacksen und auch noch glockenhell dazu lachen. Was für eine massive Persönlichkeit, auch wenn sie gerade mal eins sechzig war und nicht sonderlich dick!

In diesem Gang war ich vorher noch nie gewesen. Es war eine Art Verwaltungsgang, anscheinend befanden sich dort die Umkleideräume und Büros. Virpi Einonen schloss die letzte Tür im Gang auf und ließ mich hinein.

»Wir müssen abschließen, denn nicht alle Kunden wissen, welche Räume sie betreten dürfen und welche nicht«, erklärte Virpi Einonen.

Sie ging um ihren riesigen Schreibtisch herum und wies auf den Stuhl davor. Ich setzte mich. Es war wie beim Gespräch mit dem Schulleiter. Ich tat mein Bestes, Haltung anzunehmen, aber wahrscheinlich wirkte ich mit meinem süßlichen, aufgesetzten Lächeln scheinheilig und unsicher.

»So«, sagte Virpi Einonen und lehnte sich über den Tisch zu mir.

Ich wusste nichts zu sagen, denn ich hatte ja keine Ahnung, worüber sie mit mir reden wollte. Gestehen wollte ich jedenfalls nicht, oder wenigstens wollte ich zuerst die Anklage hören. Sollte sie doch selber anfangen. Ich saß da und sah mich nervös im Raum um. Es war ein ziemlich normales Büro: Möbel aus Birkenholz, auf dem Tisch eine Computertastatur und ein Bildschirm, im Regal Aktenordner, an der Wand ein großes Ölgemälde mit einer landwirtschaftlichen Szene, irgendwelche Bauern von früher fuhrwerkten mit Heuspießen herum. Auch dazu konnte ich nichts weiter sagen.

»Also«, sagte Virpi Einonen. »Wissen Sie, warum ich Sie herbestellt habe?«

Ich schüttelte den Kopf. Ich ahnte zwar etwas, aber allmählich konnte sie mit dem Grund nun wirklich herausrücken. Eine anstrengende Frau, diese Virpi Einonen.

»Also, ich bin ja die Leiterin dieses Pflegeheims«, klärte sie mich endlich auf.

Ich nickte. Vor lauter Nervosität wusste ich immer noch nichts zu sagen. Ich hatte Angst, mir würde ein Geständnis entschlüpfen, sobald ich den Mund aufmachte.

»Die Sache ist die: Sie waren ja gestern mit Birgitta in ihrer Wohnung, oder?«, begann Virpi Einonen.

Am liebsten hätte ich theatralisch mit den Augen gerollt. Das musste sie mir doch nicht erzählen, ich war doch selber dabei gewesen. Stattdessen saß ich da und versuchte, mein Lächeln nicht zu der hamsterartigen Grimasse werden zu lassen, die versuchte, sich in meinem Gesicht Bahn zu brechen.

»Nun, als Birgitta zurückkam, ging es ihr gar nicht gut.« Virpi Einonen schürzte traurig die Lippen.

Ich setzte ein fragendes Gesicht auf.

»Ich meine damit, dass sie betrunken war. Birgitta war sehr betrunken«, präzisierte Virpi Einonen und schüttelte bekümmert den Kopf.

Ach so, dachte ich erleichtert. Das hatte ich ja vorher

gewusst. Ich sagte allerdings nichts, sondern versuchte, Virpi Einonens bekümmertes Lippenschürzen nachzumachen, denn allem Anschein nach waren Kummer und Sorge jetzt die Gefühle, auf die wir uns in dieser Situation zu einigen hatten.

»Hier war gestern Abend ein ziemlicher Aufruhr.«

Ich nickte bekümmert.

»Natürlich gebe ich nicht Ihnen die Schuld dafür, aber ich dachte, da Sie hier allem Anschein nach jetzt regelmäßig zu Besuch sind, wäre es ganz gut, mal über unsere Gepflogenheiten zu sprechen.« Virpi Einonen setzte ein mitfühlendes Gesicht auf, aber ich konnte mich des Eindrucks nicht erwehren, dass es insbesondere meine Person war, die hier beschuldigt wurde.

»Also, bezüglich Alkohol haben wir hier im Pflegeheim Sonnenschein eine klare Null-Toleranz-Politik. Sie wissen ja vermutlich, dass Birgitta damit gewisse Probleme hatte?« Virpi Einonen hob die eine Augenbraue fragend an und fuhr nicht fort, ehe ich genickt hatte. »Ich denke also, wir können uns darauf einigen, dass es absolut verboten ist, Birgitta Alkohol zu geben. Das verträgt sich überhaupt nicht mit ihrer Medikation – und auch sonst.«

Ich lehnte so hart an der Rückenlehne des Stuhls, dass meine Wirbel knarzten, und ich überlegte, was ich dazu sagen sollte. Ich war anderer Meinung. Das musste ich wohl laut sagen.

»Ich habe Birgitta keinen Alkohol gegeben, sondern es war ihr eigener Kognak, den sie getrunken hat. Ich hab ihr zwar gesagt, dass das nicht klug ist, aber andererseits bin ich der Meinung, dass ein erwachsener Mensch zu Hause trinken darf, was er möchte.«

»Ja«, sagte Virpi Einonen. »Verstehe. Aber Birgitta ist kein normaler erwachsener Mensch, sondern ein ernstlich kranker erwachsener Mensch, für den wir anderen die Verantwortung übernehmen müssen. Können Sie das verstehen?«

Ich zuckte die Achseln. Einerseits ja, aber trotzdem.

»Aber ich finde, ich habe nicht das Recht, Birgitta am Trinken zu hindern«, sagte ich.

»Und ich finde, Sie haben sowohl das Recht als auch die Pflicht, das zu tun«, sagte Virpi Einonen.

Wir sahen einander an. Ich hatte Angst. Virpi Einonen war groß, angsteinflößend und allmächtig. Virpi Einonen war eine Riesin mit grauenhaften Zauberkräften. Mit ihrem großen Mund lächelte sie ein Lächeln, das liebenswürdig sein sollte, aber das war es nicht, es war grässlich.

»Ich gebe Birgitta keinen Schnaps, und ich habe es auch vorher nicht getan«, sagte ich schließlich. Es fühlte sich an, als würden sich Virpi Einonens Augen immer tiefer in meine Seele bohren, und ich wollte nicht, dass sie die dunklen Kammern dort entdeckte.

»Also gut«, sagte sie knapp. »Vielleicht können Sie ja für sich über dieses Gespräch nachdenken. Leider kann ich Ihnen nicht mehr erlauben, Birgitta nach draußen zu begleiten, wenn Sie sich nicht unseren Regeln verpflichten. Die Regeln sind zur Sicherheit unserer Kunden da, nicht aus Boshaftigkeit.«

»Okay.«

»Aber verstehen Sie mich nicht falsch. Ich finde es wirklich erfreulich, dass Birgitta so einen netten jungen Besucher hat, der hier frischen Wind hereinbringt«, fuhr Virpi Einonen fort. »Die andere Sache sind die Blumen und die Halsbonbons und dergleichen. Ich verstehe ja, dass Sie es bestimmt gut meinen, aber es wäre besser, das zu unterlassen.«

Mir fiel vor Schreck die Kinnlade herunter, aber ich machte

den Mund so schnell wieder zu, dass meine Zähne aufeinanderkrachten. Ich hatte mich in Sicherheit gewiegt, dass ich mit dem Schrecken davonkommen würde, hatte gedacht, Virpi Einonen wüsste nichts von der Bonbondose. Aber wenn sie es wusste, was meinte sie dann? Ich versuchte ein Lächeln, aber meine Kiefer waren dermaßen angespannt, dass ich nur eine elende Grimasse hinbekam.

»Wie bitte?«, fragte ich.

»Und dann die hier.« Virpi Einonen griff unter den Schreibtisch und holte einen Haufen leerer Fleischwurstpackungen hervor. »Die haben wir überall im Pflegeheim gefunden. Fleischwurst ist sehr salzhaltig! Äußerst gefährlich für Herz- und Bluthochdruckpatienten. Das muss sofort aufhören. Außerdem könnten manche traurig sein, wenn nur einer etwas mitgebracht bekommt. Und wir haben hier Menschen mit Asthma oder Allergien. Ich will das hier nicht an die große Glocke hängen, aber wir sind ein erstklassiges Pflegeheim und können uns Skandale nicht leisten. Aber ich hoffe, wir haben uns verstanden und Sie können weiterhin frohgemut zu Besuch kommen!«, sagte Virpi Einonen mit glockenheller Stimme, und ihr Lächeln reichte wieder von einem Ohr zum anderen.

»Wie, nur einer kriegt etwas mitgebracht?«, wunderte ich mich.

»Nun, wie soll ich es formulieren? Bemerken Sie hier einen großen Besucheransturm? Hier kommt einfach niemand zu Besuch außer Ihnen«, sagte Virpi Einonen.

Ich saß da wie angenagelt und versuchte zu verstehen, was sie meinte. Doch ich kapierte überhaupt nichts. Virpi Einonen erhob sich und ging mit resoluten Schritten zur Tür. Erst als sie sie öffnete, begriff ich: Sie wollte, dass ich ging. Die Standpauke war vorbei. Ich schoss vom Stuhl hoch und stürzte aus dem Zimmer. Virpi Einonen streckte ihre Hand aus, ich schüttelte sie, vielleicht sogar etwas zu fest in dem emotionalen Aufruhr, in dem ich mich befand.

»Danke fürs Kommen. Es war gut, dass wir das zeitnah klären konnten«, sagte sie. »Bis bald!«

»Keine Ursache«, sagte ich rasch und bog in den Gang ab.

Ich ging weiter, so schnell ich mich traute, denn ich wusste genau, dass Virpi Einonens Megalächeln jeden meiner Schritte verfolgte. Als ich die Eingangshalle erreichte, sprang ich schnell zur Seite, damit sie mich nicht mehr sehen konnte. Sie wusste zweifellos alles. Alles! Ich lehnte mich an den Tresen und holte ein paarmal tief Luft. Die schreckliche Virpi Einonen. Meine innere Verwirrung hatte mich dermaßen im Griff, dass ich nicht bemerkte, wie Heikki in seinen Filzpantoffeln angeschlichen kam.

»Hi!«

»Hui!«, sagte ich.

Heikki lachte über meinen offensichtlich verdatterten Gesichtsausdruck. Er winkte mich zu sich, und ich folgte ihm dankbar wie das Rotkäppchen dem Jäger. Wir gingen in sein Zimmer, er schloss die Tür hinter uns und zeigte zum Tisch. Ich setzte mich. Immer noch spürte ich in meinem Innern, wie mich Virpi Einonens Blick überallhin verfolgte. Ich musste mich nur einmal im Zimmer umsehen, und schon fielen mir an die hundert Stellen auf, wo man praktischerweise eine Kamera und ein Mikrofon verstecken konnte, falls man zufällig die dämonischste Pflegeheimleiterin unter der Sonne war. Ich fand nicht einmal die Vorstellung abwegig, dass Virpi Einonen eine Kristallkugel aus ihrer Schublade nahm und damit meine Umtriebe verfolgte. Wenn jemand dazu imstande war, dann sie. Außerhalb des Pflegeheims spionierte mir Herr Kurttu nach und hier drinnen Virpi Einonen. Nur zu Hause war ich in Sicherheit, allerdings musste ich mich dort vor Ville in Acht nehmen.

»Möchtest du etwas trinken?«, fragte Heikki.

Aus einer Kanne schenkte er mir roten Saft in ein Glas. Ich probierte, es schmeckte nach selbst gemachtem rotem Johannisbeersaft, säuerlich und gut.

»Lecker«, sagte ich.

»Ja«, sagte Heikki und setzte sich auf den anderen Stuhl. »Heute haben wir Montag. Eine neue Woche. Genauso wie die letzte. Aber eine neue.«

Meine eigenen Wochen waren in letzter Zeit für meinen Geschmack ein bisschen zu abwechslungsreich gewesen, aber ich wollte darüber keinen Streit anfangen. Heikki könnte sich vielleicht zurückgesetzt fühlen, wenn jemand anders ein so ereignisreiches Leben hatte, auch wenn ich momentan zum Teil sehr gerne mit ihm getauscht hätte.

»Du springst ja ganz schön oft hier herum«, sagte Heikki.

»Virpi Einonen hat mich herbestellt.«

Heikki lachte auf und sah aus dem Fenster.

»Hier gab es gestern auch ein ziemliches Drama«, kicherte er.

Ich hob fragend die Augenbrauen. Heikki erzählte bereitwillig. Anscheinend war Birgitta nicht auf direktem Wege aus Eira zum Pflegeheim zurückgefahren. Sie hatte den Taxifahrer bestochen, in den Schnapsladen zu gehen und ihr dort eine Tüte voller verschiedener Spirituosen in Miniflaschen zu besorgen. Dann hatte sie sich mit dem Taxi in ganz Helsinki herumkutschieren lassen und einen Großteil der Flaschen ausgetrunken. In seinem konfusen und aufgewühlten Bericht hatte der Taxifahrer zum einen von Bestechungsgeld gesprochen, zum anderen von einer Waffe, mit der Birgitta ihm angeblich drohte, sollte er sie nicht dorthin bringen, wohin sie wollte. Am Ende waren Birgitta die Lichter ausgegangen, und der Taxifahrer hatte ihr die Hände mit dem Sicherheitsgurt gefesselt und sich schließlich getraut, sie zum Pflegeheim zurückzufahren. Pflegerinnen hatten sie ins Foyer geschoben, wo sie aufgewacht war und eine spektakuläre Prügelei um die restlichen Flaschen angezettelt hatte. Während der Rundfahrt hatte sie nämlich eine ganze Menge davon in ihren Klamotten, ihrem Rollstuhl, ihrer Tasche und sonst wo versteckt. Sie hatte mit Fäusten und ihrer Tasche um sich geschlagen und mit den Miniflaschen herumgeworfen. Es hatte lange gedauert, bis man die tobsüchtige, sturzbesoffene Birgitta beruhigt hatte und sie untersuchen konnte. Die anderen Heimbewohner waren im Foyer versammelt gewesen und hatten Birgitta lautstark Beifall gespendet. Manche waren von einer der umherfliegenden Miniflaschen getroffen oder in ein Handgemenge mit einer Pflegerin verwickelt worden, als sie versuchten, die Flaschen auszutrinken. Schließlich war das ganze Foyer voll gewesen mit Birgittas Kleidungsstücken und dem Inhalt ihrer Handtasche, mit leeren und zerbrochenen Miniflaschen, mit müden, verärgerten Pflegerinnen und johlenden Heimbewohnern. Und inmitten des Chaos hatte Birgitta in ihrem Rollstuhl vor sich hin gehechelt, müde, aber nicht bezwungen. Die Pflegerinnen hatten die fauchende Birgitta in ihr Zimmer geschleppt und offensichtlich am Bett festgebunden.

»Das war vielleicht ein Schauspiel«, schloss Heikki seine Erzählung. »Eine ganz schöne Wildkatze, die Birgitta, verflixt und zugenäht! Wir hatten richtig viel Spaß! Zum Glück habe ich es in dem Chaos geschafft, mir die Fleischwurst unter die

Strickjacke zu stecken, vielen Dank dafür! Darauf hat in dem Moment überhaupt niemand geachtet. Du weißt ja, ein Araber kann so viele Drogen ins Land schmuggeln, wie er will, man sucht bei ihm bloß Bomben, und ein Rastafari könnte hundert Bomben dabeihaben, aber er wird nur auf Drogen durchsucht.«

Ich brummte nur und rieb mir mit den Händen über das Gesicht. In diesem Moment konnte ich die Freude über die Fleischwurst nicht so recht teilen, ich war zu verwirrt von allem anderen. Hätte man das irgendwie voraussehen müssen? War das alles meine Schuld? Ich fand, nein. Und es war eigentlich ganz schön gemein von Virpi Einonen, mir für alles die Schuld zu geben. Sie hatte ja nicht mal gewusst, dass Birgitta schon in ihrer Wohnung angetrunken gewesen war, bevor ich ihr das in meiner Dummheit auch noch gesagt habe.

Es gehört zur Entwicklung eines Kindes, dass es irgendwann begreift, dass die Mutter nicht dieselben Dinge weiß wie es selbst, was Lügen überhaupt erst ermöglicht. Ich schätze, diesen Entwicklungsschritt habe ich übersprungen, denn ich finde es immer noch schwer zu verstehen, dass andere Leute nicht dasselbe wissen wie ich. Deshalb passiert mir so was Idiotisches, dass ich Leuten Sachen sage, die sie gar nicht wissen sollen, weil ich denke, sie wissen es sowieso. Es grenzte an ein Wunder, dass ich nicht sofort damit herausplatzte, dass ich Drogen ins Pflegeheim geschmuggelt hatte, und, was noch schlimmer war, Fleischwurst.

»Ob ich mal bei Birgitta vorbeischaue?«, murmelte ich hinter meinen Fingern.

»Lass gut sein, sie ist immer noch ziemlich stinkig«, sagte Heikki. »Am besten gehst du ganz in Ruhe nach Hause und kommst wieder, wenn die Wogen sich geglättet haben.«

Ich nippte am Saft und drehte das Glas zwischen den Händen. Ich fühlte mich kraftlos und außerstande, mich auf den Beinen zu halten. Virpi Einonen hatte alle Lebenskraft aus mir herausgesogen. Vielleicht arbeitete sie deswegen in dieser Branche. Hier hatte sie ein ganzes Pflegeheim voller Opfer, denen sie die Lebenskraft aussaugen konnte, und niemand wunderte sich, dass die Bewohner darüber immer schwächer wurden und schließlich starben.

»Der Saft schmeckt gut«, sagte ich noch einmal, um etwas zu sagen.

»Ja, hat meine Frau gemacht, aus den Beeren in unserem Garten«, sagte Heikki wehmütig.

»Du hast eine Frau?«, fragte ich. Das war ein seltsamer Gedanke. Warum war jemand im Pflegeheim, wenn er so gut beieinander war und außerdem zu Hause Johannisbeersträucher und eine Frau hatte?

»Nein«, sagte Heikki. »Und auch keinen Garten. Mehr.«

»Ach so«, sagte ich. »Dann mein herzliches Beileid.«

»Ja, danke. Meine Frau ist vor einem Jahr gestorben. Überraschend. Und dann dachte ich, was zum Henker soll ich noch hier, und wollte auch sterben. Aber das war gar nicht so leicht. Das Sterben.«

Heikki lächelte, und ich versuchte es auch, weil ich nicht wusste, wie man sich in so einer Situation verhält. Ich hatte noch nie jemanden getroffen, der einen nahen Angehörigen verloren oder versucht hatte, sich umzubringen.

»Ich hatte Pillen geschluckt. Aber im ungünstigsten Moment kam zufällig meine Tochter vorbei und rief den Krankenwagen. Dann brachte man mich zuerst in die Psychiatrie und anschließend hierher. Meine Tochter hat das Haus und alles verkauft. Ich habe die Papiere im Krankenhaus im Pillendelirium unterschrieben, und damit waren auch die Johannisbeeren futsch. Seitdem habe ich nicht viele Worte mit ihr gewechselt«, brummelte Heikki. »Meine Tochter ist kein schlechter Mensch, aber was sie gemacht hat, war nicht gut. Ich finde, man sollte selber bestimmen können, wann man stirbt. Jetzt sitze ich hier alleine rum und mache mir Gedanken über die Welt, muss mich rechtfertigen, dass ich mein Gebiss nicht tragen will, und habe mehr Appetit auf Fleischwurst, als gut für mich ist. Was soll das alles bloß?«

Das konnte ich ihm auch nicht sagen.

»Willst du denn immer noch sterben?«, fragte ich.

»An sich schon, aber vielleicht nicht heute. Ich dachte, ich trinke wenigstens noch den Johannisbeersaft aus, damit Eila ihn nicht umsonst gekocht hat. Ein paar Flaschen habe ich noch.«

Ich schluckte. Hier sitzen wir also und trinken Heikkis Lebenszeit, dachte ich, und es fühlte sich sehr schicksalhaft und konkret an.

»Aber es ist ja nicht eilig. Also brauchst du dir auch keine Sorgen zu machen. Man muss es genau planen. Ich habe mich ein bisschen damit auseinandergesetzt, und es ist gar nicht so leicht zu sterben, vor allem, wenn es schnell, sauber und möglichst schmerzlos über die Bühne gehen soll. Aber mir fällt schon noch was ein, ich habe ja Zeit«, sagte Heikki ruhig. »Mich ärgert allerdings, dass ich die Sache nicht bis zu Ende durchdacht hatte. Wäre ich nämlich klüger gewesen, hätte ich das Haus verkaufen und mit Heroin anfangen können, aber dafür ist es jetzt wohl zu spät. Es soll allerdings eine angenehme Art zu sterben sein – eine Überdosis Heroin. Heroin und Ertrinken.«

»Sag niemals nie«, sagte ich ermutigend.

»Also, wenn dir eine gute Selbstmordidee kommt, dann höre ich sie mir gerne an.«

Heikki blickte aus dem Fenster und sah dabei gleichmütig aus. Vielleicht wird man so, wenn man beschlossen hat zu sterben: ruhig und zufrieden. Alles ist geregelt, man braucht sich nicht mehr aufzureiben, denn bald kommt ja ohnehin der Tod. Aber was wusste ich schon davon, ich wollte ja gar nicht sterben. Neu war mir auch, dass man aus so einem Grund ins Pflegeheim kommen konnte. Vielleicht unterscheiden sich Selbstmordgedanken ja gar nicht so wesentlich von anderen Krankheiten – ihnen allen liegt an und für sich betrachtet eine Todessehnsucht zugrunde. Ich verstand sehr gut, dass es die Arbeit der Pflegerinnen war, die Patienten am Leben zu halten, und dass auch die Tochter nicht wollte, dass ihr Vater starb, aber so auf der prinzipiellen Ebene sollte ein erwachsener Mensch doch selbst entscheiden können. Oder ich weiß es nicht. Das ist einfach zu schwierig.

Meine Gedanken schweiften einen Moment lang zu der Frage ab, ob ich Birgitta am Trinken hätte hindern sollen, ob das meine Pflicht als Angehöriger gewesen wäre. War es ein Fehler, Birgitta Gras mitzubringen? Aber die Dinge sind nicht ausschließlich schwarz-weiß. Nichts, niemals. Darf man sterben oder muss man leben und es nüchtern ertragen? Oder darf man sich selbst medikamentieren, wenn das Leben unerträglich ist?

Allmählich kam mir alles, was hier im Pflegeheim ablief, widersinnig vor. Warum musste man Menschen, denen es sowieso nicht gut ging, auch noch die letzten Freuden nehmen? Warum setzte man nicht auf Qualität statt Quantität? Angenommen, es gäbe zwei Arten von Altenpflege: Bei der einen ginge es darum, die Leute – ohne Salz – möglichst lange am Leben zu halten, und bei der anderen, das Ende so fröhlich wie möglich zu gestalten – ich bin mir sicher, die Seniorenheime mit dem langen Leben wären ziemlich leer. Aber das ist bloß meine Meinung, und ich bin ja immerhin der Kerl, der Drogen ins Pflegeheim schmuggelt, also sollte man vielleicht nicht allzu ernst nehmen, was ich dazu zu sagen habe.

Ich trank den Saft aus und stellte das Glas auf den Tisch. Zeit zu gehen. Heikkis Lebenszeitsaft hatte mich aufgemuntert. Ich stand auf.

»Warte, ich will dir noch die Wurst bezahlen«, sagte Heikki.

Er nahm ein Portemonnaie aus der Schublade und streckte mir einen Hunderteuroschein hin. Ich rollte mit den Augen. Was war eigentlich mit diesen alten Leuten los?

»Das ist jetzt aber übertrieben. Ich brauche kein Geld«, sagte ich.

»Nein, nein, ich bestehe darauf. Für deine Mühe und überhaupt, ich brauche dieses Geld nicht.«

»Wenn du nicht aufhörst, mir Geld aufzudrängen, waren das die letzten Würste deines Lebens«, sagte ich streng.

Schnell stopfte Heikki den Schein zurück ins Portemonnaie, warf es wieder in die Schublade, knallte sie zu und hob die Hände zum Zeichen, dass er sich ergab.

»Es könnten allerdings tatsächlich deine letzten Würste gewesen sein. Ich weiß nicht, ob ich mich hier noch mal hertrauen kann«, sagte ich.

Oder ob ich überhaupt will, dachte ich, aber das sagte ich nicht laut, denn das wäre taktlos gewesen. In diesem Moment war ich sicher, dass es auf der ganzen Welt nichts gab, was mich hierher zurückbringen könnte, wenn ich es jetzt heil nach draußen schaffen würde.

»Sei nicht so dramatisch, so was ist doch schnell vergessen. Also tschüs! Ich hoffe, wir sehen uns bald wieder«, sagte Heikki.

»Vielleicht. Danke für den Saft.«

An der Tür hob ich die Hand zum Abschied. Draußen im Korridor stellte ich fest, dass die Leuchtstoffröhre, die beim letzten Mal geflackert hatte, repariert war. Es war ruhig, niemand war zu sehen. So schnell, wie es ging, schlich ich den Gang entlang. Ich hatte Angst, Birgitta oder eine von den geklonten Pflegerinnen könnte mich sehen und Birgitta würde erfahren, dass ich im Pflegeheim gewesen war, ohne sie zu besuchen. Die ganze Zeit spürte ich den prüfenden Blick von Virpi Einonen auf mir. So wie früher als Kind, als ich mir ganz sicher war, dass mich aus jeder Ritze ein Velociraptor beobachtet und gleich über mich herfällt. Ich beschleunigte meine Schritte. Draußen seufzte ich erleichtert auf und sog die frostige Luft in meine Lungen.

Die Dinge waren einfach zu verwirrend. Plötzlich war ich mit lauter Verantwortungs- und Pflichtgeschichten konfrontiert, für die ich überhaupt nicht bereit war. Ich war nicht erwachsen genug, um für jemand anderen außer mich selbst die Verantwortung zu übernehmen. Ich sehnte mich nach meinem Bett, da spionierte mir wenigstens keiner nach. Und dorthin ging ich dann auch.

14. Hunger

Auf dem Fensterbrett lag ein Stapel mit Büchern und Papieren, daneben stand ein Schraubglas. In dem Glas steckten ein Füller, ein Druckbleistift, eine Marmorkugel, ein rotes, ein gelbes und ein grünes Feuerzeug sowie ein Kreuzschlitzschraubenzieher mit einem orangefarbenen Griff. Über dem Bett hingen immer noch drei Hunderter an der Wand. Der große Fernseher verdeckte einen Teil des Fensters und versperrte den Weg zum Schreibtisch, allerdings gab es auch keinen Grund, dorthin zu gehen, denn auf dem Tisch lagen hauptsächlich dreckige Klamotten, und wer will die schon benutzen. Niemand. In der Schreibtischschublade lag immer noch der gefaltete Pizzaprospekt, der noch ein kleines bisschen Dope enthielt, aber es war schon belastend genug zu wissen, dass er dort lag, ich musste nicht ständig daran erinnert werden. Jetzt, wo ich Birgitta erst mal mit reichlich Joints versorgt hatte, konnte der Prospekt in aller Ruhe dort liegen, und ich wollte nicht darüber nachdenken – aber ich tat es trotzdem.

Ich stand in Boxershorts an meinem angestammten Platz zwischen dem Fußende des Bettes und dem Fensterbrett und umklammerte den Vorhang. Die Ecke war vom täglichen Umklammertwerden schon ganz zerknautscht. So wusste ich, wo ich anfassen musste. Das war heimelig. Im Zimmer herrschte Zwielicht, draußen auch. Mit der anderen Hand rieb ich meinen Bauch. Er fühlte sich hohl an. Er war auch sonst nicht gerade prall, aber in letzter Zeit war es wirklich spannend geworden, ob die Hose nicht bald mal herunterrutschte, denn mir waren die Löcher am Gürtel ausgegangen. Die Haut an den Hüftknochen war schon aufgescheuert.

An diesem Tag schneite es nicht. Die Fahrbahnen waren zwar geräumt worden, aber die Schneefälle der letzten Tage hatten die geräumten Bereiche wieder schrumpfen lassen. Bald wären wir vom Schnee eingeschlossen. Ich versuchte, mir einzureden, dass ich einfach so dastand, wie sonst auch, und mit meinem Blick nicht nach Herrn Kurttu suchte, aber in Wahrheit suchte ich ihn, die ganze Zeit. Doch er war nicht zu sehen. Deshalb beruhigte ich mich und war schon fast so weit zu glauben, dass Herr Kurttu auch noch anderes zu tun hatte, als in der Kälte darauf zu warten, dass ich zum Laden an der Ecke ging.

Da kam Ville in mein Blickfeld gelaufen. Er machte mit seinen langen Beinen große Schritte auf dem Bürgersteig, ganz offensichtlich auf dem Weg nach Hause. Er hörte Musik, Kabel führten zu seinen Ohren. Er sah munter aus, fröhlich und jung. Mit wenigen Schritten hatte er den schmalen Pfad vom Bürgersteig zur Haustür genommen und kam jetzt wahrscheinlich ins Gebäude, das konnte ich von meinem Platz am Fenster aus nicht sehen. Dieser sorglose Widerling! Ich und Ville waren in der Krise, aber als Privatperson war Ville viel mehr verliebt und glücklich als traurig und in der Krise. Das fand ich unfair. Ich wollte auch lieber glücklich sein. Ich rieb mir weiter den Bauch. Heute sollte ich wahrscheinlich etwas essen, dachte ich. Wie war es nur zu alldem gekommen? Das Zuschlagen der Wohnungstür unterbrach mein Selbstmitleid und Lamentieren. Ich wartete bewegungslos auf eine irgendwie geartete Begrüßung oder Nachfrage, ob ich da sei, aber man hörte nur zweimal ein kurzes Poltern, als Ville sich die Schuhe von den Füßen kickte. Dann ein Donnern, als seine Zimmertür zufiel.

Ich entspannte mich und setzte mich auf die Bettkante. Am liebsten hätte ich ein bisschen geweint, aber als ich mir gerade zugestanden hatte, loszuschluchzen wie ein kleines Mädchen, fiel mir eine rote Spitze auf, die zwischen den Rippen der Heizung hervorschaute. Es war ein Buch aus der Bibliothek, von dem ich dachte, ich hätte es verloren. Als ich es hervorzog, kam auch ein staubiges T-Shirt zum Vorschein, mein Lieblings-T-Shirt, schwarz, mit Rotkäppchen und dem Wolf vorne drauf. Es ist richtig schön, und ich hatte es sehr bedauert, dass es verschwunden war. Über diesen unerwarteten Fund freute ich mich dermaßen, dass ich das T-Shirt sofort überzog, ohne mich darum zu scheren, dass es nicht gerade vor Sauberkeit strahlte.

Das löste einen schier unglaublichen Energieschub aus und führte dazu, dass ich mir auch noch Socken, eine Jeans und eine Strickjacke anzog. Unter dem immer noch recht ansehnlichen Klamottenhaufen schaute Birgittas Umschlag mit dem Geld hervor. Aus einer Eingebung heraus steckte ich ihn in meine Umhängetasche, setzte mir eine Wollmütze auf und sprintete in den Flur, um mir die Schuhe anzuziehen. Ich hatte beschlossen, essen zu gehen.

Ich schlüpfte aus der Wohnungstür, rannte nach unten und ging, immer noch voller Tatendrang, zur Bushaltestelle, bis ich dort feststellte, dass mir kalt war. Ich hatte zwar daran gedacht, mir eine Jacke anzuziehen und eine Mütze aufzusetzen, aber Handschuhe und Schal hatte ich vergessen, was allerdings nichts Neues war. Ich versuchte, den Hals einzuziehen, aber so richtig funktionierte das nicht. Wie ich da also meine Schildkrötenübungen machte, klingelte das Telefon. Es war meine Mutter. Ich nahm ab.

»Ja«, sagte ich.

»Mama hier aus Torremolinos!«

»Ich weiß, wer du bist, Mama«, sagte ich angefressen. Wahrscheinlich würden wir diesen Dialog führen, bis einer von uns ins Gras biss.

»Jaja, gut, gut«, sagte Mama. »Ich finde, du könntest dich auch ein bisschen höflicher melden. ›Ja‹ ist ganz schön unfreundlich. Ich schätze, du machst das nur bei mir, weil Kinder ihren Müttern auf den Wecker gehen wollen, aber ich hoffe doch sehr, dass du dich bei anderen Anrufern mit deinem Namen meldest, oder?«

»Die wissen doch, wen sie anrufen!«

»Aber woher sollen sie wissen, wer abnimmt?«

»Wer sollte denn sonst bei mir ans Telefon gehen, wenn nicht ich?«

»Vor einer Woche hat sich aber irgendein Mädchen gemeldet.«

Scheiße, dachte ich. Sie hat gewonnen.

»Okay, wenn man an ein fremdes Telefon geht, kann man sich mit Namen melden, aber prinzipiell sollte man doch annehmen, dass demjenigen, der sich meldet, das Telefon auch gehört«, fuhr ich unverdrossen fort.

»Was auch immer du sagst, eine Mutter fühlt sich auf ewig verantwortlich für das Ergebnis ihrer Erziehung.«

»Soso«, sagte ich und hüpfte, um warm zu werden.

»Wo bist du?«

»An der Bushaltestelle.«

»Du bist doch wohl nicht bei Birgitta?«, fragte Mama besorgt.

»Nein, sie wohnt ja schließlich nicht an der Bushaltestelle. Und was geht dich das überhaupt an?«

»Ich habe dich nur gebeten, dass du dort als freundliche Geste einmal vorbeischaust. Dass du Blumen mitbringst und sagst, meine Mutter Anne wünscht dir gute Besserung. Nie und nimmer habe ich gemeint, dass du da regelmäßig hinrennen sollst.«

»Du hättest mir von vornherein sagen sollen, was da auf mich zukommt.«

»Wärst du denn dann hingegangen?«

»Natürlich nicht.«

»Warum hätte ich es dann sagen sollen, du Dummerchen? Aber du gehst doch nicht mehr hin, oder?«

»Was geht's dich an?«, sagte ich anklagend.

Jetzt war es wirklich ein bisschen spät für Ratschläge, schließlich war die Scheiße schon vor Wochen in den Ventilator geflogen.

»Hör mal, Miska, Birgitta hat viele Probleme, aber es ist besser, wenn wir uns darum nicht weiter kümmern. Lass Birgittas Angehörige das erledigen.«

»Welche Angehörigen? Es gibt keine Angehörigen!«, raunzte ich.

»Hör mal zu, mein Schatz, wir kümmern uns jetzt einfach nicht mehr um Birgittas Angelegenheiten.«

»Wir? Ich bin hier ganz allein mit den Angelegenheiten. Du amüsierst dich in Torremolinos!«, brüllte ich.

»Miska!«

Dann schwiegen wir und schmollten so lange, bis ich den Bus heranfahren sah. Ich gab das Handzeichen, damit er anhielt.

»Der Bus kommt«, sagte ich.

»Also gut«, sagte Mama. »Du hast mir noch nicht gesimst, was du aus dem Duty-free-Shop haben möchtest, obwohl ich dich schon mehrmals dran erinnert habe. Wir bringen also dieses englische Lakritz mit, das dann wieder keiner isst. Morgen Abend sind wir wieder in Finnland. Hast du daran gedacht, was zu essen?«

»Jaja, ich bin gerade auf dem Weg in die Mensa«, sagte ich. »Jetzt muss ich einsteigen. Tschüs.«

»Tschüs, mein Schatz, ich melde mich dann wieder, wenn wir zu Hause sind. Und geh nicht mehr ins Pflegeheim, hörst du?«

Ich sagte nichts mehr, sondern beendete das Gespräch. Im Bus ging ich nach ganz hinten durch. Ich drückte die Knie an die Rückenlehne vor mir und die Wange ans Fenster und kümmerte mich nicht um die Hunderten von Dreckflossen, die vorher an der Scheibe herumgefingert hatten. Mama zog einem irgendwie die Energie ab. Ich hatte immer wieder das Gefühl, mit einem Schwarz-Weiß-Fernseher zu kommunizieren. Sie plapperte nur ihr eigenes Zeug und hörte überhaupt nicht zu. Und Essen war die Lösung für alles. Das erinnerte mich an unseren Familienurlaub in Kolmården.

Kolmården

Als Miska sechs Jahre alt war, fuhr die dreiköpfige Familie Tammi in den Sommerurlaub nach Schweden. Auf der Fähre hatten sie drei Stunden im Restaurant gesessen und auf einen Teller mit Hackbällchen und Kartoffelpüree gestarrt. Als seine Mutter am Tresen gefragt hatte, was Miska gerne essen würde, hatte er die Schultern gezuckt, denn eigentlich wollte er nur Cola, aber die würde seine Mutter ihm sowieso nicht kaufen, also lohnte es sich nicht, es überhaupt anzusprechen. Seine Mutter sagte, alle Kinder mögen Hackbällchen, du jetzt also auch, und bestellte welche. Dann saß Familie Tammi am Tisch und bewachte den Teller mit den Hackbällchen, die Miska eigentlich essen sollte und die immer kälter wurden. Der Vater trank Bier, und die Mutter rauchte. Nach einer Stunde fing sie an, mit ihren langen roten Fingernägeln nervös auf dem Tisch herumzutrommeln.

»Ich verstehe nicht, wieso dieses Kind nichts isst«, sagte sie. »Man muss essen, sonst hat man keine Lebenskraft.«

Der Vater zuckte die Schultern. Ihn interessierte es nicht sonderlich, ob Miska aß oder nicht, denn er hatte jetzt Urlaub und wollte einfach nur in Ruhe ein paar Bier trinken. Daher lächelte er bloß und klopfte Miska ermutigend auf die Schulter.

»Warum isst du nichts?«, sagte die Mutter fordernd.

Miska hob die Schultern. Er aß nichts, weil das Püree schleimig und stückig war, es erinnerte ihn an Rotz, und bestimmt schmeckte es auch nach Rotz, das ging gar nicht anders. Den Hackbällchen sah man schon von Weitem an, dass große, durchscheinende Zwiebelstückchen drin waren. Die Soße war braun und bedeckte alles auf dem Teller, und an der Oberfläche sah man im Seelicht, das durch die Fenster hereinschwappte, das Fett glänzen, und Miska stellte sich vor, wie das Fett und die Bräune sich in seinem Mund ausbreiteten, am Gaumen klebten und ihn vom Mund bis zum Enddarm komplett ausfüllen würden, wenn er das äße, und dieses Risiko konnte er nicht eingehen. Am Tellerrand lagen Tomaten- und Gurkenstückchen, an denen prinzipiell nichts auszusetzen war, aber da sie die Soße berührten, waren auch sie ungenießbar. Miska schluckte und warf seiner beleidigt aussehenden Mutter einen

Blick zu. Dann beschloss er, ein Zugeständnis zu machen, und schnitt von einer Tomatenscheibe mit Messer und Gabel ein Stückchen ab, das die Soße nicht berührte, und schob es sich langsam in den Mund. Seine Mutter wandte sich gekränkt ab.

»Womit habe ich bloß so ein schwieriges Kind verdient?«, sagte sie zum Vater.

»Nun lass mal«, sagte der.

Miska nahm einen Schluck Milch. Die konnte man trinken, sie war sauber und ehrlich. Und es machte auch nichts, dass sie nicht mehr kalt war. Miska trank die Milch mit geschlossenen Augen.

Schließlich ging seine Mutter zur Toilette. In dieser Zeit vertilgte sein Vater die Hälfte von Miskas Hackbällchen und Püree und lächelte ihm aufmunternd zu. Die Mutter wusste sofort, was passiert war, aber weil sie nichts beweisen konnte, schmollte sie nur. Sie hatte das Gefühl, ihre gesamte Familie habe sie hintergangen und halte sie für eine gemeine Kinderquälerin, obwohl sie verflixt noch mal nur ihr geliebtes Kind zum Essen anhalten wollte. Danach sagte die Mutter nichts mehr, bis sie schon im Auto außerhalb von Stockholm waren und der Vater aus Versehen die falsche Ausfahrt nahm. Da entfuhr ihr ein hässliches Wort. Miska betrachtete durch das Fenster die vorbeifliegende schwedische Landschaft und hatte keine Lust, sich das Genörgel seiner Mutter anzuhören, denn schließlich bezog es sich diesmal nicht auf ihn.

In Norrköping stiegen sie im Hotel ab. Im Zimmer waren zwei Betten und ein Zustellbett, in dem Miska schlafen konnte. Er packte seine Bücher und seine wichtigsten Spielsachen aus: Don, Raph, Mike und Leo, und setzte sie auf einen Stuhl direkt an seinem Bett. Da konnte er sie auch nachts anschauen. Die *Teenage Mutant Ninja Turtles* waren sein Ein und Alles.

Aus dem Hotelzimmer kam man direkt auf den Innenhof des halbkreisförmigen Hotels, dort war eine weite Rasenfläche, auf der ein großer Baum wuchs. Die Eltern wollten sofort essen gehen. Miska nicht. Die Hackbällchenepisode war erst vier Stunden her, aber um einem weiteren Wutanfall zuvorzukommen, zog Miska die Turnschuhe mit den Klettverschlüssen an, setzte sich die Schirmmütze auf und folgte seinen Eltern ins Restaurant.

Der Vater und die Mutter bestellten sich Pfeffersteaks, und die Mutter las Miska die Kinderkarte vor, denn er konnte noch nicht lesen. Er war sechs und würde erst nach dem Sommer in die Schule kommen. Ville konnte schon ein bisschen lesen, was Miska ein wenig ärgerte.

»Jetzt sei lieb und sag mir, was du essen möchtest, damit wir uns nicht wieder streiten müssen«, sagte die Mutter.

»Toastbrot, Butter und eine Cola«, sagte Miska.

Seine Mutter seufzte tief und schaute mit einem leidenden Gesichtsausdruck den Vater an, der in die Ferne starrte. Er war im Urlaub und wollte einfach nur ein Pfeffersteak und ein paar Bier.

»Auf dieser Speisekarte gibt es kein Toastbrot und keine Butter. Würdest du Spaghetti mit Hackfleischsoße essen? Oder Pommes und Würstchen?«

Miska dachte nach. Er mochte Spaghetti mit Ketchup, aber die Hackfleischsoße barg ein großes Risiko. Sie wäre vielleicht braun und voller Zwiebelstückchen. Pommes mochte er auch, aber nur Lockenpommes und wenn es dazu Ketchup gab. Zu Würstchen hatte er noch kein klares Verhältnis entwickelt, sie waren jedes Mal eine Überraschung.

»Gibt es Ketchup zu den Pommes?«, fragte Miska sicherheitshalber.

»Ja«, sagte die Mutter und zeigte mit ihrem roten Fingernagel auf die Ketchupflasche, die mitten auf dem Tisch stand.

»Dann Pommes und Cola.«

»Und Würstchen«, sagte die Mutter.

»Keine Würstchen«, sagte Miska.

»Doch«, sagte die Mutter.

Miska sagte nichts mehr. Die Würstchen kamen. Sie waren gebraten, fettig und braun. Miska konnte sich beim besten Willen nicht vorstellen, sie zu essen. Die Pommes waren zum Glück Lockenpommes, die Gurken und Tomaten berührten nicht die Würstchen, sondern die Pommes, und so konnte Miska einen großen Teil seiner Portion aufessen. Während seine Mutter auf der Toilette war, vertilgte sein Vater zwei von Miskas Würstchen, aber diesmal verzichtete die Mutter darauf, einen Betrug zu unterstellen, denn sie wollte ihnen nicht den Abend verderben. Alle waren fröhlich, und Miska bekam eine zweite Cola und zum Nachtisch Vanilleeis mit Schokoladensauce, und er hatte keine Probleme, alles aufzuessen, obwohl die Sauce braun war.

Am nächsten Morgen ging es nach Kolmården. Da war es wie im Zoo in Helsinki, nur mit dem Unterschied, dass die Elefanten mitten auf den Wegen standen und nicht im Käfig. Die Mutter rannte von einem Tier zum anderen und quiekte vor Freude. Miska hatte Angst. Er hatte aus einiger Entfernung einen Pfau gesehen, und der hatte überhaupt nicht vertrauenerweckend gewirkt, im Gegenteil, er machte einen sehr gefährlichen und überheblichen Eindruck. Er schlug sein riesiges Rad und betrachtete hochmütig die vorbeiflanierenden Menschen, wie auf der Suche nach einem passenden Opfer, das er gleich demonstrativ angreifen würde. Miska machte einen großen Bogen um den Pfau.

Seine Mutter stürmte auf einen Elefanten zu, tätschelte ihn und forderte, dass Miska auch dazukam. Doch er hatte nicht das geringste Verlangen, einem so großen lebenden Tier nahe zu kommen. Er ballte die Hände hinter dem Rücken zu Fäusten und schüttelte den Kopf. Da gehe ich auf keinen Fall hin, dachte er. Irgendwo muss Schluss sein mit dem Heldentum. Der Elefant könnte ja aus Versehen auf ihn stürzen. Über seinen Rüssel stolpern. Und das hätte man dann davon. Schließlich zwang die Mutter den Vater, sich Miska unter den Arm zu klemmen und ihn zum Elefanten zu schleppen, damit sie ein Foto von ihnen machen konnte. Das wurde ein unvergessliches Foto: ein gleichgültiger Elefant und ein abwesend in die Ferne schauender Mann mit einem puterroten Kind unter dem Arm, das vor Todesangst schrie.

Am besten fand Miska in Kolmården den Tapir. Der stand einfach geistesabwesend in seinem Gehege herum. Er stand da und machte kein großes Gewese um sich, er war nicht blutrünstig und nicht besonders bunt, nicht groß und auch nicht gefährlich. Der Tapir war einfach eine schwarzgraue Wurst mit einer Art Rüssel. Miska lehnte sich an den Zaun und betrachtete ihn interessiert. Ja: Der Tapir war toll.

Im Café bekam Miska ein Eis. Seine Mutter hätte ihm lieber ein Brötchen gekauft, aber bei den komischen, in Plastikfolie verpackten Dingern konnte man nicht mal erahnen, was drauf war. Da seine Mutter in dem Moment keine Lust hatte, sich zu streiten, bekam Miska ein schwedisches Schokoladeneis in der Waffel. Danach hätte er gerne noch einmal beim Tapir vorbeigeschaut, aber seine Eltern wollten weitergehen. Miska begriff nicht, warum man weitergehen musste, wenn man das, was man gut fand, schon gefunden hatte, aber da standen zwei Erwachsene gegen ein Kind.

Schließlich war der Tag um, und es ging ins Hotel zurück. Miska hätte am liebsten auf seinem Bett gelegen, seine Ninja Turtles angesehen und in seinen Büchern geblättert, aber seine Mutter war der Meinung, sie müssten wieder essen gehen. Essen, essen, essen. Das Leben seiner Mutter war ein einziges Essen. Wenn ich erst mal erwachsen bin, esse ich überhaupt nichts mehr, dachte Miska. Außer Toastbrot, stellte er klar. Und Cola und Pommes mit Ketchup. Sie gingen ins Restaurant, und wieder musste man sich entscheiden. Diesmal gab es Pommes nur zusammen mit Chicken Nuggets, und Miska musste sich damit zufriedengeben. Er bekam einen Plastikkorb, in dem Stäbchenpommes und Hähnchennuggets durcheinanderlagen. Die Hähnchennuggets sahen tatsächlich nicht komplett unmöglich aus. Miska spießte eins zur Probe auf seine Gabel und dippte es in das Ketchup. Dann probierte er vorsichtig. Nein, das war grauenhaft, er bekam sofort einen Würgereiz. Die Stäbchenpommes waren mit den Lockenpommes nicht zu vergleichen, aber seine Mutter sah so müde und traurig aus, als sie ihn ansah, dass Miska beschloss, ein lieber Junge zu sein und es zu versuchen. Er tauchte die Pommes in das Ketchup und aß sie fast alle auf, obwohl sie die Hähnchennuggets berührten. Seine Mutter sagte nichts, sondern seufzte nur und richtete ihren beschwörenden Blick auf den Vater, der seinerseits interessiert das Aquarium betrachtete und an seinem Bier nippte.

»Ist doch schön im Urlaub«, sagte der Vater. »Oder?«

»Ja!«, sagte Miska, der sehr zufrieden mit sich war, weil er fast alle Pommes gegessen hatte und sich nun der Cola widmen konnte. Gleich dürfte er bestimmt ins Hotelzimmer gehen.

Am nächsten Morgen fuhren sie nach Stockholm und dann mit der Fähre zurück nach Finnland. An Bord saßen sie auf

Bänken und schauten übers Meer. Die Eltern rauchten und seufzten. Dann kam seine Mutter auf die Idee, dass Miska unbedingt ins Spielzimmer gehen und dort mit anderen Kindern spielen sollte. »Alle anderen Kinder finden das toll, da ist es echt super, mach doch auch mit«, tönte sie und schob Miska vor sich her zum Spielzimmer. Er spähte durch die Tür und sah ein Zimmer voller abgenutzter fremder Spielsachen und fremder Kinder, die Bälle umherwarfen, auf einer Rutsche rutschten, Malbücher ausmalten und Schwedisch sprachen.

»Na, siehst du, ist das nicht schön, spiel hier doch ein bisschen. Ich und Papa gehen inzwischen in den Duty-free-Shop«, sagte die Mutter. »Stürz dich einfach ins Getümmel, wir holen dich nachher wieder ab.«

Dann verschwand sie. Miska drückte sich neben der Tür an die Wand und betrachtete die anderen Kinder. Sie sausten ohne die geringste Todesangst die Rutsche herunter, mit dem Kopf zuerst, und lachten dabei wie blöde. Zwei Mädchen malten in Malbüchern, der einen lief der Rotz aus der Nase, und in regelmäßigen Abständen wischte sie sich die Nase mit dem Ärmel ihrer Rüschenbluse ab. Miska steckte die Hände tiefer in die Hosentaschen. Seine Mutter hatte versprochen, dass sie ihn abholen würden, und er hatte keinen Grund, daran zu zweifeln, aber er fühlte sich im Spielzimmer nicht wohl. Er rutschte an der Wand entlang in die Hocke, schlang die Arme um die Knie, schloss die Augen und wiegte sich hin und her. Er wollte nach Hause und mit Ville spielen, nicht mit ausländischen, verrotzten Wilden, nur mit Ville und seinen eigenen Spielsachen.

Es fühlte sich an wie hundert Jahre, bis seine Mutter zurückkam. Die anderen Kinder hatten Miska gar nicht beachtet, oder wenn doch, hatte Miska es nicht gemerkt, denn er hatte sich die ganze Zeit mit geschlossenen Augen an der Wand hin und her gewiegt.

»Herrgott noch mal!«, schimpfte die Mutter, als sie Miska sah. »Hast du etwa gar nicht gespielt?«

Miska wiegte sich weiter. Die Mutter zerrte ihn am Arm nach oben und schüttelte ihn ein wenig. Miska fing an zu weinen.

»Was ist mit dir los? Warum kannst du nicht sein wie andere Kinder? Warum musst du immer so schwierig sein?«, brüllte sie.

Miska sagte nichts, sondern weinte nur lautlos, denn seine Mutter war jetzt diejenige, die sprach. Und außerdem wusste er auch nicht, was er hätte antworten sollen. Er wusste nicht, warum er immer so schwierig war. Er wäre schrecklich gerne einfach gewesen, aber das funktionierte eben nicht. Der Vater sah verwundert, wie seine Frau den weinenden Jungen den Gang entlangschleifte.

»Was ist denn jetzt? Hat er sich mit den anderen Kindern gestritten?«, fragte Papa.

»Nein, aber dein Sohn will einfach nicht spielen! Kauert alleine an der Wand wie irgend so ein Schwachsinniger! Ich weiß nicht, was ich noch machen soll, er isst nicht, er spielt nicht, er spricht nicht und tut auch sonst nichts, was normale Kinder tun, er hängt bloß rum und hat Angst. Ich habe alles versucht. Ich verstehe nicht, wie zwei extrovertierte Menschen wie wir ein so verschlossenes Kind produzieren konnten!«, schrie die Mutter mit Tränen in den Augen und schubste Miska zu seinem Vater.

Der nahm ihn auf den Schoß und tätschelte seine Schulter.

»Nun, man will ja auch nicht die ganze Zeit spielen«, sagte er. »Spielen ist für Kinder ja Arbeit, und Miska muss doch auch mal Urlaub haben.«

»Komm du mir jetzt nicht auch noch!«

Danach sprach die Mutter nicht, bis sie zu Hause waren, und auch dort sagte sie nur einen Satz, nämlich, sie gehe jetzt ins Bett. Am nächsten Morgen kochte sie Kakao für Miska und gab ihm einen Kuss auf den Kopf und sagte, er sei ihr Goldstück, und heute würden sie Hefeteilchen backen. Miska lächelte. Zu Hause war es viel schöner als im Urlaub. Ende der Geschichte.

Mit der Erinnerung an Kolmården verging mir der Hunger gleich wieder, und so stieg ich mitten in Punavuori aus dem Bus aus und marschierte in die erstbeste Kneipe. Sie war klein und schäbig, aber es gab Bier, und das war völlig ausreichend. Ich bestellte eins und setzte mich an einen klebrigen Tisch am Fenster. Ich überlegte, ob es in der Kneipe möglicherweise Nüsse oder Chips zu kaufen gab, vielleicht konnte ich damit eine Mahlzeit überbrücken. Draußen war schon am frühen Nachmittag die Dämmerung hereingebrochen, und es waren nur wenige Menschen unterwegs.

Als ich mir das zweite Bier holte, stellte sich heraus, dass es keine Nüsse gab, bloß getrockneten Tintenfisch, warum auch immer, bestimmt ein großer Verkaufsschlager. Ich genoss das Gefühl der Taubheit, das sich allmählich in mir ausbreitete, und die Steigerung meiner Laune. Ich fühlte mich geradezu aufgeräumt. Ich dachte nicht an schreckliche Sachen wie Birgitta und ihr Geld, Virpi Einonen, Ville und Emma und noch nicht mal an Herrn Kurttu. Ich saß nur da und beobachtete das ruhige Treiben in der Kneipe. Der Barmann wischte die Theke ab und scherzte mit einem Stammgast. An einigen Tischen saßen Leute und tranken Bier und redeten und sahen zufrieden aus. Ganz normal, ganz friedlich. Alles war gut, und ich merkte, dass meine Mundwinkel allmählich nach oben strebten.

Dann sah ich zufällig nach draußen, und mein Blick traf auf einen euphorischen Herrn Kurttu, der begeistert winkte und mir mit Handzeichen zu verstehen gab, er werde hereinkommen. Sowohl meine Haltung als auch meine Mundwinkel fielen in sich zusammen, das Bierglas polterte auf die Tischplatte. Ich war so erschüttert, dass ich mich nicht bewegen konnte, obwohl ich am liebsten abgehauen wäre. Also saß ich fassungslos da, während Herr Kurttu auf mich zugeflattert kam.

»Einen wunderschönen guten Tag!«, sagte er, setzte sich mir gegenüber an den Tisch, öffnete seinen Mantel und lockerte den Schal. »Das ist ja ein überaus erfreulicher Zufall, dass wir uns hier treffen!«

»Ja«, keuchte ich, auch wenn ich nicht derselben Meinung war.

»Ich bin auf meiner wöchentlichen Antiquariatsrunde«, sagte Kurttu. »Nichts trocknet einem die Kehle so aus wie Bücherstaub. Der perfekte Moment für ein erfrischendes Weizenbier. Darf ich dich einladen?«

Ich schob die Lippen vor. Ich könnte mir das aktuelle Bier rasch hinter die Binde kippen und mich davonmachen. Oder ich könnte ein weiteres Bier umsonst haben. Ein Weizenbier. Ein kostenloses Weizenbier konnte man immer trinken, sogar mit einem mordlüstern angehauchten Tischgenossen. Ich ging davon aus, dass ich an diesem öffentlichen Ort halbwegs sicher war. Außerdem musste ich seit Langem zum ersten Mal nicht mehr darüber nachdenken, wo Kurttu war, denn er saß ja direkt vor mir. Er lächelte vergnügt und segelte mit wehendem Schal zur Theke. Auf dem Tisch hatte er ein paar alte Bücher liegen lassen. Den zweiten und den fünften Teil von Victor Hugos *Die Elenden*.

Er kam mit zwei Gläsern Weizenbier zurück und reichte mir das eine. Sein eigenes erhob er zum Toast.

»Auf unser Wiedersehen!«, verkündete er.

Wir ließen die Gläser aneinanderklirren.

»Heute ist mein Glückstag«, sagte Kurttu und nahm die Bücher zur Hand. »Seit Jahren bin ich auf der Suche nach einer ungekürzten Übersetzung der *Elenden*, und irgendwann fand ich auf dem Flohmarkt den ersten, dritten und vierten Teil. Danach bin ich mehrmals auf die ganze Serie gestoßen, aber ich brauchte ja nur noch den zweiten und den fünften Teil, doch die Serien wurden immer als Ganzes angeboten. Und, stell dir mal vor, heute liegen genau diese beiden im Antiquariat im Angebotskorb. Und es kauft doch niemand zwei einzelne Teile. Ist das nicht ein Glück?«

Kurttu sah dermaßen unschuldig begeistert aus, dass ich mir ein Lächeln nicht verkneifen konnte. Da ich auch ein Faible für Bücher habe, konnte ich sein Glücksgefühl nachempfinden. Ich nahm einen Schluck von meinem Bier, es schmeckte großartig. Ich selber trinke aus finanziellen Gründen immer das billigste Fassbier, aber teurere Biere schmecken mir besser.

»Übrigens fahre ich zu Hause gerade meine Ernte ein«, blinzelte mir Kurttu zu. »Die letzten Tage habe ich das Kraut getrocknet, und allmählich ist es fertig.«

Aus den Tiefen meines Unterbewusstseins schnellte plötzlich das Ölgemälde aus dem Büro von Virpi Einonen hoch, und einen kurzen Moment lang verbanden sich die landwirtschaftliche Szene und die Vorstellung von Kurttus Grasernte zu einer Einheit. Für eine Sekunde überkam mich ein Anfall von Paranoia, als ich darüber nachdachte, ob Kurttu mir irgendwas über Virpi Einonen andeuten wollte, aber dann wurde mir klar, dass die Erinnerung an das Gemälde nur das Produkt meines verwirrten Geistes war und nichts mit irgendwas zu tun hatte.

»Ich lade dich ein!«, sagte Kurttu und klopfte mit der Faust leicht auf die Bücher. »Jetzt feiern wir, junger Mann!«

Ich sah ihn an und fühlte ein nervöses Lachen aus meinem Bauch aufsteigen. Seit Langem passierte endlich mal wieder spontan etwas Lustiges und nicht immer nur etwas Anstrengendes. Ich lachte so, dass ich fast vom Stuhl gefallen wäre. Total kopflos und herrlich. Schließlich ging die Albernheit so weit zurück, dass ich Atem holen konnte. Wir tranken unser Bier aus, und Kurttu beschrieb detailliert seine Runde durch die Antiquariate.

»Ach so«, Kurttu wechselte das Thema so plötzlich, dass ich zusammenfuhr. »Wie geht es unserer Freundin Birgitta?«

»Unterschiedlich. Aber insgesamt geht es wohl aufwärts.«

»Ich muss ihr bald mal selbst einen Besuch abstatten. Vielleicht schon morgen.«

Das war bestimmt eine gute Idee, wenn es tatsächlich stimmte, dass ich der einzige Besucher im Pflegeheim war. Ich teilte die Verantwortung liebend gern.

»Hat dir Birgitta eigentlich jemals von uns erzählt?«, fragte Kurttu.

»Von euch?«, fragte ich, denn ich wusste nicht, was er meinte.

»Ja, von mir und Birgitta.«

»Sie hat schon erzählt, dass ihr zur gleichen Zeit in Stockholm wart.«

»Da war noch mehr«, sagte Kurttu. »Ich kann es dir erzählen, aber nicht hier. Lass uns gehen!«

»Wohin?«

»Zu mir natürlich! Die Ernte! Verkostung! Meine und Birgittas Geschichte!«

»Nein, nein«, schüttelte ich den Kopf. »Ich kann nicht.«

»Doch, doch! Natürlich kannst du!«, beschwor mich Herr Kurttu.

»Wie könnte ich denn nach allem, was passiert ist, jetzt mit zu dir kommen? Das wäre doch total dumm und selbstzerstörerisch«, raunzte ich und bereute es sofort, als in Herrn Kurttus glücklichem Gesicht Enttäuschung aufschien.

»Natürlich, natürlich. Ich wollte mich gerade dafür entschuldigen, dass ich dich so erschreckt habe, als du das letzte Mal bei mir warst. Das wollte ich nicht. Ich hätte dich warnen sollen, dass ich Exhibitionist bin. Ich konnte es dir nicht mehr erklären, du bist ja so schnell verschwunden, aber ich hatte nichts Böses im Sinn«, erklärte Kurttu. »Andererseits ist die Überraschung Teil der Darbietung, und die wäre natürlich für die Katz gewesen, wenn ich es dir vorher gesagt hätte, oder?«

»Die Überraschung war voll und ganz gelungen. Aber das war noch ziemlich harmlos. Eigentlich meinte ich die Sache mit der Pistole bei mir zu Hause. Ville und ich reden seitdem nicht mehr miteinander.«

»Nicht doch!«, rief Kurttu und sah nun vollends geknickt aus. »Oh nein, oh nein. Das tut mir wirklich, wirklich tief und außerordentlich leid!« Er richtete sich auf und warf sich zum Zeichen des Aufbruchs das eine Ende seines Schals über die Schulter.

»Miska, du brauchst jetzt Trost.«

Mit dem leeren Glas in der Hand überlegte ich, was davon zu halten war. Ich dachte nachdrücklich an die Pistole in Kurttus Bücherregal, aber als ich im selben Moment den reuigen Herrn

Kurttu vor mir sah, erschien mir die Gefahr nicht mehr so konkret, jedenfalls im Vergleich zu dem Kurttu, der in meiner Vorstellung mit einem Messer zwischen den Zähnen in mein Fenster im dritten Stock gespäht hatte. Ich beschloss, mich davon nicht ins Bockshorn jagen zu lassen. Wenn man sich jedes Mal entzweit, sobald jemand damit droht, dich zu töten, dann würde auch das Konzept der Kindergartenfreundschaft obsolet. Also standen wir auf, warfen uns in unsere Jacken und verließen das Lokal.

»Aber du planst keine weitere Überraschung?«, fragte ich sicherheitshalber, als wir in Kamppi auf der Rolltreppe zur Metro standen.

»Natürlich nicht!«, versicherte Kurttu. »Auf keinen Fall! Jedenfalls nichts Vergleichbares. Die gleiche Überraschung funktioniert ja meistens nicht zweimal. Außer natürlich, ich kann dich davon überzeugen, dass ich nichts vorhabe. Aber eher nicht. Das wäre langweilig.«

»Also planst du was?«

»Nein.«

»Hast du übrigens was zu essen im Haus?«

»Weißbrot«, sagte Kurttu. »Ganz besonders leckeres!«

15. Das Weißbrot

Ich versank genauso tief im Sofa wie beim letzten Mal. Herr Kurttu saß mir gegenüber in einem Sessel. Es war dämmerig, Kurttu hatte überall Kerzen aufgestellt, und auf dem Fensterbrett glimmte ein Räucherstäbchen vor sich hin. Sein süßlicher Geruch vermischte sich mit dem Marihuanaduft aus der Wasserpfeife, der noch im Raum hing. In der einen Hand hatte ich ein Schnapsglas und in der anderen eine dicke Scheibe frisches Weißbrot mit einer mächtigen Schicht Butter und Käse. Ich betrachtete es zufrieden und atmete tief durch. Ein Gefühl von Sicherheit durchströmte mich.

Die meiste Zeit saßen wir schweigend da, nippten an unseren Gläsern, und ich biss von meinem Brot ab. Solche Brote hatte es zuletzt in den achtziger Jahren bei meiner Oma gegeben. Heutzutage würde niemand, dem seine Gesundheit etwas wert ist, Weißbrot kaufen – oder zumindest keine Butter daraufstreichen. Aber es schmeckt einfach verdammt gut. Kurttu summte vor sich hin und bewegte die Hand im Takt einer imaginären Musik.

»Echt gutes Brot.«

»Iss, soviel dein junger Bauch verträgt«, sagte Kurttu.

Ich hätte gerne eine zweite Scheibe Brot gehabt, obwohl von der ersten noch ein großes Stück übrig war, aber ich konnte mich nicht aufraffen. Die Butter schmeckte unbeschreiblich gut. Und der Whisky auch. Oder, na ja, er schmeckte eben nach Whisky, aber irgendwie nach sehr gutem. Ich summte zufrieden vor mich hin. Und schön warm war es in den Tiefen des Sofas auch.

»An welches Tier erinnere ich dich?«, fragte ich.

Herr Kurttu legte einen Finger charmant an seine Wange, kniff die Augen etwas zusammen und dachte nach. Er musterte mich von Kopf bis Fuß, und ich bereute schon, dass ich überhaupt gefragt hatte.

»Eine Rennmaus«, sagte er schließlich entschieden.

Wahrscheinlich sah ich beleidigt aus, denn er beeilte sich zu erklären: »Eine Rennmaus ist klein und vorsichtig, sie versteckt sich, sobald sie aufgeschreckt wird. Und sie hat die gleichen Augen wie du. Dunkle Teiche.«

Ich war nicht beleidigt, auch wenn es danach aussah. Vielmehr dachte ich nach. Erst war ich eine Krabbe und jetzt eine Rennmaus. Die Leute sahen mich wirklich in einem merkwürdigen Licht. Ich selber fand, ich wäre am ehesten eine Hyäne, diese ziemlich hässliche Kreatur, die nach Aas stinkt und mit der keiner was zu tun haben will.

»Jemand hat mal gesagt, ich sei eine Krabbe.«

Herr Kurttu rollte entsetzt die Augen.

»Aber nicht doch«, sagte er. »Das ist ja sehr weit hergeholt. So bist du überhaupt nicht. Welche Eigenschaften sollen Krabben denn haben? Sie kriechen auf dem Meeresboden herum und fressen Abfall.«

»Genau.«

Die Zeit verging. Ich weiß nicht, wie lange wir dasaßen, aber mein Butterbrot war aufgegessen, und ich musste allmählich pinkeln. Ich wuchtete mich aus dem Sofa und ging ins Bad. Dort duftete es blumig und unmännlich. Rund um den Spiegel waren Lampen angebracht wie im Theater, und an den Wänden hingen verschiedenfarbige Federboas und Paillettenhauben. Neben dem Waschbecken stand eine Schale mit diesem seltsamen Zeugs, Holzschnipsel und Blütenblätter, die nach chemischer Blumenwiese riechen. Eine Sekunde lang dachte ich, das Klo wäre ein Aquarium, aber dann sah ich, dass es sich um Plastikfische handelte, die in einem blaudurchsichtigen Klodeckel eingeschmolzen waren. Ganz kurz gefiel mir der Gedanke vom Klo als Aquarium, aber aus Sicht der Fische wäre das kein erquicklicher Lebensraum gewesen. Am liebsten hätte ich den tollen Deckel gar nicht erst aufgemacht, aber Pinkeln bei geschlossenem Klodeckel ist selten eine gute Idee.

Bevor ich das Bad verließ, nahm ich eine senfgelbe Federboa von der Wand und schlang sie mir verwegen um den Hals. Ich sah mich im Spiegel an und stellte mir vor, ich sei jemand, der sich vor so einem Spiegel eine Federboa umlegt. Jemand, der in einem Zirkus oder einem Varietétheater arbeitet und ein in verschiedenerlei Hinsicht komplizierter Mensch ist. Der ein dramatisches, goldenes Leben führt, verzehrend und spannend, und nach Puder und Holzschnipseln duftet. Ich verzog den Mund. Die Boa ließ ich an.

Als ich aus dem Bad kam, warf ich einen Blick ins Schlafzimmer. Unter der Tür zum Ankleidezimmer schien grelles Licht hervor. Ich schlich ins Zimmer. Auf dem Bett lag eine goldene Satindecke, auf dem Boden ein Fellteppich, an den Fenstern hingen dunkelrote Samtvorhänge. Ich griff nach dem runden Türknauf und drehte ihn. Brütende Wärme, Licht und ein süßlicher Duft schlugen mir aus dem Ankleidezimmer entgegen. Auf dem Boden gedieh ein üppiger Pflanzenteppich.

»Papas Jungs«, sagte Kurttu stolz.

Ich fuhr zusammen und schlug die Tür wieder zu.

»Entschuldigung! Ich wollte nicht schnüffeln.«

»Sondern was?«, fragte Kurttu.

Ich wusste nichts zu sagen. Plötzlich hatte ich wieder solche Angst, dass ich mir bestimmt in die Hose gemacht hätte, wäre ich nicht gerade kurz vorher auf dem Klo gewesen. Kurttu lehnte in der Schlafzimmertür, schwenkte das Whiskyglas in seiner Hand und sah mich an. Ich stand mit dem Rücken an der Tür zum Ankleidezimmer. Natürlich hatte ich schnüffeln wollen, aber ich hatte nicht weiter darüber nachgedacht. Wieder mal. Diese Wohnung trieb mich ständig dazu, alles falsch zu machen, beklagte ich in Gedanken. Mir fiel Kurttus Pistole im Bücherregal ein. Lag sie immer noch dort? Ich hatte nicht daran gedacht, es zu überprüfen. Vielleicht steckte sie seit seiner Drohaktion auch immer noch in der Aktentasche. Kalte Schauer liefen mir über den Rücken.

»Du wolltest von Birgitta und dir erzählen.« Mir fiel rasch ein, dass mich diese Geschichte ja viel mehr interessierte als Kurttus Plantage.

»Du hast das Thema gewechselt«, sagte Kurttu und machte auf dem Absatz kehrt.

Ich folgte ihm ins Wohnzimmer. Die Pistole lag an ihrem Platz im Bücherregal. Herr Kurttu ließ sich elegant auf seinen Sessel nieder, schlug ein Bein übers andere, legte die Hand mit dem Whiskyglas auf der Armlehne ab und wartete, bis ich wieder in die Tiefen des Sofas abgetaucht war. Dann begann er.

Die Geschichte von Tauno und Birgitta

Es war in einem Winter in Stockholm Ende der siebziger Jahre. Birgitta und Tauno waren nicht mehr ganz jung, aber auch noch nicht wirklich alt, etwas über dreißig. Beide wohnten inzwischen seit Jahren in Stockholm und liefen sich ab und zu über den Weg, denn sie verkehrten in denselben Kreisen. Aber Freunde waren sie in dem Sinne nicht. Eher Bekannte.

Tauno hatte keine klare Vorstellung davon, was Birgitta eigentlich so machte, aber sie schien immer dort zu sein, wo etwas Aufsehenerregendes passierte. Birgitta trank, rauchte, frotzelte und sang, sie war die Seele jeder Party. Manchmal keine gute Seele, aber die Seele in jedem Fall. Tauno mochte Birgitta, aber weil sie leicht anstrengend wirkte und viel trank, suchte Tauno nicht ihre nähere Freundschaft. In Theaterkreisen gab es schon genug anstrengende Säufer.

Aber dann passierte eines Tages etwas, das alles veränderte. Wenn auch nicht im Hinblick auf das große Weltgeschehen, so doch wenigstens, was Tauno und Birgitta betraf.

Tauno lebte damals schon seit einigen Jahren mit einem gewissen Hugo zusammen. Hugo war älter als Tauno, dick, aber gut aussehend, und er bestand darauf, ihre Beziehung geheim zu halten. Er hatte einen hohen Posten in einer großen Firma, und eigentlich war sein Ruf nicht mit einem finnischen Lebensgefährten vereinbar, nicht einmal mit einer finnischen Lebensgefährtin. Mit einer italienischen Lebensgefährtin vielleicht, aber definitiv nicht mit einer finnischen. Deshalb mussten sie, wenn sie ausgingen, stets so tun, als seien sie nur Freunde, was zu dieser Zeit ohnehin üblich war. Auch wenn Homosexualität in Schweden damals kein Verbrechen mehr war, hielten die konservativen Kreise unnachgiebig an ihren Vorurteilen fest.

Tauno und Hugo aßen in einem stimmungsvollen italienischen Restaurant zu Abend. Hugo lud ein, sie tranken Rotwein und aßen Weißbrot. Es gab weiße Tischdecken und

Kerzen, und die Atmosphäre war alles in allem wie in Disneys *Susi und Strolch.*

Dann tauchte auf einmal mit wehenden Haaren Birgitta auf. Natürlich, denn ohne sie wäre es ja nicht die Geschichte von Tauno und Birgitta, sondern lediglich eine Anekdote aus Taunos unglücklichem Liebesleben. Im Schlepptau hatte sie eine ganze Horde zwielichtiger Gestalten. Birgitta war ihre Gebieterin, die anderen schwarwenzelten um sie herum, umschmeichelten sie und lachten über ihre Scherze. Für Birgitta war das vermutlich nicht weiter verwunderlich. So war es immer, und sie hatte keinen Grund, etwas anderes zu erwarten. Tauno und Hugo erhoben von Weitem ihre Gläser zum Gruß, setzten aber ihr Essen zu zweit fort. Hugo fühlte sich in solchen lauten, dekadenten Gruppen nicht wohl, anders als Tauno, der sich in allen möglichen Gruppen wohlfühlte. Alleine hingegen fühlte er sich überhaupt nicht wohl.

Und während sie dasaßen und auf das Hauptgericht warteten, trennte sich Hugo völlig überraschend von Tauno. Sehr freundlich, aber endgültig und unwiderruflich beendete Hugo die Beziehung. Tauno hatte in keinerlei Weise geahnt, dass so etwas passieren könnte. Am Tag zuvor hatte er sich sogar noch ein äußerst konservatives und heterosexuelles Sakko gekauft, um öfter mit Hugo ausgehen zu können, er hatte die Verwendung bunter Schals radikal reduziert, und Hugo hatte gesagt, das sei wunderbar. Aber jetzt verließ er Tauno.

»Du kannst deine Sachen morgen abholen, wenn ich bei der Arbeit bin«, sagte Hugo und steckte sich ein Stück Brot zwischen die dicken Lippen.

Tauno wusste es noch, als sei es gestern gewesen, der Augenblick war in seiner Grausamkeit glasklar. Warum sollte er seine Sachen abholen, wenn Hugo nicht da war? Warum wollte

Hugo nicht mehr mit ihm zusammenleben? Was dachte Hugo, wo er, Tauno, hingehen sollte? In ihrer Beziehung war nie die Rede von etwas Ernstem gewesen, aber sie hatten immerhin schon zwei Jahre zusammengelebt, also wäre irgendeine Vorwarnung durchaus angebracht gewesen.

Tauno saß da und versuchte zu schlucken und wusste nicht, was er sonst tun sollte, denn das reine Sitzen und Schlucken ging schon über seine Kräfte. Schließlich legte er die Serviette auf den Tisch, stand auf, verbeugte sich kühl und ließ Hugo am Tisch allein. Das Hauptgericht war noch nicht einmal gekommen. Was ist das für ein Mensch, der jemanden vor dem Hauptgericht abserviert? Diese Frage stellte sich Tauno immer noch. Wie hatte ihm in den zwei Jahren ihres Zusammenlebens dieses mangelnde Taktgefühl bei Hugo entgehen können? Man verlässt doch niemanden, bevor das bestellte Gericht serviert wurde, zum Kuckuck noch mal.

Tauno taumelte durch den Raum und versuchte, seine Contenance bis zur Tür aufrechtzuerhalten. Da er keine Luft bekam, fiel es ihm schwer, bei Bewusstsein zu bleiben. Auf dem Weg zum Ausgang stand Birgitta mit ihren herrlichen glänzenden Haaren, ihrem Afghanenpelz und den hohen Stiefeln, die Hände in die Hüften gestemmt und das Kinn in die Luft gereckt. Wäre Birgitta nicht wie ein Hippie gekleidet gewesen, hätte man sie für eine Superheldin halten können, es fehlten nur der Umhang, die Maske und der Wind, der ihre Haare zum Wehen brachte. Aber diese Geschichte hatte sich Tauno später ausgedacht. In diesem Moment wollte er einfach nur an Birgitta vorbei, nach draußen an die frische Luft.

Aber Birgitta hielt ihn auf, indem sie ihn an den Schultern packte und freundlich und kräftig an sich drückte.

»Birgitta. Ich sterbe«, flüsterte Tauno auf Finnisch.

Birgitta schob Tauno ein Stück von sich weg, sah ihm in die Augen und nickte. Sie brachte ihn so schnell nach draußen, dass er später überzeugt war, sie seien geflogen.

Birgitta ging mit Tauno ein Stück die Straße entlang zu einer Toreinfahrt und bot ihm eine Zigarette an. Tauno hyperventilierte und musste sich übergeben, aber die Zigarette tat trotzdem gut, oder zumindest fühlte es sich in dem Moment so an. Birgitta wartete, bis Tauno sich beruhigte, sie strich ihm über den Rücken und tätschelte seinen Kopf. Als sein Atem wieder regelmäßig ging, brach er in Tränen aus. Er weinte und weinte an Birgittas Schulter und sog den Moschusduft ihrer Haare ein. Birgitta umarmte ihn fest und streichelte seinen Kopf.

Schließlich nahm sie seine Hand und sagte: »Jetzt gehen wir nach Hause.«

Hand in Hand gingen die beiden zur Tunnelbana und dann zu Birgittas Wohnung. Birgitta hatte ein geräumiges Zweizimmerappartement in Östermalm, gefällig eingerichtet, aber voll mit leeren Flaschen. Tauno dämmerte, dass er kaum etwas von Birgitta wusste. Es war seltsam, dass diese Finnin auf so großem Fuß lebte, wo sie doch hauptberuflich betrunken zu sein schien. Tauno stellte sich vor, Birgitta wäre eine Luxushure, erfuhr aber später, dass das Geld geerbt war und dass Birgitta keinerlei Veranlassung hatte, ihren Beruf als Ärztin auszuüben. Außerdem war sie schon so zynisch geworden, dass sie auch keinen humanitären Grund dafür sah.

Die Nacht über tranken sie Wein, und Tauno weinte und tobte. Sie schliefen Arm in Arm. Am nächsten Morgen briet Birgitta ihnen Eier, machte Irish Coffee, und bald saßen sie schon wieder beim Wein, und Tauno weinte immer noch. Am Abend musste er schon lachen. In erster Linie, weil er vergessen hatte, seine Sachen bei Hugo abzuholen, aber auch, weil er vorher so geweint hatte, obwohl es gar nichts zu weinen gab. Eigentlich war alles gut. Er war nur erschüttert gewesen, weil er vorher noch nie verlassen worden war. Er hatte zweifellos einen Hang zur dramatischen Überreaktion.

Am nächsten Morgen wurde Tauno davon wach, dass Birgitta auf ihm saß. Nackt. Jetzt war er erst recht verdattert, aber auch immer noch betrunken und durch die Gefühlswallungen der letzten Tage in einem recht flexiblen Zustand, also dachte er sich, *what the hell*, und so schliefen sie miteinander. Das war sehr spannend, denn Tauno hatte vorher noch nie Sex mit einer Frau gehabt. Es war in verschiedener Hinsicht anders als mit Männern, es fühlte sich irgendwie weicher an, nicht unbedingt besser, aber auch nicht schlechter, in etwa so, wie er es sich beim Lesen romantischer Liebesgeschichten immer vorgestellt hatte. Danach waren sie zusammen. Das wurde nicht besonders angekündigt, besprochen oder besiegelt, sie waren einfach ein Paar, und Tauno zog bei Birgitta ein.

Diese besondere und weinselige Phase in Taunos Leben dauerte einen Winter. Im Frühjahr, vielleicht im Mai, fuhr Birgitta nach Italien, um dort mit Freunden den Sommer zu verbringen, und ließ Tauno allein in Östermalm zurück. Als sie wieder nach Hause kam, hatte sich alles verändert. Nicht dramatisch, aber trotzdem. Alles war etwas neben der Spur, aber man konnte nicht genau sagen, wie und warum. Birgitta schien distanziert und förmlich, und außerdem hatte sich Tauno in den Norweger Thor verliebt, der Dorsch fischte und Pullover trug, die nach Meer dufteten. Als Tauno es Birgitta schließlich bei einem heftigen Besäufnis gestand, zimmerte sie ihm dermaßen eine aufs Kinn, dass sein Kieferknochen brach. Danach war es mit ihrer Liebesgeschichte vorbei. Aber Freunde blieben sie, denn Birgitta war dermaßen erschrocken über den gebrochenen Kieferknochen, dass sie Tauno verzieh. Außerdem war Tauno selbst der Meinung, dass er die Keile verdient hatte, und war auch sonst nicht von der nachtragenden Sorte. Tauno zog bei Birgitta aus, kein großes Drama. Ende der Geschichte.

Ich betrachtete Herrn Kurttu. Er sah traurig aus. Mir war das alles völlig neu.

»Birgitta hat mir noch nie davon erzählt«, sagte ich.

»Was hat sie denn erzählt?«

»Nichts«, behauptete ich, obwohl ich mich noch gut an ihre Tuntengeschichten erinnerte, aber jetzt war nicht der Moment dafür. »Ganz schön traurig.«

»Das war nicht traurig, das war schön«, sagte Kurttu verträumt. »Liebe ist immer schön, und diese Schönheit wird durch ihre Vergänglichkeit nicht geschmälert.«

»Bist du dann bisexuell, oder wie?«

Kurttu warf mir einen amüsierten Blick zu.

»Na ja. Ich schätze, ich bin schon homosexuell. Aber ich finde, man darf Sexualität nicht so eindimensional betrachten. Wir sind doch alle Menschen, und man verliebt sich in einen Menschen und nicht in das, was er zwischen den Beinen hat. Viele Leute lieben doch ihre Partner, obwohl sie gar nicht mehr mit ihnen schlafen. Es ist gut, den Geist wachzuhalten und bestimmte Türen nicht zu verschließen, nur weil es von Menschen erdachte Klassifizierungen gibt. Aber unsere Liebesgeschichte ist schon hundert Jahre her, und jetzt ist alles anders. Birgitta hat sich die Beine weggesoffen, und ich bin, wie ich bin.«

»Wie bist du denn?«

»Ich bin eine alte Schwuchtel mit einer Wasserpfeife, die alle in die Flucht schlägt, die nicht irgendwas von ihr brauchen, und wenn sie es bekommen haben, hauen auch die ab«, sagte Kurttu.

»Ich bin nicht abgehauen, ich habe mich nur erschreckt«, versuchte ich, ihn zu trösten.

»Der Eindruck war derselbe«, seufzte Kurttu und machte eine wegwischende Handbewegung. »Und ich meinte nicht nur dich. Aber egal. Es ist schrecklich, Birgitta so zu sehen. Du kannst nicht glauben, was für eine vitale, starke und bezaubernde Frau sie früher war.«

»Vital ist sie immer noch«, korrigierte ich, und plötzlich machte es klick in meinem Kopf, und ich begriff: »Ach, deshalb hast du ein Bild von ihr an der Wand! Du Romantiker!«

Kurttu wiegte den Kopf hin und her.

»Einerseits, andererseits«, schnaubte er. »Du kannst in meinem Schlafzimmer schlafen, wenn du nicht mehr nach Hause gehen willst. Ich schlafe öfter hier im Wohnzimmer.«

Das hieß wohl, dass ich nun in diesem Teil der Wohnung nicht mehr erwünscht war. Ich kämpfte mich aus dem Sofa und krabbelte im Schlafzimmer auf das Bett, wickelte mich in die Federboa und atmete ihren staubigen und dekadenten Duft ein. Einen Moment lang starrte ich in die Dunkelheit des Zimmers, auf die gelben Federn, die im Takt meines Atems sachte hin und her wehten, und hörte, wie Herr Kurttu im Wohnzimmer gedämpft und melancholisch vor sich hin summte, bis ich mitten in einem Gedanken einschlief.

16. Gute Vorsätze

Ich erwachte schlagartig mit dem Mund voller Federn auf der Tagesdecke aus goldenem Satin; die Federboa hatte sich um meinen Kopf geschlungen. Zwischen den roten Vorhängen blinzelte die Sonne herein, und durch die gelben Federn hindurch war der Anblick geradezu märchenhaft. Schlaftrunken überlegte ich, wie ich wohl in die Federboa eingewickelt aussah, und schätzte, womöglich ziemlich niedlich. Ich war immer noch betrunken, so viel war auf jeden Fall sicher, wenn auch alles andere um mich herum zweifelhaft war.

Als ich mich von der Federboa befreien wollte, rollte ich zu nah an die Bettkante und landete mit einer Art Purzelbaum auf dem Boden. Ich lag auf dem roten Fellteppich und rieb mir die Schläfen. Was sollte ich jetzt tun? In meinem Kopf fühlte es sich an, als würde jeden Moment der Kopfschmerz einsetzen, ich konnte schon fast die Bohrer hören, die sich gleich kreischend in meine Schläfen wühlen würden. Ich stand auf und schlich zur Tür. Die Boa schleppte ich nach, und als ich in den Flur trat, blieb sie an der Türschwelle hängen und rutschte wie ein gefiederter Wurm von meinem Hals auf den Boden.

Kurttu schlief mit einem Whiskyglas in der Hand auf dem Sessel. Im Sonnenlicht wirkte die Wohnung weniger ausgefallen. Heruntergekommener. Ich musste pinkeln, aber ich traute mich nicht, aufs Klo zu gehen, weil ich Kurttu nicht wecken wollte. Ich schlich zum Couchtisch, schenkte mir Whisky in mein Glas vom Vorabend und hob es an die Lippen. Aber allein der Duft war so kräftig, dass ich das Glas wieder abstellen musste, Wasser untermischte und mir erst dann den Whisky hinter die Binde goss. Eigentlich ging es mir darum, die Kopfschmerzen zu verhindern, aber stattdessen löste der Schnaps Brechreiz bei mir aus. Ich schaffte es gerade so, ihn bei mir zu behalten, und schlich zurück in den Flur.

Dort sah ich mich um. Ich wusste immer noch nicht, was ich tun sollte, die Realität erschien mir irgendwie angeschwollen und pochend, und ich war nicht in der Lage, Entscheidungen zu treffen. Ich schlich in die winzige Küche, setzte mich auf einen Barhocker und fing an, mit meinem Finger ein bunt bemaltes Glasding am Fenster anzustupsen. So eins mit verschiedenfarbigen Glasstückchen, die durch Zinn oder so was voneinander getrennt sind. Es war ein Kranich oder Storch, ich weiß nicht, was der Unterschied ist, außer dass die einen in Osteuropa auf Schornsteinen leben und die anderen Frösche fressen. Ziemlich hässlich, dachte ich. Mir wurde immer klarer, dass ich nicht länger hierbleiben konnte. Hierbleiben und den hässlichen Kranichstorch, oder was das war, herumschubsen.

Leise holte ich meine Tasche aus dem Wohnzimmer, zog mir die Schuhe an und die Jacke über. Ich ließ meinen Blick im Morgenlicht durch den Flur schweifen und überlegte, ob ich an alles gedacht hatte. Da bemerkte ich einen Notizblock auf einem Flurtisch, den man früher Telefontisch genannt hätte, als man noch ein extra Möbelstück zur Lagerung von Telefonen brauchte. Daneben lag ein Stift. Ich beschloss, eine Nachricht zu hinterlassen. Ich dachte kurz nach und schrieb dann: »Tschüs.« Das sagte alles, ich war zufrieden mit dieser prägnanten Nachricht. Als ich meine Tasche vom Boden aufhob, fiel mein Blick auf den Umschlag mit dem Geld, der sich immer noch darin befand. Von dem bloßen Anblick bekam ich schon wieder Brechreiz. Ich nahm ihn zwischen Daumen und Zeigefinger und schob ihn unter den Telefontisch. Viel Spaß beim Saubermachen, Herr Kurttu! Den Wollmäusen nach zu urteilen stand das Putzen nicht sehr weit oben auf Herrn Kurttus hauswirtschaftlicher Prioritätenliste, aber irgendwann würde er sicherlich mal unter dem Telefontischchen herumstochern. Ich öffnete die Wohnungstür so geräuschlos wie möglich und schlüpfte ins Treppenhaus.

Draußen war leichter Frost. Ich zog die Mütze so weit herunter, wie es ging, ohne mein Blickfeld völlig abzuschotten, und den Kragen so weit hoch wie möglich und ging in eine Richtung, die mir passend erschien. Es spielte keine große Rolle, welchen Weg ich einschlug, denn ich wusste ja nicht einmal, wo ich hinwollte. Ich sah auf mein Handy, es war sechs Uhr morgens. Nirgends war jemand zu sehen. Ich traute mich, im Park an einen Baum zu pinkeln.

Dann setzte ich mich auf eine Bank in der Nähe des Pinkelbaums. Ich stützte die Ellbogen auf die Knie und das Gesicht in die Hände. Herr Kurttu war der geheimnisvollste Drogendealer, den ich je getroffen hatte, mit einer Pistole im Bücherregal und einer Cannabisplantage im Ankleidezimmer. Ein Mensch, mit dem man sich wohl besser nicht verbrüderte. Trotzdem fühlte ich mich nicht schlecht. Genauer gesagt fühlte ich mich leicht und so gut wie schon lange nicht mehr. In meinem Innern blubberte ein warmes Wohlgefühl, das vielleicht auch vom Whisky oder vom Weißbrot kam. Aber ich hatte ganz vergessen, wie sich ein gutes Gefühl anfühlte. Es war, als wäre ich jemand anders, ein ganz anderer Mensch als gestern, ein netter Kerl, ein spontaner Typ, ein sonniger Knabe. Ich beschloss, nach Hause zu gehen.

Ich ging zum Bahnhof, das dauerte etwa eine halbe Stunde, denn ich nahm nicht den direkten Weg. Schließlich war ich nicht in Eile. Ich hätte schon am Varsapuistikko in den Bus steigen können, aber ich wollte noch ein Stückchen zu Fuß gehen. Auf dem Bahnhofsvorplatz setzte ich mich an die Haltestelle und betrachtete erstaunt das morgendliche Treiben. Es war kurz vor sieben. An einem Wochentag war ich noch nie so früh dort gewesen. Es waren unglaublich viele Menschen unterwegs, Busse fuhren hin und her. Die Tagesabläufe von anderen Leuten sind dermaßen aufregend durchgetaktet – noch vor sieben rennen sie in der Stadt durch die Gegend. Vielleicht würde ich in ein paar Jahren auch so agil zu meiner Frühschicht wuseln. Hoffentlich. In diesem Moment war es fast vorstellbar, dass sogar ich eines Tages einen echten, erwachsenen Job haben würde, mit Arbeitszeiten, die ich ganz selbstverständlich einhielt. Vielleicht hätte ich sogar eine Hose ohne Löcher.

Am Einkaufszentrum von Munkkiniemi stieg ich aus dem Bus und ging die letzten paar Hundert Meter zu Fuß. Die knackige Frostluft schmeckte frisch und machte mich munter. Als ich zu unserem Haus kam, war ich sorglos und fröhlich, trällernd hüpfte ich die Treppen hoch, im Flur kickte ich mir die Schuhe von den Füßen und warf meine Jacke unter der Garderobe auf den Boden. Ich schlappte in die Küche, goss mir Saft ins Glas und lehnte mich gegen die Spüle. Guten Morgen, Zuhause, dachte ich, du köstlicher Ort! Ich war zweifellos immer noch betrunken, denn ein solch unverständliches Glücksgefühl konnte man nicht anders erklären, aber in diesem Moment war ich so zufrieden und fröhlich, dass ich keine Lust hatte, mich mit dem Gedanken zu belasten, woher das kam.

Mein Blick fiel auf die roten Schuhe im Flur. Emma war hier. Ich unterbrach meine sonnigen Gedanken. Wie fühlte ich mich? Ich beobachtete mein Innerstes. Ich fühlte mich immer noch gut. Und etwas leichtsinnig. Ohne nachzudenken, stratzte ich zu Villes Zimmer und klopfte an die Tür. Ich fühlte mich, als sei ich nach langer Zeit voller Güte, und das wollte ich ausnutzen, bevor ich wieder schlecht drauf käme und Ärger und Bitterkeit das neu aufgetauchte Glücksgefühl in den Schwitzkasten nahmen. Ich wollte gerne weiter so fröhlich und offen sein, aber ich wusste, dass die Wirkung des Alkohols bald nachlassen würde, und dann wäre es das wieder gewesen. Ich wollte das Chaos aufräumen, alle Streitigkeiten beenden und die Dinge wieder ins Lot bringen. Auf mein Klopfen antwortete niemand. Ich klopfte noch einmal lauter und presste das Ohr an die Tür. Nichts. Ich öffnete die Tür einen Spalt und flüsterte laut: »Ville!«

Jetzt hörte ich ein Grunzen und sah, wie sich im Bett etwas bewegte. Ich nahm das als gutes Zeichen, als Einladung, hereinzukommen, also öffnete ich die Tür und schob mich ins Zimmer. Ich ließ mich auf den Sessel fallen, über dem Villes Klamotten hingen, und hängte die Beine über die Armlehne. Ville lag auf der vorderen Hälfte des Bettes auf dem Rücken, er hatte sich zwar die Bettdecke über den Kopf gezogen, aber man sah seine Beine von den Knien abwärts, und ein Arm hing über die Bettkannte. Hinter Ville lugte Emma hervor.

»Hallo«, sagte sie verschlafen.

»Guten Morgen!«, flüsterte ich laut.

»Was ist denn?«, fragte Villes verschlafene Stimme unter der Decke.

»Nichts, ich wollte nur mal Hallo sagen«, sagte ich fröhlich.

»Wie spät ist es?«, fragte Emma.

»Ich weiß nicht, vielleicht halb acht oder so.«

Villes Zimmer war unordentlich, aber nicht so unordentlich wie meins. Villes Unordnung unterscheidet sich von meiner Unordnung darin, dass Ville seine Sachen nicht auf dem Boden liegen lässt, sondern sie auf allen möglichen waagerechten Flächen auftürmt.

»Bist du besoffen?«, fragte Ville.

»In gewisser Weise ja«, gestand ich. »Aber mir geht es endlich mal wieder gut! Das glaubt ihr nicht! Das war so ein merkwürdiger Abend gestern, dass ich nicht mal genau weiß, was da passiert ist, aber jetzt geht's mir richtig gut!«

»Hast du was genommen?« Ville klang genervt.

Ich hielt in meiner Erklärung inne. Wie? Was genommen?

»Äh, was?«, fragte ich verwirrt.

»Ob du was genommen hast!« Ville klang jetzt ungeduldig.

Emma kauerte hinter ihm und starrte mich an wie ein verängstigtes kleines Tier, das sich hinter einem Stein versteckt. Was zum Henker … ? Hatte sie etwa Angst vor mir?

»Leck mich am Arsch«, raunzte ich.

»Du kannst doch nicht mitten in der Nacht bedröhnt hier reinstürmen und denken, dass wir damit wieder Freunde sind«, sagte Ville unter der Decke.

Ich erwiderte nichts, sondern musterte die verschreckte Emma. Ich sah mich selbst mit ihren Augen, wie meine schmutzigen Haare unter der Mütze hervorstanden, die manischen roten Augäpfel, die zerfetzte Jeans, mein launenhaftes Benehmen. Es wunderte mich nicht, dass sie Angst hatte, sie konnte ja nicht wissen, dass ich kein Junkie war. Aber genervt war ich trotzdem.

»Ich nehme keine Drogen, das weißt du genau, du verdammter Scheißkerl«, murmelte ich und stand auf.

»Okay«, murmelte Ville.

»Und was piepst du da überhaupt so blöde unter der Decke herum!«, brüllte ich.

»He, Ville hat das bestimmt nicht so gemeint«, wimmerte Emma.

»Niemand hat die Megäre aus der Unterwelt nach ihrer Meinung gefragt«, artikulierte ich unmissverständlich und wandte mich zur Tür.

»Was sagst du da?!«, schrie Ville und sprang so blitzartig auf, dass die Bettdecke wie ein riesiges Segel auf dem Boden landete.

Er stand da wie ein jugendlicher Liebhaber aus dem Bilderbuch, mit nichts als schwarzen Boxershorts bekleidet und schnaubend vor Wut auf den Schurken, der es gewagt hatte, seine Dame zu beleidigen. Ich konnte nicht anders, es war einfach zu komisch, ich brach in schallendes Gelächter aus. Emma zog sich winselnd das Kissen über den Kopf. Ville kam drohend auf mich zu, aber ich konnte einfach nicht anders und fiel vor Lachen auf die Knie. Das hier läuft ja in jeder Hinsicht großartig, dachte ich, und bekam davon einen noch größeren Lachanfall.

»Steh auf«, befahl Ville.

»Tu ich nicht«, kreischte ich vor lauter Lachen.

»Na, dann krabbel eben zur Hölle!«, knurrte Ville und trat nach meiner Schulter.

Instinktiv griff ich mir seinen Fuß und schubste ihn. Nicht sehr stark, aber doch so, dass Ville das Gleichgewicht verlor und rücklings auf den Fußboden knallte. Ich verfolgte dieses Fallen eine verlangsamte Sekunde lang und begriff, dass ich zu weit gegangen war. Es musste etwas passieren, aber ich tat genau das, was ich in keinem Fall hätte tun dürfen. Ich schoss abrupt in die Höhe, so abrupt, dass ich fast vornübergefallen wäre, und um zu vermeiden, dass das Senkrechte zum Waagerechten wurde, hielt ich mich an Villes Bücherregal fest, und in diesem Moment beschloss die Weltordnung, dass um des Gleichgewichts willen etwas fallen musste – und entschied sich für das Regal. Es stürzte genau auf Ville hinunter. Ich blieb nicht da, um es mit anzusehen, sondern galoppierte aus dem Zimmer, knallte die Tür zu, griff meine Jacke, meine Schuhe und meine Tasche und sprintete nach draußen, begleitet von unglaublichem Gepolter und Geschrei. Das Gepolter war irgendwann zu Ende, aber Emmas Schreie waren noch bis ins Treppenhaus zu hören.

Erst beim übernächsten Gebäude hielt ich an. Ich verzog mich in die Hofeinfahrt und rutschte an der Wand entlang in die Hocke. Ich versuchte, mir den Schnee von den Socken zu klopfen, aber er hatte sich beim Rennen dermaßen verklumpt, dass er sich nicht löste. Also zog ich die Schuhe über die schneeigen Socken und schlüpfte in meine Jacke. Wieder hatte ich meinen Schal zu Hause vergessen. Aus irgendeinem Grund dachte ich ausgerechnet jetzt an den Schal. Hatte ich ihn wieder verloren? Was war diese andere Sache, an die ich zu oft dachte? Wichtel. Hatte vielleicht der Hauswichtel meinen Schal versteckt? Ich schüttelte den Kopf und zwang mich, an das zu denken, was ich eben angerichtet hatte.

Womöglich hatte ich Ville umgebracht.

Der Gedanke war total unrealistisch. Es war schwer vorstellbar, dass es wirklich passiert war, aber bestimmt war es passiert, ich war ja schließlich dabei gewesen. Warum ausgerechnet in dem Moment, als ich nach langer Zeit endlich mal wieder zufrieden und fröhlich war? Ich schob meine Hand unter die Mütze und kratzte mich am Kopf. Es war völlig unbegreiflich. Was sollte ich jetzt tun? Gleich würden wahrscheinlich Polizeistreifen die Gegend durchkämmen, auf der Suche nach dem Bücherregalmörder, diesem verkorksten Affektverbrecher. Es war kein herkömmliches romantisches Verbrechen aus Leidenschaft, aber Leidenschaft und Verbrechen kamen schon drin vor. Ständig schweifte ich vom Eigentlichen ab. Ich musste etwas tun. Aber sicherlich war das Totschlag und kein Mord, denn es war ja nicht geplant gewesen. Ich versuchte, im Geiste meine Möglichkeiten durchzugehen. Das war schwierig, denn meine Gedanken fuhren Achterbahn.

Mir schwirrten die unmöglichsten Sachen durch den Kopf, von Fluchtwegen bis Fluchtproviant, zum Beispiel Bananen, die sind in jeder Situation praktisch – bis auf einmal von irgendwo tief in meinem Gehirn sich ein klarer Gedanke Bahn brach. Ville war vielleicht tot. Die Kehle schnürte sich mir zusammen. Ich bekam keine Luft. Ich zerrte an meinem Kragen und japste. Die Wände kamen immer näher. Ich sprang auf, keuchte und schnappte nach Luft. Taumelnd lief ich aus der Hofeinfahrt, stolperte und fiel seitlings in den Schnee. Ich rappelte mich auf und begriff, dass ich unbedingt zurück nach Hause gehen musste. Unbedingt. Wenn Ville tot war, dann musste ich das sofort wissen – um dann selber zu sterben. Ich könnte nicht ohne Ville leben und schon gar nicht mit dem Gedanken, dass ich für seinen Tod verantwortlich war. Ich musste auch sterben. Ich rannte los, stürmte die Treppe hoch und fummelte minutenlang herum, bis ich den Schlüssel ins Schloss bekam, mehrmals fiel mir der Schlüsselbund runter, meine Hände zitterten vor Kälte und vor Panik, und ich konnte kaum atmen. Schließlich bekam ich die Tür auf und stürzte in den Flur.

Am Küchentisch saß Ville mit der weinenden Emma auf dem Schoß. Beide sahen mich sehr müde an. In meinem Körper breitete sich Erleichterung aus, und ich sackte auf dem Fußboden zusammen. Die Tür fiel hinter mir ins Schloss. Und ich brach in ein so gewaltiges kreischendes Weinen aus, dass ich gleich bei den ersten Atemzügen zu ersticken drohte. Ville sah mich misstrauisch an, Emma schluchzte, ich heulte, was das Zeug hielt, und konnte nicht damit aufhören, obwohl ich genau wusste, dass das die völlig falsche Reaktion war. Ich hätte mich entschuldigen müssen und alles Mögliche. Entsetzt fuchtelte ich mit den Händen, heulte aber weiter.

Emma merkte, dass ich wirklich in Not war, und stand auf. Sie nahm ein Glas Wasser und kam zu mir getapst. Sie sagte: »Es ist alles gut, beruhige dich. Trink einen Schluck Wasser.«

Sie setzte sich zu mir auf den Boden und legte die Arme um mich. In meiner Panik presste ich mich an sie, mein Rotz lief über ihre Schulter. So blieben wir ziemlich lange sitzen – oder auch nicht, mein Zeitgefühl war durcheinander, aber schließlich beruhigte ich mich so weit, dass ich mich traute, sie loszulassen. Emma streichelte mir über die Wange, wischte sich das Gesicht mit dem Ärmel ihres T-Shirts ab und bot mir wieder Wasser an.

»Es tut mir wahnsinnig leid«, flüsterte ich und sah Emma flehend in die Augen.

Ich sah sie an, denn ich traute mich nicht, Ville anzusehen. Ich wusste, er saß immer noch in der Küche und betrachtete uns kalt, traurig und enttäuscht. In seinen Augen war ich ein Haufen Scheiße auf dem Flurfußboden.

»Ich weiß«, sagte Emma.

»Aber ich bin nicht bedröhnt, nur besoffen«, sagte ich und zog die Nase hoch.

»Mir ist völlig egal, was du intus hast, du verdammter Psychopath«, sagte Ville.

Ich schluckte.

»Kapierst du denn nicht, dass ich hätte draufgehen können?«, schrie er. »Was ist mit dir los? Wenn ich bloß wüsste, was mit dir los ist, verdammt noch mal! Ich weiß es einfach nicht! Das hier ist kein Spiel mehr!«

»Er kapiert es«, sagte Emma plötzlich erstaunlich scharf. »Siehst du denn nicht, dass er total in Panik ist?«

Ich nickte mit großen Augen und drückte Emmas Arm. Wieder hatte ich einen Kloß im Hals, diesmal allerdings, weil ich mich selbst bemitleidete und die ganze Situation so deprimierend war. Wie konnte ich nur ein so missverstandenes und unglückliches Häuflein Mensch sein? Warum lief ständig alles schief? Und das, obwohl ich die Beilegung aller Streitigkeiten im Sinn gehabt und kurz davorgestanden hatte, glücklich zu sein.

»Panik geschieht ihm ganz recht. Ich wünschte fast, ich wäre tot oder wenigstens verletzt, dann hättest du vielleicht was gelernt«, sagte Ville und erhob sich. »Und jetzt räumst du mein Bücherregal wieder auf.«

Ich warf einen Blick in Villes Zimmer. Die Rückenlehne des Sessels hatte den Sturz des Bücherregals aufgehalten. Hunderte von Zetteln, Büchern und viele andere Sachen lagen auf dem Fußboden verstreut. Ein schreckliches Durcheinander. Natürlich würde ich das aufräumen. Klar, auf jeden Fall.

»Jetzt steh mal auf«, sagte Emma und zog mich am Arm nach oben. »Ich helfe dir. Jetzt gehst du erst mal ins Bett, und dann räumen wir zusammen auf.«

»Du hilfst ihm nicht, verdammt«, raunzte Ville.

Ich rappelte mich auf und ließ zu, dass Emma mich an der Hand in mein Zimmer führte.

»Hörst du, du hilfst ihm nicht!«, rief Ville.

»Sei still«, zischte Emma und drückte mich auf mein Bett.

Sie zerrte mir die Schuhe, die Jeans und die nassen Socken herunter, schob mich rücklings auf die Matratze, deckte mich zu und setzte sich neben mich. Ihr Blick war mutterhaft zärtlich.

»Entschuldigung«, sagte ich.

»Entschuldigung angenommen.«

»Nichts da!«, rief es aus der Küche.

»Alles wird gut. Jetzt schläfst du erst mal.«

Sie stand auf und ging. Ich lag da wie betäubt und umklammerte die Decke. Was würde das wohl für ein Tag werden, es war noch nicht mal acht Uhr morgens, und ich war bereits im Bett eines schwulen Drogendealers aufgewacht, hatte versucht, den Menschen umzubringen, der mir am nächsten stand, und hatte Emmas Mitgefühl gewonnen. Tage wie diese kann es im Leben nicht viele geben, dachte ich und schloss die Augen. Einen Moment lang lag ich da und betrachtete meine Augenlider von innen, fand mich aber schließlich damit ab, dass ich in diesem emotionalen Aufruhr nicht würde schlafen können. Leise stand ich auf, schlich zum Schreibtisch und schlängelte meine Hand mühsam am Fernseher vorbei zur Schreibtischschublade. Ich bekam sie einen Spalt auf und fummelte den gefalteten Pizzaprospekt heraus. Dann drehte ich mir einen Joint, setzte mich auf das Fensterbrett, nahm aus dem Glas ein durchsichtiges rotes Feuerzeug, öffnete das Fenster einen Spalt und zündete den Joint an. Ich sog den Rauch tief in meine Lungen und schloss die Augen.

17. Die Megäre aus der Unterwelt

Am Nachmittag dieses durch und durch bizarren Tages erwachte ich ein zweites Mal. Ich fühlte mich grauenhaft. Übelkeit, Kopfschmerzen, Reue, Scham, Beklommenheit. Ich presste die Augen wieder fest zusammen, schluckte und betrachtete voller Schrecken die Bilder, die in meiner Erinnerung abrollten. Es war, als sähe ich einen Film über das Leben eines anderen – eines gescheiterten, bemitleidenswerten Versagers. Lange lag ich so da und hoffte, ich müsste nie mehr aufstehen. Ich würde einfach in dem stillen Zwielicht daliegen, mit den Laken verschmelzen und müsste mich nie meinen Taten stellen. Ich war sicher, Ville saß mit verschränkten Armen vor der Tür und erwartete eine Erklärung und Entschuldigung, die er dann hochmütig beiseitewischen konnte. Das sah ihm eigentlich gar nicht ähnlich, aber andererseits hatte ich vorher auch noch nie versucht, ihn zu töten.

Mir wurde klar, dass ich derjenige war, der von Anfang an unrecht gehabt hatte. Ich hatte kindisch überreagiert. Ville hatte mehrmals versucht, die Situation zu klären, und war aus gutem Grund wütend geworden, und Emma hatte ich noch nicht mal eine Chance gegeben. Ich konnte absolut nicht begreifen, warum ich diese Zusammenhänge erst jetzt erkannte. Ich hatte es doch die ganze Zeit direkt vor Augen gehabt. Musste denn erst ein Kapitalverbrechen geschehen, bevor ich über mein Ego hinausblicken konnte? Ich erkannte meine

Schuld, aber ich wusste nicht, wie ich die Situation bereinigen sollte, die Geschichte war einfach zu lange in die falsche Richtung gelaufen. Auf einmal sah ich die vielen Annäherungsversuche der Gegenseite und meine eigene Unwilligkeit. Ville war so lieb! Es erschien mir ganz und gar unmöglich, auch nur vom Bett aufzustehen, obwohl ich genau wusste, dass ich nicht weiter daliegen und darauf warten konnte, dass der Weltuntergang alles auslöschen würde. Ich würde mich nur noch mehr schämen, wenn Ville oder Emma kommen und sich um mich kümmern würden, denn das täten sie ganz sicher, sie waren schließlich gute Menschen, anders als gewisse Leute.

Ich brummte und setzte mich vorsichtig auf. Das wird schon werden, versuchte ich, mich zu überzeugen, aber es war nicht so überzeugend, dass ich es geglaubt hätte. Mit beiden Händen hielt ich meinen Kopf, damit bloß nichts von der gequirlten Scheiße darin umherschwappen konnte, und stand auf. Langsam schlurfte ich zur Tür, öffnete sie und spähte in den Flur. Es war dunkel. Ich schlappte ins Bad, schloss die Tür ab und pinkelte im Dunkeln irgendwo in die Richtung der Kloschüssel. Ich pfefferte das Rotkäppchen-T-Shirt und die Unterhose in die Ecke und trat in die Dusche. Bei völliger Dunkelheit ließ ich mir das kühle Wasser über das Gesicht laufen und versuchte, mir vorzustellen, ich sei in einer Höhle im Regenwald, wo aus den reinigenden Tiefen des Felsens frisches Wasser strömt, gesättigt mit Mineralien, die die Haut und den Geist klären und alle Gifte fortspülen. Diese Vorstellung wurde fast von der Fleischfresserbakterienmasse verdrängt, die in der Dunkelheit von allen Seiten auf mich eintropfte, aber es gelang mir, sie beiseitezuschieben und in den Regenwald zurückzukehren. Ich stand so lange bewegungslos unter dem Wasserstrahl, wie es mir angesichts des Wassermangels in den Entwicklungsländern angemessen erschien, dann wusch ich mir die Haare. Ich drehte das Wasser ab und tastete nach dem Handtuch. Doch ich fand es nicht, egal wie verzweifelt ich über die Wand wischte. Ein grauenhafter Schauder lief mir über den Rücken. Nicht schon wieder. Ich machte das Licht an. Zu meiner Erleichterung hing das Handtuch doch am Haken. Ich rieb mich trocken und hängte es mir über die vorstehenden Hüftknochen. Dann spähte ich durch einen Türspalt in den Flur. Immer noch dunkel. Ich schlich zurück in mein Zimmer, zog mir saubere Sachen an und setzte mich mit tropfenden Haaren auf die Bettkante. Jetzt hatte ich keine Wahl mehr, ich musste mich der Situation stellen.

Also tappte ich zu Villes Zimmer. Das spärliche Licht verbarg einen Großteil des Durcheinanders, aber trotzdem war das Ausmaß der Zerstörung beeindruckend. Das Bücherregal stand immer noch gegen den Sessel gekippt, und sein über die Jahre angesammelter Inhalt lag über den Fußboden und die anderen Möbel verstreut. Vorsichtig tapste ich über das Meer aus Büchern und Papieren und öffnete die Vorhänge. Das gedämpfte Licht des Winternachmittags war wohlwollend, die Deckenlampe hätte die Tatsachen allzu hell ausgeleuchtet. Ich griff nach dem Bücherregal und wuchtete es zurück an seinen Platz. Eines der Regalbretter war geborsten, ich drehte es um, damit der Riss zur Wand zeigte. Ich betrachtete das Bücherchaos, das um mich her wogte. Es war unvermeidlich, es gab nichts weiter zu tun, als die Bücher nach und nach vom Boden aufzuheben. Ich versuchte, mich zu erinnern, wie die Bücher und die anderen Sachen angeordnet gewesen waren, ich sah mir die Papiere an und bemühte mich, sie auf halbwegs zusammengehörige Stapel zu sortieren, aber in Wirklichkeit brachte ich sie wahrscheinlich schlimmer durcheinander als vorher.

Als ich etwa ein Viertel des Fußbodens aufgeräumt hatte, hörte ich, wie sich die Wohnungstür öffnete. Ich schreckte auf und spähte in den Flur wie eine ängstliche Manguste. Meine Scham, meine Kopfschmerzen und meine Übelkeit hatte ich beim Aufräumen ganz vergessen, aber nun kehrten sie zurück. In der Tür erschien Emma mit einer großen roten Strickmütze und roten Wangen, als käme sie direkt von der Elchjagd.

»Guten Tag!«, zwitscherte sie. »Ich hatte gehofft, dass du wach bist. Ich hab Kaffee und Berliner mitgebracht!«

Sie streckte mir einen großen Pappbecher hin. Ich nahm ihn.

»Danke«, sagte ich demütig.

»Du hast ja schon richtig viel geschafft!«, freute sie sich und zog sich die Schuhe aus.

Ich nahm einen Schluck Kaffee. Ein Caffè Latte, er kam gerade richtig. Nachdem Emma sich Jacke und Mütze ausgezogen hatte, schlenderte sie mit ihrem Kaffeebecher zu mir ins Zimmer. Sie sah sich anerkennend um und setzte sich dann auf die Schreibtischkante. Ich hockte mit meinem Kaffee immer noch auf den Knien auf dem Boden. Sicher durfte man zwischendurch eine Kaffeepause machen, ich war hier schließlich nicht im Arbeitslager. Aber verdient hätte ich es, dachte ich streng und schämte mich ein bisschen. Emma hielt mir eine fettfleckige Papiertüte hin, und obwohl ich den Kopf schüttelte, ließ sie nicht locker, bis ich mir schließlich einen großen Berliner herausnahm.

»Wie fühlst du dich?«, fragte Emma.

»Warum bist du so nett?«, fragte ich zurück.

Sie legte den Kopf schief und musterte mich eindringlich.

»So bin ich eben«, sagte sie schließlich.

Ich schüttelte ungläubig den Kopf.

»Das habe ich nicht verdient.«

»Das kann man sich auch nicht verdienen. Ich bin einfach nett, nimm es hin oder lass es, das hat nichts mit dir zu tun«, sagte sie knapp und lächelte nicht mehr, sondern sah mir herausfordernd in die Augen.

»Dann nehm ich es hin.«

»Gut«, sagte Emma und lächelte wieder. »Ich würde mir einfach wünschen, dass wir alle Freunde sind.«

»Das wird jetzt wohl nicht mehr möglich sein.«

»Natürlich ist es das.«

»Ville wird nicht mehr mit mir befreundet sein wollen«, präzisierte ich.

Emma schüttelte den Kopf und vermied es, das Bücherregal anzusehen.

»Vielleicht nicht gerade heute, aber eines Tages schon. Eine Freundschaft von über zwanzig Jahren fällt nicht mit einem Bücherregal in sich zusammen«, sagte sie.

»Es sei denn, das Regal knallt auf einen von beiden drauf.«

»Es hat ihn ja nicht getroffen.«

»Das interessiert Ville vermutlich einen Scheißdreck. Mir würde es jedenfalls so gehen.«

»Irgendwann interessiert es ihn bestimmt doch. Und zwar, wenn er dir verzeihen will«, sagte Emma. »Ville möchte nämlich nicht allein sein.«

Ich erstarrte.

»Wie – allein? Ville ist doch nie allein.«

Emma sah mich mit schief gelegtem Kopf an, als wollte sie herausfinden, ob ich einen kleinen Dachschaden hatte.

»Ohne dich ist er schon ziemlich allein. Er hat dich ganz schön vermisst.«

Verlegen starrte ich auf den Fußboden. Ville sollte allein sein? Ich hatte nie darüber nachgedacht, aber tatsächlich hatte er den größten Teil seines Lebens zusammen mit mir verbracht. Während unserer ganzen gemeinsamen Zeit hatte ich geglaubt, der soziale, hochgeschätzte und großartige Ville sei überaus beliebt. Wenn wir irgendwohin gingen, wurde er sofort von Leuten umringt, und alle wollten ihm nahe sein. Bei genauerem Hinsehen stellte sich jedoch die Frage: Wann verbrachte er denn Zeit mit diesen anderen Freunden? Nachts? Bevor Emma auftauchte, waren wir beide immer zusammen gewesen. Letztlich war Ville genauso allein wie ich. Warum war mir das nie aufgefallen? Ich musste lachen, denn es fühlte sich so idiotisch an, das zu begreifen. Vielleicht sagt das etwas über meine Egozentrik aus, aber jetzt, wo ich Villes Alleinsein verstanden hatte, fühlte ich mich besser.

»Ach so«, sagte ich und biss mir auf die Lippe. »Hm.«

»Tja, also, wie fühlst du dich?«, fragte Emma noch einmal.

»Geht schon«, sagte ich und versuchte ein Lächeln.

Wir tranken Kaffee und krümelten mit den Berlinern herum. Emma saß da, baumelte mit den schwarz bestrumpften Beinen, wedelte sich immer wieder Zucker von den Knien und plauderte. Sie erzählte, dass Ville zu seinen Eltern gefahren sei und dort übernachten wolle. Der Gedanke, dass Emma allein in die Wohnung habe gehen wollen, habe ihn nicht gerade gefreut, aber er habe sie auch nicht davon abhalten können. Als der Kaffee ausgetrunken war, machten wir uns zusammen daran, die Sachen zurück ins Regal zu räumen. Zu zweit machte das mehr Spaß, es ging schneller und war leichter. Es dauerte nicht mal eine halbe Stunde, und der Fußboden war frei. Ich sah mich zufrieden um. Als ich erwog, das Projekt in meinem eigenen Zimmer fortzuführen und dort auch aufzuräumen, unterbrach mich Emma in dem Gedanken, indem sie sagte: »Und jetzt gehen wir was Richtiges essen.«

Also gingen wir zur Pizzeria um die Ecke. Wir bestellten beide eine Vegetariana und ein großes Bier und setzten uns an einen Tisch. Erst als ich den ersten Schluck von meinem Bier genommen hatte, wurde mir klar, dass das vielleicht gar keine so gute Idee war – das Bier, meine ich. Emma plauderte weiter und erzählte, dass sie auch in einer WG wohne. Ihre Mitbewohnerin sei ebenfalls Studentin, aber sie sei ganz anders als sie selber, und sie stünden sich nicht besonders nahe.

Als die Pizzen kamen, hatte ich mein Bier schon ausgetrunken. Es war einfach klammheimlich durch meine Kehle geflutscht, während ich dasaß und Emmas Erzählungen lauschte. Ich holte ein zweites und brachte auch eins für sie mit, obwohl ihr Glas erst halb leer war.

»Wie hast du Ville kennengelernt?«, fragte ich, denn ich hatte das Gefühl, es wäre höflich, sie etwas Persönliches zu fragen, und außerdem hatte ich das erste Bier wirklich ziemlich schnell ausgetrunken. Ich hatte plötzlich den Verdacht, Emma könnte mich für einen heruntergekommenen Säufer halten, und so tat ich mein Bestes, mich halbwegs zivilisiert zu benehmen. So wichtig, dass ich dafür das Bier hätte stehen lassen, war mir der gute Eindruck allerdings auch nicht.

»Du warst doch dabei«, sagte Emma mit hochgezogenen Augenbrauen.

»Sorry, aber ich kann mich leider nicht mehr so richtig daran erinnern«, sagte ich. »Erzähl es mir. Wenn du ordentlich übertreibst, klingt es wie eine ganz neue Geschichte.«

Und Emma erzählte.

Unter der Goldfruchtpalme

Wir spulen zurück zu einem dunklen Abend einige Wochen vorher. Eine Flasche Wein sowie Emma und ihre Mitbewohnerin Laura in ihrer gemeinsamen Küche. Laura hielt einen Monolog. Emma war auch nicht gerade ein ruhiger Typ, aber Laura war in ihrem Redefluss geradezu lähmend. Und sie nutzte jede Gelegenheit, um über sich selbst zu sprechen. Daher hatte Emma gelernt, dass es oft weniger anstrengend war, einfach nur leise zu sein, ihre eigenen Gedanken zu denken und Laura reden zu lassen. Also tat Emma so, als hörte sie zu, während Laura von ihrem Studium an der Handelshochschule erzählte und von drei verschiedenen Männern, die an ihr interessiert waren. Da gab es einmal Tomi, der sie zum Sushi essen eingeladen hatte. Aber kann man denn mit jemandem zusammen sein, der nicht weiß, dass man den Ingwer zwischen den Happen isst und nicht auf das Sushi legt? Dann gab es noch Antti, der ein Cabrio hatte und mit Laura nach Porvoo gefahren war. Aber ist es nicht oberflächlich, sich wegen des Autos in jemanden zu verlieben? Jedenfalls nicht oberflächlicher, als jemanden wegen des Ingwers abblitzen zu lassen, dachte Emma tief in ihrem Innern, aber sie nickte verständnisvoll. Und dann der Name. Antti. Was war das denn für ein Name? Nicht besonders individuell. Und schließlich gab es noch Niklas. Da passte der Name, und Finnlandschwede war er auch noch, aber manchmal fand Laura Niklas langweilig und irgendwie blutleer. Emma verstand, was Laura meinte, denn aus ihrer Sicht war Niklas wie eine Spaghetti, die seit einer Woche im Spülbecken lag. Emma sagte nichts, denn sie wusste genau, Laura wollte nicht ihre Meinung hören, sondern einfach nur erzählen, dass sie mit drei verschiedenen Männern ausging.

So schleppte sich der Abend dahin, bis es Emma um elf zu bunt wurde und sie vorschlug, in eine Kneipe zu gehen. Anders als sonst war Laura einverstanden, mit nach Kallio zu kommen, vielleicht hatte sie Lust auf ein bisschen Shabby Chic, als Kontrastprogramm zu ihren ewigen Nobelclubs. Emma wollte einfach nur irgendwohin und möglichst nicht in die unerträglichen Trendschuppen im Stadtzentrum, wo sie immer irgendwas Falsches sagte, ein Loch in der Strumpfhose hatte, wo ihre Haare verfilzt waren und Schuhe und Tasche nicht das richtige Label hatten und sie schließlich ihr ganzes Geld vertrank, um den Abend halbwegs erträglich zu finden.

Aber jetzt fuhren sie nicht in die Innenstadt. Der Kneipenlärm übertönte Lauras Geplapper, und Emma konnte sich auf ihr Bier und ihre eigenen Gedanken konzentrieren, zumindest solange sie an den richtigen Stellen nickte.

Laura war in vielerlei Hinsicht völlig in Ordnung, sonst hätte Emma es gar nicht ausgehalten. Sie waren seit der Grundschule zusammen in einer Klasse gewesen, nicht gerade beste Freundinnen, aber doch halbwegs befreundet. Beide bekamen zur selben Zeit einen Studienplatz in Helsinki, und Laura hatte vorgeschlagen, zusammenzuziehen, denn dann konnte man günstiger in einer schöneren Gegend wohnen. Und man müsste nicht allein sein. Nach ein paar Jahren wusste Emma nun, dass Laura einfach Publikum für ihre Selbstdarstellung brauchte. Laura war ein Mensch, der niemals allein sein konnte.

Sie hatte aber auch ihre guten Seiten: Normalerweise war sie fair und großzügig, zickte nicht grundlos herum und hatte keinen lauten Sex. Sie lieh sich keine Sachen von Emma, ohne zu fragen, und war mindestens genauso ordentlich wie sie. Außerdem hatte Laura ein Auto, was für die Fahrten zu den Eltern praktisch war. Bis jetzt hatten Lauras Pluspunkte die

Minuspunkte immer noch überwogen. Und sie verbrachten auch gar nicht viel Zeit miteinander, hauptsächlich studierten sie an entgegengesetzten Enden der Stadt. Am Wochenende ergab es sich ganz natürlich, dass sie zusammen ausgingen, denn sie hatten beide keinen Freund und wohnten in derselben Wohnung.

Während Emma also in sich gekehrt ihr Bier trank, schob sich auf einmal etwas so Strahlendes in ihr Blickfeld, dass sie genauer hinsehen musste. Am anderen Ende der Kneipe stand, an den Raucherverschlag gelehnt, ein Mann, der alles verkörperte, was sie sich immer erträumt hatte. Er war groß, schlank, seine blonden Haare waren verwuschelt – keine durchgestylte Gelskulptur, sondern ganz natürlich verwuschelt –, er trug zerbeulte schwarze Schuhe, dazu eine Cordhose und einen grau gestreiften Pulli, die Jacke war offen. Er lächelte Emma direkt an, sah ihr in die Augen und strahlte ein so warmes Licht aus, dass es in Emmas Innerm bitzelte und sie zu atmen vergaß.

Sie war so gebannt, dass sie das Lächeln erst erwiderte, als der Gesichtsausdruck des Mannes schon etwas Sorgenvolles angenommen hatte. Da lächelte sie schnell zurück und wandte den Blick verlegen ab. Erst kurz darauf traute sie sich, noch einmal hinzusehen. Doch die strahlende Gestalt war verschwunden. Emma sank in sich zusammen, und am liebsten hätte sie Laura angebrüllt, halt den Mund, halt doch endlich mal den Mund, aber das tat sie natürlich nicht. Sie trank weiter ihr Bier, Laura süffelte ihren Cocktail durch einen Strohhalm. Egal wie oft sich Emma auch verstohlen umschaute, der Blonde war nirgends zu sehen. Wie konnte man in so einer kleinen Kneipe verschwinden? Womöglich war alles, was Emma sich jemals erträumt hatte, nach Hause gegangen, und sie würden sich nie wieder begegnen. Mitten in diese schrecklichen Gedanken platzte das Lichtsignal zur Sperrstunde, und Laura ging auf die Toilette. Emma stand auf, zog ihre Jacke an und legte sich den Schal um. Ihr war zum Heulen. Sie wollte nur noch ins Bett und weinen, wie mit fünfzehn, als das Leben so unausstehlich war, dass sie es nicht aushalten konnte, ohne in ihr Kissen zu beißen. Jetzt war sie dreiundzwanzig und dachte, sie sei ruhiger geworden, aber auf einmal fühlte sie sich wieder genau so. Laura kam zurück, zog sich die Jacke an und plapperte aufgeregt irgendwas von einer Nachricht, die sie von Antti bekommen hatte, und sie gingen.

Am Ausgang fasste jemand Emma an die Schulter. Sie wusste sofort, wer es war. Oder eigentlich wusste sie es nicht, aber sie wünschte es sich dermaßen, dass es einfach nicht anders sein konnte. Da stand alles, was Emma sich jemals erträumt hatte, und hielt sie an der Schulter fest. Nach einer Weile ließ der Mann schließlich los, denn die Position war ohne Zweifel ziemlich unnatürlich.

»Hallo«, sagte er.

»Hallo«, sagte Emma.

Emma sah dem Mann in die Augen und brachte kein Wort mehr heraus, sie hatte sich in eine zähe Masse verwandelt, die die Tür blockierte, weder konnte sie sich bewegen noch etwas sagen.

»Die Kneipe macht jetzt zu«, sagte der Mann.

Emma nickte. Es störte sie nicht mal, dass die Kommunikation auf das Offensichtliche beschränkt war. Was hätte es auch sonst zu bereden gegeben?

»Wir wollen noch woandershin, und ich dachte, du … oder ihr habt vielleicht Lust mitzukommen«, sagte der Mann und schaute auf seine Schuhe.

Dabei sah er unsicher aus, und als Emma selbst den Blick senkte, war ihre Erstarrung gebrochen. Sie konnte die Freude nicht zurückhalten, die auf einmal in ihrem Bauch aufstieg und mit einem ungebändigten Lachen aus ihr herausprustete. Dass die Enttäuschung und Mutlosigkeit von vorhin sich nun in ihr Gegenteil verwandelt hatten, überforderte Emma und ließ sie überreagieren.

Der Mann sah sie ernst an, und Emma nickte. Er streckte ihr die Hand hin, und sie nahm sie mit ihren behandschuhten Fingern. Laura war schon nach draußen gegangen, quetschte sich jetzt aber zurück in den Eingangsbereich, verwundert darüber, dass Emma ihrem Redefluss nicht überallhin folgte.

»Kommst du?«, fragte sie ungeduldig.

Es war schon seltsam: Vor ein paar Sekunden hatten sie noch zusammen nach Hause gehen wollen, aber jetzt stand Emma Hand in Hand mit einem unbekannten Typen da.

»Ich denke, ich gehe noch woandershin«, sagte Emma, ohne den Blick von dem Mann abzuwenden.

»Ach«, sagte Laura.

»Ja«, sagte Emma und fragte Laura absichtlich nicht, ob sie mitkommen wolle.

»Gehen wir?«, fragte der Mann und führte Emma an Laura vorbei nach draußen.

Sie standen auf der winternächtlichen Straße. Laura wandte sich schnaubend ab und verschwand den Hügel hinunter. Emma sah den Mann an, der Mann sah Emma an. Der Moment schien ewig zu dauern. Dann sagte jemand: »Scheiße noch mal, gehen wir jetzt, oder was?«

Neben ihnen stand ein Typ mit Wollmütze, der einen angefressenen Eindruck machte. Er war anscheinend die ganze Zeit irgendwo in der Nähe gewesen, ohne dass Emma es bemerkt hatte. Das war nicht weiter verwunderlich, denn die Wollmütze war wesentlich kleiner, krummer und unauffälliger als das strahlende Wesen. Er schwankte mit den Händen in den Taschen seiner kaputten Jeans hin und her und zog die Nase hoch.

»Ja, lasst uns gehen«, sagte das strahlende Wesen, und sie machten sich auf den Weg.

Die Wollmütze schwankte voraus. Es machte nichts, dass sie nur langsam vorwärtskamen, Emma hatte es nicht eilig. Sie sprachen nicht, erst als der Mann Emma die Tür zu dem Haus öffnete, in dem sie weiterfeiern wollten, sagte er: »Ich bin Ville, und das da ist Miska.«

»Emma«, sagte Emma und lächelte.

Wollmütze Miska stolperte auf der Treppe, und Ville musste seine Hand aus Emmas Hand lösen, um seinem Freund in den dritten Stock zu helfen, wo die Party stattfand. Die Feier hatte ihren Höhepunkt bereits überschritten, überall lagen leere Flaschen und Chipstüten herum. Auf dem Sofa schlief ein Betrunkener, dem das Hemd bis unter die Achseln hochgerutscht war. In der Küche diskutierte man laut über Flugreisen, aber Emma interessierte sich nicht dafür.

»Wer wohnt denn hier?«, fragte sie, um etwas zu sagen.

»Irgendeine Anna«, sagte Ville und nahm Emma wieder bei der Hand.

Die Wollmütze krabbelte zielsicher auf die Goldfruchtpalme im Wohnzimmer zu. Emma und Ville folgten ihm. Die Wollmütze nahm aus seiner Umhängetasche eine Rotweinflasche, öffnete den Schraubverschluss und lehnte sich gegen die Heizung. Ville und Emma setzten sich neben ihn.

Die nächste halbe Stunde saßen sie dort auf ihren Plätzen, und die Wollmütze hielt einen mäandernden Monolog über die Probleme des Naturschutzes, die seiner Meinung nach vor allem darin bestünden, dass die Naturschützer kein ausreichendes Droharsenal hätten, also sei es eminent wichtig, die Schiffe von Greenpeace mit Atomsprengköpfen auszustatten. Natürlich kämen die niemals zum Einsatz, aber wenn man welche hätte, dann wären alle gezwungen zuzuhören.

Für Emma war das Gespräch nebensächlich. Sie dachte allein daran, dass ihre Wade Villes schmalen Oberschenkel berührte, und jedes Mal, wenn sie die Weinflasche hin und her gaben, berührten sich ihre Hände, obwohl das nicht nötig gewesen wäre, und sie konnte sich auf nichts anderes konzentrieren. Sie sahen sich nicht an, aber während Emma so tat, als würde sie der Wollmütze zuhören, ertappte sie sich dabei, wie sie Ville immer wieder aus den Augenwinkeln Blicke zuwarf. Dann endete der Naturschutzmonolog so plötzlich, wie er begonnen hatte. Die Wollmütze rappelte sich auf, warf dabei fast die Goldfruchtpalme um, stolperte davon und ward nicht mehr gesehen.

Sie waren jetzt zu zweit unter der Palme, die Weinflasche war zusammen mit der Wollmütze verschwunden, aber der Wein war für Emma von Anfang an nur Staffage gewesen. Ganz kurz fühlte sie sich unsicher. Wie sollte es jetzt weitergehen? Denn weitergehen musste es. Um drei Uhr morgens mit diesem fremden Menschen unter der Goldfruchtpalme. Aber dann zog Ville Emma näher zu sich heran, nahm ihre Hände, legte sie an sein Gesicht und sagte: »Ich kenne dich aus der Vorlesung. Wenn du dir deine Haare um den Finger drehst, kann ich mich überhaupt nicht konzentrieren.«

»Entschuldigung«, sagte Emma.

»Aber hör bloß nicht damit auf«, flüsterte Ville.

Und so verliebten sie sich. Ville ließ Emmas Hände los

und legte seine warmen Handflächen an Emmas Wangen. Er zog sie zu sich heran, und sie wurden zu einer homogenen Masse, in der alles weich, warm und richtig war. Es dauerte lange, vielleicht ein Jahr, vielleicht anderthalb, und als sie am nächsten Morgen ineinander verschlungen auf dem Fußboden erwachten und glücklich in die helle Sonne hinausstolperten, gab es keinen Zweifel daran, dass sie für immer und ewig zusammenbleiben würden. Ende der Geschichte.

»Es tut mir leid, wie ich mich verhalten habe«, sagte ich, als Emma fertig war. Ich wusste in dem Moment, dass ich es nicht nur so dahinsagte, sondern dass es mir wirklich leidtat. Auch sonst sage ich fast nie Sachen, die ich nicht so meine.

»Danke«, sagte Emma und tätschelte meine Hand. »Mir tut es auch leid.«

»Was denn?«

»Alles, was passiert ist. Ich wollte nichts Böses.«

»Aus irgendeinem Grund dachte ich, du wärst die Megäre aus der Unterwelt«, gestand ich.

Emma prustete dermaßen los, dass ihr das Bier aus der Nase tropfte. Sie lachte und gackerte und wischte sich das Gesicht mit der Serviette ab. Ich musterte sie besorgt. Vielleicht hatte sie nicht verstanden, dass ich sie gerade beleidigt hatte, und würde erst in ein paar Sekunden wütend werden, mir das Bier ins Gesicht schütten und kreischen, du Schwein, du Widerling!, und beleidigt aus dem Laden marschieren. Aber so kam es nicht, sie lachte mit hochroten Wangen weiter, bis sie sich schließlich erschöpft zurücklehnte und auf ihren Bauch klopfte.

»Oha. Du bist schon echt lustig.«

Ich war verwirrt. Ich mag ja so einiges sein, aber lustig eher nicht.

»Das hast du damals schon gesagt. Die Megäre aus der Unterwelt also«, ließ Emma es sich zufrieden auf der Zunge zergehen. »Und du bist dann wahrscheinlich der kläffende dreiköpfige Köter.«

»An welches Tier erinnere ich dich?«, fragte ich neugierig.

Emma sah mich an, als wollte sie fragen, ob das mein Ernst sei. Als sie merkte, dass ich es ernst meinte, fing sie an, mit gerunzelter Stirn zu überlegen. Schließlich hatte sie eine Idee.

»Es ist ein bisschen schwierig, den Zerberus beiseitezulassen«, sagte sie lachend. »Aber wenn ich ehrlich bin, erinnerst du mich an einen Igel. Er tapst alleine durch die Gegend und schnauft vor sich hin, aber sobald es irgendwo knackt, rollt er sich zusammen und stellt die Stacheln auf.«

Fantastisch, dachte ich. Das kam wenigstens ansatzweise meinem eigenen Selbstbild nahe.

»Danke. Bisher sind mir Krabbe und Rennmaus vorgeschlagen worden.«

Emma prustete schon wieder ihr Bier über den Tisch und erschrak darüber so, dass sie anfing, hysterisch zu kichern. Sie hatte wirklich ein ernsthaftes Problem, Flüssigkeiten bei sich zu behalten. Ich nahm ein paar dunkelgrüne Servietten aus dem Besteckbecher und deckte die Bierlache damit zu. Ich habe mich nie für besonders lustig gehalten, aber heute übertraf ich mich anscheinend selbst. Emma kicherte kopfschüttelnd.

Die Situation hatte eine Volte geschlagen, und ich war schon wieder leicht angetrunken, was sich natürlich gut anfühlte; gleichzeitig war mir klar, dass ich nicht ständig besoffen sein konnte. Jetzt allerdings war ich betrunken und wusste nicht, was ich dagegen tun sollte, zumal Emma schon wieder losging, um neues Bier zu holen. So kann man einen Nachmittag also auch verbringen, dachte ich und lehnte mich zufrieden auf meiner Bank zurück. Doch ich hatte keine Ahnung.

18. Die Leiche

Das war ja zu erwarten: Sobald es einmal etwas lockerer lief, sollte das nicht lange so bleiben. Mein Telefon klingelte. Es war Birgitta. Ich drückte auf das grüne Symbol.

»Birgitta hier!«, sagte sie mit aufgeschreckter Stimme.

»Ja, weiß ich«, sagte ich und kicherte, denn ich war tatsächlich beschwipst.

»Risto ist tot«, sagte Birgitta.

»Wer?«, fragte ich, aber im selben Moment fiel es mir ein. »Also, vielmehr, wie?«

Während ich auf Birgittas Antwort wartete, spielte sich in meinem Kopf ein mögliches Szenario ab. Das dauerte nur wenige Sekunden, denn meine Gedanken rasten. Womöglich hatte Risto einen Joint zu viel geraucht und sich vorgestellt, er könnte fliegen, und war dann aus dem Fenster gefallen, aber weil er so klein war und keine Beine hatte, trug der Wind ihn davon und wirbelte ihn durch die Luft wie ein Blatt. Der Wind hatte ihn bis zum Meer getragen, und er war ertrunken, denn allein mit der Kraft seiner Arme schaffte er es im kalten Wasser nicht zurück an Land. Oder vielleicht hatte er es geschafft, war aber auf dem Eis am Ufer erfroren. Das wäre tatsächlich eine sehr spezielle Art zu sterben.

»Sein Herz hat nicht mehr mitgemacht«, sagte Birgitta. »Du musst sofort herkommen. Es gibt etwas zu erledigen.«

»Was denn?«

»Das sage ich dir dann. Komm jetzt her.«

»Ich bin sozusagen ein bisschen angeschickert«, gab ich zu.

»Interessiert mich nicht, ist deine Sache. Wiederhören«, sagte Birgitta und beendete das Gespräch.

Ich saß verwirrt da, immer noch mit dem Telefon am Ohr, und sah Emma an, die mich mit schief gelegtem Kopf fragend musterte.

»Ich muss weg«, sagte ich und legte das Telefon auf den Tisch.

»Wohin?«

Ich antwortete wahrheitsgemäß: »Ein Bekannter ist gestorben.«

»Oh nein.« Emma wurde ernst. »Willst du, dass ich mitkomme?«

Ich horchte in mich hinein und merkte, dass ich es wollte. Wir standen auf und gingen. Draußen war es dunkel geworden, aber das war mir nur recht, jetzt, da wir es mit dem Tod zu tun hatten. Es schneite leicht, aber das war in diesem Winter ja keine Überraschung, wie ich bereits erwähnt habe. An der Bushaltestelle klingelte Emmas Telefon.

»Es ist Ville«, sagte sie und nahm das Gespräch an.

Ich sah nach oben in den fallenden Schnee und hörte mit halbem Ohr, wie Emma Ville erzählte, dass sie mit mir irgendwohin fahren werde, weil jemand gestorben sei. Nein, sie wisse nicht, wer es sei. Der Schneefall vor dem dunklen Himmel erinnerte mich an den Schnee im Fernsehen. Natürlich, daher hatte ja der Fernsehschnee auch seinen Namen. Allerdings gibt es heute im Fernsehen gar keinen Schnee mehr und wohl auch kein Testbild. Das hört sich ja an, als wäre ich uralt und nicht erst vierundzwanzig. Trotzdem, der natürliche Schneefall erinnerte mich daran, wie Ville und ich uns als Kinder den Schnee im Fernsehen angeschaut hatten und uns Sachen ausdachten, die wir in dem Geflimmer sahen. Das war damals total lustig. Lustiger als dieser echte Schnee, der nur aus nassen Flocken bestand, die einem aufs Gesicht klatschten.

»Wer ist noch mal gestorben?«, unterbrach Emma meine Kindheitserinnerungen.

»Risto.«

Emma sagte den Namen ins Telefon. Nein, sie wisse auch nicht, wer Risto sei. Und sie wisse auch nicht, wo wir hinführen.

»Wo fahren wir noch mal hin?«, fragte Emma.

»Zu Birgitta.«

Emma wiederholte das ins Telefon.

»Kann Ville auch mitkommen?«, fragte Emma, nachdem sie kurz ins Telefon gelauscht hatte.

»Nein«, sagte ich spontan, denn das fühlte sich in dem Moment nicht richtig an.

»Nein«, sagte Emma ins Telefon.

Und dann beendete sie das Gespräch.

»Er kommt nicht«, sagte Emma.

»Doch, ich glaube schon«, sagte ich und lächelte.

Ville würde niemals allein herumhängen und einfach abwarten, während die Menschen, die ihm am nächsten standen, woanders etwas Spannendes erlebten. Er würde dort hinkommen, koste es, was es wolle. Einerseits wärmte diese Gewissheit mich innerlich, andererseits war ich angespannt und hatte Angst.

Auf dem Hof des Pflegeheims Sonnenschein hing die Flagge auf halbmast. Ich hatte Durst, meine Zunge klebte am Gaumen. Am liebsten hätte ich mir Schnee in den Mund geschaufelt. Alkohol ist ein Diuretikum, man verliert Flüssigkeit. Vor allem, wenn man nicht weitertrinkt, sondern losgeht, um irgendwelche Sachen zu erledigen, die mit toten alten Leuten zu tun haben. Ich musste es einfach aushalten. Leise gingen wir durch die Eingangshalle, ich voran. Emma blieb am Desinfektionsmittelspender stehen und pumpte sich das Zeug auf die Hände, dann rieb sie es auf dem Weg durch den ganzen Korridor ein, dass es nur so quietschte.

»Wohin gehen wir?«, flüsterte Emma auf dem Gang.

»Hier wohnt meine Verwandte, Birgitta«, flüsterte ich zurück. »Sie hat so eine Persönlichkeitsstörung.«

»Und wer ist Risto? Oder war?«

»Ein knurrender alter Mann.«

Die Information reichte Emma. Ich klopfte leicht an Birgittas Tür und öffnete sie, ohne eine Antwort abzuwarten. Birgitta saß in ihrem Bett und sah ernst und klein aus, oder vielmehr sah sie nicht nur so aus, sie war auch ernst und klein. Auf der anderen Seite des Bettes saß Herr Kurttu und hielt zärtlich ihre Hand. Es war schwer zu sagen, ob Kurttu tatsächlich besorgt war oder ob es nur so wirkte.

»Was machst du hier?«, fragte ich erstaunt.

»Ich tröste Birgitta«, sagte Kurttu.

»Wer ist das denn?«, fragte Birgitta und zeigte mit ihren saugnapfartigen Fingern auf Emma.

»Ich bin Emma.« Emma ging mit ausgestreckter Hand auf Birgitta zu.

»Ach, die Megäre aus der Unterwelt?«, schnaubte Birgitta und zog ihre Hand zurück.

»Genau die«, sagte Emma und ließ die Hand sinken. »Mein Ruf eilt mir voraus.«

»Dein Abschied war ja ziemlich unfreundlich«, unterbrach Kurttu.

»Ich habe dir doch einen Zettel hingelegt«, verteidigte ich mich.

»Das war ein unfreundlicher Zettel«, maulte Kurttu.

»Ist doch egal«, seufzte Birgitta. »Ihr Schwulen seid immer so theatralisch, für dich müsste man am besten jedes Mal eine scheiß Parade abhalten, um den Abschied angemessen zu zelebrieren.«

»Ich hab doch schon gesagt, ich bin nicht schwul!«, protestierte ich.

»Ich habe Tauno gemeint und nicht dich, aber wenn du dich angesprochen fühlen willst …«, gab Birgitta zurück. »Risto ist tot, konzentrieren wir uns darauf.«

»Mein Beileid«, sagte Emma, aber niemand reagierte.

Ich schwieg und sah auf den Boden. Der Teppichboden war aus Plastik. Sollte das nicht ein ziemlich nobles Pflegeheim sein? Nobel popel, dachte ich und kicherte. Das erinnerte mich daran, dass ich betrunken war. Ich musste mich konzentrieren, sonst artete das wieder in Albernheit aus. Weil alle weiter schwiegen, holte ich mir aus dem Bad einen Pappbecher mit Wasser. Als ich zurückkam, sah ich Emmas fragenden Gesichtsausdruck und holte ihr auch einen Becher. Birgitta wartete geduldig, während wir tranken. Oder, na ja, eigentlich sah sie eher leidend und ungeduldig aus. Kurttu hielt immer noch ihre Hand und sah abwechselnd besorgt zu ihr und anklagend zu mir. Ich wusste allerdings nicht, was ich verbrochen hatte.

»Also, was ist hier passiert?«, fragte ich schließlich, denn es war offensichtlich, dass niemand sonst etwas sagen würde.

»Risto ist tot«, sagte Birgitta.

»Das habe ich kapiert, aber was hat das mit mir zu tun?«

»Weißt du noch, diese Sache, die du mir in den Koffer gepackt hast, als wir uns zuletzt gesehen haben?«, fragte Birgitta kryptisch und warf Emma einen misstrauischen Blick zu.

»Klar«, murmelte ich in meinen Bart und wurde rot, als mir Virpi Einonens Andeutungen über Blumen und Halsbonbons wieder einfielen.

»Ich habe einen Teil davon Risto gegeben. Drei Stück. Vermutlich befinden sich mindestens zwei noch irgendwo in seinem Zimmer. Die müssen weg, bevor seine Sachen zusammengepackt werden«, sagte Birgitta.

Virpi Einonen hatte die Bonbondose also gar nicht gefunden. Aber wenn nicht, was sollten dann die Andeutungen über die Halsbonbons? Das ergab doch keinen Sinn. Oder doch? Nein, es ergab keinen Sinn. Andererseits hatte kaum etwas, das in letzter Zeit um mich herum passiert war, Sinn ergeben. Emma musterte die Wand und tat so, als würde sie nicht zuhören, denn sie war gut erzogen und kapierte, dass sie nicht wissen sollte, wovon die Rede war. Und bestimmt wusste sie es auch nicht. Ich rieb mir mit der Handfläche übers Gesicht, bis der Bart knisterte und die Nase quietschte. Kurttu blickte ernst und Birgitta erwartungsvoll. »Also, wo sind sie?«, fragte ich müde.

Die ganze Welt fing schon wieder an, auf meine Schultern herunterzustürzen. Ich hätte mich gerne hingesetzt und die Augen zugemacht, aber ich konnte nicht, ich musste in den Sachen eines Toten nach abgängigem Marihuana suchen.

Ich überlegte, ob Indiana Jones sich jemals so gefühlt hatte. Nach dem Motto, warum kann ich mich nicht einfach mal hinsetzen und die Wand anstarren, aber nein, ich muss los und diese Bundeslade finden. Könnte das nicht vielleicht auch mal jemand anders machen?

»Die sind wahrscheinlich irgendwo in seinem Zimmer. Die dritte Tür auf dieser Seite des Ganges«, erklärte Birgitta.

Ich kannte das Zimmer, die Erinnerung an das knurrende Männlein mit der geballten Faust bei meinem ersten Besuch im Pflegeheim Sonnenschein stand mir immer noch lebhaft vor Augen.

»Muss ich da alleine rein?«

»Nun, es sind ja deine«, brummelte Birgitta.

»Nein! Deine!«, raunzte ich und richtete mich zu meiner vollen Größe auf.

»Du hast Beine, ich nicht. Für wen von uns beiden ist es leichter, diese Kleinigkeit zu erledigen? Über die Besitzverhältnisse können wir nachher immer noch sprechen.« Birgitta wedelte mit der Hand in Richtung Tür.

»Und der da?« Ich zeigte auf Kurttu.

»Das ist eine Sache zwischen dir und mir«, sagte Birgitta knapp. »Ich will da keine Außenstehenden mit hineinziehen.«

Ich schniefte und ging aus dem Zimmer. Der Korridor war leer und still. Kein Geräusch war zu hören, nicht einmal aus dem Fernsehzimmer im nächsten Gang. Alle Türen waren zu, das grelle Leuchtstoffröhrenlicht strahlte angestrengt. So ging man hier also mit dem Tod um, alle wurden in ihre Zimmer geschoben und hatten allein klarzukommen? Ich stellte mir vor, dass es therapeutischer gewesen wäre, alle Bewohner zu versammeln und über das Geschehene zu reden. Aber vielleicht war es an Orten wie diesen auch leichter, das Thema totzuschweigen. Der totgeschwiegene Tod.

Ich schlich zu Ristos Tür und wollte sie schon öffnen, als mir klar wurde, dass drinnen vielleicht trotz allem jemand sein könnte. Jemand Lebendiges. Der es merkwürdig finden könnte, wenn ich mich hereinschlich wie ein Einbrecher. Also klopfte ich an. Innerhalb von zwei Sekunden öffnete sich die Tür, und zum Vorschein kam das empathische Lächeln einer Sisko.

»Hallo«, sagte sie.

»Hallo«, murmelte ich verlegen.

Ich hatte keinen Vorwand parat, weshalb ich dort war. Den hätte ich mir vorher ausdenken müssen. Guten Tag, ich bin hier, um die Sachen des Verstorbenen zu durchwühlen.

»Willst du dich von Risto verabschieden?«, fragte die Pflegerin mit verständnisvoller Stimme.

War Risto etwa da drin? Darüber hatte ich gar nicht nachgedacht. Ich brachte kein Wort heraus, meine Kiefergelenke waren dermaßen steif, dass sie fast knarrten. Also nickte ich nur knapp.

»Warte kurz, ich bereite ihn noch vor, dann kannst du reinkommen«, sagte die Pflegerin und zog die Tür zu.

Ich stellte mich an die gegenüberliegende Wand und lehnte den Hinterkopf an die kühle Mauer. In meinem Kopf wimmelten groteske Bilder durcheinander, wie die Sisko hinter der Tür den toten Risto in die bizarrsten Grußpositionen brachte. Ich hatte noch nie einen Toten gesehen. Als mir das klar wurde, wusste ich, dass ich auch jetzt keinen sehen wollte. Warum hatte Birgitta nicht gesagt, dass der Tote bei dieser Sache unmittelbar anwesend war? Das ging jetzt wirklich zu weit. Das alles ist in unserem Land doch nicht umsonst tabu, der moderne Mensch sollte in seinem Alltag nicht mit dem Tod konfrontiert werden. Am liebsten hätte ich an die Tür geklopft und gesagt: »Ach, ein andermal, lass Risto einfach ganz entspannt liegen«, und wäre abgehauen. Aber ich war dermaßen starr vor Grausen und konnte nicht von meinem Plan abweichen. Oder vielmehr von Birgittas Plan, von dem mir gnädigerweise wieder mal nur ein Teil enthüllt worden war.

Da kam ein junger Mann in einem eleganten grauen Anzug in den Korridor. Als er mich sah, hob er die Augenbrauen.

»Hallo Miska«, sagte er und streckte die Hand aus.

Kenne ich nicht, dachte ich. Der Mann sah aus wie Michael C. Hall, ihr wisst schon, dieser Schauspieler, aber eher in seiner Rolle in *Six Feet Under* und nicht als Dexter. Seine Haare waren ordentlich geschnitten und gescheitelt, der Anzug saß wie angegossen. Ich reichte ihm die Hand.

»Hallo«, sagte ich unsicher. Seine Uhr und seine Manschettenknöpfe glitzerten, als wir unsere Hände auf- und abpumpten.

»Warst du bei Birgitta?«, fragte der Mann.

Ich starrte ihn an. Ich benahm mich schon wieder komisch, aber ich konnte nichts dafür.

»Nein«, sagte ich schnell. »Ich wollte nach Risto schauen.«

»Ach so«, seufzte der Mann und sah zu Boden. »Aber danach kommst du vorbei?«

Ich war immer noch verwirrt. Wie bei einer Fernsehserie, von der ich zwei Folgen verpasst hatte.

»Okay«, sagte ich vieldeutig und versuchte ein Lächeln.

Der Mann sah mir prüfend in die Augen, ging dann aber weiter. Er betrat Birgittas Zimmer. Panik schwappte mir in den Nacken und ließ mich erschauern. War er vielleicht Polizist? Ein Drogenbulle? Die hatten manchmal Anzüge an. Woher hätte er sonst meinen Namen gewusst? Die hatten mich bestimmt schon lange beobachtet. Die Drogenfahndung kennt meinen Namen. Natürlich hatten sie jemanden draußen an der Tür postiert, sonst hätte er mich ja nicht allein hier stehen lassen. In dem Moment kam die Pflegerin aus Ristos halbdunklem Zimmer und bedeutete mir mit einer freundlichen Geste, dass ich jetzt hineingehen könne. Stockend ging ich in die Richtung, die ihre Hand mir anzeigte.

Das Zimmer war identisch mit Birgittas. Auf den Tischen

brannten Kerzen, ansonsten war es dunkel. Auf dem Nachttisch lag eine Spitzendecke, darauf standen Blumen. Im Bett lag Risto. Man hatte ihm ein weißes Laken bis unter die Achseln hochgezogen, und um das Gesicht war eine Binde gewickelt. Ein bisschen wie auf alten Fotos, wenn jemand Zahnschmerzen oder einen Schädelbruch hatte.

»Willst du allein sein?«, sagte die Pflegerin. Auf ihrem Namensschild stand Sisko T.

Ich nickte, obwohl ich viel lieber den Kopf geschüttelt hätte. Ich konnte nicht sprechen. Ich war in Panik. Sisko T. schloss leise die Tür, und ich blieb mit dem toten Risto allein. Kraftlos ließ ich mich auf den Stuhl an der Wand fallen. Das kommt davon, wenn die Gesellschaft einem den Tod vorenthält. Wird man dann mit ihm konfrontiert, ist man völlig wehrlos und kann nur noch nach Luft schnappen. Ich starrte Risto an, meine Arme hingen schwer herunter. Risto war ganz und gar tot. Er sah noch kleiner aus als zu Lebzeiten – wie ein Kind, allerdings mit Bart und Falten. Andererseits wieder nicht ganz so faltig wie vorher. Als hätten sich seine Gnatzigkeit und auch seine anderen Spannungen und Eigenschaften in Luft aufgelöst, und nun war nur noch der entspannte Körper übrig. Ich starrte weiter. Dann hörte ich von irgendwoher ein Poltern und schreckte auf. Mir fiel halbwegs wieder ein, warum ich hier war, und ich erhob mich.

Wo würde ein beinamputierter alter Mann seine Joints verstecken? Hilflos ging ich ins Bad und sah in den Schrank, aber dort fand ich keinen Hinweis auf Joints und auch sonst nichts Persönliches. Er war voll mit irgendwelchem medizinischen Zeug, von dem ich nicht mal den Namen kannte. Mir fielen die Wörter Petrischale und Idealbinde ein, aber beides war hier sicher nicht dabei.

Ich begriff, dass Risto von seinem Rollstuhl aus nicht mal an den Schrank herangekommen wäre. Es lohnte sich also nicht, so weit oben zu suchen. Dann sah ich mich im Zimmer um. Ich spähte hinter das Bild, aber auch da Fehlanzeige. Ich zog die Nachttischschublade auf. Dort schwamm in einem Wasserglas ein Gebiss, daneben lag ein Brillenetui. In der nächsten Schublade lagen ein paar Bücher, ein Stift und ein Karoblock. Die Bücher waren allesamt von dem Kriegsschriftsteller Reino Lehväslaiho. Nicht unbedingt überraschend. Ich schob die Schublade wieder zu. Dann öffnete ich auf gut Glück noch einmal die obere Schublade, nahm das Brillenetui in die Hand und klappte es auf. Da lagen unter der vergilbten Brille zwei Joints. Ich schnappte sie mir, legte das Etui zurück in die Schublade und seufzte erleichtert.

Mir fiel Risto wieder ein, und ich drehte mich zu ihm um. Er war immer noch tot. Als ich gerade die Hand nach seinem Gesicht ausstreckte, ging hinter mir die Tür auf, und ich machte vor Schreck einen Riesensatz nach hinten.

Im Türrahmen standen Leute, die ich nicht kannte. Ein ernster Mann und neben ihm eine in Tränen aufgelöste Frau, die sich mit weißen Knöcheln ein Taschentuch an die Brust presste. Ich drückte mich an die Wand.

»Tag«, sagte ich und setzte schnell nach: »Mein Beileid.«

»Das ist Miska, er hat Risto oft besucht, wenn er bei seiner Tante Birgitta vorbeigeschaut hat«, sagte die Pflegerin, die hinter dem Paar stand.

Ich hielt es nicht für nötig, die Fakten zurechtzurücken, sondern sagte noch einmal: »Tag. Mein Beileid.«

»Mein Beileid«, sagte der Mann.

»Danke dir«, flüsterte die weinende Frau und drückte mir die Hand, mit der ich die Joints umklammert hielt.

»Danke, danke, mein Beileid«, wiederholte ich gebetsmühlenartig und ging rückwärts zur Tür.

Als sie hinter mir zufiel, schnappte ich erleichtert nach Luft. An der Tür zu Birgittas Zimmer fiel mir der Drogenfahnder ein. Ich hielt inne, die Hand auf der Türklinke. Womöglich stand ich ziemlich lange dort, die eine Hand auf der Klinke, die andere mit den Joints hinter dem Rücken, denn ich wusste mal wieder nicht, was ich tun sollte. Meine gesamte Hirntätigkeit war zum Erliegen gekommen, ich konnte nur an Ristos friedliches Gesicht und die Binde um seinen Kopf denken.

Plötzlich kam mit völlig unangebrachtem Elan Ville in diese ruhige Traueratmosphäre gestürmt. Verblüfft löste ich die Hand von der Türklinke, und zugleich hörte ich, dass in Birgittas Zimmer geredet wurde, was mir vorher nicht aufgefallen war. Wovon dort die Rede war, konnte ich allerdings nicht verstehen. Bestimmt von mir und den Details meiner bevorstehenden Festnahme. Davon, wie falsch das alles hier war. Der Drogenfahnder machte den anderen Anwesenden wahrscheinlich die Hölle heiß, damit sie sagten, was sie wussten, oder sonst würden auch sie wegen Beihilfe zu diesem schweren Betäubungsmitteldelikt in den Knast wandern. Kurttu würde wahrscheinlich sofort auspacken und mir alles in die Schuhe schieben, womit er ja auch nicht ganz unrecht hätte, mehr oder weniger.

Ville kam auf mich zugerannt, er sah wütend aus. Ich wich bis zur Rückwand des Korridors zurück.

»Was stehst du da rum?«, raunzte er. »Wo ist Emma?«

Ich zeigte auf Birgittas Tür.

»Dann lass uns reingehen«, sagte Ville, machte aber keine Anstalten, es zu tun.

»Warte«, flüsterte ich.

»Was?«, knurrte Ville.

Ich sah mich verzweifelt um. Wohin konnte ich fliehen? Es gab kein Entkommen, ich befand mich am Ende einer Sackgasse. Wenige Schritte entfernt stand in einem großen Topf eine Yuccapalme. Ich stürzte auf sie zu, buddelte mit der Hand in den braunen Kügelchen am Fuß der Pflanze herum und vergrub die beiden Joints dort. Als ich mich aufrichtete, sah ich Villes missbilligenden Gesichtsausdruck.

»Ich frag jetzt nicht, was zum Henker du da machst.«

»Die Drogenfahndung ist hier«, flüsterte ich scharf.

Ville sah mich ungläubig an.

»Hä?«

»Da drin!«

»Warum? Ist dieser Risto etwa an Drogen gestorben?«, fragte Ville entsetzt.

Ja, war Ristos Tod vielleicht meine Schuld? Hatte sein Herz das Gras nicht vertragen? Er hatte einen von drei Joints geraucht. Ich kam nicht mehr dazu weiterzudenken, denn Ville schüttelte den Kopf und riss zielstrebig die Tür zu Birgittas Zimmer auf. Die Personen im Zimmer sahen mich, es war also müßig, so zu tun, als sei ich nicht da, auch wenn ich es nach Kräften versuchte. Ginge es nach mir, dann sollte die Produktentwicklung des Universums zusätzlich zum Rückspulknopf unbedingt auch noch die Unsichtbarkeit im Blick behalten.

Ich wollte hinter Ville ins Zimmer gehen. Da er aber direkt an der Tür stocksteif stehen geblieben war, rannte ich ihm geradewegs in den Rücken. Ville starrte verdattert auf Kurttu, der ihn seinerseits herzlich anlächelte. Angesichts des bewaffneten Zwischenfalls in unserer Küche war Villes Reaktion nachvollziehbar, schließlich war es schwer zu verstehen, warum dieser Drogenbaron, der uns bedroht hatte, nun plötzlich hier auftauchte. Aber so ist das Leben, Zufälle und Launen des Schicksals, es lohnt sich nicht, groß darüber nachzudenken, man muss einfach weitermachen. Und so schubste ich Ville nach vorne und trat selbst ins Zimmer. Emma, Kurttu und Birgitta waren immer noch dort, wo ich sie vorhin zurückgelassen hatte. Es war seltsam, aber im Zimmer schien die Zeit überhaupt nicht verstrichen zu sein, während ich selber außerhalb davon ganz schön viel erlebt hatte. Der Drogenfahnder, der aussah wie ein Bestattungsunternehmer, stand mit ernstem Gesichtsausdruck in der Ecke, die Hände vor dem Hosenstall gefaltet. Er kam mir vage bekannt vor. Aber ich schätzte, das lag nur an der Ähnlichkeit mit dem amerikanischen Schauspieler.

»Na, wer zum Henker bist du denn jetzt?«, schnaubte Birgitta.

»Ville«, sagte Ville.

»Musst du denn deinen gesamten Bekanntenkreis hier anschleppen?«, schrie Birgitta mich an.

Sie hatte recht: Tatsächlich befand sich quasi mein gesamter Bekanntenkreis jetzt hier in diesem Zimmer. Um meiner baldigen Festnahme beizuwohnen. Wie praktisch. Dann musste ich hinterher nicht überall Bescheid sagen, wo man mich hingebracht hatte. Das hier würde bestimmt auch in den Zeitungen stehen. Drogentod im Pflegeheim. Große Mengen Betäubungsmittel an Senioren verteilt. Der Schuldige gesteht, gibt aber beinamputierter Oma die Schuld für alles. Der Schuldige war durch private Beziehungsprobleme belastet und beugte sich daher den Wünschen einer verrückten Alten. Der Schuldige war ein geldgieriger Studentenlump, ein Taugenichts, den das Wohlergehen der Senioren nicht kümmerte. Der Schuldige verplemperte das Drogengeld für Unterhaltungselektronik. Dem Schuldigen tut das alles sehr leid.

Mir tat das alles sehr leid. Und ich war schuldig.

Ich ließ mich auf den Stuhl an der Wand fallen. Große, heiße Tränen rannen mir über die Wangen. Ich schämte mich.

»Ich hab Risto umgebracht!«, jammerte ich.

Emma sah Ville an, der verdattert im Zimmer umherblickte. Alle anderen schauten mich an. Birgitta entnervt, Kurttu besorgt und der Anzugtyp erstaunt.

»Hast du nicht, er war bestimmt schon tot, als du in sein Zimmer gegangen bist«, sagte Kurttu.

»Doch, ich hab ihn umgebracht!«, rief ich.

»Quatsch, du infantiler Dilettant! Risto war neunundachtzig und ist eines natürlichen Todes gestorben«, sagte Birgitta. »Beruhige dich, Herrgott noch mal! Hast du dich denn von ihm verabschiedet, wie wir es besprochen hatten?«

Ich sah mich verwirrt um. Verabschiedet? Ich hatte mich nicht von Risto verabschiedet. Ich hatte ihn angestarrt, hinter seinen Bildern herumgekramt und beinahe sein Gesicht berührt, aber verabschiedet hatte ich mich nicht.

»Nein«, flüsterte ich.

»Verdammt noch mal«, schrie Birgitta. »Muss man hier denn alles selber machen?«

»Ich kann dich begleiten«, sagte Kurttu und tätschelte beruhigend Birgittas Hand.

»Ich will mich nicht von ihm verabschieden! Ihr seid eine Horde von Gehirnamputierten!«, wütete Birgitta und hämmerte mit ihren kleinen Fäusten auf die Bettdecke.

»Birgitta meint, ob du das erledigt hast, worum sie dich gebeten hat«, sagte Emma zu mir.

»Ach so«, kiekste ich. »Ja, das habe ich erledigt!«

Birgitta entspannte sich und seufzte tief.

»Was bringen die euch denn heutzutage an der Uni bei? Jedenfalls nicht, zwischen den Zeilen zu lesen«, polterte sie. »Und jetzt könnt ihr alle zur Hölle fahren. Ich habe keine Lust mehr, mich mit halbdebilen Teenagern abzugeben.«

Ville fasste mich am Arm, zog mich unsanft vom Stuhl hoch und schubste mich aus der Tür. An Kurttu richtete sich der Abzugsbefehl anscheinend nicht, denn aus dem Zimmer gingen nur Emma, der Anzugtyp, Ville und ich. Als wir halb durch den Korridor waren, fragte ich mich allmählich, wann der Polizist mich denn nun festnehmen würde. Vielleicht war ja draußen ein SEK postiert, und sie würden eine aufsehenerregende und brutale Festnahme durchführen. Sie würden mich in hohem Bogen mit dem Gesicht voran auf den Fußboden werfen und mir die Handgelenke brechen, wenn sie mir die Handschellen anlegten. Das kam mir ganz angemessen vor. Ich lehnte mich an Ville und schniefte.

»Wie wäre es, wenn wir uns da drüben im Café noch mal unterhalten, bevor wir gehen?«, schlug der Anzugtyp vor, als wir in die Eingangshalle kamen.

Emma und Ville sahen mich an, aber da ich überhaupt nicht reagierte, zog Ville mich einfach hinter sich her in den Speisesaal des Pflegeheims. Der Verkaufstresen, der sonst immer so trostlos gewirkt hatte, war jetzt zum Leben erwacht, vermutlich weil Wochenende war. Man hoffte vielleicht immer noch darauf, dass ein paar Leute zu Besuch kommen und Hefeteilchen kaufen würden. Andere Gäste waren allerdings nicht zu sehen. Am Tresen gab es außer Hefeteilchen auch Kaffee und Pasteten, die genauso aussahen wie die, die ich bei früheren Besuchen umsonst bekommen hatte. Ich setzte mich an einen Tisch und lehnte mich zurück. Heutzutage unterhält man sich also vor der Festnahme im Café? Wie modern. Aber sicher konnte sich der Verdächtige bei einem Tässchen Kaffee besser darauf konzentrieren, wie seine Rechte lauteten, als wenn man ihn bei einer Leibesvisitation anbrüllte.

»Nun, ich habe mich vorhin gar nicht vorgestellt, Henrik Blom«, sagte der Anzugtyp und streckte Emma und Ville die Hand hin. »Miska und ich sind Cousins zweiten Grades.«

Mir fiel die Kinnlade auf die Brust. Ich hatte Verwandte bei der Drogenfahndung?

»Ach, Cousins zweiten Grades?«, vergewisserte sich Ville und warf mir einen Blick zu.

»Wir haben uns schon Jahre nicht mehr gesehen«, sagte Henrik Blom und lächelte mir zu. »Das ist bestimmt schon über fünfzehn Jahre her, wenn nicht sogar zwanzig. Ich habe erst vorgestern mitbekommen, dass du meine Mutter öfter besucht hast. Ich wusste gar nicht, dass ihr euch so nahesteht.«

»Du bist also Birgittas Sohn?«, sondierte nun auch Emma.

»Birgitta hat keine Kinder«, sagte ich.

Henrik Blom sah mich amüsiert an und sagte: »Das wäre meiner Mutter sicher lieber, aber ja, ich bin ihr Sohn. Nehmt ihr einen Kaffee, wenn ich uns welchen hole?«

Ich schüttelte wütend den Kopf, aber nicht, weil ich keinen Kaffee wollte, sondern weil ich nicht glauben konnte, was er eben über Birgitta gesagt hatte. Langsam formte sich in meinem Kopf die Erinnerung an eine lang zurückliegende Familienfeier, bei der ich zusammen mit einem Jungen, der vage an diesen Henrik Blom hier erinnerte, Saft getrunken hatte. Er hatte dunkelbraune wellige Haare gehabt und wurde Henkka genannt. Und er war so unsäglich vornehm gewesen, dass ich mich nicht getraut hatte, auch nur ein Wort mit ihm zu reden. Warum hatte mir denn bitte niemand gesagt, dass Birgitta einen Sohn hatte? Henrik Blom kam mit einem Tablett in der Hand zurück und verteilte die Kaffeetassen.

»Danke, dass du sie besucht hast. Meine Mutter ist total sauer auf mich und die anderen, da ist es gut, dass sie wenigstens ein bisschen Gesellschaft hat. Ich will nicht, dass sie hier alleine herumliegt, auch wenn sie mich gar nicht hierhaben will«, sagte Henrik ernst.

»Hä?«, stotterte ich.

»Sie ist sauer, weil wir sie haben entmündigen lassen. Aber wir konnten ja nicht zulassen, dass sie sich umbringt, also mussten wir was unternehmen. Jetzt hat sie keine Beine mehr. Wir hätten schon viel früher aktiv werden müssen, aber einem Menschen sein Selbstbestimmungsrecht zu nehmen ist ja nicht ohne Grund schwierig und auch eine ziemlich extreme Maßnahme«, erläuterte Henrik und breitete die Arme aus.

Emma nickte verständnisvoll, und Ville blickte mit offenem Mund zwischen Henrik und mir hin und her.

»Entmündigen?«, fragte ich.

»Ja, meinen Vater und mich hat es sehr viel Mühe gekostet, das durchzusetzen. Vielleicht beruhigt sie sich ja wieder und bekommt ihr Selbstbestimmungsrecht zurück, aber damals war sie so durcheinander, dass man mit ihr über gar nichts reden konnte«, sagte Henrik kopfschüttelnd. »Am wütendsten ist sie auf meinen Vater. Sie haben sich ja in den letzten Jahren schon nicht oft gesehen, aber jetzt knallt sie jedes Mal den Hörer auf, wenn er versucht, sie zu erreichen. Mich hat sie jetzt nach Monaten zum ersten Mal wieder angerufen.«

»Welcher Vater?«

»Sören Blom, mein Vater. Kannst du dich wirklich nicht an uns erinnern? Vielleicht warst du tatsächlich noch zu klein, als wir uns zuletzt gesehen haben, aber ich kann mich noch gut an dich erinnern. Du hattest damals total lange Haare. Mein Vater wohnt heute in Schweden, aber die beiden sind immer noch verheiratet. Es ist so kompliziert, wenn beide stur sind und jeder findet, dass er im Recht ist. Als ich jünger war, habe ich immer gehofft, dass sie sich scheiden lassen und das alles ein Ende hat, aber dann habe ich begriffen, dass ich mich nicht mein Leben lang um ihre Angelegenheiten kümmern kann.«

Ich sah ihn verwirrt an. Birgitta hatte einen Sohn und einen Mann? Also konnte sie mir gar nicht ihr Geld und ihre Wohnung vererben. Eigentlich war ich erleichtert, dass ich das viele Geld und die teure Nobelwohnung nicht bekommen würde, aber ich war auch völlig vor den Kopf gestoßen, weil Birgitta mich an der Nase herumgeführt hatte. Ich war ihr nützlicher Idiot gewesen. Sie hatte mich auf den grell erleuchteten Korridoren des Pflegeheims Sonnenschein herumgeschickt und mich genötigt, für sie Verbrechen zu begehen. Und jetzt war Risto tot. Birgitta hatte Risto umgebracht. Ich hatte Risto umgebracht.

»Ich möchte jetzt nach Hause«, sagte ich.

»Hast du Risto denn sehr nahegestanden«, fragte Henrik höflich.

»Mir steht niemand nahe«, sagte ich und erhob mich.

»Ich kann euch nach Hause bringen«, sagte Henrik und stand abrupt auf.

»Nein!«, sagte ich schroff.

»Ja, bitte«, sagte Ville und erhob sich ebenfalls. »Und bist du denn nun Polizist?«

Henrik warf Ville einen verwunderten Blick zu: »Nein, ich bin Menschenrechtsanwalt. Deshalb war es auch so ein schreckliches Gefühl, meiner Mutter ihre Rechte zu nehmen.«

Die anderen bugsierten mich an der Hand zu Henriks Auto,

einem dunkelblauen Audi. Ich sank auf den Beifahrersitz und machte keine Anstalten, mir den Gurt anzulegen, aber niemand traute sich, etwas zu sagen. Ich hoffte, wir würden auf der erstbesten Brücke von der Straße abkommen. Hauptsache, es passierte etwas Dramatisches und ich musste nicht mehr darüber nachdenken, wie gutgläubig, kindisch, dumm und noch vieles mehr ich gewesen war. Mir fielen noch eine ganze Reihe von Eigenschaften ein. In völliger Stille glitten wir die Mannerheimintie entlang. Emma versuchte noch, Henrik in ein Gespräch über Menschenrechte zu verwickeln, aber meine düstere Laune ließ schließlich auch die anderen verstummen. Als wir ankamen, führte Ville mich an der Hand ins Treppenhaus. In der Wohnung kickte ich meine Schuhe an die Flurwand, ließ meine Jacke auf den Boden fallen, stolperte in mein Zimmer und zog die Tür zu. Auf einmal wurden alle meine Knochen zu Brei, ich rutschte an der Tür entlang zu Boden und blieb dort als bloße Pfütze liegen.

19. Bobby Sands

Birgitta hatte mich benutzt, belogen und betrogen. Ja, das hatte sie. Das wurde mir klar, als ich am nächsten Morgen in meinem Bett aufwachte. Ich lag auf dem Rücken, die Arme vor der Brust verschränkt, und biss die Zähne so heftig aufeinander, dass mein Zahnfleisch jeden Moment anfangen musste zu bluten. In meinem inneren Aufruhr atmete ich extratief durch die Nase ein und aus und versuchte mich an einem Resümee, das die überbordenden Gefühle von Wut und Zorn erklären könnte, mit denen ich aufgewacht war.

Natürlich hätte ich mich an Henrik erinnern können, aber wir hatten uns als Kinder nur ein einziges Mal getroffen, und da ich mich nicht sonderlich für Menschen interessiere, und schon gar nicht für Verwandte, war es kein Wunder, dass ich mich nicht an ihn erinnerte. Würde man mich jetzt auffordern, zehn Verwandte zu nennen, dann würden mir vielleicht zwei einfallen – meine Mutter und mein Vater –, und nebenbei bemerkt, einer von den beiden hätte mich über Henrik aufklären müssen. Birgitta hatte von ihren Verwandten gesprochen, aber ich hatte sie mir als weit entfernte, gesichtslose Horde von Saftsäcken vorgestellt, die nicht an Birgitta persönlich, sondern nur an ihrem Geld interessiert waren. Im Licht der aktuellen Informationen waren sie aber weder gesichtslos noch weit entfernt und schon gar keine Saftsäcke, sondern Birgittas nächste Angehörige, die ganz offensichtlich nur das Beste im Sinn hatten.

Ich presste die Hände so stark zusammen, dass meine Knöchel ganz weiß wurden. Selbstgefällig wie ich war, hatte ich mich für einen einigermaßen hellen Kopf gehalten, aber wie dumm muss man sein, wenn man glaubt, eine verrückte beinamputierte Alkoholikerin dürfe selbst über ihr Vermögen bestimmen? Ich starrte an die Decke. Ich versuchte, mich zu erinnern, ob Birgitta jemals etwas gesagt hatte, auf das ich sie zu hundert Prozent festnageln konnte. Ich konnte mich an nichts dergleichen erinnern. Mich packte das kalte Grausen, als ich darüber nachdachte, ob ich so geblendet war von dem Geld, das sie mir anbot, dass ich die Tatsachen, die vor mir wild mit den Armen wedelten, geflissentlich ignoriert hatte. Oder war ich einfach so kindisch, dass ich alles glaubte, was man mir sagte? Über dem Bett hing immer noch ein Hunderter an der Wand. Ich betrachtete ihn, aber ich fühlte nichts. Völlig einerlei, es war nur Papier. Papier mit einem völlig übertriebenen instrumentellen Wert. Ich dachte an den zweiten Umschlag, den ich von Birgitta bekommen hatte, und freute mich darüber, dass ich wenigstens den losgeworden war. Er verstaubte jetzt unter Tauno Kurttus Telefontischchen. Hoffentlich würde er putzen, bevor eine neue Währung eingeführt wurde.

Am liebsten hätte ich den neuen Fernseher aus dem Fenster geworfen, aber er war zu groß und zu schwer. Stattdessen streckte ich die Hand aus, nahm den letzten Geldschein von der Wand, knüllte ihn zusammen und pfefferte ihn hinter den Fernseher.

Ich wollte Birgitta und Kurttu nie mehr wiedersehen. Kurttu saß doch tatsächlich da und hielt der Hexe die Hand, glaubte jedes Wort, das sie von sich gab, und war bereit, alles zu tun, was sie wollte. Geschah ihm recht, er würde genauso in die Falle laufen. Jetzt hoffte ich doch, dass Kurttu das Geld erst finden würde, wenn es nichts mehr wert war. Auch Ville wollte ich nicht mehr sehen. Und Emma. Und am allerwenigsten wollte ich meine Mutter sehen, die den ganzen Schlamassel hätte verhindern können, wenn sie nur einen Halbsatz mehr zu Birgittas Geschichte gesagt hätte. Genauer gesagt, wollte ich niemanden sehen, der in irgendeiner Weise mit den Geschehnissen der letzten Wochen zu tun hatte, niemanden, der Zeuge meiner Beschämung geworden war. Ich wollte einfach nur im Bett liegen und an die Decke starren, bis ich mich auflöste. Ich würde abmagern und zerfallen, mich einfach weghungern.

Doch dann änderte ich meine Meinung zu Tauno Kurttu wieder. Was, wenn ich ihn jetzt anriefe und ihn daran hinderte, Birgitta weiter zur Seite zu stehen? Sollte sie doch einsam in ihrem Pflegeheim verrotten. Dann würde ich auch Virpi Einonen anrufen und ihr erzählen, wie die Sache lag. Wenn es nach mir ging, würde niemand Birgitta jemals wieder auf den Leim gehen!

Angesichts meiner guten Absichten und Rachepläne fühlte ich mich kurz wie Batman; ich war der schwarze Ritter der Nacht, der alles wiedergutmachen würde. Batman lag wahrscheinlich auch oft mit zusammengebissenen Zähnen im Bett und heckte seine Operationen aus, seine meisterhaften Pläne kamen ihm wohl kaum einfach so auf dem Weg zu seiner Bathöhle in den Sinn.

Ich schwang mich auf die Bettkante und umklammerte aufgeregt die Matratze. Ich würde alle anrufen und ihnen erzählen, dass Birgitta eine verlogene Ausbeuterin und Dämonin in Menschengestalt war. Ich würde die Redaktion des *Hesari* anrufen und sie bitten, für das Magazin eine Reportage über manipulative, drogenabhängige Senioren zu machen, die gutgläubige junge Verwandte gnadenlos ausnutzen, und wie diese in ihrer Naivität bereit sind, für die traurigen, einsamen Alten sogar kriminell zu werden. Wir wurden als Kinder kollektiv einer Gehirnwäsche unterzogen, älteren Menschen sei alles zu verzeihen; das kann man der Jugend nicht anlasten. Bestimmt würde irgendein Redakteur, der Geisteswissenschaften studiert hatte, sich in die Leiden eines aufstrebenden Geisteswissenschaftlers hineinversetzen können und mich zum Helden der Geschichte machen, ich würde viel Verständnis ernten und vielleicht eine eigene Kolumne bekommen, oder jemand würde eine Spendenaktion ins Leben rufen, damit ich in Notzeiten nicht wieder so tief sinken müsste. In meinem Namen würde eine Förderinstitution für junge Menschen gegründet, die alten Leuten zum Opfer gefallen sind. Man würde mich im ganzen Land kennen, und die ganze Nation wüsste, wie schlecht man mich behandelt hatte, und man würde mich bedingungslos lieben.

Ich schreckte aus meinen Träumereien auf. Wieso lag ich eigentlich in meinem Bett? Zuletzt war ich hinter der Tür zusammengebrochen und dort liegen geblieben. Ich hatte nicht mal in meinen Sachen geschlafen. Ich sah mich um. Meine Klamotten lagen fein säuberlich gefaltet auf dem Stuhl, also hatte ich mich auf keinen Fall selbst ausgezogen. Ich stand auf, ging zur Tür und öffnete sie. Die Wohnung war leer. Ich schlich in die Küche, trank ein Glas Wasser und lehnte mich an die Spüle. Probehalber öffnete ich den Kühlschrank. Es war Ketchup drin. In dieser Wohnung hatten Lebensmittel in letzter Zeit keine hohe Priorität genossen. Vielleicht könnte ich einkaufen gehen, ich hatte Lust auf Orangensaft. Ich ging zurück in mein Zimmer, nahm die zusammengelegten Sachen vom Stuhl, zog mich an und machte mich auf den Weg ins Einkaufszentrum.

Draußen kam mir alles klarer vor. Die Sonne, die von den Schneehaufen reflektiert wurde, ließ die Augen tränen, aber es war ein reinigendes Gefühl. Wild sog ich die kalte Luft durch die Nase in meine Lungen, um meine Gedanken zu schärfen. Ich wusste, wenn ich jetzt einfach Zeit vergehen ließ, dann würde auch der letzte Tropfen Wut irgendwann verrinnen, und ich würde mich beruhigen, aber das konnte dauern. Vielleicht Monate. Eine unglaublich lange Zeit. Wut ist ein zermürbendes Gefühl, ich bin sicher, man kriegt Krebs davon.

Ich muss die Sache klären, dachte ich bei mir. Also hielt ich im Innenhof des Einkaufszentrums inne und nahm mein Telefon aus der Tasche. Zuerst rufe ich Kurttu an, überlegte ich. Das Display zeigte an, dass Birgitta fünfmal angerufen hatte. Wie kommt sie darauf, dass ich ihren Anruf annehmen würde?, dachte ich und sah schon wieder rot. Ich war kurz davor, das Telefon in die nächste Schneewehe zu pfeffern. Allerdings kam ich nicht dazu, denn es klingelte. Auf dem Display blinkte der Name Kurttu, und das Blut schoss mir in den Kopf. In meinem Wutanfall vergaß ich, dass ich das Telefon in die Hand genommen hatte, um ihn selbst anzurufen, stattdessen stand mir jetzt nur noch vor Augen, wie er als Birgittas Lakai ihre Hand getätschelt hatte. Ich nahm das Gespräch an.

»Was ist?«

»Hier Tauno Kurttu«, sagte eine höfliche Stimme aus dem Telefon.

»Ja! Weiß ich! Was ist?«, setzte ich meine einmal begonnene Linie fort.

Ich stemmte meine freie Hand in die Hüfte und starrte wütend auf den Kiosk vor mir. Mich würde man nicht mehr hinters Licht führen, verdammt. Ich würde mich dafür nicht mehr hergeben. In Zukunft würde ich alle und alles infrage stellen.

»Birgitta bat mich, dich anzurufen, weil du auf ihre Anrufe nicht reagierst«, sagte Kurttu.

»Ist sie bei dir?«

»Nein, ich bin draußen vor dem Pflegeheim«, sagte Kurttu.

»Mich interessiert es einen Scheißdreck, was diese verlogene Schnepfe mir zu sagen hat«, artikulierte ich klar und deutlich. »Ich betone noch einmal: Scheißdreck und verlogene Schnepfe, es interessiert mich nicht.«

»Das hat sich Birgitta auch gedacht«, sagte Kurttu und atmete schwer. »Für mich ist es ziemlich unangenehm, hier den Vermittler zu spielen, aber Birgitta hat ja so einen starken Willen. Ich dachte, ich komme leichter davon, wenn ich tue, worum sie mich gebeten hat. Ich verstehe sehr gut, dass du wütend bist.«

»Wut ist ein ziemlich lascher Ausdruck für meine Gefühle.«

»Soll ich dir nun sagen, was Birgitta will?«

»Weißt du, was sie mir für Lügen aufgetischt hat?«

»Birgitta hat mich ein bisschen über die Situation aufgeklärt«, sagte Kurttu. »Das war wirklich keine Großtat. Aber immerhin hast du eine beträchtliche Summe Geld für deine Mühe bekommen.«

Erstarrt betrachtete ich den Kiosk. Ich hasste auch ihn.

»Geldgeldgeld!«, schrie ich. »Dass sie mich angelogen hat, ist mit Geld nicht aufzuwiegen! Das eine hat mit dem anderen nichts zu tun! So geht das nicht, dass derjenige, der das Geld hat, sagen und tun kann, was er will!«

Die Familie, die gerade durch die Supermarkttür kam, drehte sich verstohlen nach mir um. Das verstand ich gut, das mache ich auch instinktiv, wenn jemand aus der Psychiatrie auf einmal anfängt, in der Öffentlichkeit herumzuschreien. Es nützte nichts, dass ich ein paar Meter beiseiteging. Ich konnte einfach nicht anders, als zu brüllen.

»Eigentlich geht mich das nichts an«, sagte Kurttu.

»Vielleicht nicht, aber es bringt mich auf die Palme, wenn Birgitta mich als geldgieriges Arschloch hinstellt! Ich habe ihr aus reiner Güte geholfen! Sie war diejenige, die von ihrem Testament angefangen hat, dass es angeblich schon beim Notar liegt und ich es nicht ablehnen kann und dass ich ja eine Wohltätigkeitsstiftung gründen kann, wenn ich das Geld nicht selber behalten will! Wenn das nicht heißt, jemandem ins Gesicht zu lügen, dann weiß ich auch nicht!«, schrie ich, obwohl die Familie immer noch in Hörweite war.

»Wenn du das nun unbedingt mit mir diskutieren willst, dann will ich nur so viel sagen: Birgitta hatte in ihrem ganzen Leben immer nur Leute um sich, die durch Geld angetrieben wurden, und deswegen hat sie wahrscheinlich gedacht, dass das auch bei dir am besten wirkt. Es war einfach die einzige Karte, die sie ausspielen konnte.«

Jetzt war die Familie schon etwas weiter entfernt, aber sie sahen immer noch misstrauisch in meine Richtung. Ich schwieg und kickte nach den Schneeklumpen zu meinen Füßen. Egal, völlig egal.

»Völlig egal«, sagte ich. »Ich hab das Recht, wütend zu sein. Wenn man lügt, muss man auch bereit sein, die Folgen zu tragen. Du kannst mir meinetwegen mit deiner Pistole drohen, ich komme trotzdem nicht.«

»*Sacrebleu!* Du denkst also immer noch an diese Pistole. Auf schwierige Szenen bereite ich mich immer besonders gut vor – das Leben ist Theater. Aber vergiss, was damals passiert ist, das war ja nur der erste Akt. Nun lass uns mal bei dieser

Szene bleiben. Birgitta hat mich gebeten, dir eine Nachricht zu übermitteln. Kann ich es dir nun endlich sagen?«

»Ich will sie bestimmt nicht hören«, sagte ich scharf.

»Ich selber kann die folgenden Worte nicht unterschreiben, und es tut mir schon im Vorhinein leid, was ich dir gleich sagen werde. Ich habe wirklich versucht, den Inhalt dieser Mitteilung zu beeinflussen, aber es ist mir nicht gelungen. Birgitta hat mich gebeten, dir Folgendes zu sagen, ich lese es dir vor:

Lieber Miska,
es tut mir leid, dass ich dich verletzt habe. Ich bitte um Verzeihung. Wärst du so freundlich, bei mir vorbeizukommen, damit ich mich persönlich entschuldigen kann? Solltest du nicht kommen, werde ich dem Personal von den Blumen *erzählen, und ich garantiere dir, dass man hier nicht besonders gut auf Naturheilkunde zu sprechen ist.*
Liebe Grüße, deine Freundin Birgitta«

Kurttu schwieg. Ich nahm das Telefon vom Ohr und starrte es an. Am liebsten hätte ich Kurttu das Handy aufgeknallt. Ganz konkret. Ich hätte ihm gerne das Telefon aufs Ohr geknallt. Zum Glück war er weit weg.

Auch das war natürlich vorauszusehen gewesen. Ich hatte gehofft, Birgitta wäre klar geworden, dass sie einen Fehler gemacht hatte, und sie würde sich jetzt schämen, aber sie machte einfach auf der guten alten Droh- und Erpressungsschiene weiter. Natürlich konnte sie nur so handeln, nach allem, was ich jetzt über sie wusste. Allmählich tröpfelte die Wut aus mir heraus und das Gefühl der Niederlage herein.

»So viel dazu«, sagte Kurttu schließlich. »Vor allem dieser Abschiedsgruß passt aus meiner Sicht nicht so richtig zum

Rest der Nachricht. Ich habe angemerkt, dass es leicht ironisch klingt, aber sie hat es abgestritten.«

»Ah ja«, sagte ich.

»Soll ich ihr etwas ausrichten?«

»Nein.«

»Kann ich noch etwas sagen?«, sagte Kurttu.

»Schieß los«, gab ich zurück.

»Also, ich habe in den letzten Tagen meine Freundschaft mit Birgitta wieder aufgewärmt, und ich verspreche dir, dass ich mein Bestes tun werde, ihr die erwähnten *Blumen* wieder zu beschaffen. Ich dachte, zum Botschafter der Nächstenliebe und Naturheilkunde hier im Pflegeheim bin ich besser geeignet als du.«

Ich sah hinunter auf meine schneeigen Schuhe und dachte an den Anblick in Herrn Kurttus Ankleidezimmer. Nun, vielleicht konnte man das auch Nächstenliebe nennen. Ich kickte nach einem Schneeklumpen.

»Ich muss jetzt los.«

»*À bientôt*«, sagte Kurttu und beendete das Gespräch.

Ich taumelte auf eine Bank vor dem Supermarkt und sank in mich zusammen. Ich saß dort so lange, bis meine Zehen anfingen einzufrieren und mir einfiel, dass ich hergekommen war, um Orangensaft zu kaufen. Ich holte einen Tetrapak Saft und einen Karton Bio-Eier. Was hatte ich von Birgitta zu halten? Ich war erschöpft von meiner Wut und niedergedrückt von dem, was ich gehört hatte. Mir wurde immer klarer, dass ich noch einmal ins Pflegeheim Sonnenschein zurückmusste, um Birgitta auseinanderzusetzen, dass es mir nicht leidtat um das Geld, das mir entgangen war, sondern weil sie mich angelogen hatte. Außerdem verlangte der Geschichtenfreund in mir nach einer Auflösung. Wenn ich doch nur der Typ wäre, der einfach die Tür hinter sich zuschlägt und verschwindet, aber so bin ich nun mal nicht. Vor mich hin murmelnd, streifte ich über den Hof und kickte nach jedem halbwegs erreichbaren Schneeklumpen. Und man hatte nicht damit gespart, die ganze Gegend war voll mit verklumptem Schnee.

Als ich die Treppen zu unserer Wohnung hochstieg, war ich so in Gedanken, dass ich nicht einmal das Licht im Treppenhaus anmachte. Daher sprang ich kreischend in die Luft, als ich gerade den Schlüssel ins Schloss gesteckt hatte und hörte, wie Ville meinen Namen sagte. Meine Einkäufe flogen in hohem Bogen auf den Treppenabsatz. Bestimmt sah ich aus wie ein Einbrecher im Lichtkegel einer Polizeitaschenlampe: verdutzt, ertappt, gebückt, großäugig und mit offenem Mund, um ganz genau zu sein. Aus dem Eierkarton sickerte eine Eiweißpfütze.

»Ich habe aus dem Busfenster gesehen, dass du auch auf dem Weg nach Hause bist, und da wollte ich hier auf dich warten«, sagte Ville. »Sorry, ich wollte dich nicht erschrecken.«

Ich sah ihn fassungslos an. Wenn man jemanden nicht erschrecken will, dann stellt sich doch die Frage, warum zum Henker man im dunklen Treppenhaus herumschleicht?

»Gehen wir rein?«, fragte Ville.

Ich stand da, festgefroren am Schlüssel, der ins Schloss führte, das in der Tür steckte, die im Rahmen befestigt war, der wiederum mit dem Haus verbunden war. Als ich schließlich dahin kam, mich als Teil des universellen Kontinuums zu verstehen, hatte ich mich wieder im Griff.

»Das hatte ich vor«, versuchte ich möglichst unbeteiligt zu sagen, aber ich scheiterte kläglich. Meine Stimme brach schon beim ersten Wort.

Ville wiegte vieldeutig den Kopf. Er stand von der Treppe auf und sammelte den tropfenden Eierkarton und die heil gebliebene Saftpackung vom Boden auf. Ich öffnete die Tür und ließ ihm den Vortritt in den Flur. Wir kickten gemeinsam unsere Schuhe gegen die Wand und warfen unsere Jacken auf die Garderobe. Mir war immer noch kalt, und am liebsten hätte ich mich unter meine Bettdecke verkrochen, aber das war jetzt wohl kaum möglich. Solche Versöhnungen unter Freunden finden normalerweise nicht im Bett statt. Ich hatte ein bisschen Angst. Es war schwierig, dem Menschen gegenüberzutreten, den ich am Tag zuvor fast umgebracht hatte. Vermutlich war es auch für Ville schwierig, aber er sah nach außen hin einigermaßen ruhig aus, wie er in seinen Wollsocken in die Küche tapste und sich dabei den Wirbel an seinem Hinterkopf rieb.

»Willst du Saft?«, fragte ich und zeigte auf die Saftpackung in Villes Hand. »Oder Rührei?«

Ville ließ den kleckernden Eierkarton in die Spüle fallen. Vielleicht doch kein Rührei heute. Im Geschäft hatte ich auf einmal Lust auf gekochte Eier bekommen, anscheinend brauchte ich Proteine. Aber zerbrochene Eier waren schwer zu kochen.

»Ich mache Tee«, sagte Ville und griff nach dem Topf. »Und ich habe uns Baguettes mitgebracht.«

»Uns?«, fragte ich.

»Ich dachte, du hast vielleicht Hunger, weil du ja anscheinend in letzter Zeit nichts gegessen hast«, sagte Ville und nahm eine *Picnic*-Tüte aus seiner Tasche. »Setz dich hin. Du siehst echt scheiße aus. Wie Emile Hirsch in diesem Film, wo er am Ende verhungert.«

»*Into the Wild*«, sagte ich in Gedanken.

»Genau«, sagte Ville und zeigte mit dem papierumwickelten Baguette auf mich. »Aber er hatte sich wenigstens noch irgendwie vergiftet, als er starb, und war nicht einfach nur ein Dummkopf, der nicht schnallt, dass er was essen muss, so wie du. Oder warte mal, du bist doch eher so wie dieser IRA-Terrorist in *Hunger*. Der ist doch verhungert, weil er es so wollte.«

»Bobby Sands. Er war im Hungerstreik. Er wollte aber nicht sterben, er wollte Gerechtigkeit«, stellte ich klar.

»Du bist wie Bobby Sands«, sagte Ville. »Oder du bildest es dir zumindest ein.«

Ich lachte auf und setzte mich an den Tisch. Ville schob das Baguette und eine leere Tasse auf dem Tisch zu mir rüber. Zweifellos hatte Ernährung in letzter Zeit bei mir keine besonders hohe Priorität gehabt. Ville setzte sich mir gegenüber und wickelte sein Baguette aus. Ich betrachtete sein liebes Gesicht, und sofort wollten mir die Tränen kommen. Er hatte mir Essen mitgebracht, obwohl ich höchstens einen Schlag ins Gesicht verdient hatte. Ich versuchte, meine Rührung in meiner Teetasse zu versenken und einen besonders großen Schluck zu nehmen, bevor mir einfiel, dass das Wasser noch im Topf und die Teebeutel noch im Schrank waren. Das machte mich so verlegen, dass meine Tränenflut sich doch noch nicht Bahn brach und mein Hals wieder frei wurde.

»Es tut mir wahnsinnig leid, kannst du mir jemals verzeihen?«, platzte ich heraus.

Ville betrachtete mich leicht amüsiert und nickte schließlich.

»Nun sei nicht so ein Jammerlappen, iss lieber was.«

Da kam die nicht vollständig versenkte Rührung wieder hoch, und die Tränen sprudelten mir nur so aus den Augen.

»Scheiße, neuerdings muss ich ständig wegen allem und jedem losheulen, verdammt«, schluchzte ich und wischte mir das Gesicht mit dem T-Shirt ab.

»Ja, das hat zweifellos etwas sehr Maskulines. So wie deine Magersucht«, sagte Ville.

Ich schniefte eine ganze Zeit lang in mein Shirt, und Ville betrachtete mich empathisch. Schließlich tätschelte er mein Knie und sagte: »Nun lass mal, alles wird gut. Ist doch total scheiße, wenn man zerstritten ist.«

Dann standen wir beide wie auf ein geheimes Zeichen hin auf und umarmten uns fest. Ich wischte meine letzten Tränen an Villes vertrauter Schulter ab und seufzte erleichtert. Es war ja schon etwas ungewohnt, so mitten in der Küche aneinandergepresst dazustehen, aber das war gewissermaßen die Schleife auf der Versöhnung. Eine maskuline Schleife. Aus Bindfaden, nicht aus Seidenband. Oder eigentlich eine sorglos gebundene Jungsschleife. Dann klatschten wir uns noch ein paarmal männlich-maskulin auf die Schultern und setzten uns wieder auf unsere Plätze.

»Eine Sache muss ich aber doch noch sagen«, sagte Ville ernst.

Ich erstarrte. Ich wollte nicht, dass noch mehr Sachen gesagt wurden.

»Schmeiß den Rest Gras weg, den du noch hast. Oder bewahr es jedenfalls nicht hier auf. Ich will damit nichts zu tun haben.«

Angesichts der jüngsten Ereignisse musste ich zugeben, dass ich definitiv auch nichts mehr damit zu tun haben wollte. Ich stand auf und holte den gefalteten Pizzaprospekt aus meinem Zimmer. Viel war ohnehin nicht mehr übrig. Ich hatte mir einen Joint für die Jackentasche gedreht, daher war die Geste eher symbolisch, aber eine Geste war es doch. Ich überlegte kurz, wie man das Zeug am besten loswurde, und mir fiel zuerst der Biomüll ein, was sicher keine gute

Idee war; dann rauchen, was eine noch schlechtere Idee war; oder das Klo, was jedenfalls in Filmen immer funktionierte. Also ging ich mit dem Prospekt ins Bad, kippte den kleinen Krümelhaufen in die Kloschüssel und betrachtete die grüne, moosartige Schicht, die sich auf der Wasseroberfläche ausbreitete.

»Viel war das ja nicht mehr.« Hinter mir war Ville aufgetaucht.

Ich zuckte die Achseln und spülte. Wir sahen zu, wie die grünen Krümel in der Kanalisation verschwanden. Auch in ihrer Symbolhaftigkeit war diese Geste eine Erleichterung, als hätte ich eine wesentlich größere Menge Sorgen, Hoffnungslosigkeit, Angst und Schrecken im Klo hinuntergespült.

Wir gingen zurück in die Küche und tranken Tee. Wir aßen unsere Baguettes, tranken noch mehr Tee und redeten, größtenteils über den Winter, denn die Wunden waren zu frisch, um auf schwierigere Themen zu sprechen zu kommen. Die gefühlsbeladenen Themenbereiche mieden wir, wie beispielsweise Emma und Birgitta und die Ereignisse der letzten Tage. Wir würden später darauf zurückkommen, aber jetzt war die Versöhnung noch zu frisch. Der Streit musste seine Zeit zum Vernarben haben. Wenn man zu früh anfängt, am Schorf zu pulen, dann bricht die Wunde nur wieder auf, und man muss den ganzen Prozess noch mal durchlaufen. Wenn die Wunde vernarbt ist, kann man konstruktiv über alles sprechen. Wenn man das noch will. Normalerweise will man das gar nicht. Oft entsteht Streit ja aus völlig nichtigen Anlässen.

»Was hast du jetzt vor?«, fragte Ville schließlich, als wir uns genug über die Schneemassen und die frostigen Temperaturen ausgetauscht hatten.

»Ich weiß nicht«, sagte ich, denn ich wusste es nicht, und die Welt erschien mir offen wie seit Langem nicht.

»Wollen wir heute Abend ein Bier zusammen trinken?«

»Ja, klar«, sagte ich erfreut. »Emma könnte auch mitkommen.«

Ville lächelte.

»Andererseits könnten wir auch zu zweit gehen«, sagte er.

»Ja, wer will schon die Megäre aus der Unterwelt dabeihaben«, lachte ich.

»Du kannst es aber auch nicht lassen«, sagte Ville und klatschte mir im Vorbeigehen auf den Hinterkopf.

Er ging in sein Zimmer und ließ die Tür offen. Ich ließ den Tee in der Tasse kreisen und baumelte unter dem Tisch mit den Beinen.

In meinem Inneren fühlte es sich nicht mehr ganz so schattig an. Die Eifersucht hatte sich in Luft aufgelöst wie der tote Obi-Wan Kenobi. Eifersucht, Groll und Wut sind dermaßen schwarze Emotionen, dass man sie um alles in der Welt vermeiden sollte. Nach langer Zeit hatte ich erstmals wieder das Gefühl, dass ich es dennoch, trotzdem und nichtsdestoweniger schaffen würde, mein Studium zu beenden, eine Beziehung einzugehen, mir wenigstens so viel Bauch anzufressen, dass der Gürtel nicht mehr an den Hüftknochen scheuerte, und irgendwann, wenn nicht glücklich, so doch wenigstens einigermaßen zufrieden zu sein. Vielleicht konnte ich es vermeiden, schärfere Kanten zu bekommen. Ich hatte immerhin noch ein paar Jahrzehnte Zeit, an ihnen zu feilen, sodass ich sicherlich später im Altenheim sowohl physisch als auch geistig ein ganz und gar glatter, runder Bursche wäre, und ich wäre der beliebteste Typ im ganzen Heim, ein total charmanter älterer Herr, der die Menschen fasziniert wie eine exotische

Qualle. So ein durchscheinendes, gallertartiges Wesen finden doch alle toll! Ich schloss die Augen und lächelte ein wenig. Einfach so, zur Probe.

20. Meine Mutter

Während ich selbstvergessen in der Küche den kalten Tee in der Tasse herumschwappen ließ, hörte ich im Flur mein Telefon klingeln. Auf dem Display blinkte *Mama*, was mich an Birgitta erinnerte, daher verspürte ich nicht die geringste Lust, mich zu melden. Einen Moment lang war ich nahezu halbwegs glücklich gewesen, aber diese Höllenmaschine katapultierte mich zurück in düstere Gedanken. Das Leben wäre viel leichter, wenn wir immer noch brieflich korrespondieren würden. Auch in dieser Geschichte würde man, wie in den russischen Klassikern, weitaus mehr in irgendwelchen Salons abhängen, über sich selbst nachdenken und zwischen den Zeilen lesen, während man die ganze Zeit auf Briefe aus der Nachbarprovinz wartet.

Eine kurze Debatte mit mir selbst ergab, dass ich leichter davonkäme, wenn ich das Gespräch annahm. Meinen Berechnungen nach befand sich meine Mutter nicht mehr am anderen Ende des Kontinents, und da sie zu diesen Leuten aus vergangenen Zeiten gehörte, die unangekündigt zu Besuch kommen konnten, müsste ich als Nächstes so tun, als sei ich nicht zu Hause, also meldete ich mich: »Miska Tammi am Apparat von Miska Tammi.«

»Mama hier«, rief es fröhlich aus dem Telefon. »Du kannst dich ja doch mit Namen melden!«

»Ja, Mama, natürlich kann ich das«, sagte ich, während ich in mein Zimmer schlappte.

»Ich hatte mir schon etwas Sorgen gemacht, ob du jemals einen Job bekommst, wenn du dich nicht mal am Telefon ordentlich benehmen kannst«, sagte sie.

Ich beschloss sofort, dass dies das letzte Mal war, dass ich mich am Telefon mit Namen meldete.

»Und – wolltest du auch was von mir?«, fragte ich, genervt von dieser ewigen Nörgelei, und ließ mich aufs Bett fallen.

»In der Tat, ja«, sagte meine Mutter. »Ich habe gehört, dass du weiterhin zu Birgitta gegangen bist, obwohl ich es dir verboten hatte.«

»Ja und?«, seufzte ich und legte mir den Arm über die Augen.

»Ich frage mich nur, ob das eine so gute Idee war, da Birgitta nun mal so ist, wie sie ist«, sagte sie sorgenvoll.

Ich biss die Zähne zusammen, um nicht loszuschreien.

»Nein, das war von Anfang an eine richtig verfickte Scheißidee!«, zischte ich zwischen den Zähnen hervor.

»Fluch doch nicht so!«, brummelte meine Mutter. »Warum musst du mir gegenüber diese unflätige Sprache benutzen, kein anderer Junge flucht dermaßen in Gegenwart seiner Mutter! Ich kriege schlechte Laune, wenn du dich so benimmst!«

Ich atmete tief ein. Om, om, om, beruhige dich, beruhige dich.

»Oh, Verzeihung, ich habe es nicht so gemeint, das sind für uns Jugendliche einfach nur Füllwörter, sie bedeuten gar nichts«, log ich, denn ich hatte sie wirklich als Kraftausdruck benutzt, um meiner Wut Nachdruck zu verleihen.

»Wie dem auch sei, bitte fluch nicht«, sagte meine Mutter beleidigt.

»Nein, nein«, seufzte ich. »Woher weißt du von meinen Besuchen bei Birgitta?«

»Von Henrik«, sagte sie. »Er hat angerufen und gesagt, er macht sich ziemliche Sorgen um dich. Er hat erzählt, dass du dich überhaupt nicht an ihn erinnern konntest. Ich habe gemeint, das sei typisch für dich, aber trotzdem verstehe ich nicht, wie du so desinteressiert sein kannst.«

Ich weiß auch nicht, wie ich so desinteressiert sein kann. Aber ich gebe zu, ich bin es. Es fällt mir selber schwer zu verstehen, warum ich von keinem einzigen Verwandten ein Bild vor Augen habe. Wie kann das denn überhaupt sein? Wenn ich an Verwandte denke, sehe ich eine gesichtslose Masse wie die Hatifnatten vor mir, die sich in einem einfachen Rhythmus hin und her wiegen. Aber trotzdem sollte man doch denken, dass sie das eine oder andere Bild in meinem Gedächtnis hinterlassen haben.

Schließlich hatte meine Mutter keine Lust mehr, auf eine Antwort auf ihre rhetorische Frage zu warten, und fuhr fort: »Also, zu Birgitta. Ich dachte nur, dass es vielleicht besser wäre, wenn du sie nicht allzu oft besuchen gehst, denn wir wissen ja, wie sie ist.«

»Aufgrund meiner empirischen Untersuchungen bin ich zu einem quasi identischen Ergebnis gekommen«, sagte ich. »Aber du warst ja diejenige, die mich ursprünglich zu ihr geschickt hat.«

»Ich habe dich gebeten, ihr Blumen vorbeizubringen und höflich ein paar tröstende Worte zu sagen, und nicht darum, dich mit ihr anzufreunden.«

»Was wussten wir denn wohl von Birgitta? Ich wusste überhaupt nichts über sie, bevor ich bei ihr war und ganz selbstständig gemerkt habe, dass sie eine durchgeknallte Alkoholikerin ist! Warum konntest du mich denn nicht warnen, wenn du es die ganze Zeit gewusst hast?«, schrie ich.

»Birgitta ist keine durchgeknallte Alkoholikerin.«

»Doch«, sagte ich scharf.

»Birgitta ist ein kranker Mensch, der ein sehr schweres Leben gehabt hat, sie braucht Verständnis und Unterstützung«, sagte Mama. »Allein diese Ehe! Himmel!«

»Genau, warum hast du mir denn nicht wenigstens gesagt, dass Birgitta eine Familie hat?«

»Ich kann doch nicht die ganze Zeit daran denken, dass du frühdement bist. Allein dieser Vorfall damals am Sommerhaus!«

»Welcher Vorfall?«, fragte ich verdutzt.

»Natürlich kann es sein, dass du die Erinnerung verdrängt hast. Vielleicht war das zu traumatisch für dich.«

»Erzähl«, knurrte ich. »Oder ich fange an zu schreien und zu fluchen!«

Und meine Mutter erzählte.

Der Vorfall am Sommerhaus

Im Jahr 1990 luden Birgitta Kangas und Sören Blom alle ihre Verwandten zu einem Sommerfest in ihr Sommerhaus in den Schären ein, nachdem die Familie nach Finnland zurückgekehrt war. Viele folgten der Einladung, vor allem aus Neugier. Die Leute hatten aberwitzige Geschichten über Birgittas Vergangenheit in Stockholm gehört, und man erzählte sich sogar, dass sie ihr ganzes Vermögen versoffen habe. Das musste man mit eigenen Augen sehen. Allerdings sagte man das nicht laut. Laut sagte man etwas ganz anderes.

»Wir müssen Birgitta unterstützen und die Verwandtschaftsbande stärken«, sagte Miskas Mutter auf der Fahrt.

Während sie sich die Lippen nachzog, sah sie im Schminkspiegel des Beifahrersitzes ihren Sohn, der auf der Rückbank vor sich hin schmollte. Miska wollte nicht in die Schären fahren und auch nicht die Sachen anziehen, die seine Mutter für ihn ausgesucht hatte. Er trug eine schicke beige Hose mit Bügelfalte, ein weißes Pikeehemd mit einem kleinen grünen Krokodil auf der Brust und an den Füßen Bootsschuhe, die drückten, aber da war Miska selber schuld, weil er sie nie anziehen wollte. Sogar die Haare waren gewaschen und zu einer ordentlichen Scheitelfrisur gekämmt. Miskas ganzes fünfjähriges Wesen atmete Unzufriedenheit. Seine Mutter beschloss, sich ihre Feierlaune von ihm nicht verderben zu lassen, knipste den Lippenstift zu und richtete ihren Blick demonstrativ auf die vorbeirauschende Landschaft.

Mitten im Wald tauchte plötzlich ein weißes Sommerhaus auf. Auf der Treppe zur Eingangstür stand ein Junge, der genauso angezogen war wie Miska, außer dass er über dem Pikeehemd noch einen weißen Pullunder trug. Der Junge war ein paar Jahre älter und sah überhaupt nicht unzufrieden aus, sondern lächelte mit all seinen weißen Zähnen dermaßen, dass der sonnige Tag noch sonniger wurde. Miska betrachtete den Jungen misstrauisch. Seine Mutter hatte befürchtet, dass Miska, kaum dass er vom Sicherheitsgurt befreit war, losrennen und sich im Matsch wälzen würde, doch der andere Junge brachte ihn anscheinend auf andere Gedanken. Sie musste lächeln. An dem Jungen konnte Miska sehen, dass es ganz normal war, sich so anzuziehen.

»Das ist Henrik«, sagte sie. »Dein Cousin.«

Unter den Verwandten kursierte das Gerücht, dass Birgitta in Stockholm betrunken dem Glücksspiel verfallen war und ihr gesamtes Vermögen verspielt hatte. Wie bedauerlich! Aber der Gewinner des Vermögens war so bezaubert von Birgittas Schönheit und ihrem Mut, alles aufs Spiel zu setzen, dass er, zugegebenermaßen selbst im Zustand fortgeschrittener Trunkenheit, versprach, Birgitta ihr Vermögen zurückzugeben – im Tausch gegen ihre Hand. Und es handelte sich nicht um einen Perversen, der abgetrennte Gliedmaßen sammelte, sondern um den Geschäftsmann Sören Blom. Er besiegelte mit einem Vertrag, dass Birgitta ihr Vermögen behalten konnte, wenn sie ihn heiratete.

Als sie am nächsten Morgen merkten, was sie da angerichtet hatten, überkam beide der moralische Katzenjammer des Jahrtausends. Denn nachdem er genauer darüber nachgedacht hatte, wollte Sören Blom doch keine trinkende finnische Hasardeurin ehelichen, und Birgitta wollte niemanden heiraten, der solche erpresserischen Verträge aufsetzte, doch sie konnte es sich auch nicht leisten, auf ihr Vermögen zu verzichten. Was einem im Dusel so alles in den Kopf kommen kann, wunderten sie sich laut, nein aber auch. Sören schlug vor, einen neuen Vertrag aufzusetzen, der besagte, dass Birgitta ihr Vermögen behalten konnte, unter der Bedingung, dass Sören sie nicht heiraten musste. Das passte Birgitta außerordentlich gut.

Im Rausch des ersten Vertrages hatten sie allerdings die ganze Nacht zusammen im Bett verbracht, und ziemlich schnell zeigte sich, dass trotz der abgewendeten Eheschließung Nachwuchs unterwegs war. Also suchte Birgitta Sören wieder auf, und sie beschlossen, dem Kind einen anständigen Start ins Leben zu ermöglichen – und heirateten. Es gibt dümmere Gründe zu heiraten, und man kann ja mit der Zeit lernen, den anderen zu lieben, dachten sie sich. So kam Henrik auf die Welt.

Gerüchte hin oder her, da standen Birgitta und Sören nun inmitten der Verwandtschaft auf dem großen Bootsanleger, auf dem sich alle versammelt hatten, um einen Begrüßungsdrink zu nehmen. Familie Tammi gehörte zu den letzten Ankömmlingen und drängte sich auf den proppenvollen Steg. Die Kinder tranken Pommac und die Erwachsenen Champagner. Miskas Mutter war begeistert, denn bei ihnen zu Hause wurde kaum einmal Schaumwein getrunken, und schon gar kein echter Champagner. Was für ein Glück, dass der Vater fuhr, denn wenn es mit den Getränken so weiterging, dann wäre es verdammt schade gewesen, darauf zu verzichten. Man sah Miskas Vater an, dass er genauso dachte. Aber ein kleines Gläschen konnte er als Fahrer durchaus trinken. Miska lehnte sich an das Geländer am Rand des Anlegers und betrachtete durch das Pommac-Glas hindurch das aufgeregte Menschengewimmel, das Spiel der Sonne auf den Wellen, die Felsen, das große weiße Sommerhaus und Henrik, der noch immer auf der Treppe stand. Mama beschloss, dass sie sich heute nicht um ihr verschlossenes Kind kümmern, sondern die Party genießen würde. Einmal musste sie doch auch feiern dürfen.

Birgitta bewegte sich geschmeidig zwischen den Leuten hindurch und schenkte Champagner nach. Sie trug ein schwingendes rotes Kleid, und ihre kräftigen Haare glänzten in der Sonne. Sören stand lässig an das Geländer gelehnt und unterhielt sich locker mit den Gästen. Er war im maritimen Stil gekleidet, wie Miskas Mutter vermutet hatte, und an seinem Handgelenk glitzerte eine goldene Uhr. Er war bemerkenswert stark gebräunt, um die Körpermitte etwas dicklich, hatte wenig Haare und war außerdem mindestens fünf Zentimeter kleiner als Birgitta. Für Miskas Mutter war das der Beweis, dass die Gerüchte über das Glücksspiel und die ungeplante

Schwangerschaft zutrafen. Ansonsten hätte die faszinierende Birgitta nicht so ein Dickerchen geheiratet. Konnte natürlich sein, dass Sören ein netter Typ war. Bestimmt war er das sogar, korrigierte Miskas Mutter ihr Vorurteil. Nett – und gut im Bett.

Die Party ließ sich gut an, mit dem Champagner und Sörens Willkommensrede auf Schwedisch, von der Miskas Mutter immerhin verstand, dass alle willkommen waren und die Sonne schien und eine schöne *atmosfär* herrschte. Eine gute Rede. Auf der Veranda des Sommerhauses war ein großes Buffet mit Spezialitäten aus den Schären aufgebaut. Miskas Mutter ging umher, probierte Kaviar, Fisch und Schärenbrot, füllte im Vorbeigehen ihr Glas mit gekühltem Champagner auf und seufzte selig. Was musste Birgitta glücklich sein, wenn sie so ein Leben führen konnte!

Gegen Abend war Miskas Mutter ordentlich beschwipst. Die meisten Gäste waren schon gegangen, es war nur noch eine kleine Gruppe von Verwandten übrig, die alle ziemlich einen im Kahn hatten. Miskas Mutter kam der Gedanke, dass sie vielleicht auch allmählich gehen sollten. Sie konnte sich nicht erinnern, wann sie Ehemann und Sohn zuletzt gesehen hatte. Sie entdeckte Miska, wie er allein auf dem Bootsanleger saß, wahrscheinlich planschte er mit den Füßen im Wasser. Typisch. Die anderen Kinder hatten sich um die Gartenschaukel versammelt, aber ihr Sohn saß alleine herum. Aber wo war ihr Mann? Nachdem sie ein bisschen herumgefragt und gesucht hatte, fand sie Miskas Vater im Kaminzimmer, wo er mit der Krawatte um den Kopf schwedische Trinklieder sang und so betrunken war, dass es an Gotteslästerung grenzte. Miskas Mutter wollte die Sache nicht an die große Glocke hängen, sondern zog sich ins Treppenhaus zurück, um dort für sich allein zu fluchen. Woher kam nur dieser ständige Drang ihrer Familie, sie unmöglich zu machen? So eine schöne Feier, und der eine hockt allein auf dem Bootsanleger, während der andere sich den Vollrausch des Jahrhunderts ansäuft, obwohl er eigentlich fahren wollte. Einen Moment lang träumte Miskas Mutter davon, sich ein Taxi zu rufen und einfach alleine wegzufahren. Egal wohin, jedenfalls nicht nach Hause. Sie würde ins Ausland fliehen. Vielleicht sogar nach Stockholm!

Begeistert von der Idee, suchte sie ein Telefon, um das Taxi zu bestellen. Doch sie fand keins und ging nach draußen, um Sören oder Birgitta zu fragen. Die letzten Gäste hatten sich auf der Veranda versammelt und blickten zum Wasser. Miskas Mutter drängelte sich in die erste Reihe, um mit anzusehen, wie Birgitta und Sören zum Anleger rannten. Sören quiekte wie ein Ferkel, und Birgitta stürmte hinter ihm her, den Rock um die Taille gewickelt. Miskas Mutter schnappte vor Schreck nach Luft, denn Miska saß gemütlich auf dem Anleger und ahnte nichts von dem Ehestreit, der da im Schweinsgalopp auf ihn zugerannt kam.

»Miska!«, kreischte seine Mutter.

Als er sich umdrehte, stellte er Sören ein Bein, woraufhin dieser einen Purzelbaum ins Wasser machte. Gleich darauf krachte auch Birgitta gegen Miska, und beide kippten vom Anleger ins Wasser. Miskas Mutter hatte die Szene wie gelähmt beobachtet, aber dann setzte sie sich in Bewegung, um ihr Kind zu retten. Als sie zum Anleger gerannt kam, war Miska nirgends zu sehen. Birgitta stand im flachen Wasser und fluchte auf Finnisch und Schwedisch vor sich hin. Währenddessen wollte Sören aufs offene Meer hinausschwimmen, verfing sich aber in den Wasserpflanzen. Schließlich hatte er sich so darin verheddert, dass es ernsthaft aussah, als würde er ertrinken.

Birgitta bog sich vor Lachen, als sie ihren Mann nach Luft schnappen sah.

Miskas Mutter kreischte seinen Namen. Ihr kleiner Sohn, der nicht schwimmen konnte, war doch hoffentlich nicht auf den schlammigen Grund gesunken und ertrunken? Warum stritten sich diese Verrückten nur und suchten nicht nach dem Kind, das ins Wasser gefallen war? Die Mutter sah keine andere Möglichkeit, als selbst hineinzuspringen. Sie spritzte herum und trat Wasser und kreischte dermaßen, dass auch weit entfernte Seevögel aufflogen. Sören ertrank immer noch mit großer Geste zwischen den Wasserpflanzen. Birgitta stand neben dem Bootsanleger und lachte hysterisch.

Dann sah Miskas Mutter auf einmal Miska unter dem Steg hocken. Er kauerte so im Wasser, dass nur Nase und Augen herausschauten, und beobachtete das Geschehen interessiert. Seine Mutter stürzte auf ihn zu und zerrte ihn heraus. Zur gleichen Zeit bemerkte Sören, dass das Wasser ihm höchstens bis zur Taille reichte; peinlich berührt richtete er sich auf, riss sich den Seetang von den Beinen und planschte in Richtung Horizont davon. Miska und seine Mutter standen tropfend im flachen Wasser und sahen zu, wie Sören sich immer weiter entfernte.

Birgitta lehnte am Anleger und bekam ihren Lachanfall endlich unter Kontrolle.

»Da geht er hin«, sagte sie gut gelaunt zu Miskas Mutter.

»Mein Kind kann nicht schwimmen und wäre fast ertrunken, weil ihr euch gestritten habt«, sagte die mit zitternder Stimme.

»Sollte man denn ein Kind, das nicht schwimmen kann, alleine auf dem Anleger sitzen lassen?«, fragte Birgitta scharf. »Ich denke, nein.«

Miskas Mutter sagte nichts mehr, klemmte sich ihren Sohn

unter den Arm, watete ans Ufer, rannte mit großen Schritten zum Haus und verlangte von den Gästen, die auf der Veranda saßen, ihr ein Taxi zu rufen. Während sie warteten, saß sie auf der Treppe und strich ihrem Sohn übers Haar. Das war wirklich das Allerletzte, dachte sie. Und der arme Junge, seufzte sie, als sie Henrik Blom ansah, der alleine auf der Gartenschaukel saß und seine Schuhe betrachtete. Schließlich kam das Taxi, und die Mutter und Miska fuhren nach Hause.

Der Vater kam am nächsten Morgen beschämt hinterher. Nachdem er gehört hatte, dass seine Familie abgefahren war, verbrachte er die Nacht im Auto. Und da der Hausherr aufs Meer verschwunden war, war die Party damit beendet. Ende der Geschichte.

»Ich weiß noch, dass ich mal bei irgendeiner Feier ins Wasser gefallen bin, aber an Birgitta kann ich mich nicht erinnern«, sagte ich.

»Ich erinnere mich dafür genau«, sagte meine Mutter. »Vielleicht verstehst du jetzt, warum man Birgitta nicht zu nah an sich heranlassen sollte. Sie hat sich keinen Deut dafür interessiert, dass sie einen Fünfjährigen vom Steg gefegt hat.«

»Und wo ist dieser Sören hin?«, fragte ich.

»Wahrscheinlich ist er nach Schweden geschwommen. Jedenfalls hat er sich danach nicht mehr blicken lassen. Aber eine Scheidung war anscheinend unmöglich. Beide wollten sich trennen, Sören verlangte allerdings von Birgitta die Hälfte ihres Vermögens. Doch darauf wollte sie sich nicht einlassen, und einen Ehevertrag gab es nicht. Sie leben also seitdem getrennt. Und beide warten darauf, dass der andere stirbt und der Übriggebliebene seinen Willen bekommt.«

»Das ist ja traurig«, sagte ich. »Kein Wunder, dass Birgitta denkt, alle wären nur hinter ihrem Geld her.«

»Hör mal, Miska, das alles geht uns nichts an. Wir bleiben besser nur Zaungäste. Wir tun unser Bestes, aber wir lassen uns auf nichts ein. Und denk dran, dass du unter keinen Umständen Geld von Birgitta annimmst.«

»Unter keinen Umständen«, log ich.

»Das beruhigt mich«, sagte Mama zufrieden.

»Aber so ganz verstehe ich das nicht: Wenn du Birgitta nicht mal magst, warum hast du mich dann mit Blumen zu ihr geschickt?«, fragte ich.

»Nach diesem berüchtigten Sommerfest habe ich nie wieder mit Birgitta gesprochen. Ich habe den Kontakt abgebrochen. Aber jetzt, als ich von dieser neuen Tragödie gehört habe, dachte ich, man muss einer Verwandten doch helfen. Man soll nicht nachtragend sein, sonst stellt man irgendwann fest, dass man sein halbes Leben verbittert in einem Kämmerchen gehockt hat, so wie Sören und Birgitta. Nicht daran zu denken, wie schlecht ich mich fühlen würde, wenn Birgitta gestorben wäre, ohne dass ich ihr hätte verzeihen können!«

»Ich kapier dich einfach nicht«, sagte ich. »Woher soll Birgitta wissen, dass du ihr verziehen hast?«

»Ich verstehe dich auch nicht, das ist bestimmt diese Generationenkluft. Birgitta versteht meine Blumenbotschaft sehr wohl, sei unbesorgt. Aber jetzt muss ich los, bei den Nachbarn wird gegrillt. Tschüs, Schatz! Wir telefonieren!«

Ich kam nicht mehr dazu, noch etwas zu sagen, da hatte meine Mutter das Gespräch schon beendet. Ich hätte am liebsten zurückgerufen und eine Entschädigung für das verlangt, was ich erlebt hatte – wenn sie doch von vornherein gewusst hatte, in welches Unglück sie mich da laufen ließ. Wenn es darum ging, irgendeinen Streit von anno dazumal beizulegen, warum musste sie mich da mit hineinziehen? Hätte es eine Postkarte aus Torremolinos nicht auch getan, vielleicht sogar noch besser? Ich hatte mich – offensichtlich völlig unbegründet – immer für einen Menschen mit starkem Willen gehalten, aber es wurde zusehends deutlicher, dass ich nur eine willenlose Puppe im Spiel der anderen war: Also, die eine schickt Miska dahin, und dann kapiert die andere, dass sie ihr verziehen hat, und dann nötigt sie Miska, ein paar total gefährliche Sachen zu machen, und Miska kapiert gar nix – ja, tolles Spiel –, und dann gehen die beiden zusammen essen und lassen Miska allein unter dem Sofa liegen.

Und außerdem, welche Nachbarn grillen bitte im Schnee?

21. Rückkehr zum Tatort

Die Schneeberge vor den Speisesaalfenstern des Pflegeheims Sonnenschein waren inzwischen so hoch geworden, dass man die Bewohner drinnen gar nicht mehr sehen konnte. Dennoch saßen sie dort und warteten mit trüben Augen darauf, dass der Frühling kam und ihre Aussicht wiederherstellte. Unwillig schob ich mich durch die Tür. In der Eingangshalle saß der zahnlose Heikki. Er döste in einem Stuhl an der Wand wie im Wartezimmer des Gesundheitszentrums. Aber er wohnte hier, also schlug er wahrscheinlich einfach die Zeit tot. Sein Gesicht strahlte erfreut, als er mich erkannte.

»Tagchen!«, krähte er.

»Hallo«, sagte ich und ging auf ihn zu.

»Ich warte auf den Vormittagsimbiss«, sagte Heikki. »Ich setze mich oft hierher und höre zu, wie sie da drinnen bei den Essensvorbereitungen herumklötern. Ich esse gerne im Speisesaal, das bringt ein bisschen Abwechslung in den Tag, und die nervt es, wenn ich ohne Zähne vor mich hin mümmle.«

Heikkis Gesicht leuchtete noch mehr auf, als ich aus meiner Tasche einen Packung Fleischwurst holte.

»Danke!«, kiekste er und versteckte die Beute schnell unter seiner geschmackvollen Opa-Strickjacke. Weiter hinten im Korridor ging gerade eine Pflegerin vorbei und erinnerte mich an etwas: »Was hat es eigentlich mit diesen Siskos auf sich?«

Heikki schaute verdutzt.

»Na ja, die Pflegerinnen heißen alle Sisko. Und sie sehen alle gleich aus.«

»Ach das. Direktorin Einonen findet es praktischer, wenn alle ein und denselben Namen haben, und Sisko, also Schwester, ist ja ein wärmeres Wort als ›Pflegerin‹. Für sie ist es natürlich leichter, wenn sie sich nur einen Namen merken muss. Aber mich erinnert das an die tätowierten Nummern im KZ, man verliert seine Persönlichkeit, das ist doch unmenschlich. Bald fängt die Direktorin noch an und bezeichnet uns als ›Kunden‹. Und du, bist du hier, um dich mit Birgitta zu streiten?«

»Ja«, sagte ich, aber in Gedanken war ich noch bei den armen Siskos.

»Du bist völlig zu Recht wütend«, unterstützte mich Heikki. »Birgitta leidet an einem leichten Übermenschenwahn.«

»Das ist noch milde ausgedrückt.«

»Na ja, das Soziale gehört nicht gerade zu den Stärken von einsamen Alkoholikern«, sagte Heikki. »Jedenfalls, wenn dies nun das letzte Mal ist, dass du herkommst, möchte ich mich bei dir bedanken, dass du meinen Alltag ein bisschen bunter gemacht hast. Vielen Dank also.«

Er lächelte zahnlos und herzlich. Ich lächelte auch und nickte ihm zu. Als ich mich schon abwenden wollte, fiel mir noch etwas ein: »Ach ja, mein Beileid.«

»Danke auch dafür, Miska, aber so nahe hat mir Risto gar nicht gestanden. Eigentlich war er sogar ein ziemlich schrecklicher Typ, wenn man das einem Verstorbenen überhaupt nachsagen darf. Aber warum nicht, der Tod ändert daran ja nichts«, sagte Heikki. »Und das Gute daran ist, dass in sein Zimmer jetzt ein netter Mensch einziehen kann. Obwohl man die mit der Lupe suchen muss. Kinder sind noch ganz angenehm, aber danach geht es bergab.«

Ich grinste und klopfte Heikki auf die Schulter. Gerade wollte ich mich zu Birgittas Zimmer aufmachen, als eine glockenhelle Stimme die Luft durchschnitt.

»Also sind Sie es doch! Ich habe durchs Fenster nur einen Schatten vorbeiflitzen sehen!«

Ich drehte mich um. Am Eingang zum Verwaltungskorridor stand mit ihrem übernatürlich breiten Lächeln Virpi Einonen und winkte mich zu sich heran.

»Kommen Sie bitte mal her, ich hätte da etwas zu besprechen!«

Es war, als müsste ich einen klebrigen Berg emporsteigen, meine Beine wollten einfach nicht. Irgendwie schaffte ich es trotzdem bis zu Virpi Einonens Büro. In der Tür blieb ich stehen. Zum einen, weil ich mich beim besten Willen nicht motivieren konnte weiterzugehen, zum anderen, weil auf dem Stuhl, auf dem ich bei meinem letzten Besuch gesessen hatte, schon jemand seine Gesäßmuskulatur entspannte, und dieser Jemand war niemand anders als Tauno Kurttu.

»Was ist das hier?«, fragte ich misstrauisch.

»Kommen Sie herein«, bat Virpi Einonen und zeigte auf einen zweiten Stuhl.

Ich schüttelte den Kopf. Meine Beine zitterten, denn der Impuls, aus der Situation zu fliehen, war übermächtig.

»Sie haben es eilig?«, fragte Virpi Einonen. »Verstehe. Ich dachte allerdings, es interessiert Sie vielleicht, wie es mit unserer Sache hier in letzter Zeit weitergegangen ist.«

Sie öffnete eine Schublade und legte eine Halsbonbondose auf den Schreibtisch, die genauso aussah wie die, die ich in Birgittas Koffer gelegt hatte. Natürlich konnte das jede x-beliebige Bonbondose sein, aber in dem Fall wäre es seltsam gewesen, dass wir sie schweigend betrachteten. Wie war die Dose hierhergeraten, wenn doch Birgitta die Joints hatte, mit denen sie mich erpresste?

»Herr Kurttu und ich haben uns unterhalten«, sagte Virpi Einonen.

Kurttu nickte ergeben.

»Lassen Sie es mich so sagen: In Zukunft kommen Sie bitte ohne Geschenke zu Besuch«, fuhr sie fort. »Wie wir ja bereits gemeinsam festgestellt haben, leiden viele hier unter Asthma, und deshalb ist es nicht gut, intensiv duftende *Blumen* mitzubringen, und für die Herz- und Kreislaufpatienten auch keine stark gesalzenen Lebensmittel. Ich verstehe, dass Sie nur Gutes im Sinn haben, aber das schönste Geschenk ist der Besuch selbst. Wir haben uns darauf geeinigt, dass Herr Kurttu uns ab sofort mit *Trockenblumen* versorgt. Möchten Sie ein Bonbon?«

Virpi Einonen klappte den Deckel der Dose auf und reichte sie mir. Es waren tatsächlich Bonbons drin. Wieder schüttelte ich den Kopf, zum einen ungläubig, zum anderen ablehnend.

»Es sind ja gerade viele Viren unterwegs«, stellte Herr Kurttu fest und nahm sich ein Bonbon.

»Sonst noch was?«, fragte ich mit zitternder Stimme.

»Nein, das wäre schon alles«, sagte Virpi Einonen fröhlich. »Ist es nicht schön, wenn die Dinge sich klären?«

Ich lächelte unsicher. Ich verstand überhaupt nichts. Würde Kurttu dem Pflegeheim tatsächlich getrocknete Blumensträuße liefern, oder war das ein Euphemismus? Es war bestimmt besser, es nicht zu wissen, Unwissenheit ist der größte Segen, dachte ich bei mir und ging rückwärts zur Tür. Ich hob die Hand zum Abschied. Virpi Einonen und Herr Kurttu feixten wie die Grinsekatzen und winkten. Sobald ich auf dem Korridor außer Sicht war, drehte ich mich um und galoppierte zurück in die Eingangshalle. Heikki war mit seiner Wurstbeute verschwunden. Ich ging weiter zu Birgittas Korridor. Ihre Tür war geschlossen. Ich starrte einen Moment darauf, dann hob ich die Hand und klopfte an.

Ohne eine Antwort abzuwarten, öffnete ich die Tür und trat ein. Birgitta saß im Bett und wirkte überrascht. Das Zimmer war dämmerig und still, die Jalousien waren halb geschlossen, der Fernseher und alle Lampen ausgeschaltet. Nur durch das Fenster fiel ein wenig Licht herein. So hatte Birgitta also im Halbdunkel vor sich hin gedämmert. Wäre mir nicht komplett unsentimental zumute gewesen und hätte jemand anders im Bett gesessen, dann hätte ich das traurig gefunden, aber jetzt fühlte ich nur aufsteigende Wut. Birgitta saß da und wartete, bettelte um Mitleid und suhlte sich in ihrem Elend.

»Ach, hallo«, sagte sie matt.

Ich erinnerte mich daran, wie ich das erste Mal in dieses Zimmer gekommen war und Angst gehabt hatte, mit einer beinamputierten Manisch-Depressiven allein zu bleiben. Inzwischen hatte ich keine Angst mehr vor diesem menschlichen Wrack. Und ja, wäre es nicht besser gewesen, wenn ich damals auf meine Intuition gehört hätte? Im Nachhinein ist man immer schlauer. Schließlich hätte mir schon damals klar sein müssen, dass diese Person nichts Gutes mit sich bringen würde.

Ich lehnte mich mit verschränkten Armen in den Türrahmen, einen Fuß gegen die Tür gestützt. Birgitta blickte ausdruckslos auf den ausgeschalteten Fernseher. Auf dem Tisch lag ein aufgeschlagenes Buch mit dem Rücken nach oben, ich konnte den Titel nicht erkennen. War es vielleicht *Der Zauberberg*, das Buch, das ich damals in Birgittas Schlafzimmer in den Koffer gelegt hatte?

»Was liest du?«, fragte ich schließlich, da mich der bohrende Gedanken nicht losließ.

»Nichts«, brummte sie.

»Das Buch da, das angefangene«, half ich nach.

»Ach das«, sagte sie und warf einen Blick darauf. »*Der Meister und Margarita.*«

Das war für Birgitta natürlich die absolut passende Wahl.

»Hier bin ich also«, sagte ich schließlich.

Birgitta zuckte zusammen. Sie war zwischenzeitlich in Gedanken versunken. Vielleicht hatte sie vergessen, dass sie mich genötigt hatte herzukommen, oder sie stellte sich vor, dass ich ganz freiwillig erschienen war. Was ja stimmte.

»Richtig, da bist du«, sagte sie.

Dann schwiegen wir wieder. Meine Junger-Rebell-Haltung wurde mir allmählich zu anstrengend, und so rutschte ich an der Tür entlang in die Hocke und schlang mir die Arme um die Beine.

»Ihr heutigen Jugendlichen seid ja ziemliche Weicheier. Früher haben die Leute nicht so in den Ecken gekauert, außer beim Betteln«, sagte Birgitta provokativ.

»Du klingst wie meine Mutter«, sagte ich.

»Du kannst meinetwegen so viel herumhängen, wie du lustig bist. Aus meinem eigenen Sprössling ist ja trotz meiner Erziehung ein eher förmlicher Typ geworden«, sagte Birgitta und sah wieder auf den schwarzen Fernseher. »Ich habe Henrik nicht mit Absicht unterschlagen. Ich dachte, du kannst dich an uns erinnern. Aber dann habe ich gemerkt, dass du keinen Schimmer von alldem hattest, und dann konnte ich mich nicht dazu aufraffen, das zu korrigieren. Meine Familie hat mir in erster Linie Unglück gebracht, also tue ich am liebsten so, als gäbe es sie gar nicht.«

Ich betrachtete Birgitta und dachte, wenn ich jetzt ruhig bin, lässt sie vielleicht alles raus. Sie saß mit entspannten Armen da und starrte konzentriert auf den schwarzen Bildschirm. Ihre Haare loderten immer noch sehr individuell halb orange und halb gelockt. Bei dem Anblick war es schwer, weiter wütend zu bleiben. Wenn man allein zu Hause vor sich hin schmollt, dann hält man die Leute ja gern mal für die absoluten Antichristen, aber wenn man seinem Wutobjekt dann gegenübersteht, merkt man, wie zerbrechlich die Menschen sind. Und dass alle Handlungen ihre Gründe haben, und diese Gründe sind oft menschlich. Da ist es schwierig, weiter abgrundtief zu hassen.

»Und eigentlich habe ich dich auch nicht hinters Licht geführt«, sagte Birgitta.

Ich konnte ein Schnauben nicht unterdrücken.

»Hab ich wirklich nicht. Das, was ich gesagt habe, stimmte«, fuhr sie fort. »Ich habe Henrik zwar nicht erwähnt, aber ich habe auch nie behauptet, dass ich keine Kinder habe. Es ist keine Lüge, wenn man etwas einfach nicht sagt. Das mit dem Erbe stimmte übrigens.«

Wieder schnaubte ich. Auch wenn ich nicht anders konnte, als mich allmählich zu beruhigen, wollte ich Birgitta das noch nicht merken lassen, wo sie doch gerade die Hosen runterließ.

»Vielleicht stimmte es zu dem Zeitpunkt, als ich davon gesprochen habe, noch nicht so ganz, aber es wäre zu seiner Zeit noch wahr geworden«, präzisierte sie. »Auch wenn es im Moment vielleicht nicht so aussieht, habe ich doch nicht vor, den Rest meines Lebens in diesem Zimmer zu verbringen. Es ist mein fester Vorsatz, gesund zu werden und meine Mündigkeit wiederzuerlangen.«

»Und dir neue Beine wachsen zu lassen.«

»Fahr zur Hölle«, raunzte Birgitta. »Nein, ich will mir eine Wohnung suchen, in der ich mit dem Rollstuhl herumfahren kann, und auch meine anderen Sachen in den Griff kriegen. Und dann lebe ich wie jede andere reizende alte Dame und kümmere mich selbst um meine Angelegenheiten und enterbe mein Kind, soviel ich will.«

»Man kann seine Kinder nicht enterben, die Nachkommen haben Anspruch auf einen Pflichtteil.«

»Es ist schon schlimm genug, wenn die Hälfte vom Erbe flöten geht. Das Wichtigste ist, dass Sören nichts kriegt.« Birgitta fuchtelte mit der Hand durch die Luft. »Oder ich lebe eben extra lange und verprasse mein ganzes Geld, und den Rest verschenke ich kurz vor knapp. Außerdem interessiert Henkka das Geld nicht, er ist trotz allem ein ganz ordentlicher Mensch geworden, auch wenn ihm die Rechte anderer Leute ein bisschen zu sehr am Herzen liegen. Es wäre vor allem die Geste, die ihn treffen würde.«

»Und das ist ja das Wichtigste.«

»Im Moment schon«, sagte Birgitta. »Er hat mir immerhin die Geschäftsfähigkeit genommen. Natürlich ist es nicht gerade eine Großtat, andere Menschen zu schikanieren, aber mir scheint, Vater und Sohn haben damit angefangen, als sie mich hier eingesperrt haben. Und Henkka verdient selber genug, ich tue ihm also nur einen Gefallen, wenn ich ihn vom verfluchten Geld dieser Familie erlöse.«

»Aber dir wurden doch die Beine amputiert, sie haben dir also das Leben gerettet«, bemerkte ich. »Hätten sie es auf dein Erbe abgesehen, hätten sie dich hopsgehen lassen können. Du musst Henrik sein Erbe lassen, vielleicht stellt er damit ja was Gutes auf die Beine.«

Birgitta sah mich scharf an, in ihren Augen blitzte es. Sie presste die Lippen zusammen und zog die Nase kraus.

»Ich hab dich herbestellt, weil ich mich entschuldigen

wollte, nicht, um über meine persönlichen Geldangelegenheiten zu streiten.«

Wir schwiegen. Birgittas Auffassung von Besitzverhältnissen schien extremen Schwankungen ausgesetzt zu sein. Einmal ging mich ihr Geld etwas an, dann wieder nicht. Einmal gehörten die Joints nur ihr, aber wenn es darauf ankam, wieder mir.

»Dann entschuldige dich doch!«, schnauzte ich sie schließlich an.

»Hab ich doch gerade!«, schrie Birgitta.

»Du hast dich nicht entschuldigt, sondern nur gesagt, dass du es vorhast!«, brüllte ich zurück.

»Ach Herrgott, was bist du bloß für ein Pedant!«, seufzte Birgitta. »Also gut. Bitte verzeih mir, dass ich dich ungewollt verletzt habe. Es tut mir sehr leid.«

Sie schaffte es, gleichzeitig ehrlich und spöttisch zu klingen. Ich konnte mir nicht vorstellen, dass Birgitta wirklich begriff, dass sie etwas falsch gemacht hatte. In ihren Augen war sie immer noch ein Opfer der Umstände, und sie bat nicht um Verzeihung, weil sie einen Grund dafür sah, sondern weil es der Anstand gebot.

Gleichzeitig begriff ich, dass es unmöglich war, Birgitta zu verstehen. Würde sie zugeben, dass sie gelogen hatte, wäre das ihr Ende. Vielleicht wurde sie nur dadurch zusammengehalten, dass sie glaubte, sie sei unbesiegbar und im Recht. Wie ich sie aus meiner hockenden Position heraus beobachtete, begriff ich, dass es mir nicht darum ging, sie kaputtzumachen und herabzuwürdigen. Mir war klar, sie wusste tief im Innern, was ich auch wusste, was alle wussten, aber sie wollte das eben nicht an die große Glocke hängen. Das genügte.

Birgitta blickte beleidigt von einer Wand zur anderen. Sie

wartete darauf, dass ich etwas sagte. Was sie getan hatte, war keineswegs akzeptabel, aber irgendwie nahm ich ihr die Entschuldigung trotzdem ab. Leider konnte sie sich im Gegenzug nicht vorstellen, dass ich sie tatsächlich mögen könnte. Eine Welle des Mitgefühls schwappte über mich. Es ist wirklich höchste Zeit, mit dem Kantenabschleifen anzufangen, bevor ich noch so werde wie Birgitta. Also nicht reich und ohne Beine, sondern ein einsamer, wütender Alkoholiker, mit dem niemand etwas zu tun haben will, der dafür kein Geld bekommt. Und ich habe noch nicht mal genug Geld, um andere zu bezahlen. Also habe ich gar keine Wahl: Ich muss freundlicher und sozialer werden, wenn ich mir mehr vom Leben erhoffe als einsam durchsoffene Nächte. Und ich erhoffe mir mehr. Natürlich.

»Ich vergebe dir«, sagte ich. »Und ich vergebe dir auch, dass du mich bei dem Sommerfest beinahe ertränkt hättest.«

Birgitta lächelte. Nicht gerade erleichtert, eher selbstzufrieden, auch wenn ich mir alle Mühe gab, das Lächeln positiv zu interpretieren. Aber was soll's.

»Ah, du erinnerst dich jetzt also«, sagte sie. »Deine Mutter und ich haben panisch im Wasser nach dir gesucht, und du hast unter dem Steg gekauert. Dieses Fest werde ich nie vergessen!«

»Mama hat das etwas anders erzählt«, sagte ich.

»Grüß Anne schön von mir – es wäre nett, wenn sie sich mal selbst hierherbequemen würde.«

»Wo sind die Joints?«, fragte ich.

Birgitta richtete sich etwas auf und grinste. Sie öffnete die Nachttischschublade, nahm ein kleines braunes Päckchen heraus und streckte es mir hin. Ich stand auf und nahm es in die Hand. Das Päckchen war etwa so groß wie eine Packung

Puderzucker. Ich riss den Tesafilm ab und wickelte es aus. Zum Vorschein kam eine silberne Dose, ähnlich der von Kurttu, nur kleiner. Auf dem Deckel war ein Apfelbaumrelief.

»Danke.«

»Mach sie auf«, befahl Birgitta.

Ich ließ den Deckel aufspringen. Die Dose war mit dunkelblauer Seide gefüttert. Unten drin lagen in einer Reihe acht unebene, knitterige Joints. Aus meinem Mund kam ein Seufzer der Erleichterung. Endlich war das Ende dieses Schwachsinns abzusehen.

»Danke«, sagte ich noch einmal.

»Die anderen haben sich in Luft aufgelöst«, sagte Birgitta. »Du bist jetzt frei, herzlichen Glückwunsch.« Sie sah mich an, in ihren verhangenen Augen lag ein Ausdruck von Kapitulation. Ich blickte zwischen ihr und der Dose hin und her.

Ich ließ den Deckel wieder zuschnappen. Die Dose war schön. War es Zufall, dass sie an Kurttus Dose erinnerte? Ich sprach es nicht an. Die beiden teilten ein ganzes Stück gemeinsamer Vergangenheit, sodass eine Dopedose für sie vielleicht genau so aussehen musste, und womöglich schenkte Birgitta sie mir deshalb. Ich ging wieder zur Tür und glitt in die Hocke.

»Die Dose ist wertvoll«, sagte Birgitta. »Du kannst sie verkaufen, wenn du willst.«

»Das werde ich bestimmt nicht tun«, sagte ich und überhörte die Beleidigung geflissentlich.

»Warum bist du ursprünglich hergekommen?«, fragte Birgitta mit einer gewissen Anspannung in der Stimme.

»Weil Mama mich drum gebeten hat«, sagte ich.

Birgitta musste lachen.

»Und später dachte ich, dass wir befreundet sind oder so was«, fuhr ich fort. »Ich habe nicht besonders viele Freunde.«

»Ich habe noch nie Freunde gehabt«, sagte Birgitta.

»Ein bisschen Vertrauen schadet nicht.«

Birgitta schnaubte leise. Ich schwieg. Inzwischen hatte sich auch das letzte bisschen Wut heimlich von dannen geschlichen.

»Ich dachte, ich ziehe vielleicht mit Tauno zusammen«, sagte Birgitta auf einmal.

Ich sah sie erstaunt an.

»Weiß er das?«, fragte ich.

»Noch nicht«, sagte Birgitta und lachte auf. »Aber was sollte er dagegen haben? Ich verkaufe die Wohnung in Eira und kaufe mir dafür eine zweckmäßigere Erdgeschosswohnung. Tauno könnte mir hier und da zur Hand gehen und dürfte dafür auch dort wohnen. Und er könnte endlich mit seinen finsteren Geschäften aufhören. Seine Rente reicht nicht mal für ein bescheidenes Leben, und Tauno ist ja nun alles andere als bescheiden. Henkka ist bestimmt damit einverstanden, so toll findet er es nicht, dass ich hier bin. Er ist ja doch kein schlechter Junge.«

Der Plan klang nicht völlig daneben.

»Und wenn du Kurttu gleich zu Anfang in die Planung miteinbeziehst?«, schlug ich vor.

»Demnächst«, brummelte Birgitta. »Tauno ist außerdem ein ganz anderer Fall als du, er und ich spielen ja auf Augenhöhe. Aber aus dir kann auch noch ein ordentlicher Mensch werden, wenn du ein bisschen Aufmerksamkeit und Menschenkenntnis dazugewinnst.«

Ich warf ihr einen missbilligenden Blick zu und wollte schon etwas Scharfes erwidern, als es kurz klopfte und jemand mir die Tür in den Rücken stieß, sodass ich auf die Knie fiel. Vom langen Kauern waren meine Beine ganz taub geworden, wie ich feststellte, als ich mich aufrappelte. Durch die Tür schob sich eine Pflegerin mit einem Tablett, sie brachte Birgitta einen Imbiss.

»Ach, hallöchen«, sagte die Pflegerin. »Was sitzt ihr denn hier im Dunkeln?«

Mit dem Ellbogen tippte sie auf den Lichtschalter, und das Deckenlicht ging an. Ich blinzelte, das Halbdunkel hatte mir besser gefallen. Die Pflegerin zog aus dem Nachttisch ein Brett hervor, das sie zu Birgitta drehte und auf dem sie das Tablett abstellte. Auf ihrem Namensschild stand Sisko J.

»Möchtest du Tee?«, fragte Sisko J. und warf mir einen Blick zu.

»Nein danke, ich wollte gerade gehen.«

»Schon?«, fragte Birgitta.

Auf einmal sah sie abgrundtief traurig aus. Klein, runzlig und verloren. Ich trat auf sie zu. Auf dem Tablett standen ein Bananenjoghurt, eine Tasse Tee und ein Teller mit zwei Scheiben Roggenbrot mit Kochschinken, Käse und Tomatenscheiben.

»Wie heißt du eigentlich?«, fragte ich die Pflegerin.

Sie drehte sich überrascht um und lächelte.

»Reetta«, sagte sie. »Ich heiße Reetta.«

Und dann flappte Reetta energisch und mit wehendem Pony auf ihren Gesundheitssandalen aus dem Zimmer.

»Interessierst du dich gar nicht dafür, wie die Pflegerinnen heißen?«

»Natürlich«, sagte Birgitta. »Ich kenne die Namen von allen.«

»Ich komme jetzt bestimmt nicht mehr so oft her wie in den letzten Wochen«, sagte ich.

Birgitta sah mich mit ihren kleinen Dschungeltieraugen an.

»Das tut mir leid«, sagte sie.

»Mir auch. Aber du hast ja einen Sohn, der kann auch mal was tun.«

Birgitta wandte sich ab, ich sah, wie ihr Kiefer sich anspannte. Sie nickte steif. Entweder war sie sauer, oder sie versuchte, ihre Tränen zurückzuhalten, schwer zu sagen. Vielleicht beides.

»Bis bald«, sagte ich und schlüpfte durch die Tür nach draußen.

»Gut«, hörte ich Birgitta sagen.

Im Korridor lehnte ich mich an die Wand und drückte die Dose an meine Brust. Ich schloss die Augen. Es war ruhig. Aus den anderen Korridoren kamen leise die Geräusche der Pflegerinnen, die den Imbiss ausgaben.

Ich atmete tief ein. Dann blies ich die Luft aus meiner Lunge und öffnete die Augen. Ich löste mich von der Wand und war schon auf dem Weg nach draußen, als mir etwas einfiel. Ich ging zurück, buddelte zwischen den braunen Kügelchen im Blumentopf und fand, was ich suchte. Ich legte die letzten beiden Joints in die Dose und ließ den Deckel zuschnappen. Dann trabte ich locker in die Eingangshalle. Im Vorbeigehen drückte ich Desinfektionsmittel aus dem Automaten und massierte mir die Hände sorgfältig bis zu den Handgelenken damit ein.

Von der Eingangshalle aus sah ich Heikki mit Salli, Katri und den anderen Heimbewohnern im Speisesaal sitzen. Ich lächelte, als ich ihnen zuwinkte. Ich lächelte, als ich durch die Tür ins Freie ging. Auch auf dem Weg durch die frei geschaufelten Schneisen zwischen den Schneewehen lächelte ich; meine Finger fanden den Joint in meiner Jackentasche und schlossen sich um ihn. Ich sah in den Himmel, und da war die Welt, direkt vor mir, offen, frei und leicht. Und auch jetzt noch, während ich dies schreibe, lässt diese Leichtigkeit mich lächeln.